詩神の呼び声
バラッドを読む漱石

野網摩利子［著］

東京大学出版会

The Call of the Muse:
Sōseki's Reading of Ballads

Mariko NOAMI

University of Tokyo Press, 2025
ISBN 978-4-13-086069-7

詩神の呼び声　バラッドを読む漱石／目次

凡例

一、漱石テクストからの引用は初出誌、あるいは、『漱石全集』(全二八巻、岩波書店、一九九三―一九九九年)に拠る。注で初出に関する情報を記す。

一、漱石旧蔵書を参照する際、それと同書、あるいは、それに近い版を用いる。漱石旧蔵書は「蔵書目録」『漱石全集』第二十七巻(岩波書店、一九九七年)によって確認できる。

一、漱石が読んだと考えられる英文を参照する際は、必要に応じて拙訳を付す。既訳のある場合や既訳を用いた場合は注記する。

一、漱石が読んだと考えられる漢文を参照する際は、私に書き下し文を付す。漱石旧蔵書の漢籍に訓点が施されている場合、原則として、それに従って書き下す。

一、引用にあたり、漢字は原則として通行の字体を用い、変体仮名は現行のひらがなに統一する。固有名に関しては、一部旧字のままにする。

一、人名は、発表時の署名等にかかわらず、最も代表的なものに統一する。

一、書名(小説の表題等)、雑誌名、新聞名は『　』で示す。その他の表題は「　」で示す。

一、暦の表記は西暦を主とし、大正以前については必要に応じて和暦を併記する。

総論　バラッドを書く

一　問題設定

本書は英国古代口承文学が夏目漱石の小説に与えた影響の究明を始発点とする。そのうえで、漱石が日本の古代・中世に伝承されてきた物語歌、また、近世における伝承文学の劇化などを自作の小説に組み込んでいったことについて論証する。登場人物に語らせる形を多く取る漱石文学の造型に、伝承文学の語りと歌とが大きな示唆を与えたこと、また、それらは文学内容にも深く関与していることを明らかにする。

漱石が英国・日本に伝承された歌や伝説を基にした歌謡やそれをめぐる神話・物語を活用していたことを証明する研究はこれまでほとんど行われてきていない。漱石が日本古典からの影響を受けていることを示す研究は謡曲の受容を除けば、部分的な指摘に留まってきた(2)。なぜいにしえの文学を使うことにしたのか、どのように使おうとしたのかといったその理由および運用法を包括的に明かす試みは本書が初めてとなろう。これまではむしろ、漱石が日本古典を避けているかのようにみなされることが多かった。英国口承文学の受容と応用に関しては、この実態をつかむ試みが途絶えている(3)。

人の口の端に上ってつぎからつぎへと伝えられる事柄の筆頭に、多くの人の関心事であり、古来絶えない、王権をめぐる闘争がある。漱石文学がこういった王権闘争への関心を忍ばせていることへの指摘もこれまでなされてこなかった。一方で、民衆における相続問題は漱石的主題と考えられてきた。後期小説はその主題が前面に出て分かりやすいが、それ以前から、より大きな、そのような歴史的闘争が小説内に据えられていた。そのことを明らかにする。

漱石には英国留学中、スコットランド・ハイランド地方のピトロクリ（ピットロッホリー）[4]に滞在した期間がある。従来述べられていたこととは異なり、本書では、滞在地の選択に漱石本人の意志が関与したであろうこと、スチュアート王家による王位奪還を目論むジャコバイト（Jacobite）軍の勝利した一六八九年の古戦場がピトロクリの近隣にある点が決め手になったことを指摘する。

このようなスコットランド史およびそれを描く文学による漱石への感化の諸相を詳らかにするのも、本書の特徴である。ジャコバイトによる反乱は、一七一五年、一七四五年と続く。最終的な敗北の結果、ハイランド地方の民族精神が高揚を見せ、ジェイムズ・マクファーソンによって、三世紀の口承文学という触れ込みの一連の『オシアン』物語詩がゲール語から英訳され、紹介された。だが、『オシアン』へのマクファーソンによる加筆が疑われ、また、アイルランドから『オシアン』はアイルランドの伝説であるという主張が出され、議論百出となった。

漱石はすでにマクファーソンに対するそれら創作疑惑や伝説に関する疑義を知っていたにもかかわらず、帰国後、日本語訳を手掛け、発表している。漱石は非常に稀にしか翻訳を手掛けない。にもかかわらず、なぜ『オシアン』は翻訳したのか。その理由が追求されたことはなかった。

本書は、物語詩という形式、物語中の物語という語りの存在、王権をめぐる戦闘とその報告、そして口伝えされてゆくありさまなど、『オシアン』の文学形式から内容まで、マクファーソンがそうであったように、創作欲を掻き立てられたから漱石も翻訳したと考える。その論証を行う。

二　留学前の読書

漱石は留学前から、明治草創期に紹介されていた英文学を多く読了していた。また、愛読書も多くあった。漱石は英文学者であったから英国文学を広く把握しているが、創作に直接的影響を与えたのはシェイクスピアのほかに、ヘンリー・フィールディング、ウィリアム・ワーズワス、ウォルター・スコット、ロバート・ルイス・スティーヴンソンであろうと思われる。スコットランド出身、あるいは、スコットランドを好んで題材にする文学者の作が漱石を動かした点を本書は強調したい(5)。このうち小説は、骨肉の争いをふんだんに扱う長編が多い。規模の大小はあれ、相続問題が主題化されている。最も典型的なのは王権抗争である。

漱石愛読のこれら諸作は詩歌も含めて歴史への眼差しを備え、王権抗争を正面から取り込み、近代文学であっても、古代から中世にかけての物語歌、および、戦況報告的に作成された伝承バラッドを盛り込んでいる。『オシアン』は死を悼む嗟嘆の声など悲歌にあふれ、ヨーロッパの作家に衝撃を与えた。近代作家は伝承バラッドの死や悲恋の表現に浸り、創作の筆を執った。王権抗争、歌での伝承、近代における再発見と翻訳、近代小説創作の契機、これらは一つながりであり、漱石による『オシアン』翻訳もここに位置づけられるのではないか。

漱石は、兄弟間の確執と王権抗争とを同じ問題意識で貪り読み、小説中に取り込まれた古代や中世のバラッドに接していた。それが高じて、これらの文学や交戦の舞台の確認のために漱石はスコットランドのハイランド地方に足を運んだと本書は考察している。

三　留学先の決定理由

漱石は留学先として、一九〇一（明治三四）年二月九日付狩野亨吉・大塚保治・菅虎雄・山川信次郎宛書簡に「余程「エヂンバラ」に行かうとしたが」と記したように、スコットランドのエディンバラ大学を考えていた[6]。が、結局、ロンドン大学ユニヴァーシティ・カレッジにする。

ユニヴァーシティ・カレッジには、中世文学の権威であるウィリアム・P・ケア（William. Paton. Ker）教授がいた。ケアはスコットランド出身であり、バラッド研究を推し進め、バラッドを研究に値する文学として位置づけた。現在でもバラッド研究はケアの研究から語り起こされるほどである。本書も折に触れ、ケアの各書からバラッドの説明を引く。漱石がロンドン大学ユニヴァーシティ・カレッジで師事することにしたのは、このケアなのであった[7]。

総論では、まず、ケアによるバラッドの定義を確認しておこう。ケアの *Forms and Style in Poetry* はケアの講義を収録しており、"On The History of The Ballads" という一九一四年の講義は、バラッドの定義から始まる。

> バラッドは単に物語詩であるばかりでなく、抒情詩の形をとる物語詩、あるいは、そのなかに物語の胴体を持った抒情詩である。そして、それは抒情的な物語であっても、ピンダロスのような野心的な類ではなく、素朴なもので、庶民の聴き手を対象とし、世代から世代へ口承で伝えられて改作されている[8]。

漱石がケアの講義を受け始めたのは一九〇〇年一一月からであり、それより一三、四年後の講義録であるが、ケアが、ギリシアやローマのような正典ではない古い文学の発掘と評価を精力的に行っていたことを漱石はリアルタイムで知っていたものと思われる。(9) 漱石は交際費に多額を費やさなければならないケンブリッジ大学を断念して、ロンドン大学ユニヴァーシティ・カレッジに籍を置くことにしたと説明するが、W・P・ケアの研究内容がその決め手になったのではないか。中世文学の泰斗のケアが、バラッド研究を切り拓こうとしていることを知っていて、漱石がこよなく愛読してきた小説や詩に盛り込まれていたバラッドに対する認識を深められると考えたことも大きな決定要因だろう。この指摘も漱石研究において初めて行う。

バラッドは、戦における英雄や勇敢ながら敗退を余儀なくされた王位継承者たちの悲劇を聴き手と共有する。スコットランドのスチュアート王家支持者、ジャコバイトの蜂起には、バラッドが付き物だったのである。こうしてバラッドはスコットランドを舞台とする近代文学に取り込まれていった。

四　バラッド

本書の主題に据えるバラッド（物語歌、詩による物語）について整理しておこう。バラッドの発生は大きく三種ある。一種目は、戦況報告や活躍した戦士の報告のために生まれ、暗誦しやすいように歌となったバラッドである。戦について後世に伝えゆく目的もある。後世からすれば、歴史や古典に取材されているように見える。二種目に、小市民的な題材の歌で民間に流布したバラッドがある。三種目は内容的には一種目・二種目と重なるが、印刷術の誕生にともない、片面刷りの大判紙に印刷されて路上で歌われた「ブロードサイド・バラッド」と呼ばれるものである。

漱石文学に重要な役割を果たしたバラッドに分け入れば、つぎの三種になる。

第一に、通常、翻訳を手掛けない漱石が『英文学叢誌』第一輯（英文学会、東京文科大学英文学科内、一九〇四（明治三七）年）に部分訳を発表した一連の『オシアン』詩がバラッドに属する。先述のとおり一八世紀後半にジェイムズ・マクファーソンにより英訳され、三世紀スコットランド北部にいたというフィンガル王（あるいはフィン王）の戦などの物語を、生き残った王子オシアンが、竪琴の名手に聞かせたとされる詩群である。スコットランドの古代口承文学であると発表された。

第二に、ヨーロッパ諸地域で口伝えによって伝承されてきた物語歌である。本書ではとくに、漱石の愛読する、スコットランドに縁の深い近代小説内に取り入れられたバラッドに着目する。それらもまた、戦と深い関係がある。スコットランドのハイランド地方はジャコバイトの巣窟であり、一七一五年、一七四五年に王位継承権を僭称する「王」や「王子」の率いた大きな反乱が起きている。また、漱石が滞在したスコットランドのピトロクリでは、一六八九年にキリクランキーの戦いがあり、数少ないジャコバイト側の勝利となった。キリクランキーの戦いは『永日小品』「昔」の最後を締めくくる話題である。長年ゲリラ的に続いたジャコバイトの反乱は最終的に敗北する。代わって、文学がアイデンティティの確認場所となった。このあたり、明治新政府に反旗を翻す旧幕臣や旧士族が絶えなかった日本近代初頭と同じ様相を呈している。それゆえに日本近代、ウォルター・スコットの文学が積極的に翻訳され、人気であったと論じた。また、『オシアン』など英国における古代口承文学の発掘と復興の時代は漱石が研究対象にした時代であったことも見逃してはならない。

第三に、日本古来の歌を引き入れた物語群である。記紀歌謡、歌物語、謡曲など、歌を交えながら進行する物語の数々を漱石も活用している。漱石研究内で位置づけられることがほとんどなかったが、本書ではバラッドと関連づけ、漱石がそれらを取り入れた内的理由を明らかにする。

漱石の先達として、バラッドを文学理論的に意味づけ、近代バラッドを創作して、大きな文学的達成を遂げた者に、ウィリアム・ワーズワスがいる。ワーズワスとコールリッジによる『リリカル・バラッズ』（*Lyrical Ballads*）を漱石は自身の『文学論』で「詩界の刷新者として、文壇を聳動《しょうどう》せるもの」[10]と論じ、詩の世界を刷新し、文壇に聳えて動かすと評価する。『リリカル・バラッズ』は一七九八年に著者名匿名で初版を出すも不評だったのを受け、一八〇〇年（発行年、実際は一八〇一年）に出した第二版では三十余篇の詩を加え、ワーズワスが長い序を付した。漱石はその序の一部を自身の『文学論』に「有名なる Lyrical Ballads の第二版の序に曰く」と原文を引く。引かれたのは、これらの詩の主目的が、普通の人に実際に用いられる言語によって、日常生活の出来事や状況を選んで描写することにあるというワーズワスの宣言である(11)。

本書全般に関わる、なぜバラッドなのか、という問いに迫ってゆこう。ワーズワスによって端的に述べられた部分が『リリカル・バラッズ』第二版序にあるので、それをふまえたい。

韻律的作品、特に尾韻をともなう作品では、散文の場合にくらべてより悲痛な情況や情緒、つまり、程度のより大きい苦痛に結びついている情況や情緒に堪えられる。古いバラッドの韻律は、非常に無技巧だが、この意見を例証する節・句を多数含んでいる(12)。

漱石『文学論』で文学の特徴として強調されていた、諸印象、諸観念に結びつく情緒がバラッドではより強度の高いところまで堪えうるというのである。よって、小説内容にバラッド的要素を持ち込めば、登場人物をより悲痛な情況や情操にさらすことが可能になる。

漱石小説には高い教養を持つ人物が多く登場する。古典の歌や物語から連想される事柄を前提としていたり、おのずから束縛されたりしている。これらは意図的にしくまれていると本書では明かそうとしている。

五　民間伝承と聴き手の存在

W・P・ケアも強調していたように、バラッドには聴き手がいるという点が重要である。聴き手もまたバラッドを口ずさみ、伝承を担う。そのうち変奏が加わってゆくというのが口承文学の基本的な伝わり方である。

民間伝承の性質は二つ挙げられよう。一つに、古い時代のことであっても、伝承されてきたこの現在時、すぐ隣りの真実のように聴き手に感じさせる物語歌であるという性質である。もう一つに、歴史的事件の主人公に対して民衆による英雄化や悪者化などの変奏が施され、王侯貴族などの状況が活写された物語歌になっているという性質である。聴き手の反応も含めて文学なのがバラッドなのである。

英文学者であった漱石がそのような英国の口承文学に出会い、聴き手として反応した経験は、その後の小説創作において、聴き手として報告をもぎ取るべく待ち構えている数々の人物を登場させることにつながったと明らかにする。『それから』の長井代助、『彼岸過迄』の須永市蔵や田川敬太郎、『行人』の長野一郎や二郎、『心』の学生の「私」などである。

バラッドは漱石にとって学問と創作との間を結ぶ蝶番であった。本書はこの核心に追い迫る。漱石は英国文学の豊かな源泉となった口承の詩歌を感受できることを期待して、スコットランドでは古戦場に隣接する地に滞在し、帰国後まもなく『オシアン』翻訳に取り組んだ。

六　小説内の口伝

漱石の爆発的な創作の夜明けが来る。初期短編小説はもとより、中・後期の長編小説に至るまでその文学形成には、これら英国・日本の古代から中世の口承文学が関わっていることを本書は見出した。漱石文学の要所要所において、バラッドを継承する文学やその歴史的文化が呼び込まれ、登場人物に絡む組み立てとなっている。

バラッドが近代散文を突き動かす力となるのはなぜか。漱石の関心に即して言うなら、近代社会の兄弟間での家督や恋愛の争いは、衆目を集める王権抗争の悲劇を歌うバラッドの主題でもあったからだ。それは日本の古代歌謡においても変わらない。

中世に再発見された古代バラッドについて認識を深めた帰国後の漱石は、王権がらみの、日本古代より民間に流布していた物語や物語歌（バラッド）を再考した。それら古代の文学はしばしば、漱石小説の登場人物を聴き手とする形で汲み取られ、登場人物に内省を迫る重要な役割を果たす。古代歌謡などが登場人物の耳に鳴り響き、その作用を受けざるを得ないところに追い込まれ、緊密な近代小説が組織される。

また、そのような劇的な物語や歌に情緒を揺さぶられた登場人物が次に語り手になるという、口承文学の伝わり方を再現したような文学造形も指摘したい。秘された経験の持ち主が聴き手の働きかけを機に語り出す造りになっている。この漱石文学に顕著な、隠されていた体験が開示される語りという形は、口承によって伝わる文学受容の応用であろう。

近代に至るまで文字化されたり、様々に変奏されたりと、成長を遂げてきた口承文学にはそれだけ物語喚起力があった。漱石はウィリアム・ワーズワス、ウォルター・スコット、ロバート・ルイス・スティーヴンソンの詩や小説から、古代バラッドを利用したり、内包させたりする小説創作方法を学んだ。この方法によって、漱石は小説の内容に緊迫感をもたらすことに成功する。さらに、漱石は古代の歌を利用しながら小説内部で新たな伝説が発生するさまも描いてみせている。

漱石は、いわば『オシアン』翻訳という処女作に向かって成長していったのである。創生の火種を保持して伝承されてきた東西の文学を潜在させ、発展させる方法は、漱石後期小説に至るまで持続的に使われた。漱石文学の秘鑰《ひやく》はこのあたりにある。その論証の試みである。

七　物語歌、詩劇の継承

本書の概略はつぎのとおりとなる。第Ⅰ部「歌と争闘」で、決定的瞬間を伝える要であるバラッドを意識した創作を漱石も行ったことについて論証し、第Ⅱ部「詩神の声」で、古代バラッドおよび近代バラッドから組成された漱石文学を論じる。第Ⅲ部「伝承の生成」において、伝承の発生する現場が漱石文学内で作られていると析出する。この流れとはまた違う文脈を各章の勘所とともにつぎに浮かび上がらせておく。

漱石はウォルター・スコット小説やロバート・スティーヴンソン小説で、ゲール語詩英訳を試みる聡明で美しい女性や、ゲール語でなければ魂の表現が難しいと嘆く悪漢などに出会った。そこで、漱石自身も元ゲール語でマクファーソンが英訳した『オシアン』の日本語訳を試みたくなったのではないか（第一章「なぜ『オシアン』を翻訳したのか（一）――古代スコットランドから」）。

『オシアン』「カリックスウラの詩」より漱石が訳したのは、登場人物が所望した物語詩の箇所、つまり、物語内物語である。ここで学ばれたことは後年の『行人』で顕著に活かされる。長野一郎の父が座興に話す女景清の話が一郎に激しい反応を引き起こした。物語の効果を登場人物に浴びせることについて、『オシアン』翻訳時より、漱石の関心の対象だったのである（第三章「古謡と語り――漱石の翻訳詩から小説へ」）。

『永日小品』「昔」には、政府軍に対してジャコバイト側が稀な勝利を収める一六八九年のキリクランキーの戦いについて屋敷の主人から聴いた内容が描かれる。その谷の様子といい、血を飲んだ河の流れといい、じつは『オシアン』の表現と類似する。この「昔」とは一六八九年のみを指すのではなく、戦いを伝える古いバラッドに物語られる「昔」が意識されている（第二章「なぜ『オシアン』を翻訳したのか（二）――バラッドの復興」）

王権抗争は民衆の耳目を集める格好の題材であることから古くより劇化されてきた。なかにバラッドの含まれることも少なくない。『三四郎』には、南米スリナムの王子オルノーコの劇、デンマークの王子ハムレットの劇、中大兄皇子を黒幕とする蘇我入鹿の暗殺劇、曽我兄弟による敵討劇が組み込まれている。これら多くの人種の劇を把握しているのは広田先生である。この『三四郎』の根幹が初めて明かされる（第六章「『三四郎』に重なる王権簒奪劇」）。

英国民衆という聴き手に向けられたバラッドの内容と形式を『夢十夜』が踏襲してみせている。前置きや説明抜きに突然始まり、淡々と語られるバラッドの様式が『夢十夜』の語りに取り入れられた。安眠できていない死者が帰還する。邂逅した二人が分かたれる。豚の夢は死を予見させる夢であった（第四章「バラッドの『夢十夜』」）。

聴き手が際立つ近代小説がある。たとえばスコット『アイヴァンホー』である。アイヴァンホーは敵陣に乗っ取られた城で負傷したまま囚われており、看病するユダヤの娘、レベッカから、味方のサクソン族が城に仕掛ける攻撃の模様をもぎ取るように聴いている。漱石はこの聴き手の焦燥と相まって文学効果の高まる方法を『それから』で使う。長井代助は愛する三千代が夫の平岡常次郎に看病された様子を平岡の話からもぎ取るように聴き取らざるを得ない（第五章「ウォルター・スコットの明治」）。

『行人』「塵労」章の多くは、一郎と旅に出たHさんからの二郎宛ての長い書簡で、一郎の心身状態の報告である。

Hさんによる一郎への、モハメッドを使った宗教的呼びかけと禅による一郎の応答について、背後にあるトーマス・カーライルや『碧巌集』から明かす。これにより一郎の暴力について解釈しえた。戦いの報告を待ち望んでいる者に届ける『アイヴァンホー』のレベッカや吟遊詩人のような役割を『行人』の書簡や手記の書き手はしている。それらは完結していないことも強調されており、その唐突に始まり、投げ出されたまま終わるスタイルとは、バラッドに習った漱石文学の典型的な方法である（第一三章「古い宗教の生々しい声と『行人』」）。

『彼岸過迄』の須永市蔵が旅に出向く先はなぜ、宇治、箕面、明石、広島なのか。宇治は橋姫伝説、箕面は修験道の世界、明石は柿本人麻呂による歌（人口に膾炙するバラッド）、広島は死者の行き先であることに惹きつけられ、亡き実母を求めて訪れたと論じる。須永の友人の田川敬太郎が森本から聴く話は須永の耳に入り、ときに悲痛な思いを抱かせるという設定だろう。小間使いだった実母の怨恨を鎮魂したい須永の情緒がこの短編間を駆け巡る。真の連作ができあがる（第一五章「『彼岸過迄』の彼岸と此岸」）。

ワーズワスがコールリッジとともに出した『リリカル・バラッズ』にはバラッド調の詩が並ぶ。『彼岸過迄』の、生母を知らない須永市蔵にとって、ワーズワスのバラッド「茨」と叔父の松本の話とを重ねて生母の苦しむ姿を幻視できる。また、「子を亡くした父親」というバラッドは、『彼岸過迄』「雨の降る日」章の下敷きにされたバラッドである（第九章「『リリカル・バラッズ』から漱石へ」）。

『永日小品』の小品間はワーズワス詩あるいはワーズワスによるバラッドで結ばれる。たとえば「クレイグ先生」はワーズワス詩で描かれた蛭集めをする老人と重ねられている。ひそかに捧げられた、詩を愛したクレイグ先生への哀悼表現である。またたとえば、ワーズワスのバラッドに登場する、子を亡くしたマシュー老人の声は、小品「声」における自分を呼ぶ亡き母の声を引き出してゆく（第一〇章「小品の連続性と英詩の役割――『永日小品』」）。

伝承を発生させ、語りを紡がせる現場として仕立てられたのが『草枕』ではないか。志保田那美自体、自身を語られる女の系譜に連ねさせる仕掛け人である。二人の男から懸想されたり、今にも入水しそうであったり、刀を振り回したり、大陸へ渡る男との別れがあったりと、これら古物語を装備した女性の造型は、近代を超える歴史的存在として女主人公を提示する挑戦であった（第一一章「『草枕』に息づく伝承」）。

漱石は愛読するスティーヴンソン『バラントレーの若殿』の一章を古い「民謡《バラッド》」を読むような感じがすると述べている。「民謡」にバラッドというルビが振られたということは、漱石が保持する教養中の、民間伝承を伴った謡はすべてバラッドたりうることを意味する。スティーヴンソン小説の登場人物はしばしばバラッドの影響下に置かれている。また、スティーヴンソン小説に描かれた、伴侶、相続権、財産の喪失は漱石の主題として引き継がれた（第七章「スティーヴンソン小説からの伝授」）。

『古事記』『万葉集』はその前時代に伝承されてきた物語や歌をふんだんに詰め込む。漱石はその「民謡《バラッド》」性を『行人』創作で活用する。登場人物は決定済みの悲劇に組み敷かれるか、抵抗するかの攻防を強いられる。たとえば長野二郎が一郎に直との宿泊を断って穏当な日中の和歌山行にしたにもかかわらず、嵐が来たため二人で泊ることになり、その後、直についての報告をせず一郎に糾弾されるのは、有間皇子が謀反の中止を決めたにもかかわらず、大逆罪に処せられたのと同じ道を歩まされている（第八章「古代日本バラッドの作用」）。

『草枕』は日本の伝承バラッド集『万葉集』から歌と物語とを取り入れるが、その組み合わせは自在に過ぎる。「長《なが》枝娘子《えがおとめ》」の歌を幾度も使いながら、その歌と関連づけられるのは、男たちのライバル争いに気を病み、入水した「蘆屋処女《あしやのおとめ》」のエピソードである。この謎を解く。この結びつけの背後には、御伽草子「長良《ながら》の草子」と浄瑠璃や歌舞伎の「摂津国長柄人柱《せっつのくにながらのひとばしら》」があると論証する。口承や芸能で表現されてきた身体の動的表現に依拠して『草枕』は成立している（第一二章「古譚と『草枕』」）。

神話や古代伝説、それらに伴う歌、中世の寺社縁起や説話、浄瑠璃や歌舞伎、近世の小説など、民間に流布する物語群は、近代を超える力として漱石文学に導入された。たとえば、『草枕』には『肥前国風土記』に載る松浦佐用姫が沼に引きずり込まれた引力が刻まれている。『門』の野中宗助の妻、御米には大物主神の三名の妻の説話が覆いかぶさり、井戸の流しを渡ろうとして胎児の頸に胞を二重に巻く臍帯纏絡《さいたいてんらく》を起こした。また、『行人』の二郎に、嫂の直が「蛇帯」として感じられるのは、近世の芸能・文芸を引き継ぐからである（第一四章「漱石文学に生きる古譚の蛇」）。

　語りから語りへと手渡されてゆき、テクストの終わりが文学内容の終わりではない漱石文学の力のありかはどこにあるのか。民衆の心を掻きたて語り継がれてきた歌や物語が漱石文学の登場人物の心身に巣食うからではないか。その反響は、まず小説内部の聴き手や書簡の読み手に届くが、読者もその聴き手や読み手として直接参加させられている。まさに戦いの実況中継を見聞きする状態に読者は置かれる。

　漱石自身、読書と研究において、好んでバラッドとバラッドを含有する文学に接していた。ゆえに、創作において、それら物語歌、詩劇を意識的に取り込んだ。のみならず、短編小説はもとより長編小説ですら、大きな方法としてはバラッドが意識され、部分的にバラッドを読むかのごとく感じられる文学を書いたのだ。それは新しい時代の民衆の文学だった。

（1）栗林貞一『漱石と謡曲』（能楽選書1）檜書店、一九五一年、飯塚恵理人『近代能楽史の研究——東海地域を中心に』（第Ⅱ部第三章「夏目漱石と謡曲」）大河書房、二〇〇九年。本書では、原則として、最初にその指摘を行った先行研究を挙げる。

（2）島内景二『漱石と鷗外の遠景——古典で読み解く近代文学』（第一部「『草枕』を読み直す」）ブリュッケ、一九九九年、島内景二『文豪の古典力——漱石・鷗外は源氏を読んだか』（Ⅰ「夏目漱石の古典引用術」）文藝春秋、二〇〇二年、佐々木亜紀子『漱石　響き合うことば』（第一章「『行人』の「女景清の逸話」」、第五章「彷徨する『それから』」）双文社出版、二〇〇六年、野網摩利子『夏目漱石の時間の創出』（第五章「古い声からの呼びかけ——『門』に集まる古典」、第六章「禅・口承文芸からの刺激——『門』に潜む文字と声」、他）東京大学出版会、二〇一二年。

（3）江藤淳は漱石のラファエロ前派からの影響を重視し、その派の中世趣味を指摘した。そのなかでアーサー王伝説を特化して論じたが、より広い口承文学の受容については論及しないままであった（『漱石とアーサー王伝説――『薤露行』の比較文学的研究』東京大学出版会、一九七五年）。

（4）本書では以下、漱石の用いた「ピトロクリ」という呼名を用いる。

（5）漱石『文学論』序で『文学論』章節の区分目録の編纂その他一切の整理を委託したとされた、漱石の東京帝国大学教え子の中川芳太郎はスコットランドの大書せらるべき四大文豪としてカーライル、バーンズ、スコット、スティーヴンソンを挙げている（中川芳太郎『英文学風物誌』研究社、一九三三年、五六五頁）。本書はそのうち後二者の漱石の受容を考察している。

（6）「「エヂンバラ」辺の英語は発音が大変ちがう《ママ》」ためやめたと同書簡にある（『漱石全集』第二二巻、岩波書店、一九九六年、二二六頁）。

（7）前掲一九〇一年二月九日付書簡によれば、同大学の傍聴生となるも二月ばかり出席してやめて、「Prof. Ker の周旋で大学へ通学すると同時に Craig と云ふ人の家へ教はりに行く」とある（前掲書、二一七―二一八頁）。ここに「大学へ通学すると同時に」とあることから、大学の英文学関連講義の聴講を減らしても「Prof. Ker」から薫陶を受けることは続けていたのだろう。ユニヴァーシティ・カレッジからクレイグ先生宅へは十分徒歩で行くことができる。英国上流階級における伝統的教育方法からすると、個人指導による高等教育は格が高く、知識人はそのように養成されてきた。ケアが漱石にクレイグ先生を周旋した所以である。

（8）拙訳。原文はつぎのとおり。It is not a narrative poem only; it is a narrative poem lyrical in form, or a lyrical poem with a narrative body in it. And it is a lyrical narrative, not of the ambitious kind, like Pindar, but simple, and adapted for simple audiences and for oral tradition, from one generation to another. W. P. Ker, *Forms and Style in Poetry: Lectures and Notes*, edited by R. W. Chambers, Macmillan: London, 1966, p. 3. ピンダロスとはギリシアの抒情詩人。

（9）ロンドン大学ユニヴァーシティ・カレッジ附属図書館には、W・P・ケアの指示により集められた北欧神話のコレクションがある。漱石が北欧神話を自身の小説に活かしたことは野網摩利子前掲書第二章で論じている。また本書第五章でも論及する。

（10）『漱石全集』第一四巻、岩波書店、一九九五年、五〇三頁。『文学論』は、一九〇七（明治四〇）年五月七日、大倉書店から単行本として発行された。ルビは現代仮名遣いで振り直した。

（11）前掲『漱石全集』第一四巻、三六七頁。

（12）拙訳。原文はつぎのとおり。漱石旧蔵書と同書より引く。"more pathetic situations and sentiments, that is, those which have greater proportion of pain connected with them, may be endured in metrical composition, especially in rhyme, than in prose. The metre of the old ballads is very artless; yet they contain many passages which would illustrate this opinion;" *Wordsworth's Literary Criticism*, edited with an introduction by Nowell C. Smith, London: Henry Frowde, 1905, p. 33. 第二版の序を完全に収めた翻訳は、ウィリアム・ワーヅワス『抒情民謡集　序文』（前川俊一訳注、研究社、一九六七年）であり、四七頁に当該箇所の訳がある。

第Ⅰ部　歌と争闘

第一章　なぜ『オシアン』を翻訳したのか（一）
——古代スコットランドから

一　ピクト人

漱石は一九〇〇（明治三三）年九月から一九〇二年一〇月までの留学期間中、一九〇二年一〇月ごろ、スコットランドのハイランド地方のピトロクリ（ピットロッホリー）[1]に滞在した。

ジョン・ヘンリー・ディクソン（John Henry Dixon）という、スコットランドの歴史・文化に共感し、さらに日本趣味を持ちあわせたイングランドの紳士に招かれたために受動的にそのハイランド地方の土地に滞在することを決めたかのように語られてきたが、はたしてそういってしまえるであろうか。むしろ、漱石がこの一帯にかねてから関心があり、その地域を来訪したいという意志のもと、実現したのではないだろうか。

それ以前の一九〇一年秋にも漱石はスコットランドのエディンバラに滞在していたことが近年明らかになっている。ロンドンで以前同宿人であった技術者長尾半平との連名で、ドイツのベルリンにいた藤代禎輔と芳賀矢一に絵葉書を送っていた。[2]長尾半平は築港の調査のために英国出張をしていて、漱石の二つ目の下宿である West Hamstead の家の先住の下宿人であった。『永日小品』「下宿」「過去の臭ひ」の「K君」（K氏）のモデルとされ、「過去の臭ひ」ではK君が「蘇格蘭《スコットランド》」から帰ってきて初対面となった旨、記されている。[3]つまり、漱石はピトロクリ滞在の一年前にすでに、台湾総督府の資金で動ける長尾半平からスコットランドを案内してもらっていた。そのときに得た地理感覚を活かして、本格的にピトロクリ行きを計画し、実行に移したのではないか。

まずは漱石も熟知していたと考えられるピトロクリ周辺の歴史を遡ってみよう(4)。スコットランド人は五つの人種に由来し、最も古い人種が古代ケルト人の一派で、敵から「ピクト人」と呼ばれた。ピクト人とは、ローマ兵士による、ハドリアヌスの城壁の北方にいた蛮族に対する呼称である。紀元一世紀から三世紀のことである。鉄器時代にハイランドで暮らしていた先住民の子孫とされる。東のフォース湾と西のクライド湾とを結ぶ線より以北のハイランドに広く定住し、その地はピクト王国（ピクテイヴィア）と呼ばれていた(5)。そのピクト人とスコット人とがスコットランドのケルトを形成する。ケルト人となると範囲が広くなり、イベリア半島からイギリス諸島、アイルランドにわたる大西洋エリアで勃興したという見方がされている(6)。

明治期、ウォルター・スコット作品が人気を博していた(7)。スコットの面白さに早期に気づいたのが、高田早苗（半峰）と坪内逍遙である。一八八〇（明治一三）年の夏に、彼らは『湖上の美人』（*The Lady of the Lake*）を翻訳する。バラッドなどの歌の部分は天野為之と逍遙が漢詩で表現した。『春江奇縁』という題を付け、書肆に売る。一八八四（明治一七）年、服部誠一纂述とされて『泰西活劇　春窓綺話』（発兌人　阪上半七）という題で世に出た。*The Lady of the Lake* は漱石旧蔵書に原書で四種類も揃っている。『湖上の美人』の大部分は、ケルトの遺族であるアルパイン族対スコットランド王権のジェイムズ五世に代表されるサクソン族との抗争である。また、そのなかにケルトの遺跡や文化も多く配されている。湖上の美人とはアルパイン族の女主人公のエレンのことで、彼女は家族や家来とともに湖中の小島に身を潜める。そこはクラノグ（crannog）と呼ばれる古代の人工島で、ケルト族が使用していた。このあたりから刺激を受け始めて、漱石の関心が形成されていったと考えられる。

東京帝国大学で漱石の講義を受けた金子健二は、マシュー・アーノルド（Matthew Arnold）『ケルト文学研究』（*A*

Study of Celtic Literature）で指摘されたケルト文学からの英国詩への影響として、沈鬱な調べに富んでいること、自然界の神秘があらわれていることを挙げる。[8]

Pitlochry のような Pit で始まる地名はピクト人集落の名残りとされる。Pitlochry とは、“Pit-cloich-are”のなまりで、その意味するところは、番人の石のそばの場所であるという。[9] ピトロクリとは、石の多い土地の意味とも言われる。街で目に付くスタンディング・ストーンは、ピクト人のシンボルストーンとされる。[10]

ピトロクリから近隣のムーリンに向かう荒野にブラック・キャッスル（Black Castle）と呼ばれるケルト族の遺跡がある。[11] まさに、ケルト族が古代クラノグを増築して使用していた城であり、その廃墟である。漱石の滞在していた屋敷からすれば徒歩半時間ほどのところである。『湖上の美人』のクラノグを見る思いがしたであろう。

ピトロクリの景観を決定づけるタンメル川（River Tummel）は、テイ川（River Tay）の上流にあたる。テイ川流域には、ピクト人の居住地、生活圏となっていた。アングロサクソン人はテイ川を渡り、六八五年、ネヒタンズミアでピクト人と衝突してそれ以上、北上できなかった。一方、ダルリアダのスコット人は、ピクト人の領土に侵入していったとされる。

ピトロクリからテイ川を下るとダンケルド（Dunkeld）になる。距離にして二〇・一キロメートルほどである。鉄道は一八六八年に開通し、ピトロクリの隣駅がダンケルド&バーナム駅（Dunkeld & Birnam）である。[12] ダンケルドとはカレドニイ族の砦という意味だという。

八三九年、ケニス一世（ケニス・マカルピン）は、ピクト人（Picts）の王でありながら、スコット人のダルリアダ王国の王位につき、あらたにピクト人とスコット人との統一王国、アルバ王国の王としてスコットランドのほぼ全域を治めた。彼は、スコットランドの最初の王とされ、その後五〇〇年にわたるスコットランド諸王の祖先となる。ケニス一世（ケニス・マルカピン）は、八四八年、ダンケルドの大規模な改修を行う。八五〇年には、聖コロンバの遺骸が運ばれてきた。

テイ川に架かるダンケルド橋を渡ればダンケルドの町で、聖コロンバに捧げられたダンケルド大聖堂がある。一帯の地域の宗教的中心である。大聖堂の北側にあるチャプター・ハウス（会議堂）には、キリストの十二使徒を彫った石版がある。八―九世紀に、キリスト教に改宗したピクト人によって作られたものだ。

二　スコットランド王位とシェイクスピア『マクベス』

一五〇〇年ごろまで、ケルト系のアサルの領主（Celtic Earls of Atholl）がスコットランド山岳地帯に所領を持ち、支配していた。

ダンカン一世からつながるスコットランドの国王はアサル王家（House of Atholl）と呼ばれる。ダンケルド大修道院長のクリナンはケルト系のアサルの領主（Mormaer of Atholl）であった。クリナンはマルカム二世の長女ベソックと結婚し、二人の間に生まれたのがダンカン一世で、以下、スコットランド王家の一つ、アサル王家（House of Atholl）の系統となる。

マルカム二世の孫のダンカン一世が王位を継承する(13)。ダンカン一世は一〇四〇年八月、マルカム一世を曽祖父に持ち、王位継承権を持った従兄弟のマクベスに殺害され、王位を奪われた(14)。シェイクスピア『マクベス』第一幕において、インヴァネスのマクベス居城における弑逆として劇化されている。一〇四五年にはダンケルドで、息子を殺されたアサル領主のクリナンと、王位簒奪者のマクベスとが戦う。マクベスはこれに勝利し、クリナンを殺害する。

ダンカン一世の息子のマルコム（Malcolm III, Canmore）は、一〇五七年に、マクベスを討ち取る。こちらもシェイクスピア『マクベス』が劇的に描く。マクベスはピトロクリから三〇キロメートル南でテイ川の西側にあるバーナム

（Birnam）の森近くのダンシネインの城にこもった。バーナムの森は、ダンケルド&バーナム駅から言うなら、ハーミテジ（The Hermitage）の森の南東側に位置する。近隣にハーミテジの森、バーナムの森のあることが、漱石のピトロクリ滞在の決め手の一つになったと考えられる。ハーミテジの森については後述する。

現在でもバーナムの森にあった木の生き残りと信じられているバーナム・オーク（The Birnam Oak）がある。ブナ科のオークはケルト人の信仰を集めた象徴的な樹木である。(15) 『マクベス』がそのような文脈に置かれているということをバーナムの森からさほど遠くないピトロクリに居住してみた漱石は体感したに違いない。

シェイクスピア『マクベス』は心理劇に仕立てられている。「マクベスは滅びはしない、バーナムの森ダンシネインの丘に攻めのぼって来ぬかぎりは」と、魔女の呼び覚ました幻影に告げられたため、マクベスは使者から「急に森が動きだした」という報告を受けると、動揺し始める。実際はダンカン王の遺子、マルコムが兵力を隠すために、木の枝を頭上にかざして進軍するよう全軍に指示を与えたがゆえにそう見えただけだった。

漱石は東京帝国大学講師として一九〇四（明治三七）年二月までマクベスを講読しており、同年一月に『帝国文学』に「マクベスの幽霊に就て」を発表している。そこにおいて、漱石は元々、バンクォーの幽霊を「ダンカン」の幽霊として記していた。漱石自身が直し、反映されるのは一九二四（大正一三）年版『漱石全集』第一三巻からである。

シェイクスピア『マクベス』では、マクベスは君徳のダンカン王を殺害したのち、ともに魔女の予言を受けたバンクォーを刺客の手によって殺害する。スコットランド王を継ぐのはバンクォーの子孫と予言されたために殺害に及んだのである。シェイクスピア劇では、宮中晩餐会で出現するのはバンクォーの幽霊であり、マクベスの椅子に腰をおろす。その重要なシーンの幽霊の正体を漱石は間違えた。

漱石がマクベスに対峙した幽霊をダンカン王だと思い込んで「マクベスの幽霊に就て」を執筆したことから分かるのは、漱石の真の関心事が、シェイクスピア劇に留まらず、ピクト人由来のケルト文化を濃厚に残すピトロクリの周辺地域で繰り広げられたスコットランド王統をめぐる抗争にあるという点である。

三　ブレア城とキリクランキーの戦い

このように、ピトロクリに隣接する地域は、スコットランドのハイランド史を生々しく刻み込んでいる。現在も、南にギャリー川（River Garry）、北にティルト渓谷を臨む白亜の城がある。ブレア城（Blair Castle あるいは Blair Atholl）である。ピトロクリからタンメル川を遡り、分岐点で、ギャリー川に沿ってゆき、キリクランキー（Killiecrankie）、ブレア・アサルに着く。ピトロクリからわずか一一・二キロメートルである。このアサル地域はかつてピクト人の領土で、狩猟場であり、ピクト人の王宮などの遺跡に富む。(16) マレイ一門の頭領アサル家代々の居城であり、創建一三世紀とされる。この一帯を治めるアサル領主は、一五六四年にアサル（Atholl）公爵家となる。このアサル公爵とアサル王家とは、系譜としてはつながっていない。アサル王家は一三〇〇年代初頭に絶えてしまった。

このブレア城の歴史から切っても切り離せないジャコバイト（Jacobite）の歴史を振り返っておこう。一六四四年、王党派のモントローズがブレア城を占拠した。この間のことはウォルター・スコット『モントローズ綺譚』（*A Legend of Montrose; The Black Dwarf*）に詳しい。ピューリタンのクロムウェル率いるイングランド共和派の軍が、一六五〇年にダンバーで、一六五一年にウースターで、スコットランド軍に大勝利するが、その間に、スコットランド王党派のモントローズがブレア城を拠点に反乱軍として兵を挙げたのである。

ジャコバイトとは、一六八八年ジェイムズ七世（James VII）、イングランド王としてジェイムズ二世（James II（England））が名誉革命のために国を追われて以来、そのスチュアート家の王位回復を策してハノヴァ家（ジョージ王）を打倒しようとした者たちのことで、James のラテン語ヤコブス Jacobus から Jacobite と名付けられた。その後もジエイムズ二世の直系男子を正統な王とし、復位を求め続けてゆく。ジャコバイトによる主な反乱（Jacobite Rebellion）は一六八九年、一七一五年、一七四五年にあった。

歴史的経緯を見ておく。かのメアリ・スチュアートが一五五九年に王妃として即位し、一五六一年にフランスからスコットランドへ戻る。一五六四年にはブレア城にメアリ女王が訪れ、狩りを楽しんだ記録が残る。そのメアリ女王は、イングランドのエリザベス女王一世暗殺計画疑惑により処刑される。メアリ女王の息子のスコットランド王ジェイムズ六世は宮廷をイングランドに移し、イングランド王ジェイムズ一世を兼ね、一六〇四年、グレートブリテンの王を自称した。彼はハイランド地方を圧迫する政策を取っていた。ジェイムズ七世（イングランド王としてジェイムズ二世）に、一六八八年、ジェイムズ・フランシス・エドワード・スチュアート（のちのジェイムズ老僭王）が誕生し、カソリック教徒（Roman Catholic）の王位継承が濃厚になってきた。

そこへ、一六八八年、イングランドのプロテスタント、ローランドの貴族、そして、長老教会主義者が、プロテスタントのメアリー（Mary）（ジェイムズ七世（二世）の娘）と夫ウィリアム（William）（オランダ総督オレンジ公）に、主教制廃止の約束を条件としてスコットランド王位の継承を申し出た[17]。このことは、スチュアート王家の終わりと、メアリ女王（メアリ・スチュアート）から続くカソリックの終わりとを意味する。ジェイムズ七世（二世）はフランスへ逃亡する。これが名誉革命と呼ばれる革命である。

しかしながら、主教制主義者の多い北東部のハイランドを中心に、一六八九年、内乱が勃発する。アサル公爵はオレンジ公（King William）とメアリ女王（Queen Mary）に忠誠心を抱いていたのだが、ブレア城を不在にするうちにハイランド兵=王党派のダンディー子爵クレヴァハウス将軍（John Graham of Claverhouse, Viscount Dundee）に一時この城を占拠され、ジャコバイトに掌握される。ブレア城には反乱軍二五〇〇人が立てこもったという。

キリクランキー峠で、一六八九年七月二七日、キリクランキーの戦いが起こる。漱石が二二〇年後に『永日小品』

「昔」[18]で言及した古戦場である。ダンダーラック屋敷の主人はこの古戦を昨日のことのように話す。

ハイランドの兵士（ハイランダース）はスチュアート王家支持派であり、その主将ダンディー子爵クレヴァハウス将軍はロバート三世の子孫で、モントローズの親戚だった。[19]彼は亡命した国王の復帰のために、ハイランダースからなる軍でエディンバラ城を占拠したのち、ピトロクリやキリクランキーを包むスコットランド中部のパースシャーへ進軍する。[20]ハイランドのジャコバイトは軍隊招集に応じ、ブレア城に集結する。新政府オレンジ公とメアリ女王は、反逆者ダンディー子爵の討伐のため、ヒュー・マカイ（Hugh Mackey）将軍を首領とするスコットランド政府軍を派遣する。ブレア城の奪還のために、パースから四〇〇〇人の兵士が動員され、七月二六日、ダンケルドから出発する。ピトロクリの高地で一旦停止して、そこから北東にあるキリクランキーの山路を確かめた。[21]

ダンディー子爵クレヴァハウス将軍の指揮するジャコバイト軍はブレア城を出発し、キリクランキーの丘に陣を張っていた。七月二七日、マカイ将軍率いる政府軍と戦闘を繰り広げ、撃破した。ジャコバイト軍はわずか二五〇〇名に過ぎなかったが、渓谷ばかりのキリクランキーの地形を活かした戦いを繰り広げる。イングランド軍は狭い山路で狙い撃ちにされる。[22]谷を跳んで逃げようとした者も多くは命を落としたが、一人のイングランド兵士が跳び越えられたと伝えられる solider's leap と呼ばれる岩が今もある。このキリクランキーの戦いは、イングランド軍を震え上がらせ、死亡者は二〇〇〇名にのぼったという。一方、ジャコバイト側は八〇〇名の死亡で済むが、しかし、'Bonnie Dundee' の愛称で呼ばれ、陣頭で指揮していたクレヴァハウス将軍はキリクランキーの戦いで流れ弾に当たって死去する。[23]

漱石旧蔵書のウォルター・スコット『最後の吟遊詩人の歌』（*The Lay of Last Minstrel*）において、この戦いについてつぎのような記述がある。

私の勇敢なひとりの息子が、偉大なダンディー子爵の傍で倒れた時のことを、未だに、私の「記憶」の眼に映しだすことができる。(24)

この箇所には、エイトン（William Edmondstone Aytoun）の“The Burial of Dundee”の一節が書き込まれている。(25) ウォルター・スコットはさらに一八二五年、「ボニー・ダンディー」（“Bonnie Dundee”）という詩を作り、曲もつけられ、歌になっている。(26)

‘Bonnie Dundee’ことダンディー子爵クレヴァハウス将軍を失ったハイランド軍は、翌月の一六八九年八月、ダンケルドで政府側に敗北するに至った。(27) このジャコバイト対政府軍の「ダンケルドの戦い」によって、ダンケルド大聖堂は大規模に破壊される。(28) その後修復が試みられるが、いまだ修復されない部分が残っており、漱石が思いを馳せたであろう廃墟のさまが現在もうかがえる。

一八世紀には、アサル公爵がこのダンケルド周辺まで治めるようになった。

四　キリクランキーを取り巻く文学

ジャコバイトの争闘は、漱石『文学論』ならびに『英文学形式論』でも引かれる(29)スコット『マーミオン』でも、「私」が炉端で聞いた話としてキリクランキーの戦いがつぎのように出てくる。

ハイランドの高みから、スコットランド名門の健児達が、
怒濤のように殺到し、

赤い制服を着た政府軍を一蹴した
つい先頃の激戦地の模様などだ。（……）
私は戦いの一つ一つを再現し、
両陣営の展開を真似たものだ。
スコットランドの獅子の旗は常に前進を続け、
その前で英国勢はいつも算を乱して敗走するのだった。[30]

じつは、キリクランキーの戦いでは、ウォルター・スコットの祖先にあたる初代 Walter Scott of Raeburn とその次男 Walter Scott Jacobite が、かのクレヴァハウス将軍率いる反乱軍に加わっていた。[31] 後者はスチュアート王家再興まで髭をそらないと言い張った「髭のウォルター・スコット」であり、スコットの曽祖父にあたる。その「髭のウォルター・スコット」は、一七一五年のジャコバイトの反乱にも加わり、土地財産を没収された。[32]『マーミオン』ではつぎのように言及されている。

このいっこく者の祖先のただ一つの自慢は、自分の命を危険にさらしてまで、忠誠を貫いたことだった。
国を追われた王家を敬愛する余り、
彼は土地財産を失った、――しかし彼は髭を残した。[33]

明治初期の読書界で人気を博したウォルター・スコットの思い入れを英文学者の漱石が渡英前に知らなかったとは考えにくい。スコットの三作の傑作長編詩（『最後の吟遊詩人の歌』『マーミオン』『湖上の美人』）中の二作に刻印されているキリクランキーの戦いは、漱石にとって行ってみたい目的地として刻まれたと言ってよいだろう。

ワーズワスは妹のドロシーとともに、一八〇三年八月から九月にかけての一か月半、スコットランド旅行をしている。当初はコールリッジも同行していた。この旅により生まれたワーズワスの詩は一六編あり、「一八〇三年スコットランド旅行の思い出」という題でまとめられてセリンコート編『ワーズワス全集』第三巻に収録された。なかに、ソネット "In the Pass of Killicranky《sic》, An Invasion Being Expected, October 1803" がある。ワーズワスとドロシーはキリクランキーの狭間を訪問した[34]。この詩はまず『自由に捧げるソネット集』に収められる[35]。五十嵐美智による翻訳を一部、掲げておこう。

キリクランキィー峠にて　一八〇三年一〇月侵略が予想されて

六千もの強者たちが、戦争試合の訓練をしていた。
訓練済みの兵士たちは、キリクランキィーで
高地の格子縞肩掛けをまとった互角の一群、
羊飼や家畜番たちに相対して、準備を整えていた。
——竜巻のように高地人たちがやって来て、
殺りくが火災のように広がった。
（……）
おお、できれば一六八九年のあのダンディーの一時間があったなら！[36]

この「ダンディー」とはダンディー子爵クレヴァハウス将軍のことである。ワーズワス自身の注において、ウォルター・スコット『スコットランド辺境歌謡集』（*The Minstrelsy of the Scottish Border*）（漱石旧蔵）によってクレヴァハウス将軍が最も栄えある陣頭指揮を執った者としてハイランド地方の人々の記憶に留められたとある。(37)

漱石旧蔵書のG・ブランデス『英国に於ける自然主義』では、スコットが一六世紀のスコットランドという辺境地方の風習を記したのが『ウェイヴァリー』（*Waverley*）シリーズであり、イングランドの旅行者が古城の廃墟やキリクランキーの戦場へ浪漫的ツアーを試みるようになったと述べられている。(38)

五　一七一五年のジャコバイトの反乱

つぎに、一七一五年のジャコバイトの反乱（Jacobite Rebellion）を見ていこう。一七一四年、ハノーヴァ家のジョージ一世が戴冠する。一方で、ジェイムズ七世（イングランドではジェイムズ二世）の孫、ジェイムズ・フランシス・スチュアート（Prince James Francis Edward Stuart）は、のちに老僭王（The Old Pretender）と呼ばれるようになるが、ジャコバイトからは法的に正しい唯一の継承者としてジェイムズ八世（James VIII）とされた。

アサル公爵（1st Duke）の長男ウィリアム・マレイ（William Murroy, Duke William, 別名 Marquis of Tullibardine）および三男ジョージ・マレイ（George Murray 別名 Lord George）はジャコバイトの反乱において中心的役割を果たした。一七一五年のことである。ブレア城はジョージ王側なのにもかかわらず、またしても反乱軍がブレア城を包囲するのに応じて、城の兵がジャコバイト蜂起に賛同する。ピトロクリの隣町であるムーリン（Mouline）へ行進を始め、一七一五年九月二六日にダンケルドに着く。ブレア城に結集した志願兵は一四〇〇名にのぼったという。このように、ピトロクリから鉄道で隣駅という近さのブレア城において、歴史的に、ジャコバイト対政府軍の縮図がたびたび展開する。このことに大いに注意を払いたい。ワーズワスの妹ドロシーが述べるとおり、象徴的な城だったのである。[39]

しかしながら、アサル公爵子息でありながらジャコバイトのウィリアム・マレイとジョージ・マレイとは次第に追い詰められ、ジェイムズ・フランシス・スチュアートとともにフランスに上陸し、亡命する。[40]

アサル公爵は逃亡したウィリアム（exiled Jacobite William）の代わりに、父と政府に忠誠を誓う次男のジェイムズ（James）を跡継ぎにする。

漱石の愛読書であるスティーヴンソン『バラントレーの若殿』（一八八九）はこの一七一五年のジャコバイトの反乱を一七四五年の反乱にして、時を移して描いた長編小説である。[41] アサル公爵と次男とは政府軍側に付き、長男はジャコバイト反乱軍に付き、長い逃亡生活ののち帰還し、横暴な振る舞いをするというストーリーである。

六　一七四五年のジャコバイトの反乱

一七四五年の方のチャールズ王子（Charles Edward Prince Charlie, 愛称 Bonnie Prince Charlie）の反乱にともなう一連の長い闘争は、ウォルター・スコットやスティーヴンソンなど、漱石の注目する文学が大いに自作に取り入れられ、漱石の関心を強く引いたようであり、詳しく紹介しよう。

アサル公爵の長男であるウィリアムおよびジョージ・マレイはジェイムズ・フランシス・スチュアートとともに、一七一五年のジャコバイト反乱でフランスに亡命した。フランスにおいて、彼らは、ジェイムズ・フランシス・スチュアートの息子であるチャールズ王子と親しくなる。チャールズ王子は、父の老僭王（The Old Pretender）と区別して、若僭王（The Young Pretender）と呼ばれるようになる。ウィリアム・マレイはその従者となった。

チャールズ王子は無謀にも、七名の従者を連れて、スコットランドへ上陸する。彼はジョージ二世（King George

II）と対峙しようとした。チャールズ王子は上陸後、ハイランドの領主たちを味方に付け、奇跡的にジャコバイトの支持を伸ばす。一七四五年八月にはチャールズ王子とアサル公爵長男のウィリアム・マレイおよび同三男のジョージ・マレイらは多くの兵士を引き連れ、ブレア城に向かう。家督を引き継いでいたアサル公爵次男のジェイムズ（James, the Second Duke of Atholl）は、ジャコバイト軍が城に向かっているとの報を耳にするや、まず、領地の南端ダンケルドへ行き、その後、エディンバラへ出ていってしまう。

一七四五年八月三一日、チャールズ王子はアサル公爵のブレア城に着く。そのときには、二〇〇〇人もの兵を連れていた。ウィリアムは三〇年ものあいだ逃亡していたにもかかわらず、相続権を主張する。このあたり、スティーヴンソン『バラントレーの若殿』にそのまま利用されており、『バラントレーの若殿』が必ずしも一七一五年の反乱だけを使用しているのではなく、一七四五年の反乱も取り入れ、双方を掛け合わせて描き出していると見て取れる。そのことは漱石にも分かっていただろう。

また、スティーヴンソン『誘拐されて』（*Kidnapped*, 1886）の舞台設定は一七四五年の反乱から六年後のスコットランドである。主人公デーヴィッド・バルファが行動をともにするアラン・ブレックはハイランド出身のジャコバイトであり、ジェイムズ・フランシス・スチュアートの片腕であった。最後に明らかになるところでは、デーヴィッドの父は、一七一五年の反乱でジャコバイトとして馳せ参じた弟と同じ女性を愛したすえ、弟に不動産を譲り、デーヴィッドの母となる女性を連れて、領地を立ち去り、貧乏生活をすることになった。この小説も、ジャコバイトの反乱が軸になっている。

チャールズ王子はブレア城に二日いた。ブレア城はジャコバイトに包囲された最後の城となる。チャールズ王子とジャコバイト反乱軍は九月三日にピトロクリ入りをするのである。(42)

これらは明治に広く読まれたウォルター・スコット『ウェイヴァリー』シリーズの背景でもある。漱石がピトロクリに滞在したいと望んだのは、こういった歴史とともにある文学の体験を肌身で味わいたいという考えからであったことが見えてきた。

チャールズ王子、ウィリアム、ジョージ・マレイがブレア城に戻ってきたとき、政府軍によって城が占拠されていた。ジョージ卿は城を破壊するぞと脅迫する。タリバーディン侯（Marquis of Tullibardine）（長男ウィリアムのこと）が彼に「公共の福祉」のためにそうするように命令したとジョージは告げる。実際、戦乱により、白亜のブレア城は多く破壊された。反乱軍と政府軍との争闘の象徴がブレア城だったことが確認できよう。

ジャコバイトの反乱は、その後、じりじりと北方へ追い詰められる。一七四六年四月一六日、インヴァネス近郊のカロデン（Culloden）の戦で壊滅状態となる。

アサル公爵長男ウィリアムは捕らわれ、貴族を収監するロンドン塔へ送還される。一七四六年七月にロンドン塔内で病死した。(43)

英国小説の祖とも言われるヘンリー・フィールディング（Henry Fielding）はジャコバイトを批判する『ジャコバイト新聞』まで創刊していたが、彼の小説中にはジャコバイトの支援者たちを多く登場させる。たとえば、漱石も書き込みをしている『トム・ジョウンズ』の時代設定は一七四五年前後で、僭主二世ことチャールズ王子の反乱軍がロンドンにまで一時進出している。ジョウンズの相棒のパートリッジはジャコバイト派であるし、ジョウンズの愛するソファイアは宿泊先でチャールズ王子の愛人と勘違いされている。(44)

このようにスコットランド民衆の英雄たるジャコバイトの盛んな活動が明治の知識人によって近代小説移入期に原書で好んで読まれていた。漱石はとくに熱心な読者だったのである。

七　スコットランド近代小説中のゲール語詩英訳

漱石に『オシアン』翻訳を促した小説を具体的に検討する。まず、ウォルター・スコット『ウェイヴァリー　あるいは六〇年前の物語』（*Waverley or 'Tis Sixty Years Since*）である。[45]イングランドの裕福なエドワード・ウェイヴァリー（Edward Waverley）が陰謀に巻き込まれ、チャールズ・エドワード・スチュアート若僭王（Charles Edward Stuart, The Young Pretender）に忠誠を誓う軍の一員となり、ジャコバイトらとともに、かつて自分も所属していたイングランド政府軍と対戦するようになったことを描く。

時代設定は一七四五年前後であるのに、一七六〇年以降に発表された『オシアン』をふまえるくだりが多くある。主人公エドワード・ウェイヴァリーはフローラ（Flora）というスチュアート王家再興に心身を捧げる女性に強く惹かれてゆく。第二二章「ハイランドの吟遊詩」（Highland Minstrelsy）では、フローラの兄がフローラを翻訳者として才能があると、ウェイヴァリーに紹介する。昔物語の好きなウェイヴァリーは彼女に驚かされる。

この気品ある女性がケルトの詩歌について語る内容を聞かされて、ウェイヴァリーは興味をそそられるとともに、驚かされもした。

「勇士たちの戦功や、恋人たちの嘆き、それに相争う氏族間の戦いを記録した詩を吟唱することが、ハイランドでは冬の炉端の主な楽しみになっていますのよ。こういった詩のいくつかは、非常に古いもので、もし仮にそれが文明化したヨーロッパ言語のどれかに翻訳されるとしたら、きっと何処でも深い感動を呼ぶと思いますわ。[46]」

ハイランドで吟遊詩人によって語り継がれてきた詩の多くはケルト由来であるが、マクファーソンが『オシアン』を著すまでそれら古詩は地元民にしか知られていなかった模様である。ウォルター・スコットはフローラにヨーロッパ大陸にまでセンセーションを巻き起こす『オシアン』の予言をさせたのである。

フローラはウェイヴァリーを岩場まで連れて行き、こう言う。

「私がここまでわざわざ歩いて来て頂いたのは、ウェイヴァリー大尉、この風景があなたのお気に召すと考えたのと、ハイランドの歌は荒涼とした、固有の風景でお聞かせしませんと、私の不完全な翻訳以上に、味わいが損なわれてしまうからですわ。私の国の詩的な言い回しを借りますと、ケルトの詩神がいます所は、人に知られぬ寂しい丘の霧の中、その声は山の渓流の囁きの中に聞こえると申します。ケルトの詩神を愛する者は、豊かな谷間よりもむき出しの岩、大広間の宴よりも荒野の孤独を愛さなくてはなりませんのよ(47)」

彼女はハープを操りながら、ゆったりした吟遊詩のつぎに、ハイランドの勇壮な戦いの歌を歌う。その一節に「おお、国を追われた――最愛の人――誇り高きマレイよ」（"O high—minded Moray《sic》!—the exiled—the dear!—"）とある(48)。このジャコバイトのマレイとは、ブレア城アサル公爵の長男ウィリアム・マレイのことである(49)。すでに述べたとおり彼は長く亡命していたが、一七四五年にチャールズ・エドワード・スチュアート若僭王とともにスコットランドに戻ってきた。

フローラの歌う歌には、領主の握る剣について「怒り狂うフィンの剣のようであれ！」（Be the brand of each Chieftain like Fin's in his ire!）という一節もある(50)。フィンとはケルトの王、フィンガルのことで、オシアンは彼の王子である。フィンガル王が剣を振るう『オシアン』のくだりをふまえている。

漱石は、この『ウェイヴァリー　あるいは六〇年前の物語』を読んだ時点で早くも、ケルトの詩、もとゲール語とされる『オシアン』に興味を持ち、それを英訳するジャコバイトの聡明な美しい女性に、主人公ウェイヴァリーとともに憧れ、それを日本語訳してみたい気持ちに駆られたのだと推測できる。(51)

さらに、ロバート・スティーヴンソン『カトリオナ』(*Catriona*)が漱石を『オシアン』翻訳に駆り立てたのだと指摘したい。

漱石『文学評論』第六編に、スティーヴンソンの文章がいかに生彩を放っているかについて『カトリオナ』を分析して述べた箇所がある。

主人公デイヴィッド・バルファはまだ少女のカトリオナを長く礼節を保って愛してきた。彼女の父はジェイムズ・モアというスコットランドの悪党で、ジャコバイトである。カトリオナはその父との約束で、大きな船から短艇《はしけ》へ乗り移らなければならない。危険だからと引き留められるのも顧みず、勇気ある彼女が飛び移る場面を漱石は原文をあげて分析している。その批評を引用しよう。

此叙述は活《い》きてゐる。鋭どい神経が働らいてゐる。(……)凡そ小説中にあらはれる事件、ことに偶然の事件を叙述するときに、之を解釈する方法が二つある。一は其叙述を作家自身の叙述と見做《みな》す。其時には此叙述によつて作家の態度があらはれる。作家が如何に多方面に、如何に精細に、如何に鷲攫《わしづか》みに自然を観察してゐるかが知れる。だから作家の性格が広くて深ければ、叙述も変化があつて痛切である。或るときは読者に美の享楽を与へ、或るときは喜怒哀楽の刺激を与へる。(……)もし又其叙述を以て篇中主人公の観察した自然とすれば、観察者が作家から主人公に移つた丈で、あとの議論は同じである。(52)

主人公のバルファの、カトリオナの安全を想って観察しつづける熱い気持ちが、精細で刺激に富んだ表現に直結していることが、漱石の説明で分かる。

その後、カトリオナとデイヴィッド・バルファは、カトリオナの父、ジェイムズ・モアを待つために二人暮らしをせざるを得ない。バルファは一つ屋根の下に暮らしながら、屋内では謹厳を保って彼女に手出しをしないように、自らと彼女とを律し、苦悩する。ようやくジェイムズ・モアが現れ、悪党ぶりを発揮する一方、ジャコバイトとして、自分の生国や一族の現状を慨嘆し、ゲール語で歌を歌い出したという場面がある。

「これはね、私の国の悲愴な歌の一つでね、武将が泣くとはおかしいと思われるかもしれないが、これも貴君と親しいお附き合いになりたいからでね。この譜の調べは自分の血の中に宿っているもので、言葉は自然とこの自分の心から溢れ出して来る。あの赤い山々やそこで啼いている野鳥の声や、迸り流れる清らかな渓流を思い浮かべると、敵の前をも知らず泣けて来る」

そうしてまた歌い、歌の詞を訳してくれたが、なかなか巧く訳せず、英蘭《イングランド》の言葉はしようがないとさんざん悪く言ったりした。

「ここの所は日が沈んで戦が終り、勇ましい族長達が敗れてしまったのを歌ったものだ。ここの所は星空の下で族長達が異郷に逃れ走る所や、赤い山々に息も絶えて横たわっている所を歌っているものだ。もはや戦いの雄叫びを上げる事もなく、渓流で足をあらう事もないのだ。貴君に少しでもこの言葉が分かったなら、あなただってまた咽び泣きをするだろう。何しろこの言葉は何とも言えない言葉で、英蘭《イングランド》の言葉なんかに訳そうと思ったってとうてい駄目だ」(53)

ジェイムズ・モアがゲール語の歌を英語に訳そうとしながら、戦中あるいは敗戦後の自然における万感の思いを載せた調べはとうてい翻訳不可能だと言っている。漱石が英訳『オシアン』を日本語訳しようと試みていたころと、この十八世紀英文学論を講義していたころとは近接する。

聡明で美しいジャコバイトの女性による英訳と同様、このカトリオナのジャコバイトの父による英訳の試みもまた、『オシアン』を確かな調べで翻訳してみたいという漱石の挑戦心をあおったに違いない。

（1）　現在、日本では「ピットロッホリー」と呼ばれているが、現地で聴くと「ピトロックリ」といった呼び方をしている人もいるため、本書では漱石と同じく表記を「ピトロクリ」とする。

（2）　漱石は、藤代禎輔、芳賀矢一と同じ船でヨーロッパに来た。一九〇一年一一月二日消印の絵葉書に「当地へ参候しるしに十一月一日　エヂンバラ」等記されている（『朝日新聞』二〇一八年四月四日）。

（3）　初出「永日小品（七）」「過去の臭ひ」『大阪朝日新聞』一九〇九（明治四二）年一月二二日、『東京朝日新聞』同年同月二四日、『漱石全集』第一二巻、岩波書店、一九九四年、一五四頁。

（4）　以下、断りのない限り、Hugh Mitchell, *Pitlochry District: Its Topography, Archaeology and History*, Pitlochry: L. Mackay, 1923 の記述に基づく。その Mitchell による緒言には Dundarach の屋敷で記したとある。それは漱石の滞在した屋敷である。

（5）　中世のトリストラムとイゾルデの物語のトリストラムの原型は八世紀のピクト人の王ドゥルスタンだといわれる（ロザリンド・カーヴェン『アーサー王伝説　7つの絵物語』山本史郎訳、原書房、二〇一二年、二四七頁）。

（6）　Bernhard Maier, *The Celts: A History from Earliest Times to the Present*, second edition, translated by Kevin Windle, Edinburgh: Edinburgh University Press, 2018, pp. 13-65.

（7）　柳田泉の言を引けばつぎのとおりである。「歴史小説家たるスコット、リットン、ヂューマが歓迎されたのは、西洋歴史の知識に対する補ひとなるのが第一、それから多少の政治的啓蒙が得られるのが第二、種々な風俗習慣の活写が多いのが第三であろう」（「明治以降の教育と外国文学」、初出『教育』第三ノ一号、岩波書店、一九三五年一月、柳田泉『随筆　明治文学』I、

谷川恵一ほか校訂、当該論は木戸雄一校訂、平凡社、二〇〇五年、二七七頁）。

（8）金子健二『英国自然美文学の研究』泰文堂、一九二八年、一一四頁。

（9）Hugh Mitchell, *op.cit.*, p. 123.

（10）T・C・スマウト『スコットランド国民の歴史』木村正俊監訳、原書房、二〇一〇年、三一四頁、原著一九六九年。アーサー王の王妃グィネヴィアがピクト王に辱めを受け、処刑されたことを表したシンボルストーンもある（武部好伸『スコットランド「ケルト」の誘惑　幻の民ピクト人を追って』言視舎、二〇一三年、六五頁）。

（11）一四世紀のペスト（黒死病（black death））の流行で、城内に死者が多発したため、死体置き場と化して廃墟になった。ゆえに、ブラック・キャッスルと呼ばれるようになった旨、看板が掲げられている。

（12）漱石旧蔵の Beadeker's Great Britain の折り込み鉄道地図 "Railway Map of Scotland" には Dunkeld に印が付けられていると調査されている（塚本利明『[増補版] 漱石と英国――留学体験と創作との間』（彩流社）一九九九年、二二三頁）。

（13）ゲール的王位継承の方法では、王位は共通の曽祖父を持つダービニーと呼ばれる王族男子から選ばれるべきところ、マルカム二世の遺言により、マルカム二世の長女ベソックとクリナンとの間の息子が王位を継いだ。

（14）このような史実とシェイクスピア『マクベス』との相違は、桜井俊彰『スコットランド全史――「運命の石」とナショナリズム』集英社、二〇一二年、八九―九三頁に詳しい。

（15）木村正俊執筆項目「オーク」『ケルト文化事典』木村正俊・松村賢一編、東京堂出版、二〇一七年、一一八頁。

（16）Hugh Mitchell, *op.cit.*, p. 32, 62.

（17）リチャード・キレーン『スコットランドの歴史』岩井淳・井藤早織訳、彩流社、二〇〇二年、一三七頁。

（18）「永日小品（二十一）」「昔」の初出は『大阪朝日新聞』一九〇九（明治四二）年二月二七日である。

（19）スコット『モントローズ綺譚』で描かれた人物である。

（20）木村正俊『スコットランド通史――政治・社会・文化』原書房、二〇二一年、二〇四―二〇五頁。

（21）漱石をダンダーラック屋敷に招待した John Henry Dixon の著書、*Pitolchry Past & Present*, Pitlochry: L. Mackay, 1925, p. 109.

（22）『永日小品』「昔」で「高地人と低地人とキリクランキーの狭間で戦つた時」と述べられている（前掲『漱石全集』第一二巻、一九六頁）。この狭間とは、政府軍がダンケルドからブレア城に向かった、山・川に挟まれた狭い路であり、ジャコバイト軍の攻撃を受けたとされる（塚本利明前掲書、二六八―二六九頁）。

（23）以上、Colin Liddell, *Pitlochry A History*, Perthshire: Waterhill Books, 2008, pp. 67–72.

（24）佐藤猛郎『ウォルター・スコット　最後の吟遊詩人の歌――作品研究』評論社、一九八三年、四七頁。漱石旧蔵書は、「湖上の美人」とともに収められた Globe Readings from Standard Authors のシリーズと、Scott, *The Lay of the Last Minstrel*, with introduction and notes by G. H. Stuart & E. H. Elliot, London: Macmillan & Co., 1894 である。後者の同一九三〇年版より引く。“Low as that tide has ebb'd with me, (/) It still reflects to Memory's eye (/) The hour my brave, my only boy, (/) Fell by the side of great Dundee.” Scott, *The Lay of the Last Minstrel*, with introduction and notes by G. H. Stuart & E. H. Elliot, London: Macmillan & Co., 1930, p. 45.

（25）塚本利明が、東京帝国大学講師 Dixon の用いた教科書、*Simpler English Poems* に漱石が記したと推測する英詩の一節と合致することから、漱石が Dixon の講義を聴いて以来、スコットランドに関心を懐いたと述べている（塚本利明前掲書、二五八頁）。だが、漱石はスコット『最後の吟遊詩人の歌』等からもスコットランド史に関わる詩句に接していたと強調したい。

（26）安藤潔『スコットランド、一八〇三年――ワーズワス兄妹とコールリッジの旅』春風社、二〇一七年、一三一頁。

（27）Colin Liddell, *op.cit.*, p. 72.

（28）一六世紀、宗教改革がダンケルドに及び、一五六〇年に大聖堂の一部が破壊されていた。

（29）『文学論』では第一篇第二章において、「怒の情緒」として『マーミオン』のフロッデン（Flodden）の戦いが引かれる（『漱石全集』第一四巻、岩波書店、一九九五年、五五頁）。そこでは『湖上の美人』における、アルパイン族の騎士とサクソン族のジェイムズ五世との一騎打ちも取り上げられている。『英文学形式論』では「文学の形式Ⅱ」において、同じくフロッデンの戦いの場面を描く Canto VI. Stanza, 33 を示しながら、単綴調を破るために固有名詞を挿入する英詩の技術について説明される（『英文学形式論』は一九〇三（明治三六）年三月から六月まで漱石が東京帝国大学英文科の学生に行った講義の抄録である。初出『英文学形式論』夏目漱石述、皆川正禧編、岩波書店、一九二四（大正一三）年。『漱石全集』第一三巻、岩波書店、一九九五年、二七六頁）。

（30）ウォルター・スコット『マーミオン』（原著一八〇八年）佐藤猛郎訳、成美堂、一九九五年、七九頁。漱石旧蔵書は *Marmion*, edited with introduction and notes by G. H. Stuart, London: Macmillan & Co., 1896. スコット自身による注において、激戦地はいずれも、ハイランド軍を中心とするスコットランド勢が英国正規軍に対して勝利を収めた「キリクランキーの戦い」（一六八九年）と「プレストン・パンズの戦い」（一七四五年）であると記されている。

（31）佐藤猛郎前掲書、一八頁。

（32）佐藤猛郎「解説」（ウォルター・スコット『ウェイヴァリー　あるいは六〇年前の物語』下巻、万葉舎、二〇一一年）三七六頁。
（33）前掲書、一九二頁。
（34）ドロシーの『思い出の記』一八〇三年九月八日の項には「この峠が軍事史で有名なことは周知のことである」と記されている（セリンコート編『ワーズワス全集』第三巻注（五十嵐美智訳『旅をゆくワーズワス――スコットランド、ヨーロッパ大陸、イタリア周遊旅行の思い出』晃学出版、一九八九年、四九頁））。
（35）漱石旧蔵書と同版の Wordsworth, *Poems of Wordsworth*, Golden Treasury Series, chosen and edited by Matthew Arnold, London: Macmillan and Co., p. 217. 冒頭の節は 'Six thousand Veterans practiced in War's game' から始まる。
（36）前掲五十嵐美智訳書、四八頁。
（37）前掲五十嵐美智訳書、四九頁。
（38）「キリクランキーで、イングランド人はかつて裸足でタータンチェックを着た怪物たちに敗戦した」という注まで付いている。ブランデス『英国に於ける自然主義』（一）（一九世紀文学主潮　第五巻）、柳田泉訳、春秋社、一九三九年、一七四頁。漱石旧蔵書は G. Brandes, *Main Currents in Nineteenth Century Literature*, IV, Naturalism in England, London: W. Heinemann, 1905.
（39）ワーズワス兄妹がブレア城を訪問し、回想している（安藤潔前掲書、一三〇頁）。
（40）Colin Liddell, *op. cit.*, p. 74.
（41）海保眞夫「あとがき」（スティーヴンスン『バラントレーの若殿』海保眞夫訳、岩波書店、一九九六年）四二八頁。
（42）Colin Liddell, *op. cit.*, pp. 82–85.
（43）*Blair Castle: The Story of the Atholl Family, Their Castle and Their Land*, Blair Castle Estate Ltd. 2014, pp. 23–25.
（44）漱石旧蔵書は Henry Fielding, *The History of Tom Jones, a Foundling* (Bohn's Novelists' Library), 2 vols, London: G. Bell & Sons, 1884. その Book VIII, Book XI などに顕著に描かれる。
（45）漱石旧蔵書は *Waverley or 'Tis sixty years since*, (Sixpence Edition), London: George Routledge & Sons（刊行年不明）である。詩人として名をなしていたスコットが初めて書いた小説で、一八一四年、匿名で発表され、たちまち大評判となった。
（46）『ウェイヴァリー　あるいは六〇年前の物語』（上）、佐藤猛郎訳、万葉舎、二〇一一年、三二四―三二五頁。原文はつぎのとおり。"Waverley was equally amused and surprised with the account which the lady gave him of Celtic poetry.

"The recitation," she said, "of poems, recording the feats of heroes, the complaints of lovers, and the wars of contending tribes, forms the chief amusement of a winter fire-side in the Highlands. Some of these are said to be very ancient, and if they are ever translated into any of the languages of civilized Europe, cannot fail to produce a deep and general sensation." *Waverley or 'tis sixty years since*, London and New York: George Routledge & Sons, 1879, p. 138.

（47）　前掲書、三三二頁。原文は "I have given you the trouble of walking to this spot, Captain Waverley, both because I thought the scenery would interest you, and because a Highland song would suffer still more from my imperfect translation, were I to introduce it without its own wild and appropriate accompaniments. To speak in the poetical language of my country, the seat of the Celtic Muse is in the mist of the secret and solitary hill, and her voice in the murmur of the mountain stream. He who wooes her must love the barren rock more than the fertile valley, and the solitude of the desert better than the festivity of the hall." *Ibid*., p. 142.

（48）　*Ibid*., p. 143.

（49）　漱石旧蔵書にもウィリアム・マレイに関する詳注が付いている（*Ibid*., p. 407.）

（50）　*Ibid*., p. 144.

（51）　米国の雑誌には "David Balfour" という題で連載されたが、英国では "Catriona" と改題された。『誘拐されて』（*Kidnapped*）と主人公を同じくイングランド人のデイヴィッド・バルファを主人公とする。スティーヴンソン初の恋愛小説であり、自身、会心の作と認める。

（52）　『文学評論』は東京帝国大学での一八世紀英文学講義をまとめたもので、一九〇九（明治四二）年、春陽堂より出版された。引用は『漱石全集』第一五巻、岩波書店、一九九五年、四六六頁による。

（53）　『海を渡る恋』中村徳三郎訳、河出書房、一九五六年、三〇四、三〇五頁。原文はつぎのとおり。漱石旧蔵書と同書より引用する。"This is one of the melancholy airs of my native land," he would say. "You may think it strange to see a soldier weep, and indeed it is to make a near friend of you," says he. "But the notes of this singing are in my blood, and the words come out of my heart. And when I mind upon my red mountains and the wild birds calling there, and the brave streams of water running down, I would scarce think shame to weep before my enemies." Then he would sing again, and translate to me pieces of the song, with a deal of boggling and much expressed contempt against the English language. "It says here," he would say, "that the sun is gone down, and the battle is at an end, and the brave chiefs are defeated. And it tells here how the stars see them fleeing into strange countries or lying dead on the red mountain; and they will never more shout the call of battle or wash their feet in the streams of the valley. But if you had only some of this language, you would weep also because the words of it are beyond all expression, and it is mere mockery to tell you it in English." Robert Louis Stevenson, *Catriona*, London: Cassel & Company, 1898, pp. 316–317.

第二章　なぜ『オシアン』を翻訳したのか（二）
――バラッドの復興

一『オシアン』の時代

カロデン（Culloden）の戦いにてジャコバイト側の敗北が決定的になったのち、スコットランド文学発見の機運が高まる。

スコットランドでは古代より吟遊詩人が活躍してきた。王侯貴族に仕える吟遊詩人に期待された大きな役割の一つは、戦いを間近でつぶさに見て、戦況を知らせることであった。誰がどのように勇敢な戦いをして、どちらの軍勢が強いか、また、どのような結果になり、誰が敵に背を向けずに英雄死を遂げたかということを節を付けて歌語りする。兵士たちは吟遊詩人の調べに乗って故郷の人々に伝えてもらいたいがゆえに死闘を繰り広げる。英雄的な戦いぶりは、実況中継的に伝えられて謡われるに留まらず、後年、回顧して伝承される。それが古歌となる。

キリクランキーの戦いを勝利に導いたジャコバイトのクレヴァハウス将軍の'Bonnie Dundee'という愛称も歌で伝わっていったのであろう。ウォルター・スコットまで追随して詩作をしており、漱石がそれを書き写していることもすでに述べた。

ブレア城という象徴的な場での戦禍は、人々の関心が高く、つぎつぎと歌になる。前述のとおり、ブレア城では家族間でジャコバイト側と政府側とに引き裂かれる骨肉の争いに陥った。このような人々の口の端に上る事柄も、歌で一気に広まり、さらに語り継がれてゆく。伝承の始まりだ。

伝承されてきたという伝統があったからこそ、近代における発見が意味を持つ。ジェイムズ・マクファーソン（James MacPherson）による一連のオシアン（Ossian）詩の発表がそれである。三世紀ごろ、スコットランド北部にフィン王あるいはフィンガル王と呼ばれる王がいて、領地の内外で戦を重ねていた[1]。戦で生き残った王子がオシアンである。オシアンは失明後、竪琴の名手マルヴィーナに一族の戦士らの思い出を語りきかせ、それをマルヴィーナが後世に伝えたとされる。

マクファーソンはこれら古代口承詩をスコットランドのハイランド地方で集め、ゲール語から英語に翻訳したと称した。失われていた古典として一気にヨーロッパ諸国に広まったが、マクファーソンがゲール語に通じていたわけではなく、英詩として読みやすいように筆を入れたことが祟り、マクファーソンの創作に過ぎないとみなされる論争が長く続いた。

英文学者でありながら、評論中における必要最小限の部分的な訳しか行わなかった漱石がすすんで翻訳した文学の唯一と言ってよいのが、この『オシアン』詩中の二編、「セルマの歌」「カリックスウラの詩」である[2]。漱石も『文学評論』でつぎのように言っており、『オシアン』をめぐる褒貶を知っている。

> 又十八世紀の末に『オシアン』が出た。之れはマクファアーソンの胡魔化し物だと云ふが兎に角之が出た時は非常な評判でゲーテも愛読し、ナポレオンも愛読した[3]。

当時、文壇の大御所だったサミュエル・ジョンソン博士などが『オシアン』を偽作とみなす非難について漱石は知っていたにもかかわらず、なぜ、自ら翻訳したのか。創作に導く扉と感じられたからではないか。

スコットランドの詩人、エドウィン・ミュア（Edwin Mure）がハーバード大学の「チャールズ・エリオット・ノートン記念講義」（一九五五―五六年）においてつぎのように述べたという。

一篇のバラッドが完成した姿になるには何百年という年月がかかり、多くの世代の人々がその創作に参加しているのである。(4)

マクファーソンが思わず補筆をしてしまったように、『オシアン』には創作に駆り立てる刺激的なところがあるのであろう。漱石を、一英文学者の立場から創作家の立場へと導くような引力を『オシアン』は持っていたのではないか。その翻訳は、創作を胚胎していたと言ってよい。

文学者からすると、古代口承文学に近代の加筆による創作が入っているからといってその古代詩の魅力が減じるわけではない。むしろ、手を加えて修復したくなるほどの物語詩であるほうが気になる。この物語詩は、事実、ゲーテをはじめとするヨーロッパ中の文学者の創作欲を掻き立てていった。(5)ワーズワスもその影響を顕著に受けた詩人である。漱石の旧蔵書の二冊、『ワーズワスの詩集』（*Poems of Wordsworth*）および『ウィリアム・ワーズワスの詩作品集』（*The Poetical Works of William Wordsworth*）双方に収められている詩に、“Written on a Blank Leaf of Macpherson's Ossian”がある。

漱石もまた、翻訳を発表することによって、『オシアン』に触発された文学者の一人であると名乗りを上げたとみなせよう。漱石は、ウォルター・スコットやロバート・スティーヴンソンがスコットランドで伝承されてきた歌や詩を取り入れて韻文から散文まで縦横に自身の文学を築いていったそのさまを、『オシアン』翻訳によって追体験してしまった。長編小説を憑かれたように書きだす創作家誕生の前夜まで来た。

二　古謡バラッドの復興

バラッドとは、古来、ヨーロッパ諸地域で口伝えにより伝承されてきた歌物語、民間伝承物語詩のことである。英文学者漱石がとくに専門としていたのは一八世紀であり、バラッドの復興期はその一八世紀中期から後期である。本書で繰り返し述べてゆくが、ロンドン大学ユニヴァーシティ・カレッジで漱石の指導教授だったW・P・ケア（W.P. Ker）は、バラッドに関する多くの考察を積極的に行い、今日に至るまで高く評価されている。漱石が師事した年度からさほど遠くない、ケアの一九一四年の講義録 "On the History of the Ballads 1100–1500" から、バラッドの定義を引こう。

> バラッドは単に物語詩であるばかりでなく、抒情詩の形をとる物語詩、あるいは、そのなかに物語の胴体を持った抒情詩である。(6)

バラッドは英国ではスコットランドを中心に各地方で謡い継がれている。バラッドの舞台自体もスコットランドが多い。(7)述べてきたように、ジャコバイトの反乱が鎮圧され、一八世紀後半、政治で成しえなかった民族精神の昂りを文学が担うことになる。その火を点けたのがマクファーソンの一連のオシアン伝承である。(8)次節では漱石がバラッドを強く意識するようになった契機について論述を試みている。

インヴァネス州出身のマクファーソンは、一七六〇年に『スコットランドのハイランド地方で蒐集され、ゲール語より翻訳された古歌の断章』（*Fragments of Ancient Poetry, Collected in the Highlands of Scotland, and Translated from the Gaelic or Erse Language*）、一七六二年に『フィンガル、古代叙事詩六編』（*Fingal, an Ancient Epic Poem, in Six Books*）、一七六三年に『テモラ、叙事詩八編』（*Temora, an Epic Poem in Eight Books*）を出版した。フィンガル王を中心とした戦績とそれにまつわる話などを生き残ったオシアンが語り伝えているという詩である。これらの集大成として一七六五年に『オシアン詩集』（*The Works of Ossian, a Son of Fingal*）を刊行した。これがヨーロッパ大陸を巻き込んで大きな反響を呼んだことは漱石の説明を引いたとおりである。一八世紀後半はバラッド・リヴァイヴァルの時期となる。

一方で同時期、着実なバラッド蒐集も行われていた。牧師であったトマス・パーシー（Thomas Percy）は、苦心して集めた民間の古謡のほか、偶然発見した一七世紀写本やサミュエル・ピープスの集めたバラッド、そして、一八世紀初頭のバラッド集などから編集し、一七六五年に『英国古謡拾遺』全三巻（*Reliques of Ancient English Poetry*）を刊行する[9]。これはバラッドの最初のまとまった成果である[10]。漱石は「英国詩人の天地山川に対する観念」『文学論』『文学評論』で解説する。

漱石の「英国詩人の天地山川に対する観念」では、英国の一八世紀後半から一九世紀初頭にかけての自然主義（風景描写文学）とロマン主義とを論じてつぎのように述べられる。

> 一は思索の結果にて、歌舞燕遊の楽をすて、置酒高会《ちしゆこうかい》の小天地を撇脱《べつだつ》して、広く江湖に飄流し、青山白雲の趣きに俗腸を洗ひ清めんと欲し、一は歴史的の現象にて、遠く中世紀に溯り、普く遐方殊域《かほうしゆいき》の人間を捕へ来りて、世界共通の情緒を詠出せんと欲す。此歴史的研究は十八世紀の中頃、「マクファーソン」及び「チャタートン」抔が古文書を偽造して一世を瞞着せんと企てたるにても明かなるのみならず、千七百六十五年に「パーシー」が*Reliques of Ancient English Poetry* とて上代の謡歌を編纂して出版せるを見てもわからん[11]。

漱石は一八世紀後半の新傾向を確実に捕らえるなかでマクファーソンが古代詩を、トーマス・チャタートンが中世詩を偽造して世をだましたと評価されていたことに触れたうえで、パーシーの『英国古謡拾遺』について述べている。ここで漱石はパーシーによって集められたバラッドを「謡歌」と呼んでいる。

漱石『文学論』ではさらに踏み込んで「有名なる *Reliques of Ancient English Poetry* は民謡を蒐集せる第一の著述として重を文界になすもの、もし編者 **Percy** をして今日にあらしめば其貢献する所群を抜き類を絶つの点に於て、大に其声価を高うするに足るべし」と紹介する。バラッドは「民謡」と呼ばれている。つづいて漱石はパーシーが当書に付けた序文を訳して示す。

彼の自序に曰く。「都雅優麗を以てあらはる、今代に在つて、是等の古謡が籍を文界に列するの資格に多少の疑あるは余と雖ども知らざるにあらず。然れども此古謡の大半は真率にして味あり、巧を弄せずして自から格に入るが故に、仮令《たとい》高遠の詩趣を欠くと雖ども、亦以て存するに足らん。仮令想像の富贍《ふうせん》なく、為めに人目を眩燿《げんよう》することと難しと雖ども亦以て吾人の心を動かすを得べし」(12)。

パーシーはマクファーソンの受けた非難を意識しながら注意深く序文を記している。しかし、パーシーはこれらの古謡は「真率」で格調高く、存在する価値があり、豊かな想像で人目をくらませなくても人の心を動かしうると述べる。このパーシーの捉え方に漱石も同意しているからこそ、訳して直接引用しているのであろう。

漱石『文学評論』では、一八世紀の都会的文章を牽引したジョセフ・アディソンとリチャード・スティールを紹介しながら、彼らの後に、ロバート・バーンズ、ウィリアム・クーパー、ウィリアム・ブレーク、『オシアン』の訳、

パーシーの古謡集が存在しうるとは夢にも想像しえなかったろうと述べられる。(13)

さらに、漱石の一九〇三（明治三六）年三月から六月までの東京帝国大学英文科講義「英文学形式論」では、一行置きの「尾韻」（脚韻）の例をパーシーの『英国古謡拾遺』第三巻第三編より引いて示している。(14)

パーシーの『英国古謡拾遺』（*Reliques of Ancient English Poetry*）全三巻（一七六五年）の第一巻第二編は、シェイクスピア劇作品中に引用されている古いバラッドの断片を蒐集する意図で編集されている。多数のバラッドを盛り込むシェイクスピア劇のなかでも『ハムレット』第四幕第五場において狂乱のオフィーリアがバラッドを歌い続けるのは印象的な場面である。漱石旧蔵書の *A Variorum Edition of Shakespeare Hamlet*, vol. 1 では、ballad-opera と呼ばれ、五線譜まで付けた詳細を極めた注釈がある。そこにおいて古バラッドあるいは当時流行していたバラッドが活用されていることが示されている。(15)

このパーシー『英国古謡拾遺』は、ウォルター・スコットやウィリアム・ワーズワスに多大な影響を与える。また、ドイツをはじめとして、ヨーロッパ中にすぐにバラッド・リヴァイヴァルが巻き起こり、一八世紀後半からのバラッド詩の大流行が起き、ロマンティシズムを呼び起こした。

たとえばアルフレッド・テニソン（Alfred Tennyson）には伝承バラッドを元唄としてバラッドの技巧を使った詩が少なくない。漱石『薤露行』の前置きで「マロリーのアーサー物語」および「テニソンのアイヂルス」についての言及がある。(16) マロリー編『アーサー王の死』にも取り込まれた伝承をバラッドに仕立てたのがテニソン「シャロット姫」（"The Lady of Shalott," 1832）である。(17) テニソン「アイヂルス」すなわち『国王の牧歌』（*Idylls of the King*, 1859–85）を構成する詩の一つとなった。

三　近代長編文学とバラッド

このように喚起力豊かな古謡であるから、スコットランドを舞台とする近代長編文学に取り入れられてゆく。そのことも漱石の視野にあった。先に、エディンバラからの一九一〇年一一月一日付漱石葉書について紹介したが、七ヶ月前の同年四月三日に、漱石は、スコットランドのグラスゴー大学の試験出題者に任命される[18]。その二日後の四月五日にスティーヴンソン『誘拐されて』を読んでいる。先述した登場人物、アラン・ブレックは頻繁に、ジャコバイトの奮闘や敗北を歌い上げるバラッドを口笛で吹き、自身の武勇を称えるゲール語詩も作り、主人公デーヴィッドに聴かせている。また、主人公はしばしば民謡の物語と重ね合わせて自分の行動を反芻する。

ウォルター・スコットは漱石旧蔵書にある『スコットランド辺境歌謡集』（*The Minstrelsy of the Scottish Border*）でパーシーの『英国古謡拾遺』を念入りに紹介する[19]。また、スコット自身の詩および小説に大いに活用する。漱石もそのことを意識しており、講義『英文学形式論』で、パーシーを引いた後、スコットに論じ及ぶ。

スコットの『湖の女』（*The Lady of the Lake*）は一対づゝに押韻したる四律格（tetrameter）である。此詩が邦人に面白がられる大半の理由は此点にあると思ふ[20]。

この長編叙事詩『湖の女』（『湖上の美人』）は物語詩であり、登場人物が土地に根差したバラッドに耳を澄ます場面が多数あるうえ、最終場面近く、ロデリックという捕らわれ者が死の間際に、サクソン族に対する、一族郎党の戦いぶりについて吟遊詩人アフラ・ベインに報告の歌をねだり、それを読者も聴くという作りになっている。

さらに、ウォルター・スコット『マーミオン』では、バラッドの発生するありさまがつぎのように捉えられている。

彼ら（引用者注：敗退したスコットランド軍の戦士たち）は町から城へ、丘から谷へと、
血に染まったフロドンの暗い物語を語り歩き、
国中で、悲嘆の声をあげさせた。
口承の物語、伝説、それに詩や歌が、
幾時代にもわたって、その嘆きを語り継ぐことだろう。[21]

スコットのみならず、スティーヴンソンもバラッドを効果的に文学中で用いる。第一章でも論及したが、第七章で集中的に考察する。ここでは、フィールディングもまた、バラッドを重要な文学モチーフにしている点を指摘しておこう。『トム・ジョウンズ』のヒロインのソファイアは、父ウェスタン氏の所望で毎夕ハープシコードを弾く。父が喜ぶのは古いバラッド曲であった。[22]小説全体の底流に古いバラッド曲が流れている印象を与えている。

四　ユニヴァーシティ・カレッジのケア教授による示唆

バラッドについて漱石の関心を辿って整理しておく。ロンドン大学ユニヴァーシティ・カレッジの授業において漱石が唯一面白いと書き留めた[23]、スコットランド出身のケア教授（W. P. Ker）は中世文学の泰斗であり、同時に、バラッド学者として知られる。漱石の『英文学形式論』にはこう紹介される。「私がロンドンに居た時ケアー（Ker）教授

――*Epic and Romance* の著者、*Periods & European Literature* 中の 'Middle Age' の部を書いて居る、の講義を聞いた」。[24]
前述のW・P・ケアの講義録中、一九一四年講義の冒頭ではバラッドについてつぎのような説明が施されている。

ここでは、バラッドは抒情的な物語（すべてのバラッドは抒情詩である）の意味とする。その起源は民衆的か、または、民間に普及する知られた型を使っていて、地域社会全体に口承で流布されるのに適している。[25]

また、W・P・ケアは別の著作『英文学　中世』（*English Literature: Medieval*）において、中世のバラッドが形式的にも内容としても古代叙事詩と同種であると述べたうえで、その史劇のプロットは大体において悲劇であると論じる。バラッドにハッピー・エンディングがないわけではないが、バラッドのうち最上のものは、痛ましい終わりであり、多くは悲劇的な思い違いがあり、多くは勇士の敵との最後の抗争場面の繰り返しがあるとする。[26]

詳しくは第四章で述べるが、漱石は蔵書にバラッドを集めている。ワーズワスとコールリッジによる *Lyrical Ballads* を除いても、計七点のバラッド集がある。これまで触れてきたパーシー『英国古謡拾遺』全三巻の他に、スコットによる『スコットランド辺境歌謡集』、ジョージ・エリスによる『初期英語韻文ロマンス選集』全三巻を持っている。フランシス・ジェイムズ・チャイルド（Francis James Child）の弟子であるフランシス・B・ガメレー（Francis B. Gummere）の『古英語バラッド』（*Old English Ballads*）も蔵書する。英蘇国境地帯は争いが絶えず、その分、バラッドも多くでき、漱石はG・R・トムソン（G. R. Tomson）編 *Border Ballads* を蔵書していた。それから蔵書にあるJ・S・ロバーツ（J. S. Roberts）による *The Legendary Ballads of England and Scotland* も多くのスコットランドのバラッドを収録する。さらに、漱石が頻用していたと思われるH・B・コッテリル（Henry Benard Cotterill）によって学校副読本として編集された *Ballads Old and New* もまた、著名なバラッドを網羅していた。

そのうちのフランシス・B・ガメレーによる『古英語バラッド』のなかにはユニヴァーシティ・カレッジ講義で用いられたロビンフッド物語が含まれている。[27]そのガメレーの Introduction から、強調されている箇所を引いてみよう。

情緒の自然な爆発としてのその歌は、しばしばそして明確に個人の重大事であって、世の人々の正統な詩の必要条件とほとんど一致していない。[28]

漱石『文学論』で文学性の軸として提示された主として個人の「情緒」の発露がバラッドに典型的に見られるのである。漱石の友人であった岡倉由三郎は、ガメレーの *The Popular Ballad* から引いたうえでつぎのようにバラッドについて説明する。中世の終わりがバラッドの全盛期であり、民衆の間で舞踏歌として用いられ、唄い踊る便のために、リフレインを多くもった野趣あふれる歌であった。一八世紀に再発見され、文学的な価値が見出され、拾い集められた頃には、もう口碑の継承もなく、古文書、古老の記憶、片田舎の風俗歌、あるいは、蒐集者自身の追憶から引き出され、修正補綴されて文字に写された。[29]

漱石がバラッドについて関心を深めていった背景をさらに遡っておけばつぎのとおりである。漱石が帝国大学学生時代に受けた講義の断片が二種残っている。一種目は、Ballad という題と Minstrel という題が付けられた二枚である。Minstrel とは中世の吟遊詩人のことである。また、「英文学史 Ballad “Chevy Chase”」という試験答案か作文が残されている。四頁にわたる。さらに、帝国大学学生時代の漱石の試験答案「英文学 Examination on Minstrelsy & Ballads」（一八九二年三月二四日の日付入り）が残っている。これらはおそらく英文学科講師J・M・ディクソンによる講義の筆記とその試験の答案・作文であろう。

五　バラッドの嚆矢「チェヴィ・チェイス」

バラッドの嚆矢は、漱石『文学評論』でも論じられるジョセフ・アディソンが一七一一年の『スペクテーター』(*The Spectator*) 七〇・七四号に載せた論文で "Chevy Chase" としたのが定説となっている。一五世紀にその歌の原型があるという。パーシー『英国古謡拾遺』にも載る。

チェヴィとは、イングランドとスコットランドの国境にある丘陵地帯のことである。そこでは、ノーサンバランドのパーシー家と、スコットランドのダグラス家との確執が続いた。発端はパーシー家がスコットランド国境で狩猟をしたことだという。その両家の猟のありさまや戦いが謡われ、バラッド歌として伝えられたのが「チェヴィ・チェイス」である。両家の長はともに戦死する。

漱石は『吾輩は猫である』、一九〇五(明治三八)年九月の断片などで「チェヴィ・チェイス」にしばしば言及する。[30]『文学論』では「怒の情緒」を論じ、代表的なのは戦で表白されるとし、例に「古き民歌」の「Chevy Chase」を挙げた。[31]『文学評論』においてはアディソンの『スペクテーター』(第七〇号)掲載論文を引きながら説明がなされ、つぎのとおり熱が籠もっている。

まず、アディソンのことを「『チエヴイ、チエーズ』の古謡を称揚したので評判である」とする。「『チエヴイ、チエーズ』の作者も亦中世のバロンが互に割拠して、空しく争闘に日月を送つてゐた時に、生れたから此詩を作つたのである」と解説し、不自然な争いが長びくのを防ぐためという訓戒を詩に見るアディソンの批評に疑問を呈する。「あの詩を読んで、アヂソンの様に解釈の出来るものはたんとあるまい。私などは却つて喧嘩がしたくなる。打ち合つたり斬り合つたりする事が愉快に思はれる」[32]と述べる。つづいて掲出のように論じ、漱石がバラッドに対して、いかに偏見なく、文学的価値を認めていたかが分かる。

――『チエヴイ、チエーズ』は英詩のうちで尤も面白いもの、一つと考へてゐるが、其面白いのは、私の見る所では、全く其文体の単純な為である。私ばかりではない、諸君も御同感だらうと思ふ。此点に於てアヂソンの云ふ所は全く我々の批評と相容れない様に思はれる。実際容れないのである。当時の詩人は手の入つたもの、磨きを掛けたもの、きちりと緊《しま》つたものでなければ丸で詩とは認めなかつた。だから十八世紀の終りになる迄 ballad《バラッド》文学の価値を認めるものは一人もなかつたのである。アヂソンは十八世紀に生れた人だから無論単純といふ事には興味をもつてゐなかつた。此点は大分現代の人と違ふ様であるが、さすがにアヂソン丈あつて、群小批評家より一頭地を抜いてゐたと見えて、『チエヴイ、チエーズ』の自然に訴へる力を認めて、思ひ切つて世間に紹介したのである。之を紹介する丈でも大変に勇気の入《い》る事である(33)。

さらに、アディソンを罵倒した当時の批評を批判的に引いた後で、漱石は再度、「『チエヴイ、チエーズ』は御承知の通り尤《もつと》も豪壮な、尤も活潑な、尤も気魄に充ちたバラツドである(34)」と述べる。

明治期に競って読まれた『湖上の美人』（『湖の女』）でも「チェヴィ・チェイス」のような狩猟のバラッドが女主人公エレンによって、スノーダンの騎士に扮するジェイムズ五世に対して、歌われている(35)。

六　オシアンの広間

テイ川南岸一帯はアサル公のプレジャー・グラウンドである。ダンケルド&バーナム駅近くから、ハーミテジ（The

Hermitage（隠者のいおり）という、樅ノ木の林立する森が広がる。ハーミテジの森のなかに、ブラック・リン滝に面したオシアンの広間（Ossian's Hall）という建造物がある。

ワーズワスは森のこの滝を見下ろすオシアンの広間に二度来ている。一度目は一八〇三年、妹のドロシーと同行していた。つぎの詩「心情吐露　ダンケルド近くのブラン川の堤の遊園地にて」（"Effusion in the Pleasure-Ground on the Banks of Bran, near Dunkeld"）は一八一四年の訪問で制作したとのことで、一八〇三年のドロシーの『思い出の記』からの抜粋が冒頭に付されている。

『その滝は、大きな轟音によって、我々がそれをいつ期待すべきかを警告してくれた。しかしながら小部屋に導かれたのは、我々が最初で、そこで園丁が、オシアンの絵を見て下さいと頼んだ。（……）我々の正面にある窓と、反対側にある大滝は、天井や壁に当って、無数の鏡の中で反射していた。』――我が旅の同伴者の日記から抜粋。

彼は一体何ものなのか――その歌を鼓舞する
血縁の英雄たちの群の中で、尚も嵐の丘や、
その姿を抜けてぼんやりときらめく星々を
しばしば訪れる彼は！　何ものなのだ！
ここにいるオシアンは――描かれた奴隷、
化粧漆喰の壁に、無言で取り付けられたもの、
見世物用の思いもかけぬ幕、そしてその瞬間が来ると、
開かれて、不可思議な仕掛けによって消える。（……）

それならば、彼に、忍耐強い筆法で、
壁岩あらオシアンの像を刻ませて――
轟くブラン川よ！　お前の岸辺に――
絶壁のテンプル騎士団が、
永遠の見張り番をするように、
象徴の人物像を安置させてやりなさい。(36)

広間に描かれた吟遊詩人オシアンに向かって叫んでいるかのような詩である。亡霊の英雄たちを従えたオシアンによる歌を肌で感じ、ブラック・リン滝を宿して轟音のブラン川の岸辺に、不死のオシアンの安置を願っている。ハーミテジ一帯が一八世紀スコットランドの重要なピクチャレスクな風景の一つである。そのオシアンの広間は壁が鏡のアート作品になっており、二〇〇七年、そのオリジナル・デザインが再現された。ハーミテジの森をより進めば、オシアンの洞穴（Ossian's cave）とされる場所まである。

七　一九〇三年、漱石訳『オシアン』

留学中の一九〇一（明治三四）年二月一二日付の日記に、漱石はクレイグ先生宅からの帰りにチャリングクロス（Charing Cross）に寄り、「Macpherson ノ Ossian ヲ得テ帰ル」と記している。その本は *The Poems of Ossian, translated by James Macpherson, Esq.*, in 2 volumes, London: W. Strahan & T. Becket, 1773 であり、本章も同書より引用する。述べてきているとおり、ユニヴァーシティ・カレッジを留学先とした漱石が真っ先に目指した教師はW・P・ケアであり、ケア教授が数多くの中世文学に関する功績のなかでも、バラッドを重要な研究対象に据えた点は見逃しがたい。

漱石旧蔵書レズリー・スティーヴン（Leslie Stephen）『一八世紀における英文学と社会』（*English Literature and Society in the Eighteenth Century*）には、一連の『オシアン』詩をゲール族の叙事詩の英訳だとしたマクファーソンの公言に驚かされた旨、記されている。さらに、これら古文学の復興について、「歴史的、哲学的、考古学的研究が発達するに従って、文学者達も新しい「主題」を求め、古い形式の文学の中に、長所を発見し始めたのである」(37)と、古文学から新しい主題が見出されたことを記す。

すでに述べたように、一七六〇年を筆頭に、ジェームズ・マクファーソンが古いゲール語原詩から英語訳していった一連のオシアン伝説は、古くから口承で伝わってきた物語、もしくは、オシアンによって歌われたという歌物語である。オシアンは二、三世紀頃活躍したフィンガル王の王子で、英雄であったが、盲目となり、一族の戦果などを歌にしたとされる。

マクファーソンによって一八世紀にもたらされたそれら古伝説は、壮大なスケールを持った、力強い叫びの詩であり、新鮮な感動をヨーロッパ中に巻き起こした。漱石による紹介もすでに示した。支配層でもなく、また、一方的に使役される立場でもない、裕福な小市民的階層の詩が収められている点がギリシャ・ローマ神話と異なる。また、男装して戦場に赴く女性が幾人も描かれるのも特徴的といえよう。金子健二が『オシアン』の特色として、「神韻漂渺《ママ》たる想」と「沈痛なる悲哀の調」を挙げる。(38)

漱石は一連の『オシアン』詩より「セルマの歌」（"The Songs of Selma"）から一部、ならびに、「詩、カリックスーラ」（"Carric-thura, a Poem"）から一部を訳している。

「カリックスーラ」のほうは第三章で論じるので、ここでは「セルマの歌」にのみ触れておこう。舞台とするのは、エティブ湖（Loch Etive）の北にあるセルマ（Selma）という地で、ピトロクリから西へおよそ九〇キロメートルである。

「セルマの歌」は、スコットランド・ハイランド地方でクランの頭領主催の饗宴にて、吟遊詩人による詩の朗読があり、その折にオシアンが披露した詩とされる。恋人と兄とを失くしたコルマという女性と二人の吟唱詩人、ライノオ、アルピンの独白より成り立っている。アルピンは戦死したモラアを哀悼して歌っている。

セルマの独白を見よう。漱石訳一行目である。嵐の丘、峰では風の音が聴こえ、岩を下る早瀬が見えるばかりというスコットランド・ハイランド地方特有の風景である。劇のような構成を取っていて、コルマは、恋人サルガアを待っていた。

　コルマ
暮れ果てゝ、わびしくも、あらしの皐《おか》に一人。峯に聴く風の音。岩を下る早瀬。雨凌ぐ軒端もなく、風吹く皐に一人。(39)

コルマとサルガアの家は敵同士だが、コルマは、父や兄を棄てても、サルガアと行こうと思っていた。が、今宵に帰ってくると誓っていたサルガアの行方が知れない。コルマが探しに荒野に出る。サルガアと兄との一戦を幻視するかのような節がある。漱石はつぎのように訳す。

あなや佩《は》けるつるぎ太刀、斬り結びけん、紅《くれない》深し。生きてあらぬか、君もいろねも。なつかしき人と人。互に断ちし玉の緒ぞあはれ。(40)

眉目が秀でているのは君（サルガア）のほうで、ほこを取って立てば壮夫《ますらお》だが、対するいろね（兄）は向かう方敵なしである。コルマは呼び叫ぶが、サルガアの息は絶えたのか応答がない。どこで亡くなっているのかと涙ながらに探す。

語り給へ、聴き給へわが声を、いとしき人よ。いとしき人は語らず、長へに語らず。土の如く冷え尽したる胸のほむらよ。語れ亡き魂、邱《おか》に聳ゆる岩の間より、風の吹くなる峰の上より、われは怖れじ。逝ける人の休らふ国はいづこ、いづこなる洞の裏にて君と相見ん。風のもたらす声もきかず、あらしの奪ふ答だになし。(41)

先に、ダンケルドのハーミテジの森にオシアンの洞穴と呼ばれる場所があると述べた。ピトロクリの屋敷に滞在した漱石が、スコットランドの歴史と文化に魅了されて移り住んできたイングランド人の屋敷の主人とともに、鉄道駅で隣のそこまで出向かなかったとは考えにくい。『マクベス』で知られるバーナムの森も近い。漱石にとって、シェイクスピアと一八世紀英文学とは主たる研究対象だったのだから、はじめから現地に足を運ぶために、近隣のピトロクリ滞在を決めたと考えられると再度強調したい。

漱石は、『オシアン』「セルマの歌」のサルガアが死ぬために身体を横たえたのではないかとコルマによって探される洞穴を想像するあたり、ハーミテジで見た、まさにオシアンの居場所と名指されていた現実の洞穴とを重ねながら、訳していたであろう。詩中につぎのようなくだりもある。

In what cave of the hill shall I find the departed?(42)

漱石は「いづこなる洞の裏にて君と相見ん」と訳している。この箇所に限らず、漱石はコルマの悲嘆が吐露される部分から、一文一文丁寧に翻訳している。『漱石全集』解説をはじめとして「抄訳」「翻案」と評されがち(43)であったが、そうではない。大澤吉博がこの漱石の訳について「原文の感じをよく汲みとったものである」としているが、そちらのほうが近い(44)。

八　『永日小品』「昔」

漱石のピトロクリ滞在年月日は不明とされるが、一九〇二年の秋ごろであろうか。漱石を呼び、迎えたのはダンダーラックの屋敷の主人、ジョン・ヘンリー・ディクソン（John Henry Dixon）である。スコットランドへの浪漫的興味をつのらせ、この地の住人になってしまった人物である。漱石もこの歴史と文学の磁場に引き寄せられた者の一人であろう。本書でもこの地を取り巻く文学の厚みについて伝えてきた所以である。

『永日小品』「昔」は「ピトロクリの谷は秋の真下《ました》にある」から始まる。「谷」とは、泥炭で黒いタンメル川とその河川敷を指す。「酸《す》いものがいつの間にか甘くなる様《よう》に、谷全体に時代が附く。ピトロクリの谷は、此《こ》の時《とき》百年の昔《むかし》、二百年の昔《むかし》にかへつて、安々《やすやす》と寂《さ》びて仕舞ふ」、「自分の家は此《こ》の雲と此の谷を眺めるに都合好《よ》く、小さな丘の上に立つてゐる」、「足元《あしもと》は丘がピトロクリの谷へ落ち込んで、眼の届く遥《はるか》の下が、平《ひら》たく色で埋《うづ》まつてゐる」、「明《あきら》かで寂《さ》びた調子が谷一面に反射して来る真中《まんなか》を、黒い筋が横に蜿《うね》つて動いてゐる。泥炭《でいたん》を含んだ渓水《たにみず》は、染粉《そめこ》を溶いた様に古びた色になる。此山奥に来て始めて、こんな流《ながれ》を見た(45)」。

キリクランキーの狭間までタンメル川は続く。「昔」の結びはこうである。

主人は横を振り向いて、ピトロクリの明るい谷を指《ゆび》さした。黒い河は依然として其《そ》の真中《まんなか》を流れてゐる。あの河を一里半《りはん》北へ溯《さかのぼ》るとキリクランキーの狭間《はざま》があると云つた。高地人《ハイランダース》と低地人《ローランダース》とキリクランキーの狭間で戦つた時、屍《かばね》が岩の間に挟《はさま》つて、岩を打つ水を塞《せ》いた。高地人《ハイランダース》と低地人《ローランダース》の血を飲んだ河の流れは色を変へて三日の間《あいだ》ピトロクリの谷を通つた。

自分は明日早朝キリクランキーの古戦場《こせんじょう》を訪《と》はうと決心した。崖から出たら足の下《した》に美しい薔薇の花瓣《はなびら》が一二片《ぺん》散つてゐた。(46)

この高地人と低地人との激闘が、先述した一六八九年七月二日の、ブレア城から行軍した国王（スチュアート王家）派ハイランダーズ（ジャコバイト）とスコットランド政府軍とのキリクランキーの戦いである。

漱石旧蔵書のG・ブランデス『英国に於ける自然主義』（二）（一九世紀文学主潮　第五巻）では、ウォルター・スコットの『ウェイヴァリー』シリーズが中世、騎士道、封建社会、スコットランド人の特色への興味を喚起したことや、イングランドの旅行者によってキリクランキー戦場が巡歴されるようになったことが述べられている。(47)ワーズワスもその一人だった。漱石もその一人という自覚があったであろう。文学的歴史的興味からピトロクリに行き着いたと考えられる。

先に引いたワーズワスの "In the Pass of Killicranky《s i c》, An Invasion Being Expected" は漱石の念頭にあったはずだ。また、同じくワーズワスの一八〇三年スコットランド訪問詩のなかに収められた「ひとり麦刈る女」("The Solitary Reaper") も頻繁に思い起こされたに違いない。漱石旧蔵書の *The Poetical Works of William Wordsworth* にその詩は載る。その詩はハイランドの娘がひとり麦を刈りながら、悲しげな歌を歌っている情景を描く。だが、詩人はその言語を解しないために、何を歌うのか分からない。いにしえのことか、古戦のことか、ひな唄か、この頃の話題か、過去にも未来にもある悲しみか、死別か、苦しみかと詩中で畳みかけられる。(48)ここで、古戦の歌かと考えられているのは重要だろう。

民間に歌い継がれたバラッドは、古くより戦の様子を伝える手段であった。

「昔」では、ダンダーラック屋敷の主人が古戦とその後の河の流れまで伝えたと記す。タンメル川は黒色なのだから、それが血に染まるとはいかに大量の血が流されたかが分かる。古式ゆかしいスコットランド民族服を着た主人が語り部のように、まるで吟遊詩人のように情景鮮やかに伝えると、戦の風景は漱石が相槌を打つ現在まで引きずり出される。

漱石が主人の話を聴いていたのが一九〇二年のことだとしたら、一六八九年は二一三年前である。「昔」執筆時の二二〇年前となる。現在時から、すぐにそれだけの時を越えて、その「昔」に帰ってしまうのがピトロクリである。「ピトロクリの谷は、此の時百年の昔し、二百年の昔にかへつて、安々と寂びて仕舞ふ」とあるのはそういうことを意味する。「昔」の結びの句では、散ったばかりの薔薇の花びらの様子があたかもいにしえに流された血や魂が舞うかのように描かれている。

ワーズワスの抱いた感覚とそう違わないであろう。漱石は訪れることを誓ったキリクランキーの古戦場に立ったとき、そこにまつわる伝承に耳を澄ませ、その刺激を携えて創作に踏み込むまで、あとひと息のところに来たのである。

さらにいえば、漱石の見る「昔」は、ピトロクリだけではないのではないか。よりいっそう歴史的に遡る奥行きを見据えているのではないか。

『オシアン』中には、血に染まっている川の流れの表現がいくらも見出せる。たとえば、「クー・ヴァラ――劇の歌」中の言葉である。この歌劇ではそれぞれの登場人物になって歌を歌いあう。登場人物、クー・ヴァラという、サルノ王の娘は、スコットランド国境を越えたローマ軍をカロン川まで迎撃に行ったフィンガル王を案じている。

クー・ヴァラ

カロンよ、カロンの流れよ、どうして水が朱《あか》く染まっているのでしょう。

フィンガル王の部下ヒジァランは、前にクー・ヴァラに求婚して断られたことを根に持っていて、フィンガル王が戦死したと嘘をつぎのように述べる。

ヒジァラン
カロンよ、カロンの流れよ　水は朱《あけ》に染まって流れてゆく　軍兵の指揮者は今は雲間にいる。(49)

結局、クー・ヴァラは再会できたフィンガル王を亡霊と思い込んだまま、息絶える。類似した情景は、漱石訳「セルマの歌」にも現れている。まずコルマの言葉を再掲する。

コルマ
あなや佩けるつるぎ太刀、斬り結びけん、紅深し。生きてあらぬか、君もいろねも。なつかしき人と人、互に断ちし玉の緒あはれ。

恋人と兄とが差し違え、紅の血を流したことを悲嘆している。そのコルマの言葉を受けて、ライノオという吟遊詩人がこう歌う。

ライノオ

（……）石多き谷をめぐりて、赤き流は山より来る。(50)

『永日小品』「昔」の描写は『オシアン』の表現を再来させているつもりだったのだ。(51) 漱石が小品の題で示したかった「昔」とは、二百数年前ばかりを指すのではなかった。スコットランドの地に古来積み重なって『オシアン』に汲みとられ、その後も受け継がれてきた歴史を指していた。河が血に染まる戦いが繰り返され、バラッドで伝えられてきたその「昔」である。さらに、その「昔」が語りによって現在に手繰り寄せられそうな感覚がピトロクリにはある。その感覚を保存するために『永日小品』「昔」は書かれた。

このように、『オシアン』は漱石に文学的遡行を促す。ゆえに、翻訳まで試みられ、いっそう漱石文学に足跡を残すこととなった。

（1）『オシアン』のフィンガル王からそう呼ばれるフィンガルの城（Fingalian Castle）なる石の建造物が、ピトロクリ地域に多くある（John Henry Dixon, *Pitlochry Past & Present*, Pitlochry: L. Mackay, 1925, pp. 83–84）。

（2）『英文学叢誌』第一輯、東京文科大学英文学科内英文学会編纂、一九〇四（明治三七）年二月、文会堂発兌、一―九頁。

（3）初出『文学評論』春陽堂、一九〇九（明治四二）年三月、『漱石全集』第一五巻、一九九六年、岩波書店、五二頁。

（4）山中光義『バラッド鑑賞』開文社出版、一九八八年、一八〇頁。

（5）ゲーテ『若きウェルテルの悩み』での『オシアン』の使用が知られるが、ゲーテによる独訳「『オシアン』から「セルマの歌」」（高木昌史編訳『ゲーテと読む世界文学』青土社、二〇〇六年、一一三―一一五頁）のほうが漱石訳「セルマの歌」に影響を与えたように思われる。第一章で確認したスコットランド近代小説中のゲール語詩の英訳と同様である。

（6）拙訳。原文はつぎのとおり。“It is not a narrative poem only; it is a narrative poem lyrical in form, or a lyrical poem with a narrative body in it.” W. P. Ker, *Forms & Style in Poetry*, Edited by R. W. Chambers, London: Macmillan, 1966, p. 3.

（7）『全訳　チャイルド・バラッド』第三巻、藪下卓郎による註、音羽書房鶴見書店、二〇〇六年、四九一頁。

（8）この出版の経緯については金子健二『英国自然美文学の研究』泰文堂書店、一九二八年、五二一頁に詳しい。

（9）漱石旧蔵書は *Reliques of Ancient English Poetry* (Behn's Standard Library), edited by J. V. Prichard, 2 vols., London: G. Bell & Sons, 1886–1892.『英国古謡拾遺』第一巻第二編は、シェイクスピアの作品中に引かれた、散在している古いバラッド断片を蒐集するという意図でなされており、英文学者であった漱石にとって必読文献と感じられたであろう。とくに「フランシスコ修道僧」は『ハムレット』四幕五場のオフィーリアの歌の元になっていると考えられている（『バラッド詩集——イングランド・スコットランド　民衆の歌』藪下卓郎・山中光義訳、音羽書房、一九七八年、一九五頁）。なお、*Reliques of Ancient English Poetry* は境田進によって『古英詩拾遺』（開文社出版、二〇〇七年）と訳されているが、当該訳を参照する場合を除き、本書では『英国古謡拾遺』という日本語訳を採用する。

（10）パーシーの後、フランシス・J・チャイルド（Francis James Child）が、四〇年近くかけて蒐集した『英蘇バラッド集』（*The English and Scottish Ballads*, 1882–98）全五巻を刊行した。チャイルドは初めて学問としてバラッドの蒐集に取り組んだとされる。その書には三〇五編が収められ、現在でも決定版となっている。

（11）夏目金之助「英国詩人の天地山川に対する観念」（初出『哲学雑誌』第八巻第七三号—七六号、一八九三（明治二六）年三月—六月、引用は『漱石全集』第一三巻、岩波書店、一九九五年、三一頁）。

（12）初出『文学論』（大倉書店、一九〇七年）、引用は『漱石全集』第一四巻、岩波書店、一九九五年、四八一—四八二頁。

（13）初出『文学評論』（春陽堂、一九〇九年）、同書は漱石の序にあるとおり、大学在職中の講義録である。引用は『漱石全集』第一五巻、岩波書店、一九九五年、一九六頁。後述するが、アディソンが最古のバラッドの一つを称揚したことについても漱石は講義している。

（14）"Love will find out the Way" というバラッドである。漱石は "And under the graves;" まで引いた（初出　夏目漱石述、皆川正禧編『英文学形式論』岩波書店、一九二四（大正一三）年。『漱石全集』第一三巻、岩波書店、一九九五年、二七八頁）。

（15）*A Variorum Edition of Shakespeare Hamlet*, Vol. 1, edited by Horace Howard Furness, Philadelphia: J. B. Lippincort Co., 1877, pp. 329–334.

（16）初出『中央公論』第二〇年第一一号（二〇〇号）、一九〇五（明治三八）年八月、『漱石全集』第二巻、一九九四年、一四五頁。

（17）『英国物語詩　14撰——伝承バラッドからオーデンまで』山中光義・中島久代・宮原牧子編著、松柏社、一九九八年、七三一八三頁。

（18）福沢諭吉の息子の福沢三八が第二外国語として日本語で受験することを主張したためである。後述の漱石が師事したW・P・ケア教授はこのグラスゴー大学出身であり、漱石を推薦したのではないか。

（19）Walter Scott, *Minstrelsy of the Scottish Border*, Volume 1 (Public Domain, United Kingdom, 1802), p. 60. 漱石旧蔵書はつぎのとおりである。*The Minstrelsy of the Scottish Border*, 2 vols, Edinburgh: A. & C. Black, 1887.

（20）前掲『漱石全集』第一三巻、二七九頁。『湖の女』から具体的に引用され、四律格が示される。『湖の女』の邦訳は落合直文「孝女白菊の歌」（『東洋学会雑誌』一八八八（明治二一）—一八八九（明治二二）年）の部分訳を初めとし、続いて塩井正男（雨江）『今様長歌　湖上の美人』（開新堂書店、一八九四（明治二七）年）が全訳で出版される。日本近代文学草創期、最も多く訳された書物の一つである。

（21）ウォルター・スコット『マーミオン』佐藤猛郎訳、成美堂、一九九五年、二三〇頁。長編詩『マーミオン』は、一五一三年九月九日、ノーサンバランド州フロッデンの丘で対決した、スコットランド王ジェイムズ四世の率いるスコットランド軍とサリー伯爵の率いるイングランドとの戦へと向かう。スコットランド軍の大敗で終わる。

（22）漱石旧蔵書と同書と思われる書より引く。Henry Fielding, *The History of Tom Jones, a Foundling*, vol. 1, London: G. Bell & Sons, 1884, p. 142.

（23）漱石の留学先ロンドン大学ユニヴァーシティ・カレッジ英文科の専任教員は三名に過ぎず、その専門分野は中世英文学と古英語・中英語などの英語学である。漱石が明治三六年一月二六日付で文部大臣菊池大麓宛に出した「英国留学始末書」には、「カー」（Kerのこと）に従い、近代英文学史を研修したように記されているが、実際の講義表によれば、ケアの講義は英文学史、古英語、一三四〇年から一四〇〇年までの英文学史、一五世紀の英文学史である（髙宮利行「ユニヴァーシティ学寮の講義と漱石」（『英語青年』第一二九巻第五号、一九八三年八月、二二四—二二五頁））。漱石の一九〇〇（明治三三）年の日記にケアについて複数回記されている。一一月六日には「Kerノ返事来ル明日午後十二時に来レトノ事ナリ」とあり、七日に講義を聞いたことが記され、一一月二一日に「Kerノ講義ヲ聞ク面白カリシ」とある（『漱石全集』第一九巻、岩波書店、一九九五年、二八—二九頁）。

（24）前掲『漱石全集』第一三巻、二七二頁。

（25）拙訳。原文はつぎのとおり。"'Ballad" is here taken as meaning a lyrical narrative poem（all ballads are lyrical ballads）either popular in its origin, or using the common forms of popular poetry, and fitted for oral circulation through the whole of a community." W. P. Ker, *op. cit.*, p. 3.

（26）W. P. Ker, *English Literature: Medieval*, London: Williams & Norgate, pp. 161–162. 刊行年不明。

（27）高宮利行前掲論文、二二五―二二六頁。

（28）拙訳。原文はつぎのとおり。"The song, spontaneous outburst of emotion, is so often and so clearly a matter of the individual, that is seldom agrees with the conditions of genuine poetry of the people." 注に有名なスコットランドのバラッドの一節も記された一文である。*Old English Ballads*, selected and edited by Francis B. Gummere, Boston: Ginn & Company, Publishers, 1903, xvi.

（29）岡倉由三郎『Old English Ballads』研究社、一九二三（大正一二）年、ii―xiii頁。

（30）「ホーマーでもチエギ、チエーズでも同じく超人的な性格を写しても感じが丸で違ふからね」（『吾輩は猫である』一一、初出『ホトトギス』第九巻第一一号、一九〇六（明治三九）年八月、『漱石全集』第一巻、岩波書店、一九九三年、五五一頁）。「Homerノ時代を見よ。Chevy Chaseの時代を見よ」（明治三八、九年断片三二D）、前掲『漱石全集』第一九巻、二〇五頁）。「Homer ガ Iliad ヲ歌ひ、Chevy Chase ニ勇武ヲ歌フト（……）Homer ノ愉快ナク。Chevy Chase ノ simplicity ナシ」（明治三八、九年断片三二E）、前掲『漱石全集』第一九巻、二〇九―二一〇頁）。

（31）前掲『漱石全集』第一四巻、五七頁。

（32）前掲『漱石全集』第一五巻、二一三―二一五頁。

（33）前掲書、二一五―二一六頁。傍点は原文による。

（34）前掲書、二一七頁。

（35）Sir Walter Scott, *Lady of the Lake*, with introduction and notes by G. H. Stuart, London: Macmillan & Co., 1896, p. 21. 同書は漱石旧蔵書にある四種類の『湖上の美人』のなかの一点である。ただ、漱石旧蔵書は一八九四年版である。『湖上の美人』中の主要登場人物であるアルパイン族のロデリック卿が、ケルトの遺族であり、同作にはケルトの遺跡や文化が多く登場する。

（36）五十嵐美智訳『旅をゆくワーズワス――スコットランド、ヨーロッパ大陸、イタリア周遊旅行の思い出』晃学出版、一九八九年、八五―八九頁。

（37）レズリー・スティーヴン『十八世紀における英文学と社会』岡本圭次郎訳、研究社、一九五六年、二二四頁。漱石旧蔵書はL. Stephen, *English Literature and Society in the Eighteenth Century*, London: Duckworth & Co., 1904.

（38）金子健二前掲書、五二七頁。

（39）前掲『英文学叢誌』第一輯、一頁。旧字は新字に直し、ルビは現代仮名遣いで振り直した。この『英文学叢誌』は原文を掲載する冊子も付属しており、*Ossian* より "The Songs of Selma" "Carric-Thura"（"a Poem" の語は記載なし）も載る。漱石自身で蔵書していた *Ossian* より写したのであろう。

（40）前掲書、二頁。

（41）前掲書、二―三頁。

（42）漱石旧蔵書と同じ書からの引用である。*The Poems of Ossian*, translated by James Macpherson, in 2 volumes, vol. 1, London: W. Strahan and T. Becket, 1773, p. 208.

（43）前掲『漱石全集』第一三巻、六五二頁。

（44）大澤吉博「夏目金之助訳『セルマの歌・カリックスウラの詩』――「旧派」の文学」『作家の世界　夏目漱石』平川祐弘編、番町書房、一九七七年。

（45）初出『大阪朝日新聞』一九〇九（明治四二）年二月二二日、『漱石全集』第一二巻、岩波書店、一九九四年、一九四―一九五頁。

（46）前掲書、一九六頁。

（47）ブランデス『英国に於ける自然主義』（一）（一九世紀文学思潮　第五巻）柳田泉訳、春秋社、一九三九年、一七四頁。漱石旧蔵書は G. Brandes, *Main Currents in Nineteenth Century Literature, IV, Naturalism in England*, London: W. Heinemann, 1905.

（48）Wordsworth, *The Poetical Works of William Wordsworth* (Selected), With a Prefatory Notice Biographical and Critical, by Andrew James Symington, London: Walter Scott, 1887, p. 184. 漱石旧蔵書は同一八八九年版である。

（49）『オシァン――ケルト民族の古歌』中村徳三郎訳、岩波書店、一九七一年、四二頁。

（50）前掲『英文学叢誌』四頁。原書当該部分は *The Poems of Ossian*., pp. 41-42.

（51）大澤吉博は、ライノオを狂言回しのようなものと軽視する（前掲「夏目金之助訳『セルマの歌・カリックスウラの詩』――「旧派」の文学」）が、漱石にとってはおそらく違う。表現を受け継ぐほどの言葉の持ち主であった。

第三章　古謡と語り
――漱石の翻訳詩から小説へ

本章では『オシアン』に対する漱石の文学的関心を精査し、漱石自身の文学に参照された内容に分け入りたい。漱石の留学は一九〇〇（明治三三）年九月に日本を発ち、一九〇二年一二月に帰国の途につくという道のりであった。英国留学中の一九〇一年二月一二日の日記に、クレイグ先生宅の帰途、古本街のチャリングクロスで「Macpherson ノ Ossian ヲ得テ帰ル」(1) と記されている。漱石は一九〇〇年一一月から一九〇一年一〇月までシェイクスピア学者のクレイグ（Craig）先生に個人指導を受けていた。

一　ゲール語口承詩英訳の翻訳

マクファーソンの『オシアン』とあるのは、述べてきたとおり、スコットランドのマクファーソン青年が古代ケルト人によるゲール語の文学を英語に翻訳したとする書物である。スコットランド高地地方は一七四五年、イングランド政府軍側に付いていた低地地方との戦争に決定的な敗北を喫した。その後、ゲール語の文学を見直す動きが起きる。口火を切ったのが『オシアン』である。

これも述べてきたことだが、マクファーソンは一七六〇年に *Fragments of Ancient Poetry, Collected in the Highlands of Scotland and Translated from the Gaelic or Erse Language*, 一七六二年に *Fingal, an Ancient Epic Poem, in Six Books*, *together with Several Other Poems Composed by Ossian, the Son of Fingal, Translated from the Gaelic Language*, 一七六三年に *Temora, an Epic Poem in Eight Books* を出す。一七六五年にそれらをまとめて、*The Works of Ossian, a Son of Fingal* を出版するや、ヨーロッパ大陸からも大きな反響があった。フランス・ドイツをはじめとしてヨーロッパ中のロマン主義運動に大きな影響を与えることになった。

中身はじつに三世紀の事柄だ。オシアンというのは、海外遠征をしつづけるフィンガル王の王子で、一族が倒れるなか、かろうじて生き残ったものの、盲目となっていた。オシアンが歌人として語ったとされる叙事詩が一八世紀まで伝承されてきたのを、マクファーソンがゲール語を自由に話せる者たちの助けを得て集めたのがこれらの詩集である。

真に三世紀の文学かという点、マクファーソンの創作が入っている点、また真にハイランド地方のものかという点について、議論百出であったこともよく知られ、それゆえにか漱石研究において触れられることは稀であった(2)。ところが、文学の翻訳を周到に避けるかのごとく手掛けない漱石が、英国留学から帰国した翌年の一九〇四（明治三七）年二月に、このマクファーソン英訳の *The Works of Ossian, a Son of Fingal*(3) から、「セルマの歌」（"The Songs of Selma"）と「カリックスウラの詩」（"Carric-Thura: A Poem"）の部分訳を行っている。『英文学叢誌』第一輯（東京文科大学英文学科内英文学会編纂）の巻頭に載る。漱石はマクファーソンの創作ではないかという非難も知っていたにもかかわらずである(4)。思い入れのほどがうかがえよう。『オシアン』のどこが漱石に翻訳して体得したいと思わせたのか。その問いから入ってゆこう。

二　どこを翻訳しているか

本章では「カリックスウラの詩」(“Carric-Thura: A Poem”) のほうを考察する。オシアンはこの話には直接に出てこない。しかしこの話が伝えられている前提として、現場にいたオシアンが盲目になった後に語ったという外枠がある。その“Carric-Thura”という物語のなかで、さらに、吟遊詩人たちによって物語詩が演じられる。それに登場人物たちが共感している。

内容はつぎのとおりである。イニス・トルク島へ向かう前夜、フィンガル王はセルマの高殿の饗宴で、勇士シルリックとビンヴェールの物語を、それぞれクローナンという歌人とミーノンという歌人に、演じさせ、歌わせる。シルリックが出陣して帰ってくると、愛するビンヴェールは死んでいて、幻影を見せるばかりだった。翌朝、フィンガル王とその軍は、イニス・トルク島の都、カリク・フーラを目指す。そこにあるサルノ王の城は、ソロハの王フローハルに包囲されていた。フローハル王はかつて王子のとき、サルノ王の娘に想いを寄せたが、首領カー・フルに遮られ、拘束され、屋外に晒され、本国へ送り返された。それを恨んで、カリク・フーラに大軍を率いて攻め寄っていたのである。フィンガル王は、フローハル王を守る神オーディンと対峙するが、斬りかかるとオーディンは消え去る。フィンガル王が山から帰ってきたので、吟遊詩人ウリンが歓びの歌を歌い、勇士の子たちの物語が語られる。

フローハル王の戦士たちがフィンガル王の大軍を見る。首領のトゥバルがフィンガル王との和議を提案するものの、フローハル王は拒む。いざ開戦すると、フィンガル王軍との戦いにフローハル王軍は散り散りになる。フローハル王は味方の敗走を眺め、トゥバルを呼び寄せて言う。フィンガル王と一騎打ちがしたいから、詩人を遣わしてほしいと。またトゥバルに言う。ウハという娘に、彼女のことを想い詰めていたと告げてほしいと。

フローハル王対フィンガル王の一騎打ちで、フィンガル王からの一撃にフローハル王は盾を失い、脇腹が無防備になる。フローハル王を愛するウハは男装をしてひそかに戦場に付いてきていた。ウハがフローハル王に駆け寄ろうとして、兜が飛び、髪が地に流れる。フィンガル王は剣を振り下ろす手をとどめる。

フィンガル王はフローハル王の命を助けることにして、フローハル王とウハをともなってカリク・フーラの祝宴に赴く。ウハは詩人ウリンのそばで、勇士リンヴァルの娘のクライモラと恋人のコンナルの悲歌を求める。その歌は、ダァゴォとの戦いに出陣する、フィンガル王軍のコンナルとクライモラとが交わす言葉からなる。出陣前、コンナルはクライモラに自分のために石積みを作り、自分の誉れを語り継いでほしいと頼んでいる。だが、クライモラは男装して戦に付いていった[5]。そしてクライモラは強敵ダァゴォ目がけて弓を引いたのに、狙いが外れ、矢はこともあろうか、自分の恋人のコンナルを貫く。コンナルは息絶える。クライモラは悲嘆して絶命する。

詩人ウリンによる悲歌を聴き終えたウハは、お二人をしのび、歌を口ずさみましょう、そのとき、お二人は私の心に現れるでしょうと述べる。

漱石が訳しているのは傍線を付けた部分である。すなわち、戦へ男装してフローハル王に付いていったウハが所望した悲痛な物語詩の中身である。自分と同じように、出陣する愛する男を案じ、戦場に付いていきながら、弓の狙いが外れ、何と恋人を自分の手で殺してしまったクライモラの話に、ウハは心を揺さぶられる。心を動かされたのはウハだけではない。フィンガル王がなぜ剣でフローハル王に止めを刺さなかったかと考えれば、ウハが走り出ることで、かつて自分の目の前で起きた悲惨なシーンが甦ったからに違いない。物語詩になっているから現場で呼び起こしやすい。

戦いの場に動員されていた吟遊詩人やオシアンのように、出陣してそれゆえに盲目になった者が後から語る構造は、伝承文学にしばしば見られる。

注意したいのは、漱石が、他でもない、この物語のなかの物語の部分のみ訳出しているという点である。(6) 登場人物に食いいる、彼らの人生の相似形といえる物語が演じられた箇所のみ訳しているのだ。

ここから問題を二点取り出しておこう。一つは登場人物に大きな影響を与える物語内物語にこそ漱石は着目しているという点。もう一つは戦争の現場を間近で見てきた吟遊詩人がそれを物語るという行為に漱石の関心があるようだという点である。

三　古英詩の物語内の歌

マクファーソンとほぼ同時期の一七六五年、パーシー（Thomas Percy）が民間のバラッドを苦心して一七六編も集めた『英国古謡拾遺』（*Reliques of Ancient English Poetry: Consisting of Old Heroic Ballads, Songs, and Other Pieces of Our Earlier Poets, Together with Some Few of Later Date*）(7) を出す。漱石は『文学論』や『英文学形式論』でパーシーによる古謡集に何度も言及している。たとえば『文学論』では、時代の変化がゆるやかにしか進まないことを述べるなかで、パーシーの偉業は今日であれば十分、声価を高めるに足るが、発表された当時はイギリス古典主義文学がようやく翳りを見せたばかりで時代の趣味が異なっていたため、パーシーの自序が控えめだという文脈において、この本のパーシーによる自序を自分で翻訳して引いている。再掲しよう。

都雅優麗を以てあらはるゝ今代に在つて、是等の古謡が籍を文界に列するの資格に多少の疑あるは余と雖ども知らざるにあらず。然れども此古謡の大半は真率にして味あり、巧を弄せずして自から格に入るが故に、仮令《たとい》高遠の詩趣を欠くと謂ども、亦以て存するに足らん。仮令想像の富贍《ふうせん》なく、為めに人目を眩耀《げんよう》すること難しと雖ども

亦以て吾人の心を動かすを得べし。(8)

それらの古謡が明快かつ質朴で、ありのままの美質を備えており、華麗な想像力の産物ではなくても、読者の心を動かすというパーシー序が漱石訳で示された。それをふまえて漱石は、現代なら、抜きんでた貢献とみなされ、著者も得意になれるところだったと述べている。

漱石自身の小説と突き合わせつつ、漱石の理解したところに達したい。まず、パーシーが集めたバラッドのなかから、ある盲目の歌人が出てくる話を分析する。"The Beggar's Daughter of Bednall-Green"という物語である。二部構成になっていて、第一部はこうである。全盲の乞食にベッシィ（Bessee）という美しい娘がいる。彼女は旅先で四名から求婚されるが、「両親の承諾を得てください」と返事をする。彼女の親が盲人の乞食と知ると、騎士以外みな去ってしまう。騎士の親族らが彼女の家先に押しかけてくる。盲人の父が豊富な財産を見せる。第二部の場面はベッシィとその騎士との結婚式である。リュートを抱えた盲目の父が a song of pretty Bessee を歌う。その歌物語のなかで、彼は自分がイーヴシャムの戦い（the battle on Eveshame）で敗戦したシモン・ド・モンフォール（Simon de Monfort）(9)で、両目を失明した彼を恋人が戦場から救い出し、その後つつましい生活をしてベッシィが生まれたという秘密を明かす。

ここにも、歌による物語が入り込んでいる。それを歌うのは、今は盲目の乞食となっているが、かつては伯爵として軍を率いた、勇敢な貴族として名高い当の本人である。その元貴族の歌によって、戦場で失明した彼を、後に妻となる女が救い出した経緯が明らかになる。*Ossian* の "Carric-Thura: A Poem" 中の、とりわけ漱石翻訳部分に類似するエピソードである。また同じく、物語詩中の物語歌である。こうして彼らの娘のベッシィは貴婦人だったのだと真実が明らかになる。

この、後から盲目になった登場人物によって回顧されて行われる語りというのに着目したい。吟遊詩人は前述のように、戦に同行し、間近で観戦し、ときに重要な使者の役割を果たす。勇士の戦いぶりなどを忠実に物語るというのがその役目である。"The Beggar's Daughter of Bednall-Creen" の盲目歌人の場合、彼は戦場において観戦者ではなく、戦の担い手、主人公だった。むしろ勇敢な騎士だったがゆえに盲目となった。その後、歌人や乞食をして生計を立ててきたという。当事者であった者が語ることから、生々しさが際立つ。

四　盲目の武将と聴き手

楽器演奏をしながら物語り、生計を立てていた芸人として、日本では盲目の僧の琵琶法師がいる。鎌倉以前には、経文を吟じる宗教者であったが、鎌倉時代には『平家物語』を語る平曲が完成し、平家座頭と呼ばれる琵琶法師が現れた。また室町時代には盲目の女性旅芸人、瞽女《ごぜ》がいて、三味線、箏を弾きながら、あるいは鼓を打ち鳴らしながら瞽女唄という物語唄を唄っていた。両者とも、明治大正期にはまだひろく民衆に親しまれていた。

猿楽[10]の起源も古い。鎌倉時代に成立した翁猿楽以降、猿楽は寺社との結びつきを深め、室町時代以降、上流階級の文化に取り込まれてゆく。その一方、特殊な台詞回しや節のある謡のみで芸能として十分独立可能なため、謡は身分の上下にかかわらず、娯楽として素人にひろく行われた。曲の題材のほとんどが伝承されてきた物語から題材を採られている。史実と近接した物語も多く、民衆が参入しやすい要素とされる。

このような文化面から注目したい場面が『行人』中にある。素人たちが謡を披露していて他の人物たちが拝聴している。しかも題目は、もと平家の武将が盲人の琵琶法師となって演じる話である「景清」だ[11]。

『行人』の枠組み自体、『オシアン』に相似する。二郎という登場人物が後から振り返って語っている。しかし、『オシアン』においてオシアンの語りが前面に出てこない話も多いのと同様に、『行人』もまた、二郎が後から語っているとは一見受け取れない構成になっている(12)。

『行人』は四章から成り立つ。そのうちの「友達」「兄」「帰つてから」の章では、二郎が、兄の一郎から、一郎の妻のお直が愛しているのは二郎ではないかという疑いを突きつけられ、家を出るところまでを扱っている。「塵労」章では、二郎が下宿したところから始まり、Hさんと一郎とが旅に出る。二郎が頼んでおいた、旅先での一郎の様子の報告をHさんが手紙で行う。Hさんの手紙の文面が当該章のほとんどを占める。

素人による小さな謡の会が開かれているのは、「帰つてから」の章である。一郎・二郎の父親が客とともに、謡を披露している。聴き手は一郎・直夫婦と二郎である。配役は、シテの景清として赭顔《あからがお》の客、ワキの里人として貴族院議員の客、父親はツレの景清の娘人丸と人丸の従者の役とを兼ねた。

能の「景清」のあらすじはつぎのとおりである。日向の宮崎に流された父を訪ねて娘の人丸が、鎌倉からやってくる。景清はじつは、源氏との屋島の合戦で名をあげた平家の侍だった。しかし今は盲目となり、平家語りを行い、露命をつなぐ乞食同然の境涯にある。娘が父と知らずに景清の所在を尋ねるが、知らないと答える。そのとき景清の心情がこう謡われる。「声をば聞けど面影を。見ぬ盲目ぞ悲しき。名のらですぎし心こそ。なか〳〵親のきづなゝれ、〳〵(13)」。里人が先ほどの乞食こそが景清だと娘に教え、親子の対面となる。里人は景清に屋島の合戦で手柄を挙げた話を所望し、景清は源氏の兵《つわもの》を生け捕りにしようとした武勇談を語る。

聴き手となっていた一郎が「さすがに我も平家なり物語《ものがた》り申してとか、始めてとかいふ句がありましたが、あのさすがに我も平家なりといふ言葉が大変面白う御座いました」（「帰つてから」十二(14)）という感想を述べている。謡曲「景清」で、里人によって「景清」とかつての名で呼ばれたことにいったん腹を立てたシテが気持ちを収め、つぎのように言う部分を指す。「さすがに我も平家なり、物語《ものがたり》始めて。御慰みを申さん(15)」（そうは言っても私も平家語りの身。語り始めてお慰みにしましょう）。

平家の侍であったために盲人になったというプライドがあるがゆえに、謡曲「景清」中の物語が語られ始める。その言葉に、『行人』の登場人物が感銘を受けたとわざわざ言っている。

謡曲「景清」において里人は見計らったかのように景清と娘とを対面させる。したがって、景清の語りは、自分の真実の身の上を娘に告げる物語となる。過去の現実をこの場に呼び寄せるかのような、戦の主役を務めていた当事者による戦物語である。

『オシアン』ならびにパーシー『英国古謡拾遺』の"The Beggar's Daughter of Bednall-Creen"と同型であることに注意したい。漱石『文学論』で「Beers の所謂憂鬱派の系統は[16]」という紹介により、「世紀末に至つて Ossian の跌宕孤《てつとうこ》峭《しよう》となり[17]」と述べられているように、漱石は Ossian を憂鬱派のなかでもけわしく聳え立つ頂点と考えていたことが分かる。かつて戦場で武将として身体を張り、のちに盲目になってからも戦中身に受けたことを保持し、時間を経て、生死の戦いとその因縁について語り始める。過去の印象を現在に甦らせ、増幅させながら言語に乗せる必要がある。現在の感覚が限られている分、語るべき世界が鮮明に浮かび上がる[18]。

謡曲「景清」には、娘に会わずに済ませたい景清の心情が詞章として挙がっているが、これが演じられることを前提にした詞章であることを忘れてはならない。景清には言葉にならない心の叫びがあり、詞章になっていない思いを、演じることで表現する。演者の腕の見せどころである。演者は景清に成り代わって示そうとするだろう。景清は成長したわが娘をおそらく切実にその目で見たい。しかし、娘をもはや目で見ることができないから、その分、娘を前に、自らの存在証明を声で行うことに同意する。迫真の平家語りとなる。

なお、『平家物語』には景清親子対面の場面、および、その後の琵琶語りの場面はない。正典にはない口承の話が能に伝わった。漱石が拾い上げたのは後者なのである。

五　演者が解く謎

『行人』はさらに展開を遂げる。そこから漱石が古謡より引き継いだ物語構成がうかがえる。父は客の謡いぶりを一応ほめた後で、つぎのようなことを言い出す。「丁度《ちょうど》あの文句を世話に崩して、景清を女にしたやうなものだから、謡《うたい》よりは余程艶《えん》である。しかも事実でね」（「帰つてから」十二）と。

父の友人である男の艶聞が語り出される。父はその男の名前を伏し、「○○」として話している。今から二五、六年前、その男の二〇歳前後、彼は家の召使と親密な関係に陥った。男は契りを結んだとき、女を未来の細君にすると言明した。そのとき女がきいたという。貴方が学校を卒業なさると、二五、六に御なんなさる。すると私も同じ位に老けてしまう。それでも御承知ですかと。男は一週間経つか経たないうちに後悔し始めて、とうとう女に対してまともに結婚破約を申し込んだという。

父による「物語り」（「帰つてから」十五）が続く。二十何年の後、二人は偶然運命の手引きで不意に会った。有楽座での音楽会においてだ。男は細君と女の子を連れて席に座っていた。かつての女が若い女に手を引かれながら入ってきて、男の隣の予約席に座った。「猶更《なおさら》奇妙に思はれたのは、女の方が昔と違つた表情のない盲目《めくら》になつてしまつて、外《ほか》に何《ど》んな人が居るか全く知らずに、たゞ舞台から出る音楽の響にばかり耳を傾《かたぶ》けてゐるといふ、男に取つては丸で想像すらし得なかつた事実であつた」（「帰つてから」十五）とある。

男は女の居場所を突き止めて、父にその盲目の女を訪問してくれと頼んだという。自分で出かけたくないのは、女房、子の手前もあるが、昔その女と別れるとき余計なことをしゃべったせいでもある。「僕は少し学問する積《つもり》だから三十五六にならなければ妻帯しない。で已《やむ》を得ず此間《この》の約束は取消《とりけし》にして貰ふんだつてね。所《ところ》が奴《やつ》学校を出るとすぐ結婚してゐるんだから良心の方から云つちやあまり心持《こころもち》は能《よ》くないのだらう」(「帰つてから」十五)と父は説明する。

父は出かけていった女の家の小座敷で初めて盲人の女に会い、言句に窮する。男の名を打ち明けて土産の菓子折と金子《きんす》の入った紙包を渡したとき、女は「たとひ何《ど》んな関係があつたにせよ、他人《たにん》さまから金子を頂いては、楽《らく》に今日《こんにち》を過すやうにして置いて呉れた夫の位牌に対して済《すみ》ませんから御返し致します」(「帰つてから」十六)とはっきり言って涙を落とした。父は皆にこう言う。

「其時わしは閉口しながらも、あゝ景清を女にしたら矢つ張り斯《こ》んなものぢやなからうかと思つてね。本当は感心しましたよ。何ういふ訳で景清を思ひ出したかと云ふとね。たゞ双方とも盲目《めくら》だからと云ふ許《ばかり》ぢやない。何うも其女の態度がね……」

父は考へてゐた。父の筋向ふに坐つてゐた赭顔《あからがお》の客が、「全く気込《きごみ》が似てゐるからですね」と左も六《む》ずかしい謎でも解《とく》やうに云つた。(「帰つてから」十六)

赭ら顔の客とは謡で景清役を務めた者である。前述のように、謡い、演じるとは、その者になりきることだ。その者の心と一体化し、その者の立場で物を考えられるようになる。芸能の本質を捕らえているくだりと言ってよいだろう。

六　過去をつかみなおす

父が女の見識に、話の腰を折られて席を立とうとしたとき、女は縋りつくように父を留めた。そしてきいたのは

「何時何日何処《いつ いつか どこ》で○○が自分を見たのか」である。父は有楽座で起きていたことを「盲人《もうじん》」に話して聞かせる。「丁度貴方の隣に腰を掛けてゐたんださうです。貴方の方では丸で知らなかつたでせうが、○○は最初から気が付いてゐたのです。然《しか》し細君や娘の手前、口を利く事も出来悪《にく》かつたんでせう」。父はそのとき初めて「盲目《めくら》の涙管《るいかん》から流れ出る涙を見た」。女は「本当に盲目程《ほど》気の毒なものは御座いませんね」(「帰つてから」十七)と言ったという。

女は男の一番上の子どもがいくつになっているかをきく。父は「もう十二三にも成《なり》ませうか」と答えてしまう。事は男と女の二〇歳前後のころに起き、それから二十何年経っているため、二人とも四十何歳になっている。男は三五、六にならなければ妻帯しない考えのため、結婚の約束を取り消したいと言ったのだから、子どもがもう一二、三ということは、破約理由自体がいい加減なものであったと露見する。「女は黙つたなり頻《しき》りに指を折つて何か勘定し始めた。其指を眺めてゐた父は、急に恐ろしくなつた。さうして腹の中で余計な事を云つて、もう取り返しが付かないと思つた」(「帰つてから」十七)という。女は続けて言った。「けれども此眼は潰れても左程《さほど》苦しいとは存じません。たゞ両方の眼が満足に開いて居る癖に、他《ひと》の料簡方《りようけんがた》が解らないのが一番苦しう御座います」(「帰つてから」十八)。彼女はとうとう自分の腹のうちを父に打ち明ける。

○○が結婚の約束をしながら一週間経つか経たないのに、それを取り消す気になつたのは、周囲の事情から圧迫を受けて已を得ず断つたのか、或は別に何か気に入らない所でも出来て、其気に入らない所を、結婚の約束後急に見付けたため断つたのか、其有体《ありてい》の本当が聞きたいのだと云ふのが、女の何よりも聞きたい所であつた。

女は二十年以上○○の胸の底に隠れてゐる此秘密を掘り出し度《たく》つて堪《たま》らなかつたのである。(「帰つてから」十八)。

二〇年以上も煩悶してきた彼女の心情とは、破約をした男の胸の底にあった本当の理由を知りたいということだった。周囲の事情から破約に至ったのなら、男との身分差が結婚を阻んだことになる。だが、女に気に入らないところを見つけたのなら、女自身に落ち度があることになる。この差は、女にとって大きく、確かなところを知りたくてたまらなかったらしい。

女は男から結婚の破約を言われてすぐにその家から暇を貰って出たが、近所に来たついでに一度寄ったときも、男は「殆《ほと》んど一口《ひとくち》も物を云はなかつた。しかも其時は丁度午飯《ひるめし》の時で、其女が昔の通り御給使《おきゆうじ》をしたのだが、男は丸で初対面の者にでも逢つた様に口数を利かなかつた。（／）女もそれ以来決して男の家の敷居を跨《また》がなかつた」（「帰つてから」十四）とある。女が一度だけその男の家に寄り、給仕までしたのは、結婚破約の真相について直接きたいと思って来たに違いない。しかしながら、口も利かない男の様子が拒絶の姿勢に見えたため、断念したのであろう。

父が〇〇の宿所を告げて、行って御覧なさいと女に言ったとき、彼女はたちまち抑えきれないような「真剣な声」を出し、「御出入《おでいり》は致しません。先様《さきさま》で来いと仰しやつても此方《こちら》で御遠慮しなければなりません。然《しか》したゞ一つ一生の御願《おねがい》に伺つて置きたい事が御座います」（「帰ってから」十七）と言い出して述べたのが先の引用部分である。

この女の「真剣な声」に耳を傾け、分析を施してゆこう。彼女は、有楽座で二十何年ぶりに男に会ったとされるそのとき、目が見えていたなら、隣の席にいたその男に、男にきけずにきたことをぶつけることができたはずだ。だが、彼女に用意されていたのは、謡曲「景清」にある「見ぬ盲目ぞ悲しき」のなかでもとくに悲惨なパターンだった。彼女は彼が隣にいることに気づくことができなかった。いったん断念し、いつか真実をつかみなおしたいと思っていた。しかし、視覚がなくなったばかりに、絶好の機会をみすみす逃してしまっていた。女が「本当に盲目程気の毒なものは御座いませんね」と父に述べたゆえんである。

景清は成長してはるばる鎌倉から日向にやってきた娘を見ることができなかった。だが、感じとることはできた。そして平家語りを聞かせることができた。娘に対して、語りで働きかけることができたのである。

他方、『行人』の盲目の女は、隣に座っていた男に気づくことができず、二十何年間聴きそびれてきたことをまたもや聴きそびれた。のみならず、男に直接会うことはできないと思いつめ、男の代理としてやってきた父に聴くほかないのだ。この盲目の女からすれば、父の話を聴くことだけが真実を知る手立てである。ゆえに必死に父を引き留めた。二回にわたって聴く機会を逃した男の真相を、このときを逃しては今後二度と聴くことができないだろうと。

七　不誠実な語り

父は本人に軽薄なところはちっともないと女に受けあったと話す。一郎が「女はそんな事で満足したんですか」（「帰つてから」十九）と女の気持ちを代弁するかのようにきく。女にとって、父こそが、彼女に秘密にされてきた男の心を教えてくれる者と信頼して尋ねたのに、裏切られた体だからだ。

女からすれば、父は信頼に値しない代理人であり、一郎から見てもそうだ。父に言わせれば、男は「丸で坊ちゃんなんで、前後の分別も何もないんだから、真面目な挨拶はとても出来ないのさ」（「帰つてから」十九）と、もともと男に根がないのだから、しょうがないとの見方である。対して、盲目の女のほうは、謡曲「景清」の景清による平家語りを連想させるほど、真剣そのものである。

とくに、父の話を聴いている者たちから著しい反応があったのは、女のつぎの台詞を父が話したときのことである。「けれども此眼は潰れても左程苦しいとは存じません。たゞ両方の眼が開いて居る癖に、他《ひと》の料簡方《りようけんかた》が解らないのが一番苦しう御座います」「ねえ貴方左右《あなたそう》では御座いませんか」（「帰つてから」十八）と女に言われ、窮したと父は話す。

この盲目の女の言葉は、ホメロス伝にある、盲目の吟遊詩人であるホメロスがポカイアの地で寄寓していた者に作詩を盗み取られたことが判明したときに詠んだ詩句、「人の世は思いもよらぬことは数あるが、人の心ほど判らぬものは他にない」[19]がふまえられているのではないか。大学教員の一郎なら、ホメロスの介助を申し出た者がはじめからホメロスの詩を盗む気でいたという、ホメロス伝を思いあわせることができる。『行人』中に設けられた、盲目の女をめぐる小さな物語は、はじめから世界の古代文学につながるように、構想されていた。

父が最も窮したというこのときの話をしているとき、小説全体の語り手である二郎は「偶然兄の顔を見た」と、その場の様子と自分の心境とをこう語る。「さうして彼の神経的に緊張した眼の色と、少し冷笑を洩らしてゐるやうな嫂の唇との対照を比較して、突然彼等の間に此間《このあいだ》から蟠《わだか》まつてゐる妙な関係に気が付いた。その蟠まりの中に、自分も引きずり込まれてゐるといふ、一種厭《いと》ふべき空気の匂ひも容赦なく自分の鼻を衝《つ》いた。自分は父が何故座興《ざきょう》とは云ひながら、択《よ》りに択《よ》つて、斯《こ》んな話をするのだらうと、漸く不安の念が起つた」（「帰つてから」十八）。

二郎はその年の夏、一郎に、直と和歌山で一夜を過ごし、「直の節操を御前に試して貰ひたいのだ」（「兄」二十四）と言われた。それは断り、ただ行って帰ってくるだけにしたにもかかわらず、嵐のために実際には直と二人で一夜を過ごすことになった。一家でのその関西旅行から帰京するとき、直の「節操」に関する報告を一郎から求められ、二郎は東京に帰ってから報告すると言いながら、秋になってもいまだまともな報告をしていない。これが兄夫婦のわだかまりのなかに引きずり込まれているという、二郎側からの言い分である。

父は、友人の男「〇〇」にとっても、また、盲目の女にとっても、代理行為を果たすべき人物である。父は友人の男から秘密裡に請け負ったことを果たしに行った。男は結婚の約束をしてすぐに破約した相手の女と二十何年ぶりに有楽座で隣り合わせに座り、彼女が「昔と違つた表情のない盲目《めくら》になつてしまつて」いたため、「女の顔を見て過去二十年の記憶を逆《さか》さに振られた如く驚ろいた」（「帰つてから」十五）。つぎに「黒い眸《ひとみ》を凝《じつ》と据ゑて自分を見た昔の面影が、何時《いつ》の間にか消えてゐた女の面影に気が付いて、又愕然《がくぜん》として心細い感に打たれた」（「帰つてから」十五）という。

つまり男は女と別れて以降、彼女を思い出すときには彼女独特の「黒い眸を凝と据ゑて」自分を見るその面影を描いてきたのだ。ところが、今まで思い描いてきた彼女と違っていた。いつから盲目になったのか、いつから思い描いていた彼女からかけ離れてしまったのかと愕然とする。それが「過去二十年の記憶を逆さに振られた」ということに他ならない。

彼女の「黒い眸」がいつ消えたのか、「何《ど》うして盲目になつたか、それが大変当人の神経を悩ましてゐたと見えてね」（「帰つてから」十五）と父は解説する。男は、父にその謎を聴きに行かせに、彼女の家へ遣った。父に女の秘密の入手を託した。

男にとって、盲目の女が父に語った半生は、男の知りたいと思っていたことに応えたといえよう。その男に対して、父は代行者の役割を果たし、語り手の役目をよく果たした。盲目の女は、金子を撥ねつける気概に満ちながらも、父が男の意向を受けて行う質問、たとえば「失礼ながら眼を御煩《おわずら》ひになつたのは余程以前の事なんですか」に対し、「斯ういふ不自由な身体《からだ》になつてから、もう六年程にもなりませうか。夫が亡くなつて一年経つか経たないうちの事で御座います。生《うま》れ付《つき》の盲目と違つて、当座は大変不自由を致しました」（「帰つてから」十七）と、正面から答えている。この答えによって、男は、彼女の印象的な黒い眸が消えて六年と知ることができるのである。

パーシー『英国古謡拾遺』中の"The Beggar's Daughter of Bednall-Creen"の乞食が、歌によって、目から光が奪われた戦とその後の人生について明かしたのに相似する。また、謡曲「景清」で「さすがに我も平家なり」と、もともと平家の侍だから平家語りを行えるという、戦で盲目にまでなった自負に支えられた語りがなされたのに匹敵する。ゆえに、「女景清」（「帰つてから」十三）との印象を与えた。

一方、盲目の女にとって、一郎・二郎の父は男の代理たりえているだろうか。代理者として現れたからには、二十何年間女の胸に抱えていた疑問である、破約した男の真相についての代弁を聴きたい。だが、父が盲目の女にもたらした、男の真情についての語りは貧弱だった。一郎がそれでは盲目の女に対して男の代理を果たしたことにならないという意味を込めて詰問する。一郎は父の代理行為の不成立について憤っているのだ。語り棄てられるがごとく提供せられた小話が、小説全体の問題化である登場人物に激しい反応を引き起こしている。

八　物語内物語

『行人』の登場人物は、『オシアン』「カリックスウラの詩」で、男装して戦場に付いてゆき、恋人を守ろうとした勇気ある行動で悲惨な目に陥った女の出てくる戦物語に涙した登場人物と、同じ構造のもとに置かれている。

過去の事実を語って回顧する物語は、吟遊詩人や琵琶法師への信頼と不即不離な文学行為として営まれてきた。『行人』において父が盲目の女に与えた保証、「夫《そり》や大丈夫、僕が受け合ふ。本人に軽薄な所は些《ちつ》ともない」(「帰ってから」十八)は、おのずから代理者失格をあらわにする。このような不誠実な語りに拒絶反応を示す人間として、漱石は一郎を描く。

一方、一郎の倒錯した心理も明らかになる。妻の節操を試させるということは、端的に言えば、二郎に直の夫の役割を果たせるか試みることを許すという意味になる。むろん二郎の深層の望みを叶えてやるという意味合いもある。二郎は一家で旅行しているときに、兄にはできない、行李に縄を絡げる仕事を「男の役だから」(「兄」四十四)と乗り出して行っていた。

二郎に代理を強要したり、ときに代理願望を叶えてやったりしたうえで、一郎は二郎にその報告を迫る。誠実な語りを要求する。一郎の要求をかわそうとする二郎は一郎から父と同類だと指摘される。二郎は一郎に「善良な夫になつて御上《おあ》げなさい。さうすれば嫂《ねえ》さんだつて善良な夫人でさあ」(「帰つてから」二十二)という言葉を呈し、一郎から

「此馬鹿野郎」と怒鳴られた。その後兄弟絶縁状態に至る。

『行人』全体は、二郎の回想がベースになっている。そのなかに、父が友から秘密に請け負ったことを座興で話してしまった話や、一郎と直について考えなおす二郎の述懐が入っている。近代小説ならではと言ってよいだろうか、不誠実な語りが誠実な語りと同格に並んでいる。代理しきれない、そのような悲鳴もまた、『行人』からは聞こえてくるようだ。

登場人物によって、あるいは、表に出てこない語り手によって、物語が語られる。物語る行為とは、かつての自分および他人の言動とを代理／表象する行為である。そのなかにさらに、代理者の役割で話をつぶさに聞き出す行為がある。大きな物語のなかにある小さな物語は、『オシアン』を翻訳したいと考えたときから、漱石にとって最も見逃せない文学要素であったと、このように後の創作と照らして知ることができる。

（1）『漱石全集』第一九巻、岩波書店、一九九五年、五五頁。

（2）大澤吉博が時流に対する漱石の反発、封建的なものへの共感を『オシアン』翻訳から読み取っている（「夏目金之助訳「セルマの歌・カリックスウラの詩」——「旧派」の文学」『作家の世界　夏目漱石』平川祐弘編番町書房、一九七七年、二一四—二一五頁）。

（3）*Fragments of Ancient Poetry, Collected in the Highlands of Scotland and Translated from the Gaelic or Erse Language* (1760), *Fingal, an Ancient Epic Poem, in Six Books* (1762), *Temora, an Epic Poem in Eight Books*（1763）より、まとめたもの。漱石旧蔵書は *The Poems of Ossian*, translated by J. Macpherson, 2 vols, London: W. Strahan & T. Becket, 1773.

（4）もと「十八世紀英文学」という題で東京帝国大学にて一九〇五（明治三八）年九月から一九〇七（明治四〇）年三月までの講義のノートを起こした『文学評論』で、こう述べている。「十八世紀の末に『オシアン』が出た。之《こ》れはマクフアーソンの胡魔化し物だと云ふが兎に角之が出た時は非常な評判でゲーテも愛読し、ナポレオンも愛読した」（初出は『文学評論』春陽堂、一九〇九（明治四二）年。引用は『漱石全集』第一五巻、一九九五年、岩波書店、五二頁）。

（5）最後のCrimoraのセリフはつぎのとおり。漱石旧蔵書と同じ前掲 *The Poems of Ossian*, vol. 1から引く。"Then give me those arms that gleam; that sword, and that spear of steel. I shall meet Dargo with Connal, and aid him in the fight. Farewell, ye rocks of Ardven! ye deer! And ye streams of the hill! We shall return no more. Our tombs are distant far!" *Ibid*., p. 70. その漱石訳を記しておく。「去らば行かん我も。其戟《ほこ》とりて、其の太刀佩《は》きて、輝く武器といふもの持ちて。コンナルと共に行く、我戦ふ野辺にダアゴオと見《まみ》えん。アアドヱンの山に負《そむ》いて、山に住む鹿に負いて、山に鳴る水に負いて、吾等行くなり。吾等行きてまた還らず。吾等が墓は遥か彼方」（『英文学叢誌』第一輯、東京文科大学英文学科内英文学会編纂、一九〇四（明治三七）年二月、文会堂発兌、九頁）。

（6）ウォルター・スコットの長編詩『最後の吟遊詩人の歌』（*The Lay of the Last Minstrel*）は物語歌のなかに歌があるバラッドの様式をふまえて「吟遊詩人が物語詩を歌い、その物語の中でまた他の吟遊詩人が歌う」という形をとる（大和資雄『スコット』（新英米文学評伝叢書）研究社、一九五五年、一二〇頁）。漱石はこの入子型構造を長編小説で応用する。

（7）漱石旧蔵書は *Reliques of Ancient English Poetry*, (Bohn's Standard Library), edited by J. V. Prichard, 2 vols., London: George Bell & Sons, 1886–92.

（8）『漱石全集』第一四巻、岩波書店、一九九五年、四八一―四八二頁。ルビは現代仮名遣いで振り直す。以下同じ。この部分の原文はつぎのとおりで、漱石の闊達な訳が分かる。"In a polished age like the present, I am sensible that many of these reliques of antiquity will require great allowances to be made for them. Yet have they, for the most part, a pleasing simplicity, and many artless graces, which, in the opinion of no mean critics, have been thought to compensate for the want of higher beauties, and if they do not dazzle the imagination, are frequently found to interest the heart." *Reliques of Ancient English Poetry*, (Bohn's Standard Library), edited by J. V. Prichard, vol. 1, London: George Bell & Sons, 1905, p. xii.

（9）イーヴシャムの戦いは一二六五年八月四日に実際にあった戦いで、第五代レスター（Leicester）伯爵のシモン・ド・モンフォール（Simon de Monfort）とのちにエドワード一世になったPrince Edwardとの間で起き、史実では、シモン・ド・モンフォールはこの戦いで殺害された。彼はこの戦いの前に、ヘンリー三世に反発して挙兵し、勝利し、実権を握っていた。そのときの戦いと結末を物語る詩は、英語発達史上ならびに風刺詩発達史上重要とされる（金子健二「チョーサー時代及び第十五世紀の詩歌」（『英吉利文学篇』下（世界文学講座4）、新潮社、一九三〇年、一二六頁））。シモン・ド・モンフォールは一二六五年一月、各都市から二名ずつ市民を集めて議会を開催した（君塚直隆『物語　イギリスの歴史』（上）中央公論新社、二〇一五年、一〇一頁）。彼は王権に抗して議会政治を行おうとした闘士として、英雄視されるようになった。漱石が師事したケアは、著書 *Medieval English Literature* の Songs and Ballads の章で、シモン・ド・モンフォールが出てくるバラッドを分析している（*Medieval English Literature* (The Home University Library of Modern Knowledge), Oxford University Press: London, 1912, p. 111.）。

（10）能と呼ばれるようになったのは明治以降である。

（11）琵琶法師自体、開祖が悪七兵衛景清とみなされたこともあり、景清の名が詐称されることもあったらしい。兵藤裕己は「「平家」語りが、壇之浦合戦で死におくれた景清の懺悔語りとして語られた」と述べている（『王権と物語』（初出は青弓社、一九八九年）、岩波書店、二〇一〇年、二九頁）。

（12）佐藤泉が『行人』には回想する「象徴的〈今〉」と「その都度の〈今〉」とが併存すると指摘している（「『行人』の構成――二つの〈今〉二つの見取り図」『国文学研究』第一〇三集、一九九一年三月）。

（13）「景清」世阿弥作（現在では作者不明とされる）、大和田建樹『謡曲評釈』、博文館、一九〇七（明治四〇）年、二三頁。

（14）『行人』の引用は『漱石全集』第八巻、岩波書店、一九九四年より、章題・章番号を付して行う。ルビは現代仮名遣いで振り直す。改行を／で示している箇所もある。『行人』初出『東京朝日新聞』『大阪朝日新聞』一九一二（大正元）年一二月―一九一三年四月、同年九月―一一月。

（15）前掲『謡曲評釈』二五、二六頁。

（16）**H. A. Beers** の *A History of English Romanticism in the Eighteenth Century* のこと。

（17）前掲『漱石全集』第一四巻、四八〇頁。

（18）近藤正尚によれば、「盲《めしい》ということは、語りにとって必須の条件であった。なぜなら、彼らは眼前の世界が見えぬ代わりに、今語っている世界を盲の奥で見ることができる。そういう特殊な能力を持った人々と信じられたからである」という（解説「「平曲」の語り」CD『那須与一　検校井野川幸次　祇園精舎（部分復元）近藤正尚』平曲伝承会）。

（19）ホメロス『イリアス』（下）松平千秋訳、岩波書店、一九九二年、四六五頁。漱石はホメロスの『イリアス』を『文学評論』などで高く評価している。『吾輩は猫である』では、猫が、戦争といえば人間が連想する例として『イリアス』中のトロイ戦争を挙げている。『硝子戸の中』では、飼い犬を『イリアス』に出てくるトロイの一勇将の名前、ヘクトーと名付けたとある。

第四章　バラッドの『夢十夜』

一　散文詩として

『夢十夜』は、漱石が英文学研究者として専門にしていた英国の一八・一九世紀に文字化が進んだ民間伝承詩であるバラッドをモデルに制作されたのではないか。鈴木覺雄が後述の相原和邦の論考を受けて、『夢十夜』の淵源として日本の民話や伝説を挙げ、『夢十夜』の二年前に出版された『漾虚集』が、「七編中四編までイギリスに舞台」を取るのとは「対照をなす」と述べているが[1]、そのように言いきれるであろうか。

『夢十夜』は一九〇八（明治四一）年七月から八月に発表される。「文庫派」と呼ばれる優れた詩人を多く輩出した投書雑誌『文庫』から、雑報欄「新聞界」に最初期の反応が出ている。

『朝日』に出て居た夏目漱石の『夢十夜』も散文詩のやうで、珍しかつた[2]

その後、汗牛充棟となる『夢十夜』研究において、このいち早い反応を受け継ぐ考察はわずかである[3]。散文詩のようで珍しいという感触は、『夢十夜』の様式と題材とにバラッドが関与してきているからこそ感じられたのではないか。

『夢十夜』の十夜とは、夏目家の菩提寺が浄土宗であることから、浄土宗による十昼夜を一期として修する御十夜という念仏会から思いつかれたと思われる(4)。しかし、『夢十夜』に浄土宗の背景はない。ただ、たったの十日十夜で千歳の善行に勝ると認められる勤行のごとく、大衆に開かれているという意味を読みとるなら、『夢十夜』はそのような文学として創作されたであろう。民衆芸術といってよいその性質はバラッドの一大特徴でもある(5)。

二　バラッドの様式

漱石は英国留学の当初、ユニヴァーシティ・カレッジ・ロンドンのW・P・ケア（William Paton Ker）教授に師事する。ケアは、これまで光の当たっていなかった英国・北欧の古代・中世文学を再評価し、ギリシア・ローマ神話と同じ研究の俎上へと押し上げた人物で、中世文学の泰斗とされる。ケアは、漱石の師事した年より三年後の講義でバラッドをつぎのように定義する。「物語が本体をなす抒情詩」で、「抒情詩的な物語だが、（……）素朴なもので、庶民の聴き手を対象として、世代から世代へと口誦で伝承されるべく作られている」(6)。

その後、一七世紀末から一九世紀初頭にかけて断続的に続いたイギリス・フランス植民地戦争の時期に、中世騎士物語とともに、バラッドの出版が相次ぐ(7)。まず、牧師のトマス・パーシー（Thomas Percy）が長年にわたり蒐集した『英国古謡拾遺』（*Reliques of Ancient English Poetry*, 1765）全三巻（漱石旧蔵書は1886–1892）がある。古代歌謡とされたそれらは、同書のなかで「バラッド」と名指されている。この書のバラッドから、一八世紀中葉の英国ならびにヨーロッパの詩人たちは大きな影響を受けた(8)。その筆頭がウォルター・スコットである。スコットも蒐集に努め、刊行した『スコットランド辺境歌謡集』（*The Minstrelsy of the Scottish Border*, 1802–1803）全三巻（漱石旧蔵書は1887）は著名である。

ジョージ・エリス（George Ellis）『初期英語韻文ロマンス選集』（*Specimens of Early English Metrical Romances*, 1805）全三巻（漱石旧蔵書は1811）も知られる。また、いまだに決定版とされる、チャイルド（Francis James Child）の編纂になる『チャイルド・バラッド』があるが、漱石の蔵書には残っていない。しかしながら、チャイルドの弟子でバラッド研究者であるガメレー（Francis Barton Gummere）による *Old English Ballads* (Athenaeum Press Series), selected and edited by Frances B. Gummere, Boston: Ginn & Co., 1903 が漱石旧蔵書にある[9]。

さらに、漱石が蔵書していたバラッド集は他につぎのとおり三点あり、右に加えてここまで揃っているとなると、意図的に集められたバラッド・コレクションといえそうだ。

Border Ballads (The Canterbury Poets), edited with introduction and notes by Graham R. Tomson, London: Walter Scott, 1888.

H. B. Cotterill, *Ballads Old and New* (English Literature for Secondary Schools), 2 parts, London: Macmillan & Co., 1905.

The Legendary Ballads of England and Scotland (The Chandos Classics), compiled and edited by John S. Roberts, London: Fredrick Warne & Co. 出版年不明。

バラッドは様式化された形式と語りを持つ。その特色としてしばしば指摘されるのは「前置きや理由づけ、心理的説明を抜きに直接事件の核心に迫り、重要点のみを直截に淡々と語る[10]」ということである。

突然始まるその形式はとくに伝承バラッドでおなじみとされ、「abrupt opening」と呼ばれる[11]。漱石の小説は『夢十夜』のみならず、どれもこの「突然の開始」に相当するといってよく、『吾輩は猫である』から『それから』『彼岸過迄』『行人』『心』『明暗』まで、どの小説もその場に投げ込まれたような状況からいきなり動き出す。

さらに、バラッドの語りについて「常に淡々として話を進めるのがballadの真面目である[12]」といわれる。『夢十夜』は奇想天外な内容だが、情感あふれる語り口ではなく、バラッドの語りに似る。淡々としたバラッドの語りから生じるものについてつぎのようにいわれる。「感情を捨象したかにみえる簡素化された様式の中に、無限の感情的余韻をたたえている」[13]、あるいは、「個人的感情が抹消されながら、なおかつ、感情が普遍性をもって伝わる」[14]。この歌物語に登場する人物たちは悲惨な状況に追い込まれていても淡々と語られるがゆえに、読者側がそこに言うに言われぬ感情の存在を感じてしまい、それが普遍性を獲得して伝わるということであろう。

三　亡霊の帰還

バラッドには二つの要素があるとされる。「死の恐怖」と「生の歓喜」である。大げさな語り口ではない分、「人間の真底の姿の無心」が「露呈」される[15]。『夢十夜』で「死」と再生が繰り広げられているとの指摘は早くからある[16]。「第一夜」には多くの読者の記憶しているであろうリフレインがある。自分が「死ぬんぢやなからうね、大丈夫だらうね」と聞くのに対し、「死ぬんですもの、仕方がないわ」という女の受け答えである[17]。また、女の「百年待つてゐて下さい」「百年、私の墓の傍に坐つて待つてゐて下さい」に対する、「只待つてゐる」という自分の答えである。バラッドの特色の一つに「相の手として挿入されたリフレインや、悲劇的事件の真唯中におかれた奇想天外な問答、謎かけ」[18]がある。バラッドは古くは歌謡として掛け合いをしていたから、そのような要素が欠かせなかった。『夢十夜』にはバラッドの古体をなぞる要素が揃っている。

また、バラッドには繰り返し現れるモチーフがある。すぐに『夢十夜』の「第一夜」を想起させるバラッドの常套句に「ユリの花のように白い」というのがある[19]。白いユリによって女性を表現するバラッドは枚挙にいとまがない[20]。

なかでも『夢十夜』の世界を切り拓く機縁となったと考えられるスコットランドのバラッドがある。「ウィリアムの亡霊」(Sweet William's Ghost) である[21]。当該バラッドは五点もの漱石旧蔵書に収録されている。まず、パーシーの『英国古謡拾遺』である。他に、*Ballads Old and New, part 1*、*Old English Ballads*、*The Legendary of Ballads of English &*

Scotland、そして、Scott の *The Minstrelsy of the Scottish Border*, vol. II に "Clerk Saunders" と合わせて収められている。スコットランドで死去して亡霊となって帰ってきたとみられる男性が「そのバラ色の唇に　くちづけしたら　おまえの命は長くない」と話している。相手の女性はこう表現される。「マーガレットは　白ユリの手を差しのべて　心をこめて　言いました　「さあ　ウィリー　愛の誓いはお返しします　やすらかに　おやすみなさい」」(22)。その後の展開については「第五夜」を考察するときに詳説する。ここでは女性の恋人の手が「白ユリ」に喩えられているのに注目しておこう。

バラッドの世界では、生前恋人同士だった者が死後植物に変身して結ばれるというのが頻繁に見られる(23)。繰り返せば、花は愛の化身なのである。

『夢十夜』「第一夜」では、「百年待つてゐて下さい」と告げて死んだ女を「自分」が待っているうちに、茎が伸びてきて、一輪の蕾が開き、「真白《まっしろ》な百合」を咲かせる。「自分」は「白い花瓣《はなびら》に接吻」し、暁の星の瞬きを見て、今がその一〇〇年後なのだと気づく。死去したが戻ってきた恋人の化身に接吻するという展開とモチーフとがバラッド「ウィリアムの亡霊」に似る。

いっそう酷似するバラッドもある。「第一夜」は、墓でひたすら女の帰還を待つというのが主たる動作であるのに、先行研究ではなぜかこの墓で待つことの意味があまり問われない。じつはバラッドにとって墓は重要なモチーフであり、ゆえに、漱石にとって重視したいモチーフになったと考えられる。

漱石旧蔵書からは見つけられていないが、「眠れぬ墓」("The Unquiet Grave") という有名なバラッドがあり、チャイルド・バラッドに採録されている。「第一夜」はこの「眠れぬ墓」の変奏のように見えるほどで、漱石がケア教授の講義等で知っていた可能性が高いと思われる。「眠れぬ墓」より引用する。

（……）
ぼくの恋人はおまえだけ
おまえは冷たい墓に眠っている

「ぼくは誰にも負けないくらい
おまえのためにつくすのだ
おまえの墓にすわって泣こう
一二か月と一日の間」

一二か月と一日が過ぎて
死んだ女が話しだした
「ああ　わたしの墓にすわって泣いて
眠らせないのは誰」

「恋人よ　おまえの墓にすわって泣いて
眠らせないのはこのぼくだ
土のように冷たいその唇に
ぼくは接吻をしたいだけ」

「土のように冷たいこの唇に接吻をしたいだって
わたしの息は土くさい
土の様に冷たいこの唇に接吻をすれば
あなたの命は長くない(24)

バラッド一般に見られることとして「死者に対する過度の悲しみは、地中での死者の眠りを妨げる」というのがある(25)。「この世の人との誓いとか約束を絶たぬかぎり、死者は死の世界に安住できない」というのがバラッドに見られる「掟」(26)なのである。

そして安眠できていない死者が亡霊となり、悲嘆する恋人のもとに現れる。あるいは、「幽霊になってこの世の恋人を訪ねて愛を確かめるのがバラッドの恋人たちの姿」といわれる。(27)「眠れぬ墓」で亡霊の女が、自分と接吻すれば「あなたの命は長くない」と述べるのは、「死者との接吻は生者の命を縮めると信じられていた」(28)からである。

このコンテクストを「第一夜」に持ち込むなら、死んだ女の甦りのような白百合の花びらとの接吻により、「自分」の命もそう長くないことが示唆されている。

四　肉体を持った亡霊

「第一夜」と同じく、「バラッドでよくみられる死者の帰還」(29)を扱うのが「第三夜」である。「第三夜」は「第一夜」と対蹠的位置にたつ「夢十夜」の問題作」とされ、日本の「民俗学・民話学的方法」での分析も「第三夜」に集中的に見られる。(30)

河竹默阿弥「蔦紅葉宇都谷峠」、鶴屋南北「東海道四谷怪談」、三遊亭円朝「真景累ヶ淵」、「こんな晩」型の六部殺しの昔話等から、座頭殺し、子による告発など諸場面の類似の指摘が相原和邦によってなされた(31)。ただ、すでにある日本の伝説をアレンジしたり、ラフカディオ・ハーンのように再話したりして再生産することに漱石が意義を見出したとは考えにくく、むしろ、民間伝承を意識した叙述をするうちに、それらの表現と似通ってしまったという順ではないか。はじめは、英国での師の研究対象だったバラッドを、研究から離れて、創作してみようと思いついたのではないか。その観点から立論する。

バラッドには対話（dialogue）だけで展開する型がある。それは「'question and answer' という形で事件の全貌を明らかにする点でドラマチックである(32)」と言われる。「第三夜」では、父親が六つになる盲目の自分の子を負ぶっている。眼の潰れているその子は、行く先々の光景が分かり、鷺が鳴くなどの予言をする。その子を捨てる場所として向こうに見える大きな森ならばと考え出すと、子に「ふゝん」と言われる。二股の分かれ道で子の命令する日ケ窪方面の左に進むと、さっきの森があり、森へ近づくと、背中で「丁度こんな晩だつたな」と言い出す。父の自分は「其小僧が自分の過去、現在、未来を悉く照らして、寸分の事実も洩らさない鏡の様に光つてゐる」と感じる。子が「此所《ここ》だ、此所だ。丁度其《そ》の杉の根の所だ」と言い出し、「御父《おとつ》さん、其の杉の根の所だつたね」と言うのに、「うん、さうだ」と思わず答えてしまう。「御前《おまえ》がおれを殺したのは今から丁度百年前《まえ》だね」、この言葉を聞くや否や、「今から百年前《ぜん》文化五年の辰年のこんな闇の晩に、此《こ》の杉の根で、一人の盲目《めくら》を殺したと云ふ自覚が、忽然として頭の中に起つた」という内容である。

子と父との対話が主筋の「第三夜」では合の手がリフレインのように響く。鷺が鳴いていると子が指摘した後、鷺が鳴くなどの転倒もリフレイン効果を挙げている。

漱石旧蔵書の *The Legendary Ballads of England and Scotland* に所収されている「残酷な母」（"The Cruel Mother"）は、

「第三夜」に大きなヒントを与えたと思われるバラッドである。

このバラッドはワーズワスによって長編バラッド「茨」（"The Thorn", 1798）として生まれ変わり、著名である。(33) 漱石もワーズワスが近代詩にしてみせたこのバラッドを自分ならどのような散文詩にするかという試みに挑んだのではないか。

「残酷な母」の親は女親で、生んだ赤子の命を奪う。「女は　小さなナイフを取り出して（／）谷間にきれいな花が咲き（／）赤子の命を摘みました」。「月の明かりで墓を掘り」、赤子を埋める。後年、女が教会に行こうとしたら、戸口に赤子がいた。「おまえがわたしの子供なら」「絹の服を着せるのに」と言うのに対し、「ああ　お母さん　わたしがあなたの子供だったとき（……）「そんなに優しくはなかったはず」」。死んだ子の生まれ変わりらしき子の返答があった。*The Legendary Ballads of England and Scotland* に収められたそのバラッドではさらに、子が双子で、残酷なあなた（母）がかつて自分たちを懐中ナイフで切り裂き、命を奪ったと罪状告発をする。(34)

殺した子と再会し、罪が暴かれる。死者が「肉体を持った亡霊」として再登場するのはバラッド特有とされる。(35)

「バラッド特有の死者の帰還」について「子供たちは、肉体をもたない亡霊としてではなく、血と肉をそなえた生きた死体――典型的なバラッドの死者――として戻ってくる」(36)との説明がある。「第三夜」に登場するのは、まさにそのようなバラッド特有の肉体を持った子である。その子は、親の背で「今に重くなるよ」「負《お》ぶつて貰つて済まないが、どうも人に馬鹿にされて不可《いけな》い。親に迄《まで》馬鹿にされるから不可い」と言う。親が「おれは人殺《ひとごろし》であつたんだな」と初めて気がついた途端、急に子が「石地蔵の様に重くなつた」。人殺しの親にのしかかる。

さらに別の観点から「第三夜」の表現に迫りたい。漱石旧蔵書のジョージ・エリス（George Ellis）『初期英語韻文ロマンス選集』（*Specimens of Early English Metrical Romances*）第一巻に収録されている長編バラッド「マーリン」（Merlin）が、「第三夜」の内容と表現の方向性を決めていったのではないか。その検討を行う。

アーサー王伝説をはじめとして英国伝説に出てくる魔術師マーリンは、漱石研究においてほとんど注目されてこなかったが、漱石の初期文学にとって重要である。漱石「薤露行」にて、「二　鏡」で登場するシャロットが毎日向かっているのは「マーリン」の魔術のかかった鏡である。「三　袖」においても、アーサー大王がギネヴィアを娶ろうとするのにマーリンは反対し、予言をする。(37)

そのマーリンの活躍を叙述しているのが、大長編のバラッド「マーリン」である。こう語られる。悪魔が人間の女性に産ませた子がマーリンだが、神の施し者に変わる。コンスタンティン王亡き後、長男のモイン王から侍従のヴォーティガー卿が王権を奪い、築城を試みているものの、夜になるたびに城が破壊されている。母のみから産まれた子の血をかければよいと空からお告げがあり、「マーリン坊や」が探し出される。マーリンは三人の使者と王のもとに向かう道行きで、未来を見通した発言や誰も知らぬ過去を言い当てる発言をいくつもする。たとえば、死んだ子の親を名指しする箇所はこうである。「死んで冷たくなった亡骸は　十歳のうら若い子供だったんだよ」「あの例の僧侶、（……）彼はその子を生ませた父親だ。そこで彼が父親だってことを思い出したら、彼は両手を絞るように固く握るだろうに」。

使者の騎士が王にマーリンをこう紹介する。「彼はマーリン坊やと呼ばれており、あらゆる種類の疑問に答えられます。過去及び現在に存在する全般の事項に　彼は完璧に答えられます、本当ですよ」(38)。

「第三夜」で負ぶわれている子は妖怪の「青坊主」とも形容されている。予言をなし、魔術を使う子であるマーリンのイメージに一致する。「其小僧が自分の過去、現在、未来を悉く照らして、寸分の事実も洩らさない鏡の様に光つてゐる」という表現は、三年前に発表した「薤露行」に登場させたマーリンの能力を思わせる。古代英国バラッドの、子どもを死なせた父親が呼び出され、文化五年辰年の盲人殺しに重ねられ、盲人の生まれ変わりらしき子を背負う父親にそれらが流れ込む。すべてを知るマーリンは、殺害された盲人に転生し、精神的にはより凶暴になっているといってよい。バラッド「残酷な母」も加わり、「第三夜」の生成過程はこのようであったと推測される。

五　偽の鶏鳴

民衆バラッドは民衆の歌であった特性から、ballad stanza と呼ばれる、リフレインや押韻の定型がある。(39)『夢十夜』全体にいえることとして、バラッドのリズム感を感じさせる。「第四夜」では、子どもたちを釣る爺さんが、手拭が蛇になるという意味で「「今になる、蛇になる、屹度《きっと》なる、笛が鳴る、」と唄ひながら」河の岸へ出て、「「深くなる、夜になる、真直《まっすぐ》になる」と唄ひながら」水に浸ってしまう。バラッドの様式としてしばしば素朴な「唄」を含む。このあたりもバラッド様式に則っていそうだ。

「第五夜」においては地の文でリフレインがある。「自分」は捕虜として敵の大将の前に引き据えられている。死ぬか生きるかと聞かれ、屈服しないという意味の、死ぬと答える。大将が剣を抜く。自分は待てという合図をして、「死ぬ前に一目思ふ女に逢ひたい」と述べる。

大将は夜が明けて鶏《とり》が鳴く迄なら待つと云つた。鶏が鳴く迄に女を此所《ここ》へ呼ばなければならない。鶏が鳴いても女が来なければ、自分は逢はずに殺されて仕舞ふ。

女は「裏の楢の木に繋いである、白い馬を引き出した」とあり、その裸馬に飛び乗り、しきりに馬の腹を蹴り、馬は鼻から火の柱のような息を二本出し、蹄の音が宙で鳴るほど早く飛んでくる。

この「第五夜」の内容には、漱石旧蔵書 *The Legendary Ballads of England and Scotland* 所収の「ジョーディ」

（Geordie）が参照されていたと考えられる。北の国での戦いで、ジョーディに罪が着せられた。ジョーディは妻に長い手紙を書き、そこに「エディンバラへ来ておくれ　僕の言葉を聞いておくれ」と記す。それを読んだ妻は「わたしの白馬を連れてきて」と言う。「奥方は白馬にまたがりました（……）エディンバラにつくまでは　飲みも食べもしませんでした」とある[40]。妻が着き、最初に目に入ったのは「断頭台」と「首を切る斧」であり、彼女はひざまづいて王に夫ジョーディの助命を乞う。王は、首切り人を急がせよと言っていたが、最終的に妻は夫を取り戻すという内容のバラッドである。このバラッドの急展開は鮮やかで、*The Legendary Ballads of England and Scotland* の同詩に付された説明には、ロバート・バーンズによって伝えられたと明記されている[41]。「第三夜」に結実するほどに漱石の脳裏に刻まれていたのだろう。

「第五夜」の女も死刑になる「自分」のもとへ白馬で駆けつけている。しかし、捕虜の「自分」が据えられた篝火の前まで来られないうちに、つぎのような事態となる。

　すると真闇《まつくら》な道の傍《はた》で、忽《たちま》ちこけこつこうと云ふ鶏《とり》の声がした。女は身を空様《そらざま》に、両手に握つた手綱《たづな》をうんと控へた。馬は前足の蹄《ひづめ》を堅い岩の上に発矢《はつし》と刻み込んだ。

　こけこつこうと鶏《にわとり》がまた一声鳴いた。

　女はあつと云つて、緊《し》めた手綱を一度に緩めた。馬は諸膝《もろひざ》を折る。乗つた人と共に真向《まとも》に前へのめつた。岩の下は深い淵であつた。

時をつくる鶏の登場、繰り返される鳴き声というのは、バラッドの物語において、決定的な要素である。ここからは別の種類のバラッドの参照が考えられる。

「第一夜」を論じて紹介した「ウィリアムの亡霊」（"Sweet William's Ghost"）は前述のとおり五点の漱石旧蔵書に収められている。マーガレットの部屋に亡霊ウィリーがスコットランドからやってくる。マーガレットは亡霊のあとを追いかけ、スコットランドの教会墓地に至る。マーガレットはウィリーの棺に入れるかしらときいていたが、亡霊ウィリーの立ち去るべき時を雄鶏が告げ出す。

赤い赤い雄鶏が鳴きました
灰色の雄鶏が鳴きました
「愛するマーガレット　もうお帰り　時間だよ」

それ以上　亡霊はマーガレットに何も言わず
悲しいうめき声をあげて
彼女をひとり　あとに残して
たちこめる霧の中に消えました(42)

「第三夜」と同様に、この世から立ち去らなければならない男を女が引き留めようとするが、鶏の声が無情に響く。解説につぎのようなバラッドの特徴が示されている。

二人の愛がどんなものであったのか、どうしてウィリアムが死んでいるのか、そういった生前の事情は一切語られないまま、歌は突然途中から始まる。このような唐突な始まり方はバラッドの大きな特徴である(43)。

『夢十夜』で恋愛関係にある二人が明瞭に出てくるのは「第一夜」と「第五夜」である。相愛の経緯について一切語られず、物語が途中から突然始まる。まさに、バラッドの特徴が踏襲されていよう。「ウィリアムの亡霊」において、「ああ　待って　待ってちょうだい」と叫ぶマーガレットは「頬は青ざめ　目を閉じて　やわらかい手足をのばして　死にました」[(44)]と死去する。「第五夜」はその同工異曲のようであり、鶏の声のせいで女が深い淵に落下する。

「第五夜」の「こけこっこうと鶏《にわとり》がまた一声鳴いた」という二度目の鳴き声は単なるリフレインではなく、馬の蹄の音を止めた女にとって男が殺される期限の夜が明けた冷酷な通知として響く。ゆえに手元が狂い、馬とともに前にのめって岩から淵に落ちるのだから、絶望的状況を確定させる鶏の声になり、劇的といえよう[(45)]。

バラッド「ウィリアムの亡霊」の「赤い赤い雄鶏が鳴きました　灰色の雄鶏が鳴きました」のほうはそのような一段階上がる反復とはいえないが、ウィリアムとマーガレットが引き裂かれる時を知らしめる声であるのが同一である。

鶏鳴が無情に夜明けを告げるバラッドをもう一例挙げる。「アッシャーズ・ウェルの女」("The Wife of Usher's Well")である。漱石旧蔵の *Old English Ballads, Border Ballads, The Legendary Ballads of England and Scotland* に収録される。海へ乗り出していった三人の息子たちが老母のもとに帰ってくるという内容である。はじめ行方不明、そののち生存の見込みなしとの便りを受け取っていた母は息子たちを喜び迎えたが、雄鶏が鳴き出す。

赤い赤いおんどりがこけこっこうと鳴きました
灰色のおんどりがこけこっこうと鳴きました
兄が弟にいいました

「行かねばならぬときがきた」

おんどりがひと声鳴いて
一度にぱっと羽ばたいたとき
弟が兄にいいました
「兄さん　行かねばなりません

「おんどりが鳴きます　夜があけます
ぶつぶつ地虫がこぼしている
ぼくら　土のお墓に帰らないと
とてもひどい目にあわされる(46)

このバラッドでもせっつくように急がせるおんどりの鳴き声をリフレインが表現している。「「兄さん　行かねばなりません」」や「「おんどりが鳴きます　夜があけます」」は会話の言葉がクォーテーションマークで閉じられておらず、おんどりが何度も鳴き、何度も兄弟間で鶏鳴が確認され、何度も鳴き声が残酷に響いた感じが示されている。(47)また、兄から弟へ行かねばならぬ時が来たと知らせ、弟から兄へ行かねばなりませんと告げるのも、合いの手によるリフレインが効いている。

「第五夜」において鶏の声が先を急ぐ女に覆いかぶさるように鳴き、もう一度止めを刺すように鳴く展開になっているのは、バラッドに見られるリフレインの応用形だったことが分かる。これら鶏の声で切迫感を高めるバラッドを手本としたのであろう。

さらに、「第五夜」の重要な内容もバラッドに前例があることを指摘したい。じつはこの「第三夜」の鶏の声の主は「天探女《あまのじゃく》」であり、物真似だった。大将が「夜が明けて鶏が鳴く迄なら待つ」と宣告したところの実際の鶏の声ではなかった。女は「天探女」に騙されて、夜が思っていたよりも早く明けたことに絶望し、命を失う羽目に陥る。[48]

漱石が目にしただろうバラッドに、鶏の鳴き真似はなさそうだが、夜明けを気にしている人を鶏が欺くというバラッドは数種ある。その代表として「灰色の雄鶏」（"The Gray Cock"）を挙げよう。そのバラッドを収録する漱石旧蔵書が二点ある。まず、*Border Ballads* で、タイトル "The Gray Cock" の下に、このバラッドは Pinkerton の *Scottish Ballads*, vol. II にも所収の旨、付記されている。[49] もう一つは *The Legendary Ballads of England and Scotland* で、頭注に「ポピュラーなバラッド」とある。[50]

訳文はチャイルド・バラッドに載る「灰色の雄鶏」（"The Grey Cock, or, Saw You My Father?"）から引く。娘がジョニーという恋人を待っている。ジョニーは墓守りに小言を言われており、亡霊であるらしい。ジョニーはみなが寝ついてから、娘の家に行く。娘は「わたしのジョニーね　夢ではないよね」と抱きつく。そして娘は雄鶏に、朝になったら鳴いて知らせてほしいと言って追いやる。

「あっちへお行き　わたしのかわいい雄鶏よ
朝になったら鳴いておくれ
褒美に　おまえの首をうつくしい金に変え
羽は灰色の銀に変えてあげよう」

雄鶏は裏切りました
雄鶏は一時間早く鳴いたのでした
娘は朝だと思って恋人を送り返しましたが
月がぴかっと光っただけ(51)

亡霊である恋人は墓守りの目を盗み、娘は両親の目を盗み、ようやく逢引をして一時間でも惜しいのに、袖にされた雄鶏が裏切って、一時間早く鳴く。恋人同士の切実な思いをふみにじる鳴き声である。「第五夜」の「天探女」が女を追い込んだ「鶏《とり》の鳴く真似」はこのようなバラッドから発想を得たということは大いにありうるだろう。

六　不吉な夢

『夢十夜』の各夢の主要人物は、「第一夜」は自分と女、「第二夜」は自分、「第三夜」は自分と子、「第四夜」は自分と「爺さん」、「第五夜」は自分、「大将」、女、「天探女」、「第六夜」は自分と「運慶」、「第七夜」は自分と船の他の「乗合」、「第八夜」は自分と「白い男」と鏡に映った窓から見える人々、「第九夜」は母と子で、「第十夜」にして初めて固有名を持つ者が主人公格である。その主人公とは「第八夜」で床屋の鏡に映った窓から見えた「庄太郎」である。「第八夜」でともにパナマ帽子を被って歩いていた女らしき者も登場する。

女が買ってくれた水菓子を「お宅迄持つて参りませう」と女とともに水菓子屋を出た庄太郎がそれぎり帰ってこない。七日目の晩になってようやく帰ってきた庄太郎が言うには、長い電車を乗って降りると、非常に広い原で、歩いていくと急に「絶壁《きりきし》の天辺《てつぺん》」へ出て、女が庄太郎に「此処《ここ》から飛び込んで御覧なさい」と言ったという。

女は「もし思ひ切つて飛び込まなければ、豚に舐められますが好《よ》う御座んすか」と聞く。ところへ「豚が一匹鼻を鳴らして来た」。庄太郎は持っていた「細い檳榔樹《びんろうじゅ》の洋杖《ステッキ》で、豚の鼻頭《はなづら》を打《ぶ》つた」。すると、豚は引っ繰り返って、絶壁の下へ落ちてゆく。このように庄太郎はつぎからつぎへと豚に洋杖を振り上げ、豚はぐうと鳴いて真っ逆さまに穴の底へ転げ落ちる。庄太郎がふと気がつくと、はるか草原の尽きる辺りから幾万匹か数えきれない豚が群をなして一直線に、庄太郎を目がけて鼻を鳴らしてくる。庄太郎は七日六晩、豚の鼻づらを叩いたが、とうとう精根が尽き、豚に舐められ、絶壁の上へ倒れたという話である。

このイメージは尹相仁により、ブリトン・リヴィエアーの油絵「ガダラの豚の奇跡」（一八八三年）からの影響が指摘されている。(52)

しかしながらより考えあわせるべき対象はバラッドなのである。バラッドには豚の夢という定番の話がある。『夢十夜』「第十夜」に大きな示唆を与えたと考えられる。バラッドで豚の夢は「不吉な夢」であり、悲劇的結末を伴う。バラッドに豊富なそのような豚の夢を「第十夜」に据えるという目論見が先にあり、その後、豚のイメージを絵画で増幅させたという順序であろう。

『全訳　チャイルド・バラッド』第三巻につぎのような解説がある。

バラッドに出て来る不吉な夢の中で最もよく知られているのは、「赤豚」と「部屋または花嫁のベッドが血の海」という夢である。(53)

ガメレーの *Old English Ballads* に収められている「マーガレットとウィリアム」（"Fair Margaret and Sweet William"）は、豚の夢が出てくる典型的なバラッドである。

ウィリアムは栗色の娘を花嫁に迎えた。色白の恋人、マーガレットは息絶えて亡霊になり、ウィリアムと花嫁のベッドの足元に立ち、ウィリアムに話しかける。翌朝、ウィリアムと栗色の花嫁とはこう言い交わす。

「私の貴婦人よ、私は夢をみました。そのような夢は決して良くない。私の住みかが赤豚であふれていた。そして私の花嫁のベッドが血でいっぱいなのです」

「そのような夢は、私のご主人さま、そのような夢は良いことがない、あなたの住みかが豚にあふれていた夢を見ることは。そしてあなたの花嫁のベッドが血でいっぱいの夢を見ることは(54)」

ウィリアムが急いでマーガレットの屋敷に行ってみると、マーガレットは亡くなったと伝えられる。ウィリアムは悲しみ、死去するという筋である。

着物の色がひどく気に入り、顔にたいへん感心してしまった女に庄太郎が付いていって絶壁で女に「飛び込んで御覧なさい」と言われるのも、ある種の宿命を感じさせる。宿命を全うしようとしない警告に、豚が出てくる。庄太郎は飛び込もうとしなかったため、豚の大群に襲われ、豚に舐められる。

バラッドでは、登場人物名のみ違い、内容のほぼ同じ話が多数ある(55)。ならばなぜ固有名が必要なのかと言えば、口承で伝えられるからである。バラッドに臨場感を持たせるために、民衆と無縁な誰かではなく、となりのウィリアムやとなりのマーガレットの話として、具体的情景を呼び起こしながら身を入れて聴かれるよう、固有名が使われる(56)。

「庄太郎」もそのようにして付けられている固有名であろう。「町内一の好男子で、至極善良な正直者」と、庄太郎のことを噂する町があり、庄太郎が失踪すると、「如何《いか》な庄太郎でも、余《あん》まり呑気過ぎる。只事ぢや無からうと云つて、親類や友達が騒ぎ出して居る」。このような町の噂高い親類や友達の、となりの「庄太郎」、これがバラッド的なのである。「第八夜」で、床屋の鏡に映し出された、女を連れて往来を通っていた「庄太郎」もまた、あの「庄太郎」と了解しうる登場のさせられ方である。バラッドでは「同じ名前が様々な作品に登場する」(57)のを思い起こさせる。伏線のようでいて、「第八夜」「第十夜」双方は無関係とも感じさせる。その体裁自体がバラッドの世界そのものといえる。こうして「第十夜」により幾種ものバラッドの情景がバラッドらしく締めくくられる。

さらに注意したい点として、「第十夜」の場合、バラッドの例とは異なり、夢を見たのは庄太郎ではないということがある。「第十夜」中に「こんな夢を見た」の一節はないが、『夢十夜』全体の構造から、庄太郎と豚の大群の出てくる夢を見たのは「自分」である。「第一夜」の分析で、死者と接吻して短命になると宣告されるバラッドをふまえ、「第一夜」の「自分」も死んだ女の化身の真っ白な百合の花びらに接吻したためその後の命が長くないと論じた。同じように、「第十夜」の夢を見た「自分」は豚の夢を見たのだから、豚の夢の不吉さは、「自分」の上に実現されるはずだ。すなわち、豚の夢を見た「自分」は、バラッドでウィリアムがマーガレットの死を悲しんで死ぬことになったのと同じ運命を辿ると予想される。

「第十夜」も「第一夜」と同様に、下敷きにされたバラッドを反映させて初めて「自分」の行く末が分かる。語り手の「自分」には死がもたらされるという結構のもとに成立していたのである。その意味で、一見テーマの違う「第一夜」と「第十夜」とは照応関係にあり、『夢十夜』の大枠を形成する。

(1)　鈴木覺雄「『夢十夜』における民俗的要因」『藝文研究』第三九号、一九八〇年二月、七〇頁。
(2)　『文庫』第三七巻第五号、一九〇八（明治四一）年九月。『復刻版　文庫』不二出版、二〇〇八年、四七八頁。
(3)　赤木桁平が『夢十夜』の「全体の感じ」について「ツルゲエネフのそれを思ひ起こさせるやうな十個の散文詩を集めたもの」と記す（『夏目漱石』新潮社、一九一七（大正六）年、二〇一頁）。

（4）『岩波　仏教辞典』中村元ほか編、岩波書店、当該項は炭俵担当、一九八九年、四九一頁。
（5）中島久代は「ボーダー・バラッドの世界」の説明として、パーシー『英国古謡拾遺』を友人に薦める文人ウィリアム・シェンストンの言葉、「大衆が知っている芸術であり、野蛮な、オリジナルな、熱中できる資質とその効果を求める」を引いている（『全訳　チャイルド・バラッド』第二巻、音羽書房鶴見書店、二〇〇五年、xii頁）。
（6）拙訳。原文はつぎのとおり。"It is not a narrative poem only; it is a narrative poem lyrical in form, or a lyrical poem with a narrative body in it. And it is a lyrical narrative, (...) but simple, and adapted for simple audiences and for oral tradition, from one generation to another." W. P. Ker, *Forms & Style in Poetry*, edited by R. W. Chambers, London: Macmillan, 1966, p. 3.
（7）マーク・ジルアード『騎士道とジェントルマン――ヴィクトリア朝社会精神史』（原著一九八一年）、高宮利行・不破有理訳、三省堂、一九八六年、四二頁。
（8）渡辺精『英国古譚詩』北星堂書店、一九六〇年、三〇頁。
（9）漱石は「英国詩人の天地山川に対する観念」でガメレーによるワーズワス詩の分析に論及している（初出「英国詩人の天地山川に対する観念」第四回、『哲学雑誌』第八巻第七六号、一八九三（明治二六）年六月、『漱石全集』第一三巻、岩波書店、一九九五年、五八頁）。ガメレーは日本語では「ガミア」「ガムマー」と呼ばれる場合があるが、本書は漱石の呼び方に従う。
（10）『バラッド詩集――イングランド　スコットランド　民衆の歌』薮下卓郎・山中光義訳、「はじめに」音羽書房、一九七八年、七頁。
（11）『英国バラッド詩60撰』山中光義ほか編、当該項目は鎌田明子担当、九州大学出版会、二〇〇二年、二二三頁。
（12）渡辺精前掲書、四〇頁。
（13）前掲『バラッド詩集――イングランド　スコットランド　民衆の歌』「はじめに」七頁。
（14）『バラッド――緑の森の愛の歌』中島久代・山中光義訳、近代文藝社、一九九三年、二頁。
（15）渡辺精前掲書、四五頁。
（16）紅野敏郎「『四篇』」『名著復刻　漱石文学館』解説、日本近代文学館、一九七五年、七五頁。
（17）『夢十夜』の初出は『東京朝日新聞』『大阪朝日新聞』一九〇八（明治四一）年七月―八月。以下、引用は『漱石全集』第一二巻、岩波書店、一九九四年より行う。ルビは現代仮名遣いで振り直した。
（18）前掲『バラッド詩集――イングランド　スコットランド　民衆の歌』「はじめに」七頁。

(19) 近藤和子「イザベル」註、『全訳　チャイルド・バラッド』第三巻、音羽書房鶴見書店、二〇〇六年、四九五頁。

(20) たとえば、漱石旧蔵書のパーシー『英国古謡拾遺』第二巻所収の「天人草を掻き分けて」には「一番輝く白百合に　彼女の更に白い手の化身がある」という表現がみられる。「私」が花を摘みに行って一纏めにしようとすると、花がすべて消え失せた。「私」は、花々が愛の化身で、似姿であったと悟る（パーシィ「天人草を掻き分けて」『古英詩拾遺』上巻、境田進訳、開文社出版、二〇〇七年、二六三―二六四頁）。lily-white など具体的な比喩を作るのはバラッドの特徴とされる（山中光義『バラッド詩学』音羽書房鶴見書店、二〇〇九年、四三、四六頁）。

(21) Thomas Percy, *Reliques of Ancient English Poetry*, vol. II の目次において“Sweet William's Ghost”が A Scottish Ballad と明記されている。

(22) 「ウィリアムの亡霊」（前掲『バラッド――緑の森の愛の歌』三八―三九頁）。原文をパーシー『英国古謡拾遺』より引用する。漱石旧蔵書とおそらく同書だが出版年の異なる書である。“And should I kiss thy rosy lipp, Thy days will not be lang.” “She stretched out her lilly《sic》-white hand, As for to do her best; “Hae《sic》 there your faith and troth, Willie, God send your soul good rest.” *Reliques of Ancient English Poetry*, vol. II, edited by J. V. Prichard, London: George Bell & Sons, 1906, p. 192. *Ballads Old and New*, part 1, edited by H. B. Cotterill, Macmillan: London, 1920, pp. 50–51 に収められた同詩とは異同が少ないが、他は異同が多い。

(23) 漱石旧蔵書 *The Legendary Ballads of England and Scotland* に所収されている「ロード・ラヴェル」(Lord Lovel) に施された注参照（前掲『全訳　チャイルド・バラッド』第二巻、二七六頁）。また、「アリス」(Lady Alice) の注に「植物への変身を通して愛の讃歌をうたうフォークロアの世界」という説明もある（前掲書、二七七頁）。

(24) 『全訳　チャイルド・バラッド』第一巻、当該詩は藪下卓郎訳、音羽書房鶴見書店、二〇〇五年、八五頁。前掲『バラッド詩集――イングランド　スコットランド　民衆の歌』二三―二四頁にも載る。

(25) 前掲『バラッド詩集――イングランド　スコットランド　民衆の歌』一九二頁。

(26) 「ウィリアムの亡霊」解題と注、前掲書、一九三頁。

(27) 「サフォークの不思議なできごと」近藤和子註、前掲『全訳　チャイルド・バラッド』第一巻、三六一頁。

(28) 「ウィリアムの亡霊」藪下卓郎註、前掲書、三二八頁。

(29) 「アッシャーズ・ウェルの女」解題と注、前掲『バラッド詩集――イングランド・スコットランド　民衆の歌』一九一頁。

(30) 坂本育雄「『夢十夜』作品論集成　解説」（『夏目漱石『夢十夜』作品論集成』I（近代文学作品論叢書6）、坂本育雄編、一九九六年、大空社、一三、一五頁)。

(31) 相原和邦「第三夜の背景」、初出『日本近代文学』第二三集、一九七六年一〇月、『漱石文学の研究——表現を軸として』明治書院、一九八八年、四九五—五一〇頁。平川祐弘によって、ラフカディオ・ハーン「知られぬ日本の面影」に収められた出雲の民話との類似が指摘される(「子供を捨てた父」『新潮』一九七六年一〇月、『小泉八雲　西洋脱出の夢』講談社、一九八一年、八一—一一六頁)。野村純一が、出雲の民話のみならず、「こんな晩」「六部殺し」の昔話の存在を挙げる(研究ノート「『夢十夜』と口承文芸」『朝日新聞』夕刊、一九七七年一月一四日、第七面)。

(32) 山中光義前掲書、二九頁。その説明で父親殺しや弟殺しの真相が明かされてゆくバラッドの例が引かれる。

(33) 本書第九章で、このワーズワス詩「茨」("The Thorn")が『彼岸過迄』をつなぐ重要な役割を果たすことを論証している。「山査子」とも訳されるが、西洋山査子である。

(34) 「残酷な母」、前掲『バラッド——緑の森の愛の歌』五三—五五頁。漱石旧蔵書と同版と思われる書より当該箇所を示す。ここに収録されているのは長くて語数の多いバラッドである。'She has ta'en out a little penknife, All alone, and alonie; And she's parted them and their sweet life, Down by the greenwood sae bonnie. She has houkit a hole, baith deep and wide, All alone, and alonie; She has put them in baith side by side, Down by the greenwood sae bonnie.' "O, bonnie babies, gin ye were mine, All alone, and alonie; I would cleade ye in the satin fine, Down by the greenwood sae bonnie. "O, and I would cleade ye in the silk (...)" "O, cruel mither, when we were thine, All alone, and alonie, Ye did nae cleade us in the satins fine, Down by the greenwood sae bonnie. (...) "And out ye took a little penknife, All alone, and alonie; And ye parted us, and our sweet life, Down by the greenwood sae bonnie.' "The Cruel Mother," *The Legendary Ballads of England and Scotland* (The Chandos Classics), compiled and edited by John S. Roberts, London: Fredrick Warne & Co., p. 497. 出版年不明。

(35) 「残酷な母」山中光義註、前掲『全訳　チャイルド・バラッド』第一巻、三一七頁。

(36) 「アッシャーズ・ウェルの女」藪下卓郎註で紹介されたフリードマンの注解。前掲書、三二九頁。

(37) 「薤露行」の初出は『中央公論』第二〇年第一一号(二〇〇号)、一九〇五(明治三八)年一一月。

(38) パーシィ前掲『古英詩拾遺』上巻、二一三—二一五頁。漱石旧蔵の T. Percy, *Reliques of Ancient English Poetry* に「マーリン」は収められていない。一方、ジョージ・エリス『初期英語韻文ロマンス選集』には収録されている。当該箇所に相当する部分を漱石旧蔵書と同じ再版の一八一一年版より、前後の文脈も含めて示せばつぎのとおりである。"Merlin, being called upon

to explain the cause of his merriment, informed his companions that the mourner and the chanter ought to change characters; since the boy, whose loss was so feelingly deplored by the reputed father, had really sprung from the loins of the lively ecclesiastic.' 'He was answered, that it was discovered by Merlin; who, though only seven years old, understood all things, (...).' *Specimens of Early English Metrical Romances*, vol. I, second edition, London: Longmans, Hurst, Rees, Orme, & Brown, 1811, pp. 232, 234. マーリンはパーシー版では五歳だが、エリス版では七歳である。「第五夜」の子が数え年で六歳にされているのもこれらが意識されていよう。

（39）　山中光義前掲書、二一六、三三二―三三六頁。

（40）　「ジョーディ」鎌田明子訳、前掲『全訳　チャイルド・バラッド』第一巻、二四六―二四七頁。原文はつぎのとおりである。"Gar get to me my gude grey steed; (...) And she has mountit her gude grey steed, (...) And she did neither eat nor drink, Till E'nbrugh toun did see her." *The Legendary Ballads of England and Scotland*, p. 45. スコットランド方言が使われている。こちらは白髪になって色が抜けた馬のようである。

（41）　*Ibid.*, p. 44.

（42）　前掲『バラッド――緑の森の愛の歌』三九―四〇頁。原文はつぎのとおりである。"Then up and crew the red red cock, And up then crew the gray: 'Tis time, 'tis time, my dear Margaret, That 'I'《sic》 were gane away." *Reliques of Ancient English Poetry*, vol. II, p. 193. *Ballads Old and New*, part 1, p. 51 所収の同詩とは異同が少ない。しかしながら "Sweet William's Ghost" には多くのヴァージョンがある。"William's Ghost", *The Legendary Ballads of England and Scotland*, pp. 258–250. "Sweet William's Ghost", *Old English Ballads*, pp. 203–205. "Clerk Saunders", Sir Walter Scott, *The Minstrelsy of the Scottish Border*, vol. II, pp. 176–190.

（43）　前掲『バラッド――緑の森の愛の歌』、四一頁。

（44）　前掲書、四〇頁。

（45）　「第五夜」の発想源としてウォルター・スコット『ケニルワースの城』（*Kenilworth*, 1821）も挙げておく。エリザベス一世の愛人であるレスター伯爵の隠し妻だったエミー伯爵夫人を殺害するために仕掛けた廊下の床板をエミー夫人に踏ませるべく、臣下が、馬で伯爵が帰ってきたように装って「馬蹄」の音を立て、伯爵の合図である口笛の真似をし、夫人を寝室から駆け出させ、罠に落とし込んだ。男のもとに一刻も早く駆け寄りたい女の愛情を利用して女を殺害したとされており、「第五夜」と同じである（ウォルター・スコット『ケニルワースの城』朱牟田夏雄訳、集英社、一九七九年、四一〇―四一三頁）。漱石旧蔵書は *Kenilworth* (Sixpence Edition), London: G. Routledge & Sons. 出版年不明。

（46）前掲『バラッド詩集――イングランド　スコットランド　民衆の歌』一八―一九頁。原文は *The Legendary Ballads of England and Scotland* に収録されたもののみ異同が多い。ここでは漱石旧蔵書と同版のガメレー編 *Old English Ballads* より該当部分を引用する。口語調で省略が多いがそのまま載せる。'Up then crew the red, red cock, And up and crew the gray; The eldest to the youngest said, 'T is time we were away.' The cock he hadna craw'd but once, And clapp'd his wings at a', When the youngest to the eldest said, 'Brother, we must awa. 'The cock doth craw, the day doth daw, The channerin worm doth chide; Gin we be mist out o our place, A sair pain we maun bide.' *Old English Ballads* (Athenaeum Press Series), selected and edited by Francis B. Gummere, Boston: Ginn & Co., 1903, p. 196.

（47）先に引いた「眠れぬ墓」の一部もクォーテーションマークで閉じられていない。漱石の『心』において先生の遺書部分で鉤括弧が閉じられていないのは、登場人物の心中を何度もかけめぐることを示し、バラッドの形式を模したと思われる。

（48）鈴木覺雄が柳田國男および折口信夫から引き、一夜工事を阻むアマノジャクの鶏の鳴き真似についての類型の話を指摘する。また、神話・英雄伝説と結びつく馬蹄石についても紹介がある（前掲論文、六五―七〇頁）。

（49）*Border Ballads*, edited with introduction and notes by Graham R. Tomson, London: Walter Scott, 1888, p. 195. 同書は漱石旧蔵書と同じものである。

（50）*The Legendary Ballads of England and Scotland*, p. 526. 同書は漱石旧蔵書と同じものである。

（51）前掲『全訳　チャイルド・バラッド』第三巻、藪下卓郎訳、三六六頁。*The Legendary Ballads of England and Scotland* と *Border Ballads*（pp. 195–196）とは省略的表記を除いてほぼ同じだが、前者から"The Gray Cock"を示せばつぎのとおりである。"'Flee, flee up, my bonny gray cock, And craw when it is day; Your neck shall be like the bonny beaten gowd, And your wings of the silver gray!' The cock proved false, and untrue he was, For he crew an hour owre soon; The lassie thought it day when she sent her love away, And it was but a blink o'the moon." *Ibid.*, p. 526.

（52）寺田寅彦が一九一〇（明治四三）年五月五日（正しくは六月五日）付小宮豊隆宛書簡で「テードギァレリーたつた《ママ》かナショナルの方であつたか忘れたが。絶壁に野猪の群が駆けてくる絵があつた先生の「夢」の一節は此れだなと思ひました」と記す（『寺田寅彦全集』第一五巻、岩波書店、一九五一年、一一六頁、旧字は新字にして引用した）。その絵を尹相仁が突きとめた。尹相仁は西洋芸術の伝統で豚が欲望の象徴とされることから、リヴィエアー絵画「キルケー」からの影響も論述している（初出「『夢十夜』第十夜の豚のモティーフについて」（『比較文学研究』第五五号、一九八九年五月、『世紀末と漱石』岩波書店、一九九四年、三〇四―三二二頁)。

(53) 「ロード・リビングストン」近藤和子註。前掲『全訳　チャイルド・バラッド』第三巻、四九六頁。赤豚は「豚」にも「白豚」にもなるとある。

(54) 拙訳。原文はつぎのとおり。"'I dreamed a dream, my dear lady; Such dreams are never good; I dreamed my bower was full of red swine, And my bride-bed full of blood.' 'Such dreams, such dreams, my honoured lord, They never do prove good, To dream thy bower was full of swine, And thy bride-bed full of blood.'" Gummere, *Old English Ballads*, p. 201. なお、チャイルド・バラッドの同題のバラッドは花嫁からの同様の言葉のみである。

(55) 先に引いた「ウィリアムの亡霊」であれば、その亡霊になった主人公の名前が「クラーク・ソンダズ」となっているバラッドがチャイルド版をはじめとして少なくない。前掲『全訳　チャイルド・バラッド』第一巻、当該詩の藪下卓郎註に「バラッドではよくみられるように、版によって主人公の名前が異なっている」とある(三二八頁)。

(56) ウィリアム、マーガレットは伝承バラッドの定番の名前である(山中光義前掲書、六四頁)。

(57) 山中光義前掲書、六二頁。

第五章　ウォルター・スコットの明治

一　坪内逍遙から

明治を通してよく読まれた西洋文学の作家の一人に、ウォルター・スコットがいる。高田早苗（半峰）が古書店で金縁入りの立派な装幀を気に入り、購入したのが、スコットの『ウェイヴァリー』シリーズだった。夢中になり、坪内逍遙をはじめとして友人に薦めたという。(1) スコットの歴史小説に見られる、騎士の巧みな武芸、封建社会における家同士の抗争、そこに巻き込まれる恋愛などの要素が、徳川時代の読本、草双紙、人情本等に親しんできた、のちの明治の文学者たちを擒にする。(2) スコットは、実生活においても、イングランドとスコットランドとを取り結ぶ役割を買って出て、また、小説においても、イングランド出身の青年を主人公に据えるなど、両地域の融和を企図した文学者である。その一方で、彼の小説には必ず、王権抗争に行き着く闘争が含まれていた。明治維新という大変革を経て、また自由民権運動の挫折を経て、国政に関心を持ち続けた文学者たちが、舞台はスコットランドであっても、不遇をものともせずに才能あふれる登場人物の闊歩するスコットの小説に魅せられたのではないだろうか。(3)

一八八〇（明治一三）年、坪内逍遙訳により、スコットの翻訳が初めて出た。『ラムマムアの花嫁』（*The Bride of Lammermoor*）の翻訳で『春風情話』（出版人　中島精一）と題された。原書の第二章から第五章の中途までの部分訳である。橋顕三訳述として出版された。学生ながら進文学社という私立学校で教鞭をとっていた逍遥が、その学校の校主である漢学者の息子の名前を借りて出版した。(4) 逍遥にとって最初の書物である。

日本近代で何度も訳し直された『湖上の美人』（*The Lady of the Lake*）の翻訳を最初に手掛けたのは、坪内逍遥、高田早苗、天野為之の三名である。一八八〇年の夏季休暇中に分担して翻訳したという。『春江奇縁』という題を付けた漢文体の訳文で、書肆に買われた。それが世に出たのは一八八四（明治一七）年のことで、服部誠一纂述『泰西活劇春窓綺話』（発兌人　阪上半七）となっていた。(5)

漱石もスコットを多く読み、漱石旧蔵書には、全部で一六冊残る。『湖上の美人』および『最後の吟遊詩人の歌』（*The Lay of the Last Minstrel*）などは違う版で複数冊を所蔵する。また、松山から熊本に移ったときの書簡に、借用していたスコット小説数部を知人に託したという書面も残る。(6)

二　『ラムマムアの花嫁』から「幻影の盾」へ

漱石は『ラムマムアの花嫁』も所有し、書き込みも残す。そのうえ、漱石は原書のみならず、逍遥訳『春風情話』も読んでいたのではないかと思われる。その証明は後ほど行う。まず、漱石が『ラムマムアの花嫁』から得た小説の筋立てを確認しよう。

『ラムマムアの花嫁』の時代設定は、ジェイムズ二世が追放された名誉革命以後の一七世紀後半である。舞台はスコットランド南東部で、代々の領主だったレイヴンズウッド家（Ravenswood）の没落により新興してきたアシュトン（Ashton）家の支配地域である。

国璽尚書となっているウィリアム・アシュトンとその娘ルーシー（Lucy）は、レイヴンズウッド家にかつて乳母として仕え、今や盲目となっているアリス（Alice）を森に訪ねた後、暴れ牛に襲われる。そこを救ったのが、対立するレイヴンズウッド家のエドガー（Edgar）であった。エドガーとルーシーとは恋に陥る。いったんは婚約に至るのだが、野心家のアシュトン夫人の奸計によって、ルーシーはかねてより決められていたバッカオの領主フランク・ヘートンと結婚の式を挙げさせられる。ちょうどそこへ旅から帰ったエドガーが一切を知って憤り、バッカオの領主とルーシーの兄に決闘を申し込む。結婚当日の初夜にルーシーは夫を刺し、精神異常が悪化したまま翌日死ぬ。一方、エドガーは、ルーシーの兄を探して馬を飛ばして行く最中、砂浜で引潮にさらわれ、命を落とした。

漱石「幻影の盾」がスコット『ラムマムアの花嫁』をふまえていることについては松村昌家が指摘する。(7)「幻影の盾」では、主人公ウィリアムが家同士の敵対ゆえに愛する幼なじみのクララのいる夜鴉の城を攻撃しなければならない立場にある。それらの設定がたしかに酷似する。

しかしながらそれ以上に注目したいのは小説の奥行きに関することで、歴史を含み込んだ小説の場合、登場人物の背景には、一族の歴史や地域の歴史が不可避的に絡まっている。スコットの『ラムマムアの花嫁』も同様で、エドガーの父がおり、祖先がいる。エドガーが暴れ牛から救ったルーシーを連れていった泉には、ゴシック調に彫刻された石垣が巡らされている。その石垣には由来がある。レイヴンズウッド家の祖先の領主が、その泉で絶世の美女に化けている女神に魅せられた。牧師の説教に従おうとした自分のせいでその女に泉へ身投げをさせてしまったと勘違いする。その後悔から石垣を張り巡らさせたという。

「幻影の盾」にもまた、池が出てくる。「池は大きくはない、出来損《できそこな》ひの瓜の様に狭き幅を木陰に横たへて居る。是も太古の池で中に湛《たたママ》えるのは同じく太古の水であらう、寒気がする程青い」(8)とある。

「幻影の盾」主人公のウィリアムは炎上する敵方の城から馬で駆け出してくる。鞍から降り、池のほうに歩を移す。引用しよう。

ヰリアムは歩むとは思はず只ふら〳〵と池の汀《みぎわ》迄進み寄る。池幅の少しく逼りたるに、臥す牛を欺《あざむ》く程の岩が向側から半ば岸に沿ふて蹲踞《うずくま》れば、ヰリアムと岩との間は僅《わず》か一丈余ならんと思はれる。其岩の上に一人の女が、眩ゆしと見ゆる迄紅なる衣を着て、知らぬ世の楽器を弾くともなしに弾いて居る。碧《みど》り積む水が肌に沁む寒き色の中に、此女の影を倒《さか》しまに蘸《ひた》す。投げ出したる足の、長き裳《もすそ》に隠くるゝ末迄明かに写る。(9)

池の端の岩の上に女がいて、楽器を弾いており、吟遊詩人のように歌い出す。ヨーロッパ古代および中世の吟遊詩人は、しばしば竪琴などの楽器を携えて諸侯の城や邸宅に出入りし、歴史、恋愛物、戦記などを楽器に合わせて物語り、歌った。岩の上の女はウィリアムに「盾に問へかし」と言うので、ウィリアムが盾を覗き込む。彼の身はイタリアへワープする。そこは幻のクララのいる暖かな世界である。

池の端の女は、『ラムマムアの花嫁』でレイヴンズウッド家の祖先の領主をかどわかした、泉の端にいた美女に近い役割を果たしていよう。「幻影の盾」のウィリアムは「盾の中の世界」に入り込んで「百年の齢ひ」(10)を経たために、彼は「白城」を継げなかった。『ラムマムアの花嫁』でレイヴンズウッド家は女神の祟りのせいで不運が続き、没落するのと同じ首尾である。

このように、スコット『ラムマムアの花嫁』が「幻影の盾」に与えた結構だけでも十分、考察に値する。しかしながら漱石は、一九〇五（明治三八）年四月に発表したこの短編「幻影の盾」だけでは飽き足らなかった。同趣向に中編小説で再挑戦したのではないかと考えられる。

三　『春風情話』から『草枕』へ

「幻影の盾」発表から一年五か月後の一九〇六（明治三九）年九月、漱石は『新小説』に『草枕』を発表する。漱石は「こんな小説は天地開闢以来類のないものです[11]」と小宮豊隆宛書簡で述べているが、そうであろうか。『草枕』にもまた、池の端に立つ女がいる[12]。まずは志保田家の「余程昔しの嬢様」（十）[13]だ。画工が馬子の源兵衛からその話を聞き、下絵を描き始めながら、その女は「あの岩の上からでも飛んだものだらう」（十）と見ていたその巌に、志保田那美が現れる。

『草枕』では、スコット『ラムマムアの花嫁』さながら、那美の祖先の女、ならびに、那古井村の長者の娘「長良《ながら》の乙女」が、池あるいは淵川へ身投げする。後者について画工はかつて志保田家に仕えていた婆さんから「嬢様と長良の乙女とはよく似て居ります」（二）と聞いていた。

『ラムマムアの花嫁』でも、ウィリアム・アシュトンが、レイヴンズウッド家に関する調査の目的で、かつてレイヴンズウッド家の乳母だった、いまや盲目の老婆アリスを娘ルーシーとともに訪ね、その後、エドガー・レイヴンズウッドに会う。『草枕』はこの物語の形の直接的な影響下にあろう。

漱石は英文学者の畔柳芥舟から寄せられたらしい『草枕』への質問に、こう記す。「女が崖の上へ出る訳はかいてない。従つて只出たと思へばいゝのです。出た風情が面白ければ夫丈で苦情を云はずに置いて下さい[14]」。那美が、那古井村の、鏡が池にせり出した、身投げにちょうどよい崖の上に姿を現す理由は、『草枕』に内在するのではなく、スコット『ラムマムアの花嫁』読書体験に外在していたから、答えようがないのだろう。『ラムマムアの花嫁』から感化された、「幻影の盾」で描ききれなかったことを『草枕』で展開させた結果、この那美が造型された側面がある。

『草枕』が『ラムマムアの花嫁』からの刺激を受け入れていることを別の角度から論証しよう。逍遙訳『春風情話』の考察に入る。レイヴンズウッド家のエドガーがルーシーを連れていった泉は、先述のように、レイヴンズウッド家の祖先であった領主レイモンドが、美女と化した女神に魅せられた場である。レイモンドが美女に遭遇した場面は、『春風情話』でつぎのように訳されている。

一日《あるひ》このあたりの山に出て猟狩《かりくら》なしける帰《かえり》さ、件《くだん》の泉の辺《ほとり》をよぎりしに、一箇《ひとり》の美人に遇ひたり。年の頃は二八《にはち》可《ばかり》にもやなるべからん、顔《かおばせ》は秋の月も妬むべく、細腰《さいよう》は春の柳も羞《はづ》べし今領主の来《きた》るを見て、最《いと》羞かしげに物言い《ママ》掛たる容姿《さま》は、正に是れ春鶯《しゅんおう》の谷を出《い》でゝ、梅花の陰に囀るが如く、楚王の夢に契りし神女《しんによ》もかくや、昔名高かりし「恵世矢《エゼリヤ》」姫もこの女には優《まさ》らじと[15]

「楚王の夢に契りし神女もかくや」という部分は、無論、原文にない。[16]ローマ神話に出てくる水の女神エゲリアに重ねあわされた原文に寄せて、逍遙が日本読者向けに、中国古代の『文選』「高唐賦」を思い起こさせる文言を付け加えた。

宋玉作と伝わる「高唐賦　幷序」では、楚の襄王と宋玉とが雲夢《うんぼう》の台に遊んだとき、襄王が高唐の楼観を眺め、朝雲の気の変化がきわまりないのを見て、宋玉に何の気かと問う。宋玉はかつて先王が高唐に遊び、昼に寝ていたときの夢に、巫山の女が出てきて、枕をともにしたのち、朝に雲となり、暮れに雨となってこの楼台に来ると言って帰っていったという逸話を話す。

ローマ神話の水の女神にならい、「高唐賦」の雲雨の神女に遡ってイメージを喚起するために、逍遙が訳に「楚王の夢に契りし神女もかくや」と挿入した。

『草枕』に戻ってみよう。『草枕』で那美が立つのは池の端の岩の上ばかりでない。よく知られるように、風呂場でも、画工の前に裸で立ってみせている。

しかも此姿は普通の裸体の如く露骨に、余が眼の前に突きつけられては居らぬ。凡てのものを幽玄に化する一種の霊氛《れいふん》のなかに髣髴《ほうふつ》として、十分の美を奥床しくもほのめかして居るに過ぎぬ。片鱗を潑墨淋漓《はつぼくりんり》の間に点じて、虬龍《きゆうりよう》の怪を、楮毫《ちよごう》の外《ほか》に想像せしむるが如く、芸術的に観じて申し分のない、空気と、あたゝかみと、冥邈《めいばく》なる調子とを具へて居る。六々三十六鱗を丁寧に描きたる龍の、滑稽に落つるが事実ならば、赤裸々の肉を浄洒々《じようしやしや》に眺めぬうちに神往の余韻はある。（八）

「虬龍」は龍のような架空の動物である。『草枕』のこの叙述は、直接的に、『文選』で「高唐賦」の続編として並べられる「神女賦」に連なるのではないか。(17)「神女賦」は、楚の襄王が宋玉と雲夢の沢に遊んだときのこととして描かれている。宋玉に、高唐の観について賦に詠ませたその夜、宋玉は、夢で神女と出会う。翌日、宋玉がそのことを王に言うと、王は夢の内容について尋ねてくる。神女の姿を訊かれ、宋玉がたとえようのないその美しさを述べるなかにこうある。

忽兮改容婉若游龍乗雲翔。(18)

（忽《こつ》とぞ容を改む、婉たること游龍の雲に乗りて翔《かけ》るが若し。(19)）

那美の裸体を化け物の「虬龍」にたとえる描き方は、「神女」を「游龍」にたとえるのと似通う。まだ小説家を生業としていなかった漱石が、那美を形容するにあたり、『文選』「神女賦」を参考にすることはありうることだ。しかし自然に思いついたというよりも、英文学者の先学として逍遙のスコット翻訳からの示唆が響いてきたというほうがより蓋然性が高いだろう。『草枕』に鏡が池を設定したあたりから意識されていたと思しき逍遙訳『春風情話』にある「楚王の夢に契りし神女もかくや」というくだりが呼び出されてきたに違いない。『文選』「神女賦」では、神女と契る夢を見たのは、楚王ではなく、詩人の宋玉のほうである。それに触発されたらしく、『草枕』においては、東西の詩を読み、詩作もなす画工の目前に、「神女賦」と重ねあわせられる女の肢体が見え隠れして、画工はその姿を「虬龍」と認めた。

四　『最後の吟遊詩人の歌』から「幻影の盾」へ

スコットは、漱石と同様、小説家以前は詩人であった。彼の長編詩第一作は『最後の吟遊詩人の歌』（*The Lay of the Last Minstrel*, 1805）である。ロマン主義復興のさきがけとして名高い。明治の青年たちはこの書名を早くから知っていた。ベストセラーとなったサミュエル・スマイルズ（Samuel Smiles）著、中村正直訳『西国立志編』第五編には、スコットが軽騎兵の衣糧官で、馬に蹴られて歩行困難で家に臥していたとき、三日のうちに「ゼ・レイ・ヲフ・ゼ・ラスト・ミンストレル」の首巻の詩を作り、その後いくばくもなく脱稿した。これがスコットの大著述の最初に出たものだと紹介されていた。(20) 漱石はその『最後の吟遊詩人の歌』を二種蔵書している。(21)

最後の吟遊詩人とは、古戦の生き残りで、この長編詩に収められた全六曲を歌う歌人のことである。かつてはボーダー地方の武勇譚を歌っていた。公爵夫人のうながしによって、竪琴をかき鳴らしながら、歴史的出来事ならびにそこに立ち会ってきた吟遊詩人のことを旋律に乗せて物語る。

第六曲、最終場面近く、吟遊詩人たちによってつぎつぎと歌が披露される最後に、ハロルド（Harold）という吟遊詩人が立ち上がる。ハロルドはこう紹介される。

こうしてハロルドは、青年時代に、
多くの北欧伝説（サガ）の異様な詩行を学んだ――
その海蛇の詩を。恐ろしく曲がりくねった
巨大なとぐろは世界を締めつけてしまうという詩を。
恐ろしい乙女たちの詩を学んだ。忌まわしい金切り声で
戦闘での血まみれの戦いを狂わせるというその詩を。(22)

恐ろしい乙女たち（dread Maids）とはオーディンに仕えるヴァルキューレのことである。勇敢な戦士を戦死させ、戦死者たちを集め、酒宴でもてなすヴァルハラの館に連れてゆく。ヴァルハラの館には北欧神話の主神オーディンがいる。北欧スカンジナビアにおいて、また、スコットランドにおいて、詩とはオーディンの声であった。吟遊詩人はオーディンに直接奉仕し、オーディンの心を一般の人々に伝えてくれる者であった。(23) スコットは詩に小説に、頻繁に北欧神話を取り込む。詩神の声を借り受ける感覚であろう。

漱石「幻影の盾」において、主人公ウィリアムが開いて読む書付「幻影の盾の由来」は、「汝が祖ヰリアムは此盾を北の国の巨人に得たり」と始まり、「巨人は薊《あざみ》の中に斃れて、薊の中に残れるは此盾なり」と終わる。薊からその場がスコットランドだと分かる。「祖ヰリアム」とは主人公の四代前の祖先であり、対戦した「北の国の巨人」を斃し、盾を譲り受けた。その盾は「ワルハラの国のオヂンの座に近く」で鋳造されたと巨人は述べていた。(24) 松村昌家が

この祖先のウィリアムをノルマンディ公ウィリアム一世と想定している。[25] ヘイスティングの合戦を制して征服王となった史実はよく知られ、相手はサクソン族ハロルド王だった。「幻影の盾」では、斃された「北の国の巨人」は「浄土ワルハラ」に住まう。

五　『それから』に塗りこめられる

漱石は一九〇九（明治四二）年、『それから』を連載する。小説の開始時、主人公代助は大学卒業後も父からの経済援助を得て仕事もせずに独り暮らしをしている。高等遊民の代助は、実家の西洋造りの部屋の内装を考える余裕を持っていた。代助の考案したそのモチーフは、ヴァルキューレである。

欄間の周囲に張ったその模様画は、代助の知り合いの画家に頼んで相談のあげくにできたものだと彼は振り返る。

さうして時々は例の欄間《らんま》の画《え》を眺めて、三千代の事も、金を借りる事も殆んど忘れてゐた。部屋を出る時、振り返つたら、紺青《こんじよう》の波が摧《くだ》けて、白く吹き返す所丈《だけ》が、暗い中に判然《はつきり》見えた。代助は此大濤《このおおなみ》の上に黄金色《こがねいろ》の雲の峰を一面に描かした。さうして、其雲の峰をよく見ると、真裸《まはだか》な女性《によしよう》の巨人が、髪を乱し、身を躍らして、一団となつて、暴《あ》れ狂つてゐる様に、旨く輪廓を取らした。代助はヴルキイルを雲に見立てた積で此図を注文したのである。彼は此雲の峰だか、又巨大な女性だか、殆《ほと》んど見分けの付かない、偉《い》な塊《かたまり》を脳中に髣髴《ほうふつ》して、ひそかに嬉しがつてゐた。（七の四）[26]

大波の上の雲の峰が見方を変えればヴァルキューレに見えるという画には、代助自身意識していない、三千代への想いが塗りこめられている。三千代のことを忘れているときにヴァルキューレの画に没頭することから、また、ヴァルキューレが産褥を司る神でもあることから、その画は、代助が本来最も懸念しなければならない三千代の、代理表象としての役割を果たしているとは、すでに拙著で論じた[27]。

スコットは長編詩『最後の吟遊詩人の歌』で吟遊詩人そのものを幾人も登場させ、オーディン神やヴァルキューレに対する畏怖の念を表明させた。漱石もまた、主人公に自覚のない打ち震える無意識を、ヴァルキューレ画で表現させる。

六　『アイヴァンホー』より『文学論』と『それから』へ

漱石は英国留学中に書き溜めたノートをもとに、帰国後、東京帝国大学文科大学英文科講師として講義し、一九〇七（明治四〇）年にその内容を『文学論』として出版する。文学の普遍的な理論として提出されたそれは、文学の内容面について細部から全体までその組み立てを分類し、各効果を明らかにしようとする。第一編　文学的内容の分類、第二編　文学的内容の数量的変化、第三編　文学的内容の特質、第四編　文学的内容の相互関係、第五編　集合的Fという構成である。冒頭では、文学の定義が行われた。文学的内容の形式は（F＋f）であることを要すとされる。Fとは焦点的印象または観念で、fはこれに附着する情緒である。文学の内容面の最小かつ最大の形式はこれだという。焦点となる印象または観念があり、それらに情緒が附いているとされた。

『文学論』第四編第八章で提案された間隔論というのは今日の文学理論でもいまだ解明の途上にある文学の方法の理論化である。そこで漱石は、スコットの『アイヴァンホー』（*Ivanhoe*）を高く評価し、例として使う[28]。身をやつしたリチャード一世（獅子心王）（Richard I, the Lion-Heart）に率いられたサクソン族の復帰に賭ける民兵たちが、王弟ジョンと組んだノルマン方に陣取られた城を攻撃している。その城には、十字軍遠征で大活躍した、サクソン族騎士のアイヴァンホーと、ユダヤ民族の娘、レベッカ（Rebecca）などが囚われている。レベッカは治療の術を身に付けていて、身動きが取れない状態のアイヴァンホーを看病する役を得ていた。彼女はかねてよりひそかにアイヴァンホーを愛していたのである。彼女は戦況を知りたいアイヴァンホーのために格子窓から、古い盾で身を隠しながら外を見て戦の模様を伝える。彼女は自身の反戦の思いも吐露する。

漱石は若かりしとき、そこを読んで目を見張ってしまい、眠ることができず、燈をかかげたまま夜明けが来てしまったことをいまなお明らかに記憶していると述べ、なぜこれほどまでに心が動かされたか分からず、長い歳月を経てようやく「間隔論」に辿り着いたと『文学論』で述べる。『アイヴァンホー』から当該部分が引用され、つぎのように分析される。「吾人」とはここで、読者の私という意味で使われている。「篇中」とは作中という意味で、「記事中」とはその出来事中といった意味合いで述べられている。「幻惑」とは作家が読者に与える錯覚のことである。

幻惑の熾《さかん》なる時読者、作家の筆力に魅せられて、一定の間隔を支持する事を忘れ、進んで之に近づき、近づいて之に進み、遂に著者と同平面、同位地に立つて、著者の眼を以て見、著者の耳を以て聴くに至るが故に著者と読者の間に一尺の距離をも余す事なし。而して此際に於る著者は Rebecca にあらずや。此際に於る幻惑は白熱度ならずや。吾人は進んで Rebecca に近かざるを得ず、遂に Rebecca と同平面同位地に立たざる可からず。最後に R. の眼を以て見、R. の耳を以て聴かざるべからず。R. と吾人との間に一尺の距離を余すなきに至つて已まざる可からず。然るに Rebecca は篇中の一人物なり。戦況を叙述するの点に於て著者の用を弁ずると共に、篇中に出頭し没頭し、逶迤《いい》として事局の発展に沿ふて最後の大団円に流下するの点に於て記事中の一人たるを免かれず。此故に吾人は著者としての Rebecca と同化する傍ら、既に記事中の一人たる Rebecca と同化し了るものなり。是

に於てか *Ivanhoe* の記事は重圜《じゅうえん》を描いて循環するを見る。外圜を描くものは Scott にして Rebecca は此圜内に活動し、内圜を描くものは Rebecca にして、堞下《ちょうか》の接戦は其中に活動す。吾人は幻惑を受けて戦況を眼前に髣髴するの結果、内圜を描くものと同時、同所に立つて覚らず。顧みれば即ち身は既に外圜のうちに擒《とりこ》にせられて、篇中の人物と共に旋転するを見る。翻つて Scott を索《もと》むれば遥かに圜外に在つて、吾人と利益を共にせざるが如く長嘯《ちょうしょう》するに似たり(29)。

漱石はここで、巧みな作りにより読者が、登場人物のレベッカと同化し、小説内に没入させられる作用について分析する。読者はレベッカの眼で戦場を見て、戦況に耳を澄ます。レベッカと同位地に立っているかのような錯覚を与えられる。スコットの筆さばきがそうさせているのだが、読者はむしろ自分がレベッカ側にいると感じ、レベッカに親密さを覚える。小説の外側のスコットは圏外にいるように感じられるとされる。

同じような効果を挙げている戦況報告として、『春秋左氏伝』(30)から鄢陵《えんりょう》の戦の部分を引き、アイヴァンホーと同じだとする(31)。

私は漱石の理論をさらに進めたい。漱石は読者がレベッカに同化する場合しか述べていないが、城内に囚われ、しかも病床にあり、本来なら自分も参戦していた戦況についてもぎ取るようにレベッカの報告を聴いているアイヴァンホーに同化する読者もいるだろう。アイヴァンホーの焦心と、レベッカのアイヴァンホーに対する想いとが交じりあい、強い情緒が付随しているために、伝えられる戦況が、読者に直接に響いてくるしくみになっていよう。アイヴァンホーがサクソン側の仲間の奮闘する戦況をレベッカから聴きたく思うのと同じくらいに、読者もその戦況をレベッカから聴きたく思わされる。鄢陵の戦では、もどかしく晋軍の様子の報告を受け取っているのは楚の王である。

七　登場人物による報告の効果

漱石は留学後、東京帝国大学での講義のかたわら、小説を書き始める。『吾輩は猫である』からして、読者は猫の実況中継にのめり込み、猫と同化したかのように人間たちを笑うのだから、スコットを分析して得た手法は初めから意識的に使われている。

ここでは『それから』に同じ趣向の見られることを示そう。代助は平岡に三千代との事実を話し、謝るつもりで、面会したい旨の手紙を出すが、なかなか返事が来ない。下男を聴きにやると、家に病人が出たために遅くなったとの返答を得て帰ってくる。病人とは三千代であった。代助は「三千代の病気と、其源因と其結果」（十六の六）に頭を悩ませる。翌日やってきた平岡と通例の挨拶を交わした後、ようやく代助は三千代の様子を尋ねる。平岡の答えはつぎのとおりだった。

　此前暑い盛《さか》りに、神楽坂へ買物に出た序《ついで》に、代助の所へ寄つた明日《あくるひ》の朝、三千代は平岡の社へ出掛ける世話をしてゐながら、突然夫の襟飾《えりかざり》を持つた儘卒倒した。平岡も驚ろいて、自分の支度は其儘《そのまま》に三千代を介抱した。十分の後三千代はもう大丈夫だから社へ出て呉れと云ひ出した。口元には微笑の影さへ見えた。横にはなつてゐたが、心配する程の様子もないので、もし悪い様だつたら医者を呼ぶ様に、必要があつたら社へ電話を掛ける様に云ひ置いて平岡は出勤した。其晩は遅く帰つた。三千代は心持が悪いといつて先へ寝《ね》てゐた。何《ど》んな具合かと聞いても、判然《はつきり》した返事をしなかつた。翌日朝起きて見ると三千代の色沢《いろつや》が非常に可《よ》くなかつた。平岡は寧ろ驚ろいて医者を迎へた。医者は三千代の心臓を診察して眉をひそめた。卒倒は貧血の為《ため》だと云つた。随分強い神経衰弱に罹《かゝ》つてゐると注意した。平岡は夫《それ》から社を休んだ。本人は大丈夫だから出て呉れろと頼む様に云つたが、平岡は聞かなかつた。看護をしてから二日目の晩に、三千代が涙を流して、是非詫《あや》まらなければならない事があるから、代助の所へ行つて其訳を聞いて呉れろと夫に告げた。平岡は始めてそれを聞いた時には、本当にしなかつた。脳の加減が悪いのだらうと思つて、好《よ》し〳〵と気休めを云つて慰めてゐた。三日目にも同じ願が繰り返された。其時平岡は漸《よう》やく三千代の言葉に一種の意味を認めた。（十六の七）

三千代が代助のところへ寄ったその日、代助は三千代に対して、自分が平岡ほども信用できない男で、父からの援助が打ち切られればどうしようもないと告げた。すると、三千代はそんなことは初めから分かりきっていたことではありませんか、私のことなど構わないからそのまま家との関係を続けるようにと言う。代助はそんなことはありえないと断言し、三千代は覚悟を決めましょうと宣言した。

代助は三千代を得る代わりに、父からの物質的援助が断ち切られ、社会的身分を失うという「クライシス」（十六の四）を観念し、まず平岡に直接会って解決を付けることにする。三千代とその相談をして別れた翌朝、彼女が卒倒し、病気になり、平岡の看護を受けたという。三千代は平岡に、謝らなければならないことがあるから代助のところへ行ってそのわけを聴いてほしいと訴えたという。

三千代の病状とその様子は、そばにいられない代助が、居ても立ってもいられないほど知りたいことである。平岡がもたらす彼女の病状と病床のさまを、代助に同化する読者も、代助と同じくらいの切実さで受け取る。平岡は『アイヴァンホー』のレベッカのような敬愛すべき人物ではないが、三千代の現在の夫として、代助と三千代との関係を知らないまま、代助に与える情報は、受け取り側の代助の愛情および焦燥という強い情緒が絡んで読者に届けられる。このような効果は漱石にとって織り込み済みで、『アイヴァンホー』の効果について得心ゆく分析ができた時点から学ばれていた。

八　焼き尽くされる城とヴァルキューレ

スコット『アイヴァンホー』では、攻め手のサクソン側が勝利する。そのきっかけを作ったのは、城がかつてサクソン郷士のものだったときの城主の娘で、その後囚われの身となり弄ばれ、現在は老婆となっているウルリカ（Ulrica）が、自分の一族の所有だったその城に火を点けたからである。ウルリカは小塔の上に姿を現す。復讐の女神の化身のようなありさまで、ウルリカは軍歌を叫んで歌う。その二節と三節を掲げよう。

二

黒雲が氏族の長の城に低く垂れかかり、
鷲は叫び——その雲の上を天翔ける。
暗黒の雲の灰色の乗り手は、叫ばない、
あなた方の宴は準備されている！
ヴァルハラの乙女たちは（雲から）うかがう、
ヘンギストの一族は彼女らを客人たちのもとへ派遣する。
ふさふさとした黒髪を揺さぶって、ヴァルハラの乙女ら、
歓喜に騒々しくタンブリンを打ちならせ！
多くの傲慢な足取りが乙女らの大広間に屈服する、

多くの兜の頭が。[32]

三

夕闇が氏族の長の城に横たわる、
黒雲が四囲に群がる。
間もなくその黒雲は勇敢な者の血のように赤くなるだろう！
森の破壊者はその赤い家紋を彼らに振り立て、
御殿をあかあかと焼きつくす、
破壊者は燃えさかる軍旗を大きく振り動かす、
赤く、広く、陰気に、
勝ち目のない勇敢な戦闘の上に。
破壊者の喜びは打ちあう剣に、割れた盾に。
彼はボイラーが爆発するように音を立てて傷口から出る血をなめるのを愛す[33]

この戦場を支配するのは人間の力を越えた破壊者の喜びであるかのように、狂女の様相を呈したウルリカが歌う。「ヴァルハラの乙女」とは先に説明したヴァルキューレのことである。彼女たちは、サクソン族およびリチャード一世の戦陣とノルマン方および王弟ジョン側近の戦陣との攻防戦で出た戦死者たちをヴァルハラへ連れてゆくべく物色している。[34]黒雲から顔を出してうかがうヴァルキューレのイメージはそのまま『それから』に採用された。『それから』においても、死にゆく者がヴァルキューレによって物色されるトーンが響く。

九　『アイヴァンホー』から「幻影の盾」へ

「幻影の盾」で、ウィリアムは自分の城「白城」の騎士であるシワルド(35)がウィリアムとクララのために立ててくれた策に乗る。クララを連れて「トルバダウの歌の聞ける国(36)」へ脱出を試みようという。トルバダウとはトルバドゥールのことで、とくにイタリアなど南欧の吟遊詩人をそう呼ぶ。

白城の軍が敵方「夜鴉の城」に攻め入る前に、使者を雇い、「其頃流行《はや》る楽人の姿となつて」夜鴉の城に忍び込ませる。楽人とは楽器を携えた吟遊詩人のことで、厳重な警備をかいくぐることができたことをふまえている(37)。合戦となる前夜にクララを奪い出して舟に乗せる作戦である。「万一手順が狂へば隙を見て城へ火をかけても志を遂げる(38)」。舟の帆柱に掲げられた旗の色でクララを奪い出せなかったことが判明する。夜になり、夜鴉の城の内部でにわかに人の騒ぐ気配がした。シワルドの、楽人に扮した使者が火を点けたのである。城は『アイヴァンホー』と同じく放火の火で包まれた。

『文学論』で『アイヴァンホー』を評し、レベッカの語りの圏内に「堞下の接戦」が活動すると述べられていた。「幻影の盾」でも、城壁の上に巡らした「堞《ひめがき》」にまで火の手が及ぶ。

　黒烟りを吐き出して、吐き尽したる後は、太き火焔《かえん》が棒となつて、熱を追ふて突き上る風諸共《もろとも》、夜の世界に流《ながれ》矢《や》の疾《と》きを射る。飴を煮て四斗樽《しとだる》大の喞筒《ポンプ》の口から大空に注《そそ》ぐとも形容される。沸《た》ぎる火の闇に詮《せん》なく消ゆるあとよりまた沸ぎる火が立ち騰《のぼ》る。深き夜を焦《こが》せとばかり煮え返る焔《ほのお》の声は、地にわめく人の叫びを小癪《こしゃく》なりとて空一面に鳴り渡る。鳴る中に焔は砕けて砕けたる粉《こ》が舞ひ上り舞ひ下りつゝ、海の方《かた》へと広がる。濁る波の憤る色は、怒《いか》る響と共に薄黒く認めらるゝ位なれば櫓の周囲は、煤を透《とお》す日に照さるゝよりも明かである。一枚の火の、丸形に櫓を裹《つつ》んで飽き足らず、横に這ふて堞《ひめがき》の胸先にかゝる。炎は尺を計つて左へ左へと延びる。たま〳〵一陣の風吹いて、逆に舌先を払へば、左へ行くべき鋒《ほこさき》を転じて上に向ふ。旋《めぐ》る風なれば後ろより不意を襲ふ事もある。順に撫でゝ焔を馳け抜ける時は上に向へるが又向き直りて行き過ぎし風を追ふ。左へ左へと溶けたる舌は見る間に長くなり、又広くなる。果《はて》は此所《ここ》にも一枚の火が出来る、かしこにも一枚の火が出来る。火に包まれたる堞の上を黒き影が行きつ戻りつする。たまには暗き上から明るき中へ消えて入《い》つたぎり再び出て来ぬのもある。[39]

火に包まれ城が焼け落ちるこの部分は、間違いなく『アイヴァンホー』の向こうを張っていよう。[40]「幻影の盾」の発表された一九〇五（明治三八）年は漱石が東京帝国大学で『文学論』のもとになる講義をしており、『アイヴァンホー』の、読者を釘付けにする戦の描写方法を分析した間隔論の考察も完成していたのであろう。

ウィリアムはクララのみを救出しなければならない。先の引用につづく部分を掲げよう。闇夜、火に照らされ、「堞」上に女が見える。ウィリアムがクララと叫んだ途端にその女の影が消える。隠されたのか、あるいは、火にのみ込まれて「再び出て来ぬ」事態に陥ったかと見える状況だ。

焦《や》け爛れたる高櫓の、機熟してか、吹く風に逆《さか》ひてしばらくは焔と共に傾くと見えしが、奈落迄も落ち入らでやはと、三分二を岩に残して、倒《さか》しまに崩れかゝる。取巻く焔の一度にパツと天地を燬《や》く時、堞の上に火の如き髪を振り乱して停《たたず》む女がある。「クラゝ！」とヰリアムが叫ぶ途端に女の影は消える。[41]

「幻影の盾」で夜鴉の城に火を点けたのは、シワルドが手配した使者であり、クララではない。しかし、城の高楼のやぐらからして燃え崩れるなか堞に一瞬現れた、髪を振り乱してたたずむ女の姿は、『アイヴァンホー』において長年乗っ取られてきた自分の城に火を点けたサクソン族の女、ウルリカの姿と重なることに注意したい。

一〇　ふたたび『アイヴァンホー』より『それから』へ

『アイヴァンホー』および「幻影の盾」において火に包まれた状況と類似する場面が『それから』の最終部にある。兄から勘当を言い渡され、代助は下男に、職業を探してくると言って日盛りの表へ飛び出す。

> 代助は暑い中を馳《か》けない許《ばかり》に、急ぎ足に歩いた。日《ひ》は代助の頭の上から真直《まつすぐ》に射下《いおろ》した。乾いた埃《ほこり》が、火の粉《こ》の様に彼の素足《すあし》を包んだ。彼はぢり〳〵と焦《こげ》る心持がした。
>
> 「焦る〳〵」と歩きながら口の内で云つた。
>
> 飯田橋へ来て電車に乗つた。電車は真直に走り出した。代助は車のなかで、
>
> 「ああ動く。世の中が動く」と傍《はた》の人に聞える様に云つた。彼の頭は電車の速力を以て回転し出した。回転するに従つて火の様に焙《ほて》つて来た。是で半日乗り続けたら焼き尽す事が出来るだらうと思つた。
>
> 忽《たちま》ち赤い郵便筒《ずつ》が眼に付いた。すると其赤い色が忽ち代助の頭の中に飛び込んで、くる〳〵と回転し始めた。傘屋の看板に、赤い蝙蝠《こうもり》傘を四つ重ねて高く釣るしてあつた。傘の色が、又代助の頭に飛び込んで、くる〳〵と渦を捲《ま》いた。四つ角《かど》に、大きい真赤な風船玉を売つてるものがあつた。電車が急に角《かど》を曲《まが》るとき、風船玉は追懸《おつかけ》て来て、代助の頭に飛び付いた。小包郵便を載せた赤い車がはつと電車と摺《す》れ違ふとき、又代助の頭の中に吸ひ込まれた。烟草《たばこ》屋の暖簾《のれん》が赤かつた。売出しの旗も赤かつた。電柱が赤かつた。赤ペンキの看板がそれから、そ

れへと続いた。仕舞には世の中が真赤《まつか》になった。さうして、代助の頭を中心としてくるり〳〵と焔の息を吹いて回転した。代助は自分の頭が焼け尽きるまで電車に乗つて行かうと決心した。（十七の三）

頭の上から日が射し、火の粉のような埃が足を包み、じりじりと焦げ、電車の速度で頭が回転する。焼き尽くされることを期待する。赤いものがそれからそれへと代助の頭に飛び込み、吸い込まれてゆく。しまいに世の中が真っ赤になる。「代助の頭を中心としてくるり〳〵と焔の息を吹いて回転した」とは、代助の頭が出くわすものに放火していったあげくに、頭を中心として焔が吹き出し、回転する状態になったことを表していよう。『それから』の最後は、『アイヴァンホー』のウルリカが自分の城に放火したように、「幻影の盾」でクララを奪うために使者が合戦前の夜鴉の城に放火したように、自死、あるいは、救い出すべき女の死まで覚悟した放火の系譜に連なる。その現場は、『アイヴァンホー』のウルリカの歌う、焼き尽くされつつある城、そして、「幻影の盾」の燃え崩れる城と重なる。代助は焼死するまで電車に乗り、そのまま、ヴァルキューレに戦死者として連れ去られることを望んでいるかのようだ。

（1）　高田早苗『半峰昔ばなし』早稲田大学出版部、一九二七年（『明治大正文学回想集成』六、日本図書センター、一九八三年、四六、五一頁）。

（2）　たとえば、正宗白鳥「二階の窓」には、スコットを愛読する青年およびスコットを読んでいる小説家が登場する（『紅塵』彩雲閣、一九〇七（明治四〇）年、所収）。逍遙は、明治中期以降の馬琴評を反動的に過ぎるとして「生の観察の精刻、性格描写の如きも」「必ずしもスコットやリットンに多く劣るとも思はれない」と述べている（「新旧過渡期の回想」『早稲田文学』第二二九号、一九二五（大正一四）年三月（『逍遙選集』第一二巻、春陽堂、一九二七（昭和二）年、三二九頁））。

（3）　明治期のスコットの人気についてつぎのように考えられてきた。「歴史小説家たるスコット、リットン、デューマが歓迎されたのは、西洋歴史の知識に対する補ひとなるのが第一、それから多少の政治的啓蒙が得られるのが第二、種々な風俗習慣の活写が多いのが第三であろう」（柳田泉「明治以降の教育と文学」初出『教育』第三ノ一号、岩波書店、一九三五年一月（『随筆　明治文学1——政治篇・文学篇』谷川恵一ほか校訂、当該論は木戸雄一校訂平凡社、二〇〇五年、二七七頁））。

（4）坪内逍遙「回憶漫談」（其二）『早稲田文学』一九二五（大正一四）年七月（前掲『逍遙選集』第一二巻、三四七頁）。

（5）服部誠一は『花柳春話』の校閲者で、阪上半七は『花柳春話』の発行人の一人である。

（6）一八九七（明治三〇）年一月一二日付横地石太郎宛書簡、『漱石全集』第二二巻、岩波書店一九九六年、一一七頁。

（7）松村昌家「漱石『幻影の盾』と英文学」『神戸女学院大学論集』第二二巻第一号、一九七五年九月（同『明治文学とヴィクトリア時代』山口書店、一九八一年）。

（8）「幻影の盾」初出は『ホトトギス』第八巻第七号、一九〇五（明治三八）年四月。引用は『漱石全集』第二巻、一九九四年、岩波書店より行う。七八頁。ルビは現代仮名遣いで振り直した。傍点は引用者による。以下同じ。

（9）前掲『漱石全集』第二巻、七九頁。

（10）前掲『漱石全集』第二巻、八三頁。

（11）一九〇六（明治三九）年八月二八日付書簡。『漱石全集』第二二巻、岩波書店、一九九六年、五四六頁。

（12）一九〇八（明治四一）年発表の『三四郎』でも、「池の縁《ふち》」で三四郎を美禰子に会わせる。三四郎は二度目に彼女に遭遇したとき「池の女」と認識している。

（13）『草枕』の初出は『新小説』第一一年第九巻、一九〇六（明治三九）年九月。『漱石全集』第三巻、岩波書店、一九九四年より、章番号を付して引用する。ルビは現代仮名遣いで振り直した。以下同じ。

（14）一九〇六（明治三九）年九月三日付書簡。『漱石全集』第二二巻、岩波書店、一九九六年、五五三—五五四頁。

（15）『春風情話』訳述橘顕三、出版人中島精一、慶應義塾出版部、一八八〇（明治一三）年、八七頁。漢字および変体仮名は現在の通行の字体にした。ルビは現代仮名遣いで振り直す。なお、『坪内逍遙　二葉亭四迷集』（新日本古典文学大系明治編、岩波書店、二〇〇二年）より、青木稔弥による労作の「春風情話」校注が出ている。

（16）当該部分付近の原文はつぎのとおりである。“A beautiful young lady met one of the Lords of Ravenswood while hunting near this spot, and, like a second Egeria, had captivated the affections of feudal Numa.” Sir Walter Scott, *The Bride of Lammermoor*, London: George Routledge and Sons, 1894, p. 52. 漱石旧蔵書は Sir Walter Scott, *The Bride of Lammermoor*, London: Service & Paton, 1898.

(17) 日本古代から中世まで、『文選』「高唐賦」に感化された文学は無数にあり、鎌倉期には「巫山の雲雨」が「幽玄」のイメージを形成していた。小森陽一がすでに『草枕』が「高唐賦」からそれらを取り入れていることを指摘している（「ことの葉の記憶の旅へ——夏目漱石『草枕』と古典」（東京大学教養学部国文・漢文学部会編『古典日本語の世界　文字とことばのダイナミクス』東京大学出版会、二〇一一年）。

(18) 『文選音註』巻四、風月荘左衛門繍梓、貞享四（一六八七）年、四七丁裏。漱石旧蔵書も同書である。訓点は省略した。

(19) 原文の訓点に従って書き下した。ルビも原文に付されたものと同じである。濁点および句読点を付加した。

(20) 『西国立志編』第四冊、本屋市蔵、須原屋善蔵ほか、一八七一（明治四）年、一一丁表。同第一一編には、スコットが「朝課」として『ウェイヴァリー』シリーズを「草シ」ていたと記されている（前掲『西国立志編』第九冊、五丁裏）。

(21) *Lay of the Last Minstrel*, edited with introduction and notes by G. H. Stuart & E. H. Elliot, London: Macmillan & Co., 1894. ならびに、*The Lay of the Last Minstrel and the Lady of the Lake*, edited with introduction and notes by F. T. Palgrave, London: Macmillan & Co., 1889 (Globe Readings from Standard Authors).

(22) 拙訳。邦訳に、佐藤猛郎『最後の吟遊詩人の歌——作品研究』評論社、一九八三年、三九八頁がある。原文は "And thus had Harold, in his youth, (/) Learn'd many Saga's rhyme uncouth,— (/) Of that Sea-Snake, tremendous curl'd, (/) Whose monstrous circle girds the world; (/) Of those dread Maids, whose hideous yell (/) Maddens the battle's bloody swell;" *Lay of the Last Minstrel*, with introduction and notes by G. H. Stuart & E. H. Elliot, London: Macmillan and Co., 1930, p. 93. 漱石旧蔵書の一冊と注釈者および出版社が同じ書である。

(23) 金子健二『巡歴詩人』湯川弘文社、一九四二年、七—八頁。金子健二は東京帝国大学で漱石から英文学を学んだ弟子の一人である。

(24) 前掲『漱石全集』第二巻、六二—六四頁。

(25) 松村昌家前掲書、八九頁。

(26) 初出は『東京朝日新聞』『大阪朝日新聞』一九〇九年六月—一〇月。引用は『漱石全集』第六巻、岩波書店、一九九四年より、章番号を付して行う。ルビは現代仮名遣いで付した。以下同じ。

(27) 野網摩利子『夏目漱石の時間の創出』第二章、東京大学出版会、二〇一二年。

(28) 漱石旧蔵書は *Ivanhoe*, London: Adam & Charles Black, 1891 (Sixpence Edition).

（29）初出は『文学論』大倉書店、一九〇七年（明治四〇）年。引用は『漱石全集』第一四巻、岩波書店、一九九五年、四〇七―四〇八頁による。割注は省略し、ルビは現代仮名遣いで振り直した。

（30）『春秋左氏伝』は現存する漱石旧蔵書に残っていない。明治初期に刊行された『春秋左氏伝校本』においては第十三（巻中の成公十六年）に、漱石『文学論』に引かれた箇所が載る（『春秋左氏伝校本　附公羊伝穀梁伝』七、（晋）杜［預］集解、（唐）陸［徳明］音義、（日本）豊島毅増補、出版人　山田栄造、一八八三（明治一六）年、十七丁表）。

（31）少なからぬ論者が言及する箇所だが、要を得た分析は早くに清水茂によって行われている（「夏目漱石と漢文学」初出『国文学　解釈と教材の研究』第二四巻第六号、一九七九年五月、『語りの文学』筑摩書房、一九八八年、二二八―二三三頁）。

（32）拙訳。邦訳には『アイヴァンホー』（下）菊池武一訳、岩波書店、一九七四年、一七一―一七二頁がある。原文は “The black cloud is low over the thane's castle (/) The eagle screams—he rides on its bosom. (/) Scream not, grey rider of the sable cloud, (/) Thy banquet is prepared! (/) The maidens of Valhalla look forth, (/) The race of Hengist will send them guests. (/) Shake your black tresses, maidens of Valhalla; (/) And strike your loud timbrels for joy! (/) Many a haughty step bends to your halls, (/) Many a helmed head.” *Ivanhoe*, Edinburgh: Adam & Charles Black, 1886, p. 315, Chapter 31. 漱石旧蔵書と同出版社の先の版である。

（33）拙訳。邦訳に前掲『アイヴァンホー』（下）一七二頁がある。原文は “Dark sits the evening upon the thane's castle, (/) The black clouds gather round; (/) Soon shall they be red as the blood of the valiant! (/) The destroyer of forests shall shake his red crest against them, (/) He, the bright consumer of palaces, (/) Broad waves he his blazing banner, (/) Red, wide, and dusky, (/) Over the strife of the valiant: (/) His joy is in the clashing swords and broken bucklers; (/) He loves to lick the hissing blood as it bursts warm from the wound!” *Ibid*., p. 315.

（34）『ラムマムアの花嫁』においても、最終部に近づくにつれ、死の予兆として、死の女神が顔を出す（“The female agent of hell,” *op. cit*., p. 261）。

（35）シワルドとはデンマーク王族の女と大熊との間に生まれたSiwardで、後年、カニュート大王の英国征討に加わり、英国に住み着いた。この英雄から「幻影の盾」は名前を採用したのではないか。このような北欧系統の物語と英国の物語とは吟遊詩人たちによって結合された（金子健二前掲書、四八―五〇頁）。

（36）前掲『漱石全集』第二巻、六五頁。

（37）「幻影の盾」は一五世紀初頭の設定であり、吟遊詩人が封建領主に仕えていたころである（金子健二前掲書、四頁）。

（38）前掲『漱石全集』第二巻、六五―六九頁。

（39）前掲『漱石全集』第二巻、七四―七五頁。傍点は引用者による。以下、同じ。

（40）漱石は一九〇七（明治四〇）年八月一五日付小宮豊隆宛書簡で、ディケンズとスコットについてつぎのように述べている。「ヂツケンスやスコツトが無暗にかき散らした根気は敬服の至だ。彼等の作物は文体に於て漱石程意を用ひてゐない。ある点に於て侮るべきものである。然しあれ丈多量かくのは容易な事ではない」（『漱石全集』第二三巻、岩波書店、一九九六年、一〇八頁）。

（41）前掲『漱石全集』第二巻、七五頁。

第六章　『三四郎』に重なる王権簒奪劇

一　人生と劇

『三四郎』は一九〇六（明治三九）年二月の文芸協会発起からおよそ二年半後の、新劇運動のただ中で発表された。『三四郎』では、登場人物間で劇の話題が飛び交っており、劇中人物と重ねあわされることもある。たとえば、美禰子は与次郎から「イブセンの女の様だ」（六の四）[1]と評される。

謡の稽古に熱心であり、かつ、シェイクスピア劇の研究ならびに講義をしていた夏目漱石が自作の小説で登場人物を劇に関わらせるとき、劇の神髄に関与せずに済ませるとは考えにくい。漱石の主たる研究対象だった一八世紀英国文学で、劇について自在に語る長編小説がある。漱石旧蔵書にあるヘンリー・フィールディング（Henry Fielding）『トム・ジョウンズ』（*The History of Tom Jones, a Foundling*）（捨児トム・ジョウンズの物語）である[2]。

『三四郎』で、広田萇《ちょう》先生・小川三四郎・里見美禰子《みねこ》・野々宮宗八・野々宮よし子が連れ立って出かけた菊人形の見物で、美禰子の体の具合が悪くなり、三四郎とともに人込みを避けて休んだ折に美禰子が「迷へる子《ストレイ、シープ》」（五の九）と呟き、その後、三四郎に二匹の羊の絵葉書を送るのはよく知られる。旧約・新約聖書に stray sheep という形での使用例はなく、フィールディング『トム・ジョウンズ』の用例が最も古いとは、『漱石全集』第五巻の紅野謙介・吉田凞生による注解ですでに紹介されている。(3) フィールディングははじめ劇作家であり、二〇編あまりの戯曲を書くほか、劇場経営もしていた。後年の小説においては内部で多くの劇論を交わす。『トム・ジョウンズ』第七巻第一章では、「古来幾多の哲人詩人が人生を大きな演劇と考え」(4) とあり、ついでシェイクスピア『マクベス』第五幕五場より「人生は所詮あわれな役者」から始まる一節が引かれる。(5)『トム・ジョウンズ』第一六巻第五章になると、実際に主人公ジョウンズと連れのパートリッジが「ハムレット」を観劇している。『三四郎』内でハムレット観劇が配されたのは、単に実際の文芸協会演芸会演目にあったからばかりではなかったのだ。

『トム・ジョウンズ』のこういった箇所は『三四郎』に影響を与えたと考えられよう。(6)『三四郎』登場人物間でも劇が話題に上るのは、劇を実生活の参考にするからである。本章は、広田先生が自身でよく知る劇と似た人生を歩まされている強制力に着目し、詩歌を交えた劇や史劇が漱石文学に組み込まれる意味とその方法を明らかにする。

二　他人事ではない

『三四郎』には、東京帝国大学文科大学選科生である佐々木与次郎という多弁な登場人物がいる。与次郎は、上京して間もない三四郎に都会の文化を味わわせようと寄席に連れてゆき、小さんという噺家の話を聴かせた。与次郎は三四郎に「小さんの演ずる人物から、いくら小さんを隠したつて、人物は活潑々地に躍動する許りだ」と「小さん論」（三の四）をふるう。演じ手が、演じている人物そのものと化す状態について述べたのである。

与次郎の別の評言でいえば、それは「ダーター、フアブラ」（六の七）である。他人事ではないという意味のラテン語であり、ホラティウス『風刺詩』にある。『トム・ジョウンズ』にもラテン語が頻繁に使われるなか、ホラティウスの言葉は最多の一九回引かれる。『三四郎』内の「ダーター、フアブラ」は、他人事を自分事として考えるという意味において、劇をなぞる者の特徴を言いえているのではないか。

登場人物間で話題になる劇は、トーマス・サザーンが脚本化したアフラ・ベーン『オルノーコ』、文芸協会演芸会演目の杉谷代水《すぎたにだいすい》「大極殿《だいごくでん》」、および、シェイクスピア『ハムレット』である。なぜ、この諸作が『三四郎』に取り込まれなければならなかったのか。これまで指摘されてこなかったことに、これらの劇がすべて各地の王権に関わるという点がある。舞台はそれぞれ、『オルノーコ』が中南米のスリナム、「大極殿」が古代日本、『ハムレット』がデンマークである。多くの人種の王族をめぐる劇が『三四郎』内の生活に食い込んできている。後年の『それから』『門』『心』『道草』などで相続の問題を取り上げる漱石がその前段階として王位継承問題を意識的に小説に取り入れたのだろう。

一行が見物に出かけた菊人形で最初に目に飛び込んできたのが「曽我の討入」である。「五郎」「十郎」「頼朝」（五の六）の菊人形が鑑賞される。十郎・五郎の曽我兄弟は父の敵の工藤祐経《すけつね》のみならず、前年に征夷大将軍になった頼朝をも襲おうとしたとされ、瞽女語りから能・歌舞伎の人気演目へと発展した[7]。このように諸劇が内包された小説となっている意味について解明する。

これらの劇の内容を最も把握しているのは、「読書範囲の際限」がなく、「何でも人の読まないものを読む癖がある」（四の十四）広田先生であろう。広田萇はこれらの劇に精通することから、『三四郎』内劇が重なる中心人物といえるのではないか[8]。「ダーター、ファブラ」（他人事ではない）も広田先生に行き着く象徴的言葉とみなせるのではないか。

三　文学から文学へ

まず『三四郎』前半部に登場する『オルノーコ』(9)から確認しよう。二〇世紀初頭にはほとんど評価されていなかった一七世紀の女性作家、アフラ・ベーンの小説とその劇について広田先生は知っていて、三四郎、与次郎、美禰子らに教える。

広田先生宅の引越しの手伝い中に、三四郎が大学の図書館からアフラ・ベーンという人の小説を借りてみたことを話すと、広田先生は「アフラ、ベーンなら僕も読んだ」(四の十四)と言い出す。広田先生は三四郎に向かって「僕はオルノーコと云ふ小説を読んだ丈だが、小川さん、さういふ名の小説が全集のうちにあつたでせう」と問いかける。

三四郎は奇麗に忘れてゐる。先生に其梗概を聞いて見ると、オルノーコと云ふ黒ん坊の王族が英国の船長に瞞《だま》されて、奴隷に売られて、非常に難儀をする事が書いてあるのださうだ。しかも是は作家の実見譚として後世に信ぜられてゐたといふ話である。

「面白いな。里見さん、どうです、一つオルノーコでも書いちやあ」と与次郎は又美禰子の方へ向《むか》つた。

「書いても可《よ》ござんすけれども、私にはそんな実見譚がないんですもの」

「黒ん坊の主人公が必要なら、その小川君でも可《い》いぢやありませんか。九州の男で色が黒いから」(四の十五)

この後美禰子が三四郎に向かって「書いても可《よ》くつて」(10)と聞く。現代日本版に翻案した『オルノーコ』の主人公のモデルに小川三四郎を据えようという提案である。前述のように『三四郎』において登場人物は話題の劇中人物と重ねあわされる傾向にある。劇のモデルにする提案も一度ではない。小説後半部で、三四郎が広田先生に、広田先生が夢で再会した女の話を「芝居」にしたら「純粋で単簡な芝居」（十二の一）ができるでしょうと言うのもそれである。

『オルノーコ』について詳しく見ておこう。アフリカ、ガーナの王子オルノーコは黒人の青年である。オルノーコは故人の将軍の一人娘、イモインダと恋に落ち、イモインダはオルノーコの結婚申込みを受け入れる。しかし、オルノーコの祖父の老王が、評判のイモインダを側妻にしてしまう。その後、イモインダとオルノーコとの一夜が発見され、イモインダは死刑よりも厳しい罰を科され、奴隷として売り飛ばされた。

オルノーコのほうは、広田先生の説明のとおり、白人の船長に騙され、スリナム河口で奴隷として売り渡される。彼を買ったのは、植民地統治をする英国人総督に代わって農園の管理をしていたトレフリーという紳士だった。トレフリーはオルノーコに、この地に六か月ほど前からクレメーンという、みなを失恋させる美しい奴隷がいると話す。オルノーコはクレメーンがイモインダであることを見て驚き、イモインダと喜びあった。二人は結婚する。ある日曜、オルノーコは奴隷の先頭に立って反乱を起こすが、奴隷たちが彼を見捨てて投降する。オルノーコは副総督の和議条件を信じたものの、裏切られる。オルノーコは復讐を計画する一方、自分が復讐の挙によって死ねば、イモインダは凌辱され、殺されるだろうと考え、イモインダの同意のもと、彼女を殺す。オルノーコは残虐な死刑に処された。

与次郎が美禰子に『オルノーコ』仕様の小説を手掛けるよう唆すのを聴いていた広田先生は、与次郎や三四郎たちに、『オルノーコ』にはすでに同時代にジャンルを変えた翻案のあることを教える。

「あの小説が出てから、サヾーンといふ人が其話を脚本に仕組んだのが別にある。矢張り同じ名でね。それを一所にしちや不可《いけ》ない」

「へえ、一所にしやしません」

洋服を畳んで居た美禰子は一寸与次郎《ちよつと》の顔を見た。

「その脚本のなかに有名な句がある。Pity's《ピチーズ》 akin《アキン》 to《ツー》 love《ラッヴ》 といふ句だが……」それ丈で又哲学の烟《けむり》を熾《さかん》に吹き出した。（四の十六）

広田先生はなぜ『オルノーコ』を読了しているのみならず、トーマス・サザーンによる戯曲まで読んでいるのか[11]。また、なぜそれらを一緒にしてはいけないと注意するのか。これを広田先生の学究心ゆえと片付けるわけにゆかない[12]。ここに露顕するのは広田先生自身の問題であり、後述する。

四　引き金となる言葉

ベーン『オルノーコ』からサザーンが脚本で変更したなかでつぎの点が目立つ[13]。サザーン『オルノーコ』では、イモインダはアフリカのアンゴラ出身の白人の娘という設定である。彼女は、オルノーコの祖父ではなく、オルノーコの父である王の子を身ごもり、スリナムで白人奴隷となっている。オルノーコは、総督代理のトレフリーではなく、ブランフォードという農園主に仕えている。とくに結末が大きく改作された。オルノーコがイモインダに促されて彼女を殺すのは同じであるものの、オルノーコはその後、白人の船長、副総督と殺害してゆき、最後に自殺する。

広田先生の紹介のとおり、この戯曲の「Pity's akin to love」（同情は愛に通じる）という句が知られる。これはオルノーコが妻を失った喪失感を述べたとき、ブランフォードがオルノーコに同情を寄せたのに応じたオルノーコの言葉である。ブランフォードの真心からの同情を受けてオルノーコは「Pity's akin to love」と述べ、「イモインダとの一部始終」をブランフォードに話す[14]。その契機となった言葉を『三四郎』では与次郎が「句の趣が俗謡だもの」と「俗謡」

風に翻訳し、広田先生に「下劣の極だ」と苦い顔をされる。野々宮が後から来て原文を尋ねると、美禰子が「Pity's akin to love」（四の十六）と繰り返す。

サザーンの脚本でこの言葉は、オルノーコが自分の半生について口火を切るきっかけになったことに注意しよう。蔵書家の広田先生が「哲学の烟」をさかんに吹き出し、息を早めながらこの句を紹介したのは、自身の秘められた半生がよぎったからではないか。『三四郎』の小説時間中、半生が明かされてゆくのは、広田先生だけである。「Pity's akin to love」は、同情に値する広田先生の内奥が、他の劇文学の刺激で開かれる告知の役割を果たしている。

五　感情のモデル

『三四郎』後半部、三四郎の訪問時、広田先生は夢を見ており、三四郎が来て中断された。その夢で、二〇年前、「森文部大臣」の葬列にいた小さな娘が当時と同じ姿で出てきたという[15]。広田先生は「其当時は頭の中へ焼き付けられた様に、熱い印象を持つてゐた」（十一の八）と三四郎に明かす。三四郎は、広田先生がその後その女に逢わず、誰かも分からないままでいると知り、「先生は夫《それ》で……」と言い出す。

「夫で結婚をなさらないんですか」

先生は笑ひ出した。

「それ程浪漫的《ロマンチック》な人間ぢやない。僕は君よりも遥かに散文的に出来《でき》てゐる」

「然し、もし其女が来たら御貰《もら》ひになつたでせう」

「さうさね」と一度考へた上で、「貰つたらうね」と云つた。三四郎は気の毒な様な顔をしてゐる。（十一の八）

広田先生は結婚しない理由を三四郎から問われ、封印してきた「一人《ひとり》の男」の心の内を吐露する。サザーンの戯曲においてオルノーコが農園主に半生を語り始めたのと同様、他者からの同情をきっかけに人生の秘密がほどかれる。「色々結婚のしにくい事情を持つてゐるものがある」と広田先生は話し始める。

「例へば」と云つて、先生は黙つた。烟がしきりに出る。「例へば、こゝに一人の男がゐる。父は早く死んで、母一人を頼《たより》に育つたとする。其母が又病気に罹《かか》つて、愈《いよいよ》息を引き取るといふ、間際《まぎわ》に、自分が死んだら誰某《だれそれがし》の世話になれといふ。子供が会つた事もない、知りもしない人を指名する。理由《わけ》を聞くと、母が何とも答へない。強ひて聞くと、実は誰某が御前の本当の御父《おとつさん》だと微《かす》かな声で云つた。——まあ話だが、さういふ母を持つた子がゐるとする。すると、其子が結婚に信仰を置かなくなるのは無論だらう」

「そんな人は滅多にいないでせう」

「滅多には無いだらうが、居る事はゐる」(……)

「僕の母は憲法発布の翌年に死んだ」(十一の八)

一八八九(明治二二)年、大日本帝国憲法発布の日、以前に伊勢神宮不敬事件を起こしたと噂されていた森有礼文部大臣が国粋主義者西野文太郎によって刺殺された。広田先生の二〇年後の夢にまで出てきた「十二三の女」(十一の七)は、森有礼葬列にいたとある。これは森有礼の娘かもしれないと思わせる設定ではないか[16]。女を三四郎の言うとおり「尋ねて見」ることもできたはずなのに、なぜたずねなかったのか。その理由を間接的に、森有礼死去の翌年に亡くした自分の母親が息を引き取る前に遺した言葉によって「結婚に信仰を置かなく」なり、その衝撃の最中だったからだと仄めかす。

先に、広田先生がなぜみなに、ベーン『オルノーコ』とサザーン『オルノーコ』とを「一所にしちや不可ない」と注意するのかという疑問を出した。その一部がここに解ける。肉親に不信感を懐くオルノーコの苦悩は、広田先生の苦悩でもあった。ベーン『オルノーコ』では、オルノーコは王である祖父に、婚約していたイモインダを奪われる。サザーンの『オルノーコ』では、じつに、現王である自分の父にイモインダを奪われ、しかも彼女は、オルノーコからすれば弟を妊娠している。ベーン原作からのサザーンの変更は、広田先生の抱える痛みに肉薄する内容になっていたため、広田先生はサザーンの脚本まで与次郎らに紹介し、説明し始めたのだと判明する。

オルノーコが敵討を遂げるという、サザーンによる改作は後述する曽我物や『ハムレット』のような敵討劇に通じる。具体的な舞台が想い描かれる戯曲の『オルノーコ』であれば、広田先生の古傷がいっそう開く(17)。よってサザーン戯曲『オルノーコ』は、広田先生にとって忘れようもない作品だった(18)。

六　中世日本の敵討劇

「菊人形は可いよ」と外国に類を見ない「人工的」(四の十七)なところを賞賛してみせたため、広田先生は団子坂の菊人形の見物に美禰子らと行くことになる(19)。各植木屋の木戸番が出す大声を広田先生は「人間から出る声ぢやない。菊人形から出る声だ」(五の六)と評す。菊人形は一八六一(文久元)年に植木屋、植梅の作った「忠臣蔵」の菊人形が評判で繁盛し、『三四郎』発表翌年の一九〇九(明治四二)年まで続いた。菊人形は当初から歌舞伎の「国姓爺合戦」「菅原伝授手習鑑」「先代萩」「助六」「勧進帳」など、人気役者の当たり演目の人物像を人形にしていて演劇と縁が深い(20)。広田先生の評は、様式化された演技の姿を菊で模した人形から出る声の不気味さを述べている。それにしてもなぜ、広田先生ら一行の初めに目に付くのが「曽我の討入」であり、曽我十郎・五郎の兄弟と「頼朝」とが「平等」に菊の着物を着て並べられているのを観るのか。(21)

兄の曽我十郎祐成《そがのじゅうろうすけなり》(幼名一万《いちまん》)と弟の曽我五郎時宗《ときむね》(幼名箱王《はこおう》)の実父は河津《かわづの》三郎祐重《すけしげ》(祐通《すけみち》)である。彼らの母は、夫の河津三郎祐重が工藤祐経に討たれたのち、相模国の曽我太郎祐信《すけのぶ》に縁付いた。十郎・五郎も母に付いてゆき、曽我太郎が兄弟の義父になる。母は実父の敵討を誓う兄弟を訓戒する。弟の箱王は箱根権現の別当にあずけられる。箱王は僧になるはずだったが、敵討の宿念やみがたく、出家せずに下山し、元服して曽我五郎時宗と名乗る。母は怒って五郎を勘当した。(22)

『三四郎』本文で「五郎も十郎も」と、弟が先に記されるのには五郎への肩入れがあろう。実父を殺害された子という点で『ハムレット』に類似する。『ハムレット』と同じく、曽我兄弟に関係する能・古浄瑠璃・幸若舞・歌舞伎は多数に上る。(23) 漱石旧蔵の謡の稽古本の「調伏曽我」「望月」には朱が入っている。(24)「調伏曽我」の前半部は曽我五郎箱王がまだ箱根の寺にいるとき、源頼朝の従者として敵の工藤祐経が寺にやってきたのを討ちかかろうとしたという内容である。(25)「望月」は、妻が亡き夫の敵を討つために「盲御前《めくらごぜん》」の姿で「一万箱王《いちまんはこおう》が親の敵討《かたきう》つたる所を謡《うた》」い、その敵を興じさせて隙をつき、敵討を成し遂げる内容になっている。(26)

『曽我物語』関連劇と『ハムレット』との共通点としては、まず、父の敵討をしたい相手がいる。実父の死後、母が別人に嫁ぐ。曽我五郎の場合、母との絶縁を余儀なくされた。そのうえ、曽我兄弟もハムレットも、亡父の復讐をなしえた後、死ぬことになる。

また、曽我兄弟は敵討後に死ぬつもりでいるために結婚を避け、遊女を相手とした。ただ、曽我十郎が遊女の大磯の虎《とら》と真剣な愛を交わした挿話は知られる。広田先生は「ハムレットは結婚したく無かつたんだらう。ハムレットは一人しか居ないかも知れないが、あれに似た人は沢山ゐる」(十一の八)と述べてから、例として、父に死別し、母の下で育った「一人の男」について語り始め、母の臨終の言葉から実父の存在を知ったこと、また、それにより結婚を断念したことを暗に示した。広田先生は自分のことをハムレットや曽我兄弟と同類とみなしていよう。

サザーンの脚本『オルノーコ』が、オルノーコの復讐の挙を描き、ベーンの小説より凄惨な最後を造形したことを考えあわせたい。オルノーコはイモインダの同意のもとで彼女に手を掛けた後、自分を誘拐した白人の船長、ならびに、イモインダを妻にすべく迫った副総督をつぎつぎと殺した。広田先生がサザーンの脚本の存在をわざわざ与次郎らに注意してみせたもう一つの理由はこのあたりにある。サザーンによる『オルノーコ』「曽我の討入」『ハムレット』で共通する、復讐心から招かれる悲劇の連鎖に着目していたのだ。広田先生は、自身とオルノーコ、曽我五郎、ハムレットを重ねあわせてしまう人物である。[27] これらの諸作が『三四郎』に取り込まれた理由が明らかになってきた。

七　劇中人物との類縁性

再度、『三四郎』における菊人形「曽我の討入」鑑賞箇所に戻れば、兄弟の真の敵である工藤祐経の人形については有無さえ言及されず、あたかも「頼朝」が兄弟の敵であるかのように「五郎も十郎も頼朝もみな平等に菊の着物を着てゐる」（五の六）とされている。

『曽我物語』巻第九はその討入の場面である。兄の十郎は死に際に、五郎に呼びかけて「君の御前《ごぜん》近くうち上つて具《つぶさ》に見参《けんざん》に入り参らせよ」と言って倒れる。五郎は頼朝の屋形に侵入するが、捕らわれる。頼朝じきじきの尋問で、頼朝に対する特別の恨みについて問われ、五郎はごまかしもせず、「いかでか、その儀なくて候ふべき」（なぜそのつもりなくて参上いたそうか）と答えて、祖父伊東入道が頼朝の怒りを買って誅殺されたこと、ならびに、敵の工藤祐経を頼朝が召し使ったことを挙げた。つまり、頼朝への深い「遺恨」を述べ、「君御一人《ごいちにん》を汚《けが》し奉つて名を後代《こうたい》に留《とど》め候はんと存じ候ひて」(28)と明言した。頼朝は感心し、五郎を助けたいと考えるが、討たれた祐経にまだ嫡男とその弟がいるのだから敵討が絶えなくなると臣下に諭され、死罪にする。

『三四郎』の記述は曽我兄弟の敵討の最終目標が「頼朝」であったことをふまえてのものであろう。この討入の趣意は、敵討ばかりではなく、権力の座を脅かすことであった。

このように確認すると、『三四郎』のプレテクストの一つである「曽我の討入」が、さらに別の側面から広田先生に重ねられているのが見えてくる。『三四郎』において大人数を巻き込む最大の事件は、与次郎によって仕組まれた、広田先生を東京帝国大学文科大学外国文学科の教員にしようという運動である。(29)与次郎は学生集会で本邦人の講師が必要だと気焔を吐く。また、知識人を集めた西洋軒の会では、広田先生を文科大学教授と接触させ、善い印象を与えられるよう仕向けた。そして何よりも、「零余子《れいよし》」なる雅号で「文芸時評」という雑誌に「偉大なる暗闇」（六の一）と題した文章を寄せ、広田先生を称揚し、大学に採用される下地を作ろうとした。

ところが、広田先生が自分で自分の評判記を学生に流布して門下生にそのような論文を草せしめたという新聞記事が出る。「十年間語学の教師をして、世間には杳《よう》として聞えない凡材の癖《くせ》に」（十一の二）、少数の西洋人に占められた特権的な大学講師にのし上がろうとした越境行為とみなされる。広田先生の褒める菊人形で象られた「曽我の討入」もまた、広田先生を表象する役割の一翼を担っていたのだった。

八　古代日本の王権簒奪劇

文芸協会に関係する与次郎が、誰かれ構わず切符を押しつけていた演芸会が開催の運びとなる。この演芸会は、坪内逍遙率いる文芸協会が本郷座で一九〇七（明治四〇）年一一月二二日から四日間行った第二次演芸大会から材を得る。[30] その演目は、杉谷代水作「大極殿」三段、坪内逍遥訳「ハムレット」から四幕と「大詰　復讐の場」であった[31]。当日三四郎が誘っても、広田先生は拒む。

　広田先生が、劇中のオルノーコ、曽我五郎、ハムレットに自分の苦悩との類似性を見ていると読み解いてきた。自分の似姿としてオルノーコ、曽我五郎、ハムレットを認めるとき、劇中の彼らの言動は広田先生を刺激し、今更味わわないでよい親族への憎悪を再燃させる。

　三四郎は広田先生を見送り、ひとりで演芸会場に入場する。蘇我入鹿に関わる雅劇「大極殿」が始まっている。「大極殿」は杉谷代水作だが、逍遥がその「三幕」を脱稿していたことが逍遥「幾むかし」（逍遥自選日記抄録）により分かる[32]。「大極殿」は、中世芸能を引き継ぐ近世改編作品の一つで、中臣鎌足と蘇我入鹿との抗争を劇にした大織冠物語群の末端に位置する。大織冠物語系統の芸能では、蘇我入鹿の殺害は禁忌に触れないように中臣鎌足の仕業とされ、「大極殿」でも踏襲されている。飛鳥板蓋宮の大極殿における三韓進調の儀式中に中大兄皇子・中臣鎌足らにより蘇我入鹿が誅殺された乙巳の変の前段を描く。「大極殿」に論及する『三四郎』論に乏しいため、踏みこんでおこう。

　第一段、法興寺門前から始まる。同寺で入鹿が催す蹴鞠会《けまりえ》がある。入鹿の車と、中大兄皇子の車とが道を争い、中大兄皇子の車が破損する。蘇我倉山田石川麻呂《そがのくらやまだのいしかわまろ》の長女桜井姫が中大兄皇子側に薬を届ける。第二段は、法興寺本堂を舞台とする。桜井姫が、父の蘇我倉山田石川麻呂の異母弟である叔父の日向《ひむか》の身狭《むさし》三十五六歳（蘇我日向《そがのひむか》）に言い寄られたところを入鹿が見咎める場面と、入鹿らが中臣鎌足を警戒する場面とからなる。第三段は猿澤池畔で、日向の身狭が桜井姫の車と間違えて中大兄皇子の車を襲う。中臣鎌足は中大兄皇子に入鹿暗殺のクーデターの謀を持ちかける。鎌足は、徒歩で来た桜井姫を中大兄皇子とともに車に乗せた[33]。

　三四郎は与次郎から当劇の梗概をいい加減にしか聞いていなかったので、「入鹿の大臣《おとど》」という名前しか記憶になく、舞台上のどれが入鹿かも分からない。「そこで舞台全体を入鹿の積で眺めてゐた」ら、「冠でも、沓でも、筒袖の衣服《きもの》でも、使ふ言葉でも、何となく入鹿臭くなつて来た」（十二の二）といった具合である。

観劇を拒否した広田先生との対比が示されていよう。広田先生は「戸外」で「美くしい芝居」「純粋で単簡な芝居」（十二の一）が好いと表明していた。(34) その反対の、狭い芝居小屋で、不純な陰謀の跋扈する、真の首謀者が隠蔽されつつ惨殺が決行される芝居を忌避するということである。「ハムレット」および「大極殿」がそのような種類の劇であると知ったうえで拒んでいる。

広田先生の認識に追いつくために、「大極殿」を史実と関連づけておく。六四五（皇極四）年六月一二日、蘇我入鹿は飛鳥板蓋宮に招集され、皇極天皇の眼前で斬殺される。劇「大極殿」において桜井姫が「あが身は氏姓《うじかばね》正しき石川麻呂が娘にて侍るぞよ」(35) と蘇我日向に言い放っているが、史実で蘇我倉山田石川麻呂は、入鹿誅殺計画に賛同し、入鹿殺害の合図となる朝鮮使の上表文を大極殿で読みあげる役をした。しかし刺客が入ってこず、石川麻呂が震え始めたのを見かねた中大兄皇子が自ら、入鹿の首を刎ねたという。

蘇我入鹿殺害に成功したクーデター派は孝徳天皇を即位させる。蘇我倉山田石川麻呂は、蘇我蝦夷・入鹿父子の殺害に貢献した功績により、大化の改新を成し遂げた新政権で右大臣に任命される。蘇我日向は、蘇我倉山田石川麻呂の長女桜井姫と中大兄皇子との成婚の日に桜井姫を盗み出し、そのうえで異母兄の石川麻呂が中大兄皇子暗殺計画を立てていると新政権に密告に及ぶ。蘇我倉山田石川麻呂は釈明もせず、山田寺で妻および長男と自害した。

九　二重写し

ここで考えあわせたいのは、二〇年間広田先生の脳裏に焼きついていた森有礼の葬列にいた娘のことである。その登場のさせられ方は森有礼の遺子を思わせる。彼女の置かれた立場が桜井姫に類似することに注意したい。森有礼は伊勢神宮で不敬を働いたと国粋主義者から目され、殺害された。石川麻呂が死に至ったのも、中大兄皇子暗殺を企てたという濡れ衣を着せられたためであり、森有礼と蘇我倉山田石川麻呂とは死に追い込まれるさまが類似している。

演芸会で「大極殿」の舞台を観ていた三四郎の脳裏はつぎのような状態だった。

実を云ふと三四郎には確然たる入鹿の観念がない。日本歴史を習つたのが、あまりに遠い過去であるから、古い入鹿の事もつい忘れて仕舞つた。推古天皇の時の様でもある。欽明天皇の御代《みよ》でも差支えない気がする。応神天皇や称《マ》武《マ》天皇では決してないと思ふ。（十二の二）

この記憶の混同には一定の理由が見出せる。三四郎には「大極殿」の入鹿の動きが「能掛り」（十二の三）に見えたとある。「大極殿」に連なる蘇我入鹿討伐伝承のうち最古に位置するのが謡曲「海士」である。[36]「海士」と影響関係のある道成寺の建立説話では、海士夫婦の娘が都に召され、藤原不比等の養女となる。[37]宮子と名指されたその娘は文武天皇夫人となり、後の聖武天皇を生む。三四郎が聖武天皇[38]の代の可能性も思い浮かべて否定するのも、これらの混線が原因であろう。

欽明天皇の時代、蘇我馬子は排仏派を討滅し、擁立した崇峻天皇と意見が対立したため崇峻天皇を暗殺し、女帝、推古天皇を即位させた。蘇我入鹿は山背大兄王とその一族を滅ぼす。蘇我本家への反感が高まり、中大兄皇子と中臣鎌足とが政権を奪取すべく入鹿を謀殺した。蘇我馬子からの所業もあって、入鹿は「朝敵」とされ、杉谷代水作「大極殿」に至るまで、多くの芸能で踏襲されてきた。[39]見巧者なら容易に分かる王位簒奪劇系統の「大極殿」において、蘇我倉山田石川麻呂の娘、桜井姫も犠牲者の一人であった。

三四郎が演芸会に誘っても広田先生は「少し笑《わらい》ながら、無言の儘、首を横に振る。子供の様な所作をする」（十二の一）ばかりだった。広田先生が森有礼の葬列にいた娘に強い印象を抱いたのは「高等学校の生徒」（十一の八）のときである。文芸協会演芸会演目として、大織冠物語系統の芸能になじみのある観客に向けた「大極殿」の上演のあることは与次郎の宣伝で知っている。広田先生は森有礼葬列を思い起こした直後であり、時の王権に始末された父を持つ桜井姫を女主人公とする劇を観たくないと、「子供の様な所作」（十二の七）で拒否反応を示したということであろう。

一〇　王権簒奪の連鎖

「大極殿」が幕を閉じ、「ハムレット」が始まる。『ハムレット』の原題は *Hamlet, Prince of Denmark* で、デンマーク王家の王権簒奪の悲劇である(40)。先王の亡霊が王子ハムレットに、自分を毒殺したのは、代わって王座に就いた弟のクローディアスだと告げる。現王クローディアスは宰相ポローニアスに、ハムレットについての探りを入れさせる。ポローニアスの娘がオフェリヤで、相愛だったハムレットに拒絶される場面が三四郎の注意を引いている。

ハムレツトがオフエリヤに向つて、尼寺へ行け尼寺へ行けと云ふ所へ来た時、三四郎は不図広田先生の事を考へ出した。広田先生は云つた。――ハムレツトの様なものに結婚が出来るか。――成程本で読むと左うらしい。

（十二の三）

三四郎はなぜオフェリヤに焦点の当たる場面で広田先生のことを考え出すのか。三四郎の訪問時、広田先生は、森文部大臣の葬列にいた「小さな娘」（十一の八）と夢で再会したという話をした。さらに広田先生は、臨終の母から実父の存在を告げられた男のことをハムレットに似た例として挙げた。ハムレットの母、ガートルード王妃は、先王の死後すぐに新王クローディアスと再婚したのだった(41)。

ハムレットはオフェリヤに女子修道院行きを命じ、「何の為に罪業者共《つみつくり》を鞠《やしなひ》育てようとは為《し》やるぞ？　予《わし》などは、随分正直な生得《うまれつき》ぢゃが、母御《ははご》が生んでくれられなんだらと怨めしう思ふ程に、高慢で、執念深うて、野心が激しうて、自身で許しさへすれば、夥《おびただ》しう悪事をもしかねぬ(42)」と告げる。オフェリヤとの間に子を作って養い育てれば、ハムレットの刑死後、復讐を試みる「罪業者共」を養い育てるのと同じだから結婚できないという本心が示されている。同時に、叔父のクローディアス王に父の復讐をする「悪事」をしてしまいそうな胸の内が明かされている。父の生前から不貞を働き、父の死後すぐにクローディアスと再婚し、ふたたび王妃になった母の不義も許しがたい。源頼朝が曽我兄弟に恩赦を与えなかったように、また、曽我兄弟が結婚を回避したように、敵討の連鎖が懸念されている。

ハムレットは、王妃とハムレットとの話を盗み聞きしていた宰相ポローニアスをクローディアス王と勘違いし、刺し殺す。オフェリヤは気がふれるようになった。このオフェリヤもまた、蘇我倉山田石川麻呂の娘の桜井姫と同じく、王権闘争の巻き添えを喰って無惨な最期を遂げた父を持つ。広田先生の忘れえない「小さな娘」の似姿を「大極殿」と『ハムレット』の双方に見て取ることができる。

ハムレットがオフェリヤに女子修道院行きを言い放った後、オフェリヤはその狂気ゆえに水死する。『オルノーコ』では、オルノーコがイモインダを自らの手で殺す。曽我兄弟は結婚を避けたが、曽我十郎の恋人、虎は曽我兄弟の百か日の法要後、出家した。女子修道院に行けと言われたオフェリヤと同趣向である。

ハムレットに「似た人」(十一の八)、広田先生は、諸劇で示される暴走して成し遂げる復讐を「ダーター、ファブラ」(他人事ではない)我が事として捉え、「熱い印象を持つてゐた」女を妻にする方向に舵を切れなかった。母への不信ゆえに、結婚に信仰を置けないという広田先生の考えは、これら劇文学によって補強され続けた。

一一　劇の力の継承

このように『三四郎』には、作中に組み込まれた劇中人物に自らを重ねあわせ、自身の行く末を憂い、思いを断念する人間が据えられていた。

『ハムレット』には劇中劇がある。その劇では、王位を奪うために王を毒殺する男と、王の死後、その男の妃となる女が現れ、クローディアス王とガートルード王妃の罪業が擬せられる。王は怒り、妃は自責の念に駆られる。『ハムレット』の劇中劇が現王と王妃とを刺激するのと同様、『三四郎』では四種の王権簒奪劇からの刺激が広田先生に降り注ぐ。

このような劇の効果は一八世紀英国小説ではフィールディング『トム・ジョウンズ』で先駆的に示されている。『トム・ジョウンズ』中、「ハムレット」の観劇場面において、パートリッジが劇内の出来事を現実のように受けとめ、激情を震わせて反応している。たとえば、ハムレットの母のガートルード王妃に対して「もし自分の母親なら(43)」と憤り、観劇中に取り乱すクローディアス王を見て「殺人をしたことがない自分を祝い始めた(44)」といった調子である。こういった劇と人生との交錯を『三四郎』は受け継ぐ。先行する世界の文学の核心を引き受けて登場人物の造型がなされていた。

文学に刺しぬかれて「気の毒な程何にも遣らない」「偉大な暗闇」（四の六）である広田先生は、三四郎らにとって東京帝国大学教員より学ぶところが多い。広田先生のモデルとされる、第一高等学校教授、岩元禎を代表とする知識人像はよく知られる。「書物の人」「万巻の古典に取り憑かれた人物」ゆえに「彼自身は「暗闇」になってしまった(45)」という。東西の書物のなかで踏みまどう明治の知識人の肖像である。

広田先生は、王権に刃向かう敵討を描出してやまない劇文学の伝統に正面から向きあい、そこから人生を照射する。文学の擒といえるそのような人物に、「日本より頭の中の方が広いでせう」「囚はれちや駄目だ」（一の八）と言わせた。聴衆・観衆・読者を惹きつけてきた劇文学を際限なく吸収するその人物は、『三四郎』に国内外の文学を引き入れる中心点である。その「暗闇」に圧縮されていた文学はこうしてふたたび開かれる。

（1）『漱石全集』第五巻、岩波書店、一九九四年。初出は『東京朝日新聞』『大阪朝日新聞』一九〇八（明治四一）年九月一日—一二月二九日。章を示して引用する。ルビは新仮名遣いで振り直した。以下、同じ。

（2）漱石旧蔵書はつぎのとおり。Henry Fielding, *The History of Tom Jones, a Foundling* (Bohn's Novelists' Library), 2 vols., London: George Bell and Sons, 1881. 初出は一七四九年。『トム・ジョウンズ』が漱石の注意を引いたのは、ジョウンズが捨児とされていたから、また、最後に明らかになるジョウンズの父親の死因が、漱石も患った「天然痘」（第一八巻）だったからであろう。

（3）前掲『漱石全集』第五巻、六六六頁。なお、『トム・ジョウンズ』中の迷羊を「性的に堕落した女性を象徴する」と見て美禰子と結びつけた研究に、江口真規「『三四郎』における「迷羊《ストレイシープ》」の起源と解釈」（『文学研究論集』第二九号、二〇一一年二月（同『日本近現代文学における羊の表象——漱石から春樹まで』彩流社、二〇一八年、二四頁））があり、『トム・ジョウンズ』で"stray sheep"を自称する性的に奔放なウォーターズ夫人から美禰子を解釈する。しかし『トム・ジョウンズ』には、ジョウンズと相愛で貞淑なソファイアを逃げた羊に喩える部分のほうが多い。『三四郎』の結末からして意識されているのはソファイアのほうであろう。

（4）原文はつぎのとおり。"many grave writers, as well as the poets, have considered human life as a great drama," Henry Fielding, *The History of Tom Jones, A Foundling*, vol. I, London: George Bell and Sons, 1884, p. 302, Book VII. 漱石旧蔵書より三年後の版を用いた。訳はフィールディング『トム・ジョウンズ』（二）、朱牟田夏雄訳、岩波書店、一九七五年、七五頁による。

（5）"Life's a poor player," Fielding, *op.cit.*, p. 303.

（6）漱石は明治三八年の東京帝国大学での講義「General Conception of Literature」でcontrastを論じて*Tom Jones*を綿密に分析する（『記録　東京帝大一学生の聴講ノート』金子三郎編、リーブ企画、二〇〇二年、四二一—四二三頁）。

（7）幕末から明治初年ごろの講談も仇討物が盛んで、演題で多いのは、赤穂義士伝、伊賀越え、曽我物語である（兵藤裕己「オーラル・ナラティブの近代」（『物語の近代――王朝から帝国へ』岩波書店、二〇二〇年、二一五頁））。

（8）小宮豊隆は早くに優れた見解を出す。「『三四郎』の中に出て来る人物は、相当な根拠を持つて、各の自由意志の下に」動いているとする（「『三四郎』を読む」『新小説』第一四年第七号、一九〇九（明治四二）年七月、一七〇頁。旧字は新字にして引用した）。広田先生の躍動に着目する同時代評もある（司馬太「新刊紹介　三四郎　夏目漱石著」『ホトトギス』第一二巻第一〇号、一九〇九年七月、九七頁）。

（9）Aphra Behn, *Oroonoko*, edited by Joanna Lipking, New York, London: W. W. Norton & Company, 1996 を用いる。初出は一六八八年。

（10）千種キムラ・スティーブンは、三四郎が日本版の喜劇的なオルノーコ役を演ずると読む（『『三四郎』の世界――漱石を読む』翰林書房、一九九五年、二七―三四頁）。

（11）塚本利明は、様々な『オルノーコ』梗概によって、広田先生が説明した程度のベーン『オルノーコ』の内容は導き出せるため、漱石はベーン『オルノーコ』を読んでいないとした（「『三四郎』における『オルノーコ』」『専修大学　人文科学研究所月報』第一五九号、一九九四年六月）。

（12）海老池俊治は広田先生の博学について三四郎を驚かせるために、漱石が「半ばふざけながらベーンの名を持ち出した」とする（『明治文学と英文学』明治書院、一九六八年、二〇三―二〇四頁）。高橋ハーブさゆみは、作者の白人ベーンと黒人オルノーコとの関係が噂されたことを紹介し、その噂に対する広田先生の抵抗があるとする（「屋根裏の狂男《マッドマン》――『三四郎』における女性作家・人種差別と帝国・クィア文学」安倍オースタッド玲子、アラン・タンズマン、キース・ヴィンセント編『漱石の居場所――日本文学と世界文学の交差』岩波書店、二〇一九年）。

（13）Thomas Southerne, *Oroonoko*, edited by Maximillian E. Novak and David Stuart Rodes, Lincoln: University of Nebraska Press, 1976 を用いる。初出は一六九五年。サザーン戯曲『オルノーコ』の特色を小鹿原敏夫がまとめている（『漱石に英文学を読む』晃洋書房、二〇一七年、三四―三六頁）。

（14）前後の文脈を見るために、原文と拙訳を掲げる。

OROONOKO. O! Can you think of nothing dearer to me— (/) Dearer than liberty, my country, friends, (/) Much dearer than my life—that I have lost: (/) The tend'rest, best belov'd and loving wife.

BLANFORD. Alas! I pity you.
OROONOKO. Do, pity me. (/) Pity's akin to love, and every thought (/) Of that soft kind is welcome to my soul. (/) I would be pitied here.
BLANFORD. I dare not ask (/) More than you please to tell me, but if you (/) Think it convenient to let me know (/) Your story, I dare promise you to bear (/) A part in your distress, if not assist you.
OROONOKO. Thou honest-hearted man! I wanted such, (/) Just such a friend as thou art, that would sit (/) Still as the night and let me talk whole days (/) Of my Imoinda. O! I'll tell thee all (/) From first to last, and pray observe me well. Southerne, *op.cit.*, p. 44.

オルノーコ　ああ、あなたは、私にとって、自由よりも、祖国よりも、友よりも大切なものを、何も思いつかれないのですか？　私の命よりずっと大事なものを――それを私は失ったのです。何ものにも代えがたく、最愛の、情愛あふれる妻を。
ブランフォード　ああ！　お前に同情する。
オルノーコ　憐れんでください。同情は愛に通じます、そうした慈悲深いお心遣いのすべてをこの魂は喜んでちょうだいしましょう。私はここで憐れんでいただきたいのです。
ブランフォード　僕は君が喜んで僕に話す以上のことをあえて尋ねないよ。でも、もし君が僕に君の話を聞いてもらったほうが都合よいのなら、僕は、君を助けてやれないにしても、君の苦しみの一部なりとも背負うことを約束しよう。
オルノーコ　あなたはまっすぐな心をお持ちの方だ！　私はそのような、まさにあなたみたいに、夜のような静けさで座っていて、私のイモインダとの日々の一部始終を話させてくれる友人を求めていたんです。ああ、最初から最後まですべてをお話ししましょう、どうか聴いてください。

（15）　その娘の解釈は、三好行雄「迷羊の群れ『三四郎』」（『作品論の試み』至文堂、一九六七年）をはじめ、三四郎にとっての美禰子の肖像画との関連でなされることが多い。
（16）　森有礼には、先妻阿常との間に、唯一の娘、安という長女がいた。安の生年は一八八四（明治一七）年である（「森有禮年譜」『森有禮全集』第一巻、大久保利謙編、宣文堂書店、一九七二年、二一七頁）。安は阿常の不貞でできた、西洋人との間の子とされ、不義の子という点で広田先生の語る自身らしき例と同じである。
（17）　近代劇の特徴として河竹登志夫は観客が作中の人物の身になって考えさせられることを挙げる（『近代演劇の展開』日本放送出版協会、一九八二年、四一頁）。
（18）　『トム・ジョウンズ』でも、ベーンの小説やサザーンによる戯曲が読まれる。前者は、捨児と見られていたトム・ジョウンズが、生みの母と勘違いされた女（ウォーターズ夫人）との情事中、隣室にいた男がベーンの小説を読んでいた（第一〇巻）。後者は、唆された貴族の男が、ひとりきりにされたソファイアのいる部屋に入ってきたときソファイアがベーン原作の、サザーンによる悲劇『宿命の結婚』（*The Fatal Marriage*）を読んでいた（第一五巻）。

(19) 同時代評に「広田先生は「菊人形は可いよ」と云つた。夏目先生も亦「作つた小説は可いよ」と云ふ筈だ」という指摘がある（愛妹生「『三四郎』を読む」『東京日日新聞』一九一一（明治四四）年六月三日、第六面）。旧字は新字にして引用した。

(20) 浅井正夫『団子坂の菊人形』昌平堂、一九八七年、三〇、三五、三六、四五、七七、九五、九六、一〇三頁。「助六」も曽我物だが、曽我五郎が侠客になっている趣向に過ぎない。「曽我の討入」のほうが『三四郎』に取り入れられたのには意味があろう。

(21) 曽我狂言の初春興行は明治期にも盛んだった。福地桜痴による歌舞伎の同脚本自序に「此編は歌舞伎座の需《もとめ》に応じて故人近松門左衛門が原作の院本曽我会稽山を脚本に更作したるものなり」とある（福地源一郎『十《じゅう》二《に》時《とき》会稽《かいけい》曽我』博文館、一八九三（明治二六）年、一頁）。旧字は新字にして引用した。

(22)『曽我物語』（新編日本古典文学全集53）、梶原正昭・大津雄一・野中哲照校注、小学館、二〇〇二年。

(23)『三四郎』発表時に出版されていた大和田建樹著『謡曲評釈』所収の『曽我物語』関連の能はつぎのとおりである。「和田酒盛」『謡曲評釈』弐輯（博文館、一九〇七（明治四〇）年）、「夜討曽我」同三輯（同年）、「元服曽我」同五輯（一九〇八（明治四一）年）、「伏木曽我」「小袖曽我」「調伏曽我」同六輯（同年）、「切魚曽我」同七輯（同年）、「望月」同八輯（同年）、「禅師曽我」同九輯（同年）。

(24) 飯塚恵理人『近代能楽史の研究——東海地域を中心に』大河書房、二〇〇九年、一八〇頁。

(25) 宮増作「調伏曽我」前のツレは源頼朝、シテは工藤祐経、ワキは箱根の別当、子方が箱王丸である（前掲『謡曲評釈』六輯、二〇〇—二〇六頁）。

(26)「望月」前掲『謡曲評釈』八輯、二二〇—二三一頁。

(27) 矢本貞幹は「広田先生をハムレットと見立て、与次郎をフォルスタフになぞらえることができる」と述べている（「『三四郎』」初出『英語青年』一九六六年七月、日本比較文学会編『漱石における東と西』主婦の友社、一九七七年、一二六頁）。

(28) 前掲『曽我物語』三二四頁。

(29) 小宮豊隆が、三四郎と美禰子の関係、および、与次郎による広田先生を大学教員にする運動が小説全体を貫く興味であるとする（小宮豊隆前掲論、一七一―一七四頁）。

（30）この演芸会鑑賞に漱石が高浜虚子を誘った、一九〇七（明治四〇）年一一月一八日付葉書が残されている（『漱石全集』第二三巻、岩波書店、一九九六年、一五三頁）。漱石は、一九一一（明治四四）年五月二二日に帝国劇場での文芸協会第三回公演の「ハムレツト」を観劇し、劇評を発表している。沙翁劇の役者が詩を理解せずに台詞を述べるという西洋の評家による苦情を紹介したうえで、坪内博士の「ハムレツト」は「沙翁の与へたる詩美を、単に声調の上に於てすら再演する事が出来なかつた」とする（「坪内博士と「ハムレツト」」（下）『大阪朝日新聞』一九一一年六月七日、第三面）。

（31）水口薇陽「前期文藝協会　演劇革新家としての坪内先生」（『逍遥選集』第一二巻、春陽堂、一九二七年、二六頁）。

（32）一八八九（明治二二）年九月一四日の日記。演芸協会委員会の帰路、高田早苗、岡倉天心、饗庭篁村に迫られて「史劇の記《ママ》稿を諾す」とあり、「（これより数週　此立案に苦しみ、ざつと三幕程脱稿せしが　仔細ありて中止せり、「大極殿」是れ也）」と付記がある。さらに、明治二三年一月一七日の日記に「演劇《ママ》協会の脚本　中の大兄其中止理由」とある（「幾むかし――逍遥自選日記抄録」大村弘毅筆写校註、『坪内逍遙研究資料』第五集、逍遙協会編、新樹社、一九七四年、六九―七〇頁）。後者は中大兄皇子が手を下して蘇我入鹿を殺害する脚本が中止の原因であることを指していよう。

（33）「戯曲　大極殿」（明治四〇年六月）『杉谷代水選集』杉谷恵美子編、冨山房、一九三五年。

（34）広田先生は三四郎にギリシャの劇場の構造を説く。広田先生の紹介した「何とか云ふ独乙人の説」（十二の一）は漱石旧蔵書の Karl Mantzius, *A History or Theatrical Art in Ancient and Modern Times*, vol. 1, *The Earliest Times*, translated by L. von Cossel, London: Duckworth & Co., 1903 に載る。演劇史への広田先生の関心の高さを示す。

（35）前掲『杉谷代水選集』八四頁。

（36）世阿弥作「海士《あま》」（前掲『謡曲評釈』七輯。同書頭注にこの謡が志度寺縁起や大織冠物語から取ったものとある。

（37）「道成寺開創縁起　宮子姫髪長譚」『道成寺読本』道成寺護持会発行、一九五五年、所収。漱石の後輩にあたる土岐善麿が「道成寺黒髪供養」という長唄を作っている（同書、二一頁）。

（38）「称武天皇」を聖武天皇の誤記と見る場合。

（39）本書第一二章「古譚と『草枕』」で指摘した『草枕』の典拠のうち、並木宗輔作の浄瑠璃「摂津国長柄人柱」がやはり中臣鎌足による入鹿討伐を主軸とする大織冠物語系統である。

（40）夏目金之助による東京帝国大学文科大学における『ハムレット』講義は一九〇四（明治三七）年一二月五日から行われた

（金子健二『人間漱石』協同出版、一九五六年、一三六頁）。漱石の『ハムレット』講義を『三四郎』読解と関連づけた論稿に、野谷士「ハムレットの性格」（『漱石のシェイクスピア』朝日出版社、一九七四年）がある。漱石による『ハムレット』受容研究に、佐々木英昭『漱石、シェイクスピアに挑む』（幻冬舎、二〇二二年）所収の論考がある。

（41）一九〇四、五（明治三七、三八）年頃の漱石の断片に「父死シテ月を経ざるに伯父《ママ》ト結婚するが不平ナルコト観客読者に一般に了解せらる」と、ハムレットについて記されている（『漱石全集』第一九巻、岩波書店、一九九五年、一四二頁）。仮名遣いは原文どおり。

（42）「ハムレット」坪内逍遙訳『新修シェークスピヤ全集』第二七巻、中央公論社、一九三三年、一一八頁。旧字は新字にして引用し、ルビは現代仮名遣いで振り直した。漱石は四種の『ハムレット』を所蔵していた。当該頁を掲げたつぎの二書は漱石旧蔵書と同じものである。"Hamlet, Prince of Denmark", *The Works of William Shakespeare, Othello, Hamlet*, edited by Sir Henry Irving & Frank A. Marshall, volume IX, London: The Gresham Publishing Company, 1906, p. 164. *A New Variorum Edition of Shakespeare*, edited by Horace Howard Furness, *Hamlet*, vol. 1, Philadelphia: J. B. Lippincott Company, 1877, pp. 218–219. 残る二種の漱石旧蔵書はつぎのとおりである。*Shakespeare*, with an introduction & notes by K. Deighton, *Hamlet, Prince of Denmark*, London: Macmillan & Co., 1893. *The Works of Shakespeare* (Arden Shakespeare), *The Tragedy of Hamlet*, edited by E. Dowden, London: Methuen & Co., 1899.

（43）拙訳。原文は "If she was my own mother," Henry Fielding, Esq, *The History of Tom Jones, A Foundling*, Vol. II, London: George Bell and Sons, 1884, p. 345, Book XVI.

（44）拙訳。原文は "he began to bless himself that he had never committed murder." *Ibid.*, p. 345.

（45）高橋英夫『偉大なる暗闇――師岩元禎と弟子たち』新潮社、一九八四年、一七、八八頁。

第Ⅱ部　詩神の声

第七章　スティーヴンソン小説からの伝授

一　ブレア城の歴史と小説舞台

第一章で述べたとおり、ピトロクリからタンメル川、ギャリー川を遡ってキリクランキーを経れば、ブレア・アサルとなる。鉄道駅でピトロクリの隣駅であり、現在も漱石滞在時と変わらない。そこには、ブレア城（Blair Castle）あるいはブレア・アサル（Blair Atholl）と呼ばれる城がある。スコットランドを代表する名家のアサル公爵家の兄弟が、高地人《ハイランダース》からなるジャコバイト側につくか、低地人《ローランダース》からなるイングランド政府側につくかで、真っ二つに分かれたことは、英国で広く知られ、このことも述べてきた。

一七一五年には、ジェイムズ二世、スコットランドからすると、ジェイムズ七世（James VII and II）の息子である王僭称者（The Old Pretender）、ジェイムズ・フランシス・エドワード・スチュアート（James Francis Edward Stuart）が反乱を起こす。ブレア・アサルでは、長男、三男、五男がジャコバイトになり、城の兵士を駆り立て、指揮を執る。他に、五〇〇人のジャコバイトの兵士が城に集結した。が、この反乱は失敗に終わる。長男は私権を剝奪される。アサル公爵二世となったのは、ときのジョージ王を支持することにしていた次男だった。

一七四五年、王僭称者の息子であるチャールズ・エドワード・スチュアート（Charles Edward Stuart）すなわち若僭王

（The Young Pretender）が、フランスからたった七名の部下を連れて、スコットランド南部の入り江に上陸し、領主たちに挙兵を促した。一か月後にはハイランド軍が二〇〇〇人を超え、パース（Perth）を占領し、一時、戦力は五〇〇〇人にも膨れ上がったものの、その後、退却を余儀なくされ、一七四六年四月、ロバート・スティーヴンソン（Robert Louis Stevenson）『バラントレーの若殿』(1)（*The Master of Ballantrae*）にも出てくるカロデン（Culloden）の戦いで鎮圧される。

連戦の最中、ブレア・アサルの長男ウィリアムは、あろうことか、いとしのチャーリー（Bonnie Prince Charlie）と呼ばれていたその若僭王チャールズ王子を連れてブレア城に帰還する。次男の二世アサル公爵は領地だった近くのダンケルドに避難していた。城をジャコバイトのために明け渡したわけだ。三男ジョージ・マレイは、一七四六年、政府軍に占拠されたブレア城を夜襲によって解き、再びジャコバイトのものとした(2)。五男も有能なジャコバイト武将になっていた。

ブレア・アサル家の緊迫した状況を、スティーヴンソンが『バラントレーの若殿』で、描き出す。繰り返し注記してきたとおり、漱石を招待したディクソンはピトロクリ近辺の歴史を発掘しているほどの人である。近隣のブレア城の歴史的経緯を漱石と話しただろうことは、想像に難くない。スティーヴンソンの小説を愛読する漱石にとって興味深い話題である。漱石はディクソン邸ダンダーラック屋敷に滞在し、スティーヴンソン小説の舞台を肌で感じることができた。

二　ロバート・スティーヴンソンの「民謡《バラッド》」

スティーヴンソンというと、日本では、『ジーキル博士とハイド氏』（*The Strange Case of Dr. Jekyll and Mr. Hyde*）の他は、冒険物語を書く作家という印象を持たれてきた。一方で、漱石はスティーヴンソンの愛読者であると明言してはばからない。英国留学中に書き溜めたノートでも、帰国後に東京帝国大学文科大学英文科講師として講義した内容でも、またその講義をもとに一九〇七年に出版した『文学論』でも、スティーヴンソンの文章を高く評価し、分析対象にしている。

たとえば、一九〇三年四月から六月までなされた英文科の学生向け講義「General Conception of Literature」（夏目漱石述『英文学形式論』皆川正禧編）で、漱石はスティーヴンソンの『バラントレーの若殿』（*The Master of Ballantrae*）から、兄弟のどちらがジャコバイトとして戦争に赴くかを、貨幣を投げて決める一節を引いたうえでつぎのように述べる。(3)

> 此一章は面白いと思はれる。自白すると、私はスティーヴンソンの文章を適度外に面白がる癖を持つて居るかも知れない。此章を読む度に恰《あたか》も古い民謡《バラッド》を読むやうの感じがする。(4)
>
> （……）全体を通じて云へば、此一章に於て推服すべきは、唯此丈《ただこれだけ》の言語で、斯程《かほど》の思想《アイデア》を表し得たる手腕にある。(5)

漱石が「民謡」にバラッドという英語を対応させたことに注意しよう。バラッド（Ballad）の定義や解説を漱石の指導教授だったW・P・ケアの著書から示してきた。本章では、他の著者による定義も見ておこう。漱石が『文学論』や『英文学形式論』で繰り返し取り上げる『英国古謡拾遺』編者のトマス・パーシー（Thomas Percy）が初めてバラッドを「民衆の物語詩」という意味で用いたと言われる。(6)また、現在でもバラッド集の定本と考えられているフランシス・ジェイムズ・チャイルド（Francis James Child）による *The English and Scottish Popular Ballads*（1857–59）の選集（1904）の Introduction は、バラッドを「物語歌」とする定義から始まっている。(7)

「民謡」に「バラッド」というルビが振られたということは、漱石の保持する教養中の、謡をともなった民話すべてがバラッドたりうるようになる。民間伝承が基になっている日本古代歌謡などはその典型であろう。また、文学形式として一見民謡と異なっていても、漱石がそこに民謡性を嗅ぎつければ、漱石にとって、バラッドということになる。

三　「思想《アイデア》」の連鎖

漱石がスティーヴンソンの文章を読んで評価する「斯程の思想《アイデア》」とは何か。その内容に分け入ってみよう。

『バラントレーの若殿』から漱石が取り出した一節は、スコットランドのハイランド地方の氏族《クラン》が一七〇〇年代に陥った板挟み状況を反映している。スコットランドのローランド地方はイングランドに従い、ジョージ王を支持していたが、ハイランド地方では、廃位に追い込まれたスコットランド亡命スチュアート王家を支持すべきか、ジョージ王およびイングランド政府を支持すべきか、決着が付いていなかった。

ブレア城アサル公爵家をモデルとしたバラントレー家も、その問題で頭を悩ませていた。漱石の取り出す一節は、兄、弟ともにジャコバイトになることを主張して譲らず、押し問答のすえ、長男（物領息子）の若殿（Master）ジェイムズが、次男ヘンリー（Henry）に向かって、金貨を投げてその裏表で決めた場面である。金貨の表を出した長男は、スチュアート王家支持者になり、ジャコバイトとして政府軍に戦いを挑む戦士として家を出ていった。次男のほうはイングランド政府ジョージ王支持者となる。

『バラントレーの若殿』では、ジャコバイトによる一七一五年の反乱と一七四五年の反乱の両者を合わせて、一七四五年前後のこととして描いている。スコットランドが二分される歴史的状況において兄弟が分裂するその瞬間が取り出され、漱石に「斯程の思想《アイデア》を表し得た」と言わしめた。漱石の関心はとくに、分断されたスコットランドの縮図が、一家内で、緊迫した心理となって現れた決定的瞬間にあろう。

さらに注目したいのは、漱石が講義で引用した一節につぎのような箇所がある点である。長男ジェイムズがジャコバイトになったのを見ていた、彼を愛するアリソン（Alison）が、「私と同じくらい、あなたが私を愛しているのだったら、残ることにしたでしょうに」と叫ぶのに対し、ジェイムズが「名誉をより多く愛するのでなければ、おまえを十分に愛したくても愛せない」[8]と謡うことだ。このバラッドらしき歌はジャコバイトである長男の性質を端的に表現している。歴史的状況のなかに置かれた個人とその愛が歌に凝縮され、小説の核になっていることを漱石は見抜いている。

漱石留学中のノートのなかに、やはり『バラントレーの若殿』について記した部分がある。Love と題されたメモでつぎのように書かれている。

○ Master of Ballantrae ハ Stevenson ノ他ノ作ノ如ク love ヲ主眼ニシタル者ナラズ固《もと》ヨリ愛ニ対スル sympathy ニテ読者ヲ動カス者ナラザル故茲《ここ》ニ愛ヲ云々スルハ可笑《おか》シキナレドモ此書中ノ愛ハ他ト別物ナルコトヲ記臆セザルベカラズ　Miss Graeme ノ Mr. Henry ニ結婚スルハ愛ニアラズ pity ノ為ナリ而《しか》シテ其愛ハ常ニ死セシト仮定セル elder brother ニアリ　elder brother ガ帰ツテ来ル・其《それ》カラ此夫婦ノ中ガ如何《いか》ニ evolve スルカヲ見ヨ[9]

『バラントレーの若殿』では、兄（elder brother）ジェイムズのほうがジャコバイトになって戦争に出てゆき、弟のヘンリーが家に残ることになる。「Miss Graeme」とはアリソンのことで、一族の近い親類だが孤児で、兄弟とともに育てられた。彼女は、亡き父が貿易で獲得した財産の相続人であり、はじめからバラントレー家の長男と結婚することが計画されていて、彼女もそれを望んでいた。

しかし、ジャコバイトになった長男ジェイムズが、ジャコバイトが壊滅状態になったカロデンの戦いで戦死したと考えられ、英雄視される一方で、弟のヘンリーは町民から不当な非難を浴びるようになり、アリソンはヘンリーに同情して結婚することを決心する。そのことを漱石は「Miss Graeme ノ Mr. Henry ニ結婚スルハ愛ニアラズ pity ノ為ナリ」と読んだ(10)。

漱石はスティーヴンソンの小説から、小説を動かす蝶番としてのバラッドとその前後を取り出し、評価したのである。では、漱石はスティーヴンソン小説から獲得したことをどのように自身の小説で活用してゆくだろうか。ここでは『行人』を見てゆこう。

四　『バラントレーの若殿』と『行人』

一九一二（大正元）年一二月から翌年の一一月まで連載された『行人』は、「友達」「兄」「帰ってから」「塵労」の四章からなる。

『行人』は、『バラントレーの若殿』と登場人物の設定が似る。長野一郎と長野二郎という兄弟がいて、彼らの両親、および、一郎の妻の直《なお》がみな同じ家に住む。直はもともと二郎と知り合いだったのに、一郎と結婚したことが彼女の発言から分かるようになっている。『バラントレーの若殿』のアリソンが弟と結婚したのに対し、直は兄のほうと結婚した。

一郎は、妻の愛が二郎にあるのではないかと疑っており、二郎に対し、直と二人で一夜を過ごして彼女の「節操」（「兄」二十四）を試してもらいたいと持ちかける(11)。無論、尋常ではない。二郎は反対するものの、その日のうちに帰ってくることにして和歌山中心部市街地へ嫂《あによめ》と連れ立ってゆくが、結局、台風が来て嫂と二人きりで和歌山の夜を一室で過ごすことになる。その夜、彼女は、二郎に思わせぶりの言動を取ったり、二郎が兄に親切にしてあげてと手ぬるく頼むのに対し、「妾《あたし》のやうな魂《たましい》の抜殻《ぬけがら》はさぞ兄さんには御気《おき》に入《い》らないでせう」（「兄」三十一）と泣きながら途切れ途切れに言ったりする。また後日、直は下宿した二郎のもとへ一人でやってきて、一郎が彼女に手を上げたことを匂わせたうえに、「妾《わたし》なんか丁度《ちようど》親の手で植付《うえつ》けられた鉢植《はちうえ》のやうなもので一遍植《うえ》られたが最後、誰か来て動かして呉れない以上、とても動けやしません」（「塵労」四）と訴える。

アリソンは直より強い女であるものの、ヘンリーと結婚後も、長男の若殿への愛を抱き続けている点で、兄と弟が逆なだけで状況は似通っている。戦死していたと思われていたジャコバイトの若殿が屋敷に突然帰還し、その日の夕食後、弟ヘンリーの妻となったアリソンが食後すぐに立ち上がると、若殿が「かつての君とは違うんだね」と言う。彼女は「今ではこうなんです」と答え、つぎのように返す。

おやすみなさいを言うわ、ジェイムズ、そしてよくお戻りになりました――死者たちのもとから。(12)

ヘンリーは妻の、若殿に対する熱のこもったこの言葉で気持ちを掻き乱され、打ちのめされた気になる。(13)

『行人』でも、同じような光景がしばしば繰り返されている。一家で食事の後、結婚を控えた下女について一郎が「生《うま》れ付《つき》からして直とは丸で違つてるんだから、此方《こつち》でも其積《そのつもり》で注意して取り扱つて遣らないと不可《いけ》ません……」と言うと、「もう食事を済ましてゐた嫂は、わざと自分（二郎）の顔を見て変な眼遣《めづかい》をした。それが自分には一種の相《あい》図《ず》の如《ごと》く見えた」とあり、その後すぐに彼女は無言のまま、すっと立って、娘を連れて廊下に出ていく。一郎は「遠くの方をぼんやり眺めてゐた。尤《もつと》も彼の眉根《まゆね》には薄く八の字が描かれてゐた」。一郎も席を立ち、「軈《やが》て上の方で書斎の戸《ドア》がどたんと閉まる声がして、後は静になつた」(「帰つてから」七)といった具合だ。『バラントレーの若殿』では、長男が父の愛をもっぱら得ていて、『行人』では、母の愛を占有しているのが二郎となっている。愛を得ていなかったほう(ヘンリー、一郎)が最後に狂気に陥るのも一致する。

五　スティーヴンソン『誘拐されて』と『道草』『心』

『バラントレーの若殿』と『行人』との間にある相違点も見逃しがたい。『バラントレーの若殿』では、遺産相続と金銭が重大な問題となっている。遺産相続はスティーヴンソンがこの小説に先立つこと三年前に書いた『誘拐されて』(*Kidnapped*)[14]においても、重要なモチーフであった。

漱石は、スティーヴンソンの小説から学んだ遺産相続を取り上げることを、『行人』ではなく、とくに『心』『道草』で活かしている。『道草』は自伝的小説として知られるが、じつは、精密に組み立てられた虚構であり[15]、養父母に、すでに完済されたはずの養育費代わりの金銭の支払いの進行が大きな筋となっている。

『バラントレーの若殿』では、家を継いだ次男ヘンリーが領地を相続し、アリソンの財産を得る。『誘拐されて』でも、主人公の父はじつは大きな家の長男で、本来は相続者であった。彼は弟と同じ女性を愛してしまい、身を引こうとした。だが、その女性が愛しているのは兄(主人公の父)のほうで、「彼女は一人からもう一人へとやり取りされるのを拒否した」[16]とあるように兄弟の間でやり取りされることを拒んだ。

それで兄弟の間で、兄は彼女を、弟は不動産を取るといった暗黙の了解が生まれ、長男は故郷の領地を出たのだった。『心』の「先生」が叔父に騙されて、遺産のほとんどを失ってしまったと遺書に記したこともまた、スティーヴンソンの小説で設定された問題系のなかにある。

『道草』では、長らく姿を見せなかった、とうに離婚した養父と養母が別々にやってきて、主人公に金をせびる。そのころ、養家から生家へと主人公が戻されたときに、手切れ金として養育料が支払われたことを示す書入《かきいれ》が出てくる。「然《しか》る上《うえ》は健三離縁本籍と引替に当金〇〇円御渡《おわた》し被下《くだされ》、残金〇〇円は毎月三十日限《かぎ》り月賦にて御差入《さしいれ》の積《つもり》御対談云々」(17)（三十二）とあった。この書付は金銭での取引はとうに片が付いていることを示す重要書類である。しかし、主人公はそれを養父に突きつけることをしない。

『バラントレーの若殿』でも、語り手となっている執事は、生きて戻ってきて法外な金を請求しつづける長男若殿のトランクから、若殿がイングランド政府のスパイになって生き延びたことを示す書簡を発見し、それを突きつけることで、一家を守ることができると思っている。しかしながらアリソンはそれを暖炉にくべて焼いてしまう。

漱石のもとに実際に生家から買い戻されたことを示す一連の書類があったとしても、また、実際に養父がまとまった金をもらいにきた事実があったとしても、それだけで創作に使うような単純さを漱石は持ちあわせていなかった。むしろ、スティーヴンソンの小説を読むことで刺激された、かねてから抱いていた問題意識があり、同じ問題に取り組む世界の文学に励まされながら自身の文学制作を実らせた。創作家の現実は文学を読んで広がる世界にある。

六　妻、相続権、財産の喪失

さらに『バラントレーの若殿』に踏みこみ、漱石がスティーヴンソンから引き継いだ具体相を確認しよう。若殿は父とアリソンに向かっては自分の良い面しか見せないため、彼らは騙され、つい、若殿と弟とを引き比べてしまう。ヘンリーは感情を害する。家族の心情として、嫉妬と忘恩は誰の場合でも醜く見えて当然だが、ヘンリーの場合は一〇倍も醜く見えたとあって、こう続く。

なぜなら、惣領息子が生命の危険に身を置くばかりか、すでに彼の夫人も称号も財産も失っていることについて誰が忘れることができただろう?(18)

妻、称号(相続権)、財産の喪失あるいは譲渡というのは、小説『心』においてセットにして書き込まれた。『心』では「先生」が叔父に相続権を預けているうちに財産を奪われた。「K」は妻にしたいほど好きになった女性を「先生」に譲るようにして自死し、「先生」は妻を学生の「私」に託するようにして自死する。『道草』の主人公は、青年時、生家に買い戻されたはずなのに、後年、養家の父が息子とみなして金銭を要求してくる。『明暗』では、妻にしようとしていた女性に突然振られたことにいまだにこだわっている男が主人公で、彼は父から生活費を援助してもらっており、その打ち切りを恐れている。

漱石は、スティーヴンソンの小説を読み、伴侶、相続権、財産を喪失するという事態に多大な関心を抱き、自身の小説創作の参考にしたと言ってよいだろう。漱石がスティーヴンソンに感銘を受けた「斯程の思想《アイデア》」には、このように漱石文学の代表的な思想になったアイデアも含まれていた。

七　小説に組み込まれた歌

『オシアン』の"Temora: An Epic Poem"第二巻巻頭の要旨で、マクファーソンはつぎのように述べる。

吟遊詩人によって彼らのための挽歌が歌われるまで、死んだ戦士の魂は安らぎを得ることができないであろう。(19)

吟遊詩人に歌われる戦死者を弔う挽歌は、久しく、スコットランド・ハイランド地方の生活の一幕だった。歌なくして、意味ある死はなく、意味ある生もない。北欧のスカルドと呼ばれる吟遊詩人の系統を引く古代スコットランドの吟遊詩人の地位は高かった。つねに領主に連れ添い、戦時に威勢のよい歌で励ます。戦死すれば、その場で歌を捧げる。バラッドとエレジーとが後のジャンル論で区別されるようになったにせよ、古代吟遊詩人の生活に即して謂うならそれらは一つながりであった。

漱石がスティーヴンソンの小説の章を「恰も古い民謡《バラッド》を読むやう」と評しているということは、吟遊詩人によって語り継がれる古い歌謡を近代小説に取り込むことに共感を覚えているということである。

『バラントレーの若殿』にも折に触れ、歌が出来する。重要と思われる二箇所を挙げよう。双方とも Willie というジャコバイトが出てくる。

どちらも歌い手は、ジャコバイトとして戦地に赴き、「放蕩息子の帰還」と称して帰ってきて一家を揺るがす若殿である。

ああ、私はペティコートを赤く染めて
可愛い息子と一緒にパンを乞おう。
友たちに死ねよと願われても、
荒野の中にいるウィリーを追って、ああ。(20)

亡命中の Willie という恋人を追いかけていこうとする乙女の歌である。その歌はつぎのような効果を上げる。

言葉も音楽も彼自身の心と彼自身の過去からほとばしり出て、直接、ヘンリー夫人を目指して注ぎ込むかのように思われた。[21]

このようにバラッドの印象が、まずヒロインに、そして読者に刻まれる。若殿がジャコバイトとして戦に出た過去からその歌がほとばしり、かつて家に残されて泣いた現在のアリソンをめがけてゆく。過去と現在とをつなぐ歌となっている。バラッドという古くからある歌だからこそ、時間を越える威力がある。登場人物の生を特定の面からつなぎ直す役割を果たすといえよう。

若殿がふたたび帰還したとき、その晩のうちに、次男とアリソンと彼らの息子は、アリソンの父が植民地アメリカのニューヨークに買ってあった領地まで避難することを決め、夜逃げのように旅立つ。若殿が行き先を突き止め、アメリカに向かおうとする日、やはり Wandering Willie のメロディに合わせ、替え歌によって以前の幸せと、家を後にする現在の心境を歌う。

『誘拐されて』（*Kidnapped*）[22] はいっそうバラッド尽くしである。そこにおいて、バラッドは登場人物の生にとってある種のモデルとなって輝いて見える。小説は、主人公が父の遺言にあった叔父を尋ねあてるものの、叔父に自分への殺意があると感じとるあたりから始まる。そのとき主人公の少年の心につぎのような考えが浮かぶ。

昔聴いたバラッドのような話が私の心にふと浮かんだ、つまり、正当な権利を有する相続人の貧しい少年と、家督から遠ざけようとするよこしまな親族の男という話。[23]

主人公はその後叔父に騙されて奴隷貿易船船長に売られるが、船が難破し、スコットランドのハイランド地方に辿りついて身に覚えのない罪で首に懸賞金を掛けられながらも、ジャコバイトの荒くれ者の相棒と逃げ延び、相続を要求するために叔父の邸宅まであとフォース（Forth）川を越えるばかりのところまで来たときのこと。橋に見張り番の衛兵がいて、渡れない。彼はつぎのように失望する。

今しがたまでバラッドのなかの英雄のように、ランキーラ邸の戸を叩いて私の相続権を主張する自分を思い描いていた。(24)

『誘拐されて』ではこのとおり「バラッド」という言葉が繰り返される。バラッドは、主人公にとって、自身の目指したい端的な物語の形である。バラッドに自己投影し、近づいていくことが主人公の目標となっている。実際、この小説は、主人公に艱難を与えながら、緩慢にそのように進んでゆく。『誘拐されて』からさらにバラッドの効能を確認しよう。主人公相棒のジャコバイトは居酒屋兼宿屋の娘を言いくるめて橋渡しに使おうとする。躊躇する娘に、主人公のことを追われる身の若いジャコバイトであるかのように思わせるために、'Charlie is my darling'の一節を口笛で吹く。すると、彼女は彼らの手助けをする決心をする。Charlieとは、あの無謀にも少数の従士を連れ、一七四五年、フランスからスコットランドへ上陸したボニー・プリンス・チャーリー（若僭王チャールズ王子）のことだ。ここで、歌は暗号の役割を果たしている。暗号代わりの歌は、あたかも大きなことを決行しそうな人物として、主人公を第三者にすみやかに紹介できた。スティーヴンソンの文章にすら「民謡《バラッド》」を感じとる漱石が、スティーヴンソン小説の登場人物の心に食いこんでいるこのような「民謡《バラッド》」に無関心であろうはずがない。

次章では、近代小説内に古代のバラッドを機能させることを学んだ漱石が、スティーヴンソンの影響下にある『行人』にどのように日本古代のバラッドを引き込んだかを解き明かしたい。

（1）日本語訳は何度も試みられた。中野好夫訳『バラントレイ家の世嗣』（河出書房、一九四〇年）、清水俊二訳『バラントレイ卿』（雄鶏社、一九五三年）、西村孝次訳『スティヴンソン小説全集　第四巻　バラントレイの若殿』（八雲書店、一九四八年）、海保眞夫訳『バラントレーの若殿』（岩波書店、一九九六年）。

（2）ブレア城は英国でジャコバイトの包囲を受けた最後の城である。その対策として、一八四四年、ヴィクトリア女王が訪問時、公爵に私兵を持つことを許し、現在まで続く。The Atholl Highlanders という。この特権は英国でアサル公爵のみである。

（3）他にも、『中央公論』のインタビューに答えた記事で、「Master of Ballantrae などは文章が実に面白い。（……）スチヴンソンの書いた文句は活きて動いて居る」と述べている（「予の愛読書」『中央公論』第二一年第一号、一九〇六（明治三九）年一月）。『漱石全集』第二五巻、岩波書店、一九九六年、一五三―一五四頁。

（4）初出、夏目漱石述『英文学形式論』皆川正禧編、岩波書店、一九二四（大正一三）年、岩波書店。東京帝国大学講義（一九〇三（明治三六）年三月―六月）抄録。『漱石全集』第一三巻、岩波書店、一九九五年、二二〇頁。傍線は原文どおり。ルビは新仮名遣いで付け直した。以下、同じ。

（5）前掲『漱石全集』第一三巻、二二二頁。

（6）渡辺邊精『英国古譚詩』北星堂書店、一九六〇年、一―二頁。

（7）"A BALLAD is a song that tells a story, or—to take the other point of view—a story told in song." *English and Scottish Popular Ballads*, edited from the collection of Francis James Child by Helen Child Sargent and George Lyman Kittredge, Boston and New York: Houghton Mifflin Company, 1904, p. x.

（8）"'I could not love you, dear, so well, loved I not honour more'" sang the Master."「英文学形式論」前掲『漱石全集』第一三巻、二一九頁。

（9）「IV-32 Love」『漱石全集』第二一巻、岩波書店、一九九七年、四八二頁。

（10）『三四郎』では、広田先生が、トーマス・サザーン（Thomas Southerne）によって脚本化された *Oroonoko*（原作 Aphra

Behn）に出てくる Pity's akin to love について紹介している。与次郎が「可哀想だた惚れたつて事よ」と訳す。しかしサザーン戯曲においてその台詞は男性のオルノーコが男性の農園管理主の同情に感謝する言葉である。だが、この『バラントレーの若殿』の、アリソンの pity の影響下にあると見なすこともできる。

（11）『行人』の初出は『東京朝日新聞』『大阪朝日新聞』一九一二（大正元）年一二月―一九一三（大正二）年一一月。うち一九一二年四月―九月間の中断を挟む。引用は『漱石全集』第八巻、岩波書店、一九九四年より行う。章名を付す。

（12）拙訳。“and I will give you a good-night, James, and a welcome—from the dead.” *The Master of Ballantrae*, London: Cassell & Company, 1898, p. 108. これは漱石旧蔵書と同版である。

（13）「彼女の熱のこもった言葉のせいでまったく打ち砕かれた」とある（拙訳）。原文は“(...) altogether dashed by the fervor of her speech.” *Ibid.*, p. 108.

（14）日本語訳に大場正史訳『誘拐されて』角川書店、一九五三年がある。

（15）野網摩利子『夏目漱石の時間の創出』（東京大学出版会、二〇一二年）第三章「『道草』という文字の再認」、第四章「新しい文字を書くまで」参照。

（16）原文は“(...) she refused to be bandies from one to another.” *Kidnapped: Being the Adventures of David Balfour*, London: Cassell & Company, 1900, p. 121. 漱石旧蔵書と同出版社の一年前の版である。

（17）『道草』の初出は『東京朝日新聞』『大阪朝日新聞』一九一五（大正四）年六月―九月。引用は『漱石全集』第十巻、岩波書店、一九九四年より章を示して行う。

（18）拙訳。原文は“(...) for who could forget that the Master lay in peril of his life, and that he had already lost his mistress, his title, and his fortune?” *The Master of Ballantrae*, p. 111.

（19）拙訳。原文は“(...) the souls of the dead could not be happy, till their elegies were sung by a bard.” *The Poems of Ossian, Translated by J. MacPherson*, vol. 2, London: W. Strahan & T. Becket, 1733, p. 30. これは漱石旧蔵書と同版である。

（20）拙訳。“O, I will dye my petticoat red, (/) With my dear boy I'll beg my bread, (/) Through all my friends should wish my dead, (/) For Willie among the rushes, O!” *The Master of Ballantrae*, p. 119.

（21）拙訳。原文は“(...) words and music seemed to pour out of his own heart and his own past, and to be aimed directly at Mrs. Henry.” *Ibid.*, p. 120.

（22）漱石英国滞在中の一九〇一（明治三四）年四月五日の日記に「終日在宿 Kidnapped ヲ読ム」とある（『漱石全集』第一九巻、岩波書店、一九九五年、七一頁）。

（23）拙訳。原文は“(...) there came up into my mind (...) a story like some ballad I had heard folks singing, of a poor lad that was a rightful heir and a wicked kinsman that tried to keep from his own.” *Kidnapped*, pp. 19–20.

（24）拙訳。原文は“A moment back and I had seen myself knocking at Mr. Rankeillor's Door to claim my inheritance, like a hero in a ballad;” *Ibid*., p. 112.

第八章　古代日本バラッドの作用

『行人』は、その展開と登場人物の思考とが、古代の物語と歌に深刻に絡まるように設定されているという新たな提示をする。漱石が留学中にW・P・ケアの著書と講義から認識を深めたバラッドとは、古代の物語と緊密に絡まる歌であった。『行人』から、バラッドを活かしたウォルター・スコットやロバート・スティーヴンソンのように、自在に小説の鍵として古代の歌物語を活用する漱石の手腕を見てゆこう。

『行人』は、登場人物の長野二郎が回顧して語る小説形態である。四章からなる構成で、「友達」「兄」という前二章では、二郎が東京から旅行で来ている大阪より始まる。その後東京から来た兄の長野一郎と直の夫婦、および、母と合流して和歌山へ向かった。

なぜ「和歌山」なのか。一行は一郎の「発議」（「兄」六）で和歌の浦に来た。なぜ「和歌の浦」なのか。

一　古代の悲恋をふまえて

後者の問いから考察しよう。和歌の浦はその名のごとく、『万葉集』巻六に載る山部赤人の和歌「若の浦に潮満ち来れば滷《かた》（潟）を無《な》み葦辺《あしへ》をさして鶴《たづ》鳴き渡る」により古くから知られる。潟が無くなるのでという意味の「潟を無み」から「片男波」という当て字ができた。『行人』中、石垣を越えてくる高波の壮観に見惚《みと》れて、母と二郎とが

「是《これ》が片男波《かたおなみ》だらう」(「兄」十三)(1)と話の種になっている。和歌の浦は歌枕の地としてよく知られる。古代の歌の想起を促すこの地が、小説を動かす舞台として有用だと考えられ、まず据えられたのではないか。

和歌の浦には三つの名勝があると『三十三間堂棟由来《さんじゆうさんげんどうとうゆらい》』(『祇園女御九重錦《ぎおんにようごここのえにしき》』の「平太郎住家の段」)の木遣音頭でも出てくる。紀州東照宮すなわち「権現様」(「兄」十七)、玉津島明神、そして、「紀三井寺」(「兄」十七)で、すべて『行人』の「兄」という章の舞台となっている。玉津島明神だけがわざとのようにその名で出てこないが、「東洋第一エレヹーター」(「兄」十六)に一郎・二郎が二人で乗り、玉津島明神の後ろにある奠供山《てんぐやま》に昇っている。玉津島明神は、稚日女尊《わかひるめのみこと》、神功皇后、衣通姫《そとおりひめ》の三神を祀る。衣通姫は光孝天皇の勅命により合祀され、衣通姫が和歌に秀でていたことから玉津島明神は住吉大社や柿本神社と並んで和歌三神の一つとなった。古代よりこの地に集積してきた文学に匹敵する文学を目指しながら、玉津島明神への直接の言及が避けられている。そこにはかえって大きな文学的授受を疑わせる。

一郎・二郎は「権現様」(紀州東照宮)、「紀三井寺」にも、二人で上る。そこで一郎が二郎に自分の妻の直のことを切り出す。一郎は二郎に対し、直がお前に惚れているんじゃないかと言い出すのである。その帰りの場面を掲げよう。

> 二人は元《もと》の路《みち》を逆《ぎやく》に歩いてゐる積《つもり》であつたが、何《ど》う間違へたものか、変に磯臭《いそくさ》い浜辺へ出た。其処《そこ》には漁師の家が雑貨店と交《まじ》つて貧しい町をかたち作つてゐた。古い旗を屋根の上に立てた汽船会社の待合所《まちあいじよ》も見えた。
> 「何だか路が違つた様ぢやありませんか」兄は相変らず下を向いて考へながら歩いてゐた。下には貝殻が其処《そこ》此処《ここ》に散つてゐた。それを踏み砕く二人の足音が単調な歩行に一種田舎びた変化を与へた。兄は一寸《ちよつと》立ち留《どま》つて左右《さゆう》を見た。
> 「此処《ここ》は往《いき》に通らなかつたかな」

「え、通りやしません」
「左右《そう》か」
二人はまた歩き出した。兄は依然として下を向き勝《がち》であった。（「兄」二十二）

ここで一郎は何を考え、下を向きがちなのだろうか。古代より詠みあげられてきた浜辺に行くことを提案したのは一郎なのだから、彼の頭のなかには、はじめから『古事記』（允恭《いんぎょう》天皇）ならびに『万葉集』（巻二）に載る、木梨《きなしの》軽太子《かるのたいし》と衣通《そとおり》姫（軽大郎女《かるのおおいらつめ》／軽太郎女）の悲恋物語があったと考えられる。

第一九代允恭天皇の長男、軽太子は同母の妹の衣通姫に慕情を募らせ、恋愛関係に至る。王権を継ぐはずの太子だったのに、近親相姦を犯したということで、臣下が離れてゆき、弟の穴穂御子《あなほのみこ》（後の第二〇代安康天皇）に戦を起こされ、王権を剝奪され、伊予に流される。(2) 伊予とは、言うまでもなく、漱石が中学校教師として赴任し、後年発表した『坊っちゃん』の舞台となっている松山のある愛媛である。

衣通姫は流罪を受けた軽太子に向かって、つぎのような歌を歌いかけた。

夏草ノ　阿比泥《あひね》ノ浜ノ　蠣貝《かきがい》に　足踏ますな　明《あか》して通《とお》れ(3)（『古事記』允恭天皇）

夏草の茂る浜でまちがって牡蠣の貝を足で踏まないように、「相寝」「逢ひ寝」で夜を明かしてのち、明るくなってから帰ってくださいと詠みかけている。王権が剝奪され、流罪が下されてなお、社会から禁じられた恋を継続させる想いに満ち、社会の非難をはねのける、女からの歌である。「明かして通れ」は、旅の男に、遊女が泊まってゆきなよと声を掛ける類型的な文句で、「民謡《バラッド》」的な謡いかけが『古事記』のなかに生きている。(4)

『行人』の掲出場面では、道も覚えていないなか兄弟が無暗に歩いている。そここに散る貝殻を踏み砕きながら一郎が下を向いて黙ってしまっているのは、一郎の頭のなかに、禁じられた恋を続ける表明といえる衣通姫の歌、「夏草ノ　阿比泥ノ浜ノ　蠣貝に　足踏ますな　明して通れ」がリフレインされて止まないからではないか。

一郎からすれば、妻の直と弟の二郎とが恋をするとしたら、社会上のタブーそのものであり、古代の王権争いにおける、踏み外した王族のこの男女を思い起こすのに十分である。衣通姫を祀る玉津島明神はすぐ近くにある。

一郎の妄想からすれば、貝殻を踏み砕く足音に耳を澄ませるほどに、今踏んでいる貝が、古代歌謡に詠まれた貝に思われてこよう。ゆえに、一郎は下を向いて歩いている。道に迷っているさまはあたかも時空の拘束から放たれたかのようで、浜に落ちている貝を踏みしだく音ばかりが響き、その音は古代の歌に重なる。二郎と親しい直は、衣通姫以外の何者でもないように感じられる。

つづいて『古事記』から軽太子がやむにやまれぬ思いで衣通姫と通じた場面を掲げよう。

天皇《すめらみこと》崩《かむあが》りましし後、木梨《きなし》乃《の》軽《かるの》太子《ひつぎのみこ》日《ひ》継《つぎ》所知《しらしめ》すに定まれるを、未だ位に即《つ》きたまはぬ間に、其ノ《その》伊呂妹《いろも》軽《かるの》大郎女《おおいらつめ》を奸《かた》み而《て》歌ひたまひて曰く、

あしひきノ　山田を作り　山高《だか》み　下樋《したび》を走《わし》せ　下樋《したび》ひに　我が娉《と》ふ妹を　下泣きに　我が泣く妻を　今夜《こぞ》コソは　安く肌触れ(5)（『古事記』允恭天皇）

允恭天皇が亡くなって後、木梨の軽太子が跡継ぎと決まっていたのに、いまだ位におつきにならないうちに、このみこは、同母の妹である軽大郎女と通じて、歌われていうとあり、その歌は「（あしひきの）山田をつくるのに、山が高いので、（水を引くために）地の下に樋を走らせる。その下樋のように（人目を忍んで）、私が妻訪いする妹を、（人目

を忍んで）私の泣く妻を、今宵はそれこそ安らかに肌に触れるよ」という。禁忌の恋の成就に震える喜びの歌である。

弟の二郎と妻の直とを二人きりで和歌山へ向かわせた一郎には、このような尋常ではない想像が渦巻いていたと考えられる。異常な精神に古歌が閃き、弟と妻とを引き合わせていった。あるいは、一郎はこの古歌のほうへ自分と周囲とを隠微に引き寄せていった。

一郎は大学教員であり、『古事記』『万葉集』に採られた著名な悲恋物語を当然ながら知っていよう。(6) 古代の物語を自分らに引き当ててしまうところに、思い込みの強い一郎の苦悩があぶり出されている。彼の妄想は、磯臭い浜辺の歩行により増幅する。『行人』前半部は古代王権史において名高い悲恋の物語と歌に表現を丁寧に呼応させた。古代バラッドはこのように小説内に呼び込まれ、小説内の悲劇を拡大する役割を果たしてゆく。

二　罪を着せられる

第一九代允恭天皇の時代から第三七代斉明天皇の時代まで下るが、『万葉集』において同じ巻二にあり、隣接する著名な別の古代の物語がやはり、『行人』の展開に深く関与することをつぎに指摘しよう。

二郎は兄の一郎から頼み事があると言われており、兄と二人で「紀三井寺」へ上る。山の中腹のベンチに腰をおろしたとき、一郎から「実は直の節操《せつそう》を試して貰《もら》ひたいのだ」（「兄」二十四）と過激なことを頼まれる。「試すつて、何うすれば試されるんです」と問い返す二郎に、一郎は「御前《おまへ》と直が二人で和歌山へ行つて一晩泊つて呉《く》れゝば好《い》いんだ」と言う。二郎は一口に退けるが、一郎が「ぢや頼むまい。其代《そのかは》り己《おれ》は生涯御前を疑ぐるよ」と言い出す。押し問答の末、晩に直と一つ宿に泊まるのは見送られる。直の「腹《はら》の中《なか》を聞いて見る」というのを「あした昼一所《いつしよ》に和歌山へ行つて、昼のうちに返《かへ》つて来」（「兄」二十五）ることになった。

この部分はしばしば一郎が妻の節操を試してほしいと弟に頼み、直と二郎とが、狂気じみたその願いに従って二人で和歌山中心部に行き、一泊してきたとまとめられる。しかし実際に二郎が一郎に約束したのは、昼に直と一緒に和歌山へ行き、昼のうちに和歌の浦に戻ってくるということだった。ところが、二郎と直とが二人で和歌山見物に出かけたその日、嵐が強まり、大波に襲われる和歌の浦に帰れなくなってしまい、断ったはずの直との一泊を余儀なくされる。つまり、実際のテクストでは、一郎の常軌を逸した頼みはいったん退けられたにもかかわらず、荒天のために一郎が当初頼んだとおりのことが、最終的な取り決めに反して実行されたという曲折がある。この曲折を見逃してはならない。

このいきさつが著名な古代の物語と同じ道筋を辿っていることに気づくなら、いったん取り消したはずだったというその段階に少なからぬ意味があり、わざわざその効果が狙われたのであろうと分かる。

大化の改新後、乙巳の変が起こった。中大兄皇子と中臣鎌足による蘇我入鹿殺害である。第六章で『三四郎』の小説内劇「大極殿」がその歴史的事件を扱い、登場人物に関わらせていることを指摘した。内裏における目前での斬殺に衝撃を受けた皇極天皇は退位し、孝徳天皇が即位する。が、孝徳天皇が亡くなると、皇極天皇が重祚し、斉明天皇となる。孝徳天皇の子で有力な皇位継承者だった有間皇子は、保身のため、狂気を装う。『日本書紀』（斉明天皇）にはその前後のことがつぎのように記される。

斉明天皇三（六五七）年九月、狂者を装った一九歳の有間皇子は、紀の湯（牟婁の湯）（和歌山県西牟婁郡白浜町湯崎温泉）に行って病気療養してきたように見せて、その国の様子をほめる。天皇は自らも行ってみたいと思う。

同四（六五八）年一〇月一五日、斉明天皇は有間皇子が称えた紀の湯（牟婁の湯）に、皇太子（中大兄皇子）以下を連れて行幸する。そのとき、有間皇子を謀反へと誘導する事件が起こされた。天皇の留守中の一一月三日、留守を守る役目の蘇我赤兄《そがのあかえ》(7)が有間皇子に語って、天皇の失政を三点挙げる。大きな倉庫を建てて人々の財を集めていること。長い大水渠《すいきよ》（石上山《いそのかみやま》から石を切り出し、飛鳥まで運ぶ用水路）を掘る、人件費のかかる工事をしていること。舟に石を積んで運び、丘（飛鳥岡本宮の東の山の石垣）を築く工事をしていること。有間皇子は、蘇我赤兄が自分に好意を持ってくれていると喜び、初めて兵を用いるべきときであると述べる。

五日、有間皇子は蘇我赤兄の家に行って、挙兵の相談をする。そのとき、脇息《きようそく》がひとりでに折れる。不吉の前兆であると知り、ともに約束して中止する。皇子が帰ったその夜中、赤兄は、物部朴井連鮪《もののべのえのいのむらじしび》を遣わし、宮造りの人夫を率いて、有間皇子を市経《いちぶ》（奈良県生駒市壱分《いちぶ》）の家に囲った。すぐに早馬を遣わし、天皇のところへ奏上する。

九日、有間皇子と、守君大石《もりのきみおおいわ》、坂合部連薬《さかいべのむらじくすり》、塩屋連鯯魚《しおやのむらじこのしろ》らが捕らえられ、紀の湯に護送された。皇太子（中大兄皇子）はみずから、有間皇子に「何の故に謀反をしようとしたのか」と問う。答えて申すに「天と赤兄とが知っているでしょう。私はまったく解りません」。ひとたび大逆の嫌疑を受ければ、逃れるすべはない。一一日、有間皇子は藤白坂《ふじしろのさか》で絞首刑にされた。

有間皇子が紀の湯に護送される最中、磐代の浜で詠んだ歌が、『万葉集』挽歌の部の冒頭に置かれる。漱石の蔵書していた橘千蔭『万葉集略解』より引こう。千蔭によって施された説明も一部載せておく。

斉明天皇四年十月天皇紀伊《き》の牟漏《むろ》の湯へ幸《みゆき》ありし時、此皇子《このみこ》叛給《そむきたま》ふ事顕《あらわれ》しかば、紀伊へめしけるに、其国《そのくに》の岩代《しろ》の浜にて御食《みおし》まゐる時、松が枝《え》を結びて、吾此度幸《われこのたびまさき》くあらば又還《またかえり》見《み》んと契《ちぎり》給ひし御歌也《おんうたなり》、其あくる日藤代《ふじしろ》にて命うしなひまゐらせつ、（……）

磐白乃。浜松之枝乎。引結。真幸有者。亦還見武（磐代の浜松が枝を引き結び真幸くあらばまた還り見む）

（……）

家有者。笥爾盛飯乎。草枕。旅爾之有者。椎之葉爾盛(8)（家にあれば笥《け》に盛る飯を草枕旅にしあれば椎の葉に盛る(9)）

処刑された有間皇子を哀悼する歌として語り継がれたから「挽歌」の部の筆頭に掲げられたのであろう。この高名な歌は、他ならぬ紀伊の浜で詠まれた。

蘇我赤兄の背後に、多くの豪族[10]や有力な皇位継承者[11]を死に追いやった中大兄皇子と中臣鎌足がいると当時から考えられてきた。有間皇子に謀反を唆し、計画中止で合意したにもかかわらず、その蘇我赤兄が密告し、有間皇子を拘引した。ことは仕組まれていたとみなされている。

この蘇我赤兄が持ちかけて有間皇子との間でなされた謀略は、一郎が持ちかけて二郎との間でなされた相談と同じ進行になっている点に注意しよう。一郎が二郎に最初に持ちかけた、嫂と弟とが和歌山へ行って一晩泊まってくる案はいったん破棄され、より穏当な昼のうちに和歌の浦に帰ってくる約束に変更された。しかしながら二郎と直とは嵐のために二人きりで和歌山に一泊せざるを得なくなる。そして二郎は、夫の一郎に親切にするよう言われて涙を流す直に手を出したくてたまらなくなるのをこらえる。軽太子と衣通姫（軽大郎女）とのロマンスに限りなく近づく場面もある。が、きわどいその濃密な関係も、一郎が当初持ちかけたシナリオどおりであるに過ぎない。にもかかわらず、二郎は、一郎から、直の性質が解ったかと何度も訊かれるのをはぐらかしているうちに、一郎に断罪される。「此《この》馬鹿野郎《ばかやろう》」（「帰つてから」二十二）と。

二郎は一郎に罪を着せられた格好であり、蘇我赤兄の言いなりになるのを踏みとどまった有間皇子の成り行きと同一であることは見逃せない。蘇我赤兄から唆されたために有間皇子は決起を決めたが、思い直してそれを中止にした。にもかかわらず、蘇我赤兄その人から告発される。罪を犯す手前で撤回したが、糾弾を受ける。罪に誘導されたというほかない。

『行人』は明らかに、同じ和歌山を舞台とした古代日本の王権抗争史のなかでも広く知られたこの物語をなぞっていよう。古代文学と重ねあわされることによってこの成り行きの悲劇性が増幅し、ますます一郎は二郎を追い込み、自身でさらなる深みにはまってゆく。古代物語ならびに歌と重ねられて大きな効果が上がっているといえよう。『行人』の兄と弟との諍いの発端の舞台は、かならず和歌山でなければならなかった。

三　嵌められた物語への抵抗

先に検証を済ませた、一郎が意識していたと思しき、軽太子、衣通姫（軽大郎女）の悲恋物語のほうに戻りながら考察する。皇位継承者に決まっていた木梨軽太子は、允恭天皇の死後、位につかないうちに、同母の妹の衣通姫と通じる直前に歌を詠んだ。人目を忍んで泣く彼女に今宵は安らかに肌を触れると。『古事記』（允恭天皇）および『万葉集』に載るこの物語に関してはすでに述べた。本節では、一郎の息の掛かったその物語の磁力に二郎が引きずり込まれつつも、抵抗するさまを見てゆく。

前述のとおり、直と二郎とは、嵐のためやむを得ず、料理屋が斡旋した和歌山の宿屋に移る。暴風雨で停電する。電気燈が消えた暗闇のなか、二郎が直を呼ぶ。

「居るんですか」
「居るわ貴方《あなた》。人間ですもの。嘘だと思ふなら此処《ここ》へ来て手で障《さわ》つて御覧なさい」
自分は手捜《てさぐ》りに捜り寄つて見たい気がした。けれども夫程《それほど》の度胸がなかつた。其《その》うち彼女の坐《すわ》つてゐる見当《けんとう》で女帯《おんなおび》の擦《す》れる音がした。（「兄」三十五）

直は浴衣に着替えようとしていた。停電の暗闇のなか、直が「此処へ来て手で障つて御覧なさい」と言うのに応えていたら、行き着く先が当然違ってくる。また、彼女が帯を解いて浴衣に着替えようとしている様子が蠟燭の焰で映し出されていないところを、下女がしたように蠟燭を持ち運びさえすれば、事態は急展開を遂げる。が、二郎は、直の肌を見たくても見られない、手を出したくても出せないまま、「自分の心を淋《さび》しく焦立《いらだ》たせた」（「兄」三十五）。軽太子のような「安らか」な状態に至ってしまわないよう自らを律している。

つづいて、直が床に入り、二郎は煙草を呑みながら話しているとき、直が「海嘯《つなみ》」に攫われて死にたいと言い出す。二郎が「あなた今夜は昂奮してゐる」と言うと、彼女はこう答える。

「妾《あたし》の方が貴方より何《ど》の位落ち付いてゐるか知れやしない。大抵《たいてい》の男は意気地《いくじ》なしね、いざとなると」と彼女は床《とこ》の中で答えた。（「兄」三十七）

自分は此時始《このときはじめ》て女といふものをまだ研究してゐない事に気が付いた。（「兄」三十八）

軽太子のように進めないのは、「何とも知れない力」が二郎を抑えつけるからだという。嫂の肌に触れることは、兄の倒錯的な本心による差し金であったにしても、行き着く結末が軽太子と衣通姫のような破滅であることが分かりきっているため、容易に行動に移すわけにいかない。ここに嵌めてきた一郎への抵抗もあっただろう。

小説として注目すべきは、抵抗すべきか抵抗しないかを選ばなければならない隘路に、登場人物を追い込んでいる点である。再話が繰り返されてきた古代の物語と歌とは引力を持ち、同じ轍を踏まないようにすればするほど緊張を強いられる。スティーヴンソンの小説と同様、小説に含みこまれたバラッドの効果で、文学的内容が張り詰めてくる。

四　古代歌謡《バラッド》による小説の加速

『行人』は、登場人物の頭のなかに古代物語歌が侵入していることで、一近代小説以上の緊張感が充満している。古代物語は妄想に取り込まれるため、あからさまに示されている必要はない。しかし増殖し、狂気を形成する。一方で、感化されてしまうことに抵抗する意識も際立ってくる。

つぎに、一郎の妻の直に即して、彼女に同じく古代物語歌が降りかかっている点を指摘しよう。『万葉集』巻二には、先に掲出した『古事記』と同じ物語があり、『古事記』に載っていない歌が収録される。『万葉集略解』より引用する。

古事記曰軽太子奸軽太郎女。故其太子流於伊予湯也。此時衣通王不堪恋慕而遣往時歌曰。

君之行気長久成奴山多豆乃迎乎将往待爾者不待。(12)

(古事記に曰く、軽太子、軽太郎女を奸《かだ》み、故にその太子伊予の湯に流されき。この時に、衣通王《そとほりのおおきみ》、恋慕に堪へずして追ひ往きし時に、歌ひて曰く

君が行き気《け》長くなりぬやまたづの迎へを往かむ待つには待たじに(13)

衣通姫は伊予にまで軽太子を、こう歌って追いかけていく。「君の旅程は何日にもなってしまう。(造木《にわとこ》の木の)迎えに行こう。いつまでも待ってばかりはいない」と。

『行人』においては、直と一晩を共にして分かったはずの直の性質についていつまでも報告しない二郎に、一郎が

不信の念を露わにし、兄弟は絶縁となる。二郎は、直との疑惑から逃れるように下宿を始める。そこへ雨の降るある暗い夕方、直がひとりでやってくる。二郎からすれば、不意に和歌山の夜の再現が起きた。手を伸ばせば肌に触れられるところに彼女がいる。

二人は狭い部屋で火鉢を挟んで「顔と顔との距離があまり近過ぎる位」のところに座っている。直が寒いといって身を屈めるので、二郎は反り返り気味にならなければならなかった。「それですら自分は彼女の富士額《ふじびたい》を是程《これほど》近く且《かつ》長く見詰めた事はなかつた。自分は彼女の青白い頬の色を焔《ほのお》の如く眩《まぶ》しく思つた」（「塵労」四）。直が帰った後、「其《その》時《とき》の彼女の態度は、細い人指《ひとさし》ゆびで火鉢の向側《むこうがわ》から自分の頬《ほっ》ぺたでも突《つ》つつきさうに狎《な》れ〱しかつた」（「塵労」五）と彼女の様子が振り返られる。

直はこのような密室で二郎に、一郎が暴力をふるうことを匂わせる物言いをし、「誰か来て動かして呉《く》れない以上、とても動けやしません」（「塵労」四）と言い出す。彼女は衣通姫と同じ道ならぬ恋に身をゆだねそうであり、衣通姫と同じほどの情熱を持たされていよう。

一郎はこの晩、直のまぼろしに何遍も襲われる。彼女を激しく想像する。それは三、四日も続いた。「自分の頭は絶えず嫂の幽霊に追ひ廻された。事務所の机の前に立つて肝心の図を引く時ですら、自分は此祟《このたたり》を追ひ退《の》ける手段を知らなかつた」（「塵労」六）。

和歌の浦の玉津島明神に祀られている衣通姫の情熱は、このように、『行人』にしみとおるようにして、小説を推進させる役割を果たしている。登場人物は、ときにその情熱をむさぼるようにして加速させ、ときに我に返って立ち尽くす。一郎は、二郎に、この古代物語に沿ったアクセルとブレーキを与えているうちに、意識が混濁していった。決定済みの悲劇に蝕まれていった軌跡が『行人』であるといってよいだろう[14]。

近代学問を担っていた学者の一郎が、古い文学の魔力から抜け出せなくなっている。近代を古代文学と別天地に置かなかった創作家の気概が見受けられる。活用する文学時空は貪欲に伸ばされていった。近代小説に古代バラッドを内包させ、登場人物の精神を極限まで追い詰める。人間の思考が包含する時空はいまここに留まらない。文学の文学たるゆえんが活かされた。

『オシアン』翻訳という処女作に向かって漱石の成長した具体的足跡がここにある。

（1）『行人』の初出は『東京朝日新聞』『大阪朝日新聞』で、「友達」「兄」「帰つてから」章が一九一二（大正元）年一二月六日―一九一三（大正二）年四月七日に発表され、「塵労」章が同年九月一八日―一一月一五日に発表された。本文は『漱石全集』第八巻、岩波書店、一九九四年より章題を付して引用する。ルビは現代仮名遣いで振り直した。傍点は引用者による。

（2）『日本書紀』では戦をしかけたのは、軽太子となっている。

（3）『古事記』（日本思想大系1）岩波書店、一九八二年、二五九頁。漢字は通行の字体に変え、ルビは振り直した。カタカナは上代音の意味である。

（4）『古事記』はその前時代から無数に伝承されてきた物語や歌を編集してふんだんに詰め込んだ作品集である。漱石がその「民謡《バラッド》」たる性質について見抜くことができているという点も重要であろう。

（5）前掲『古事記』二五五頁。

（6）『三四郎』の三四郎より進化させている。大学生の三四郎は「大極殿」を観劇しても、どのような歴史的背景において蘇我入鹿が出てきているのかを思い出せない。

（7）中大兄皇子の重臣の一人であった。

（8）漱石旧蔵書は、橘千蔭『万葉集略解』三二冊、目録附、名古屋　東壁堂版、寛政一二（一八〇〇）年である。引用は『万葉集略解』三二冊、名古屋　東壁堂版、寛政八（一七九六）年刻、文化九（一八一二）年発行より行う。訓点は省略する。以下同じ。同巻二、二十七表。ルビは引用者により、現代仮名遣いで付けた。傍点も引用者による。

（9）「草枕」は頻用された枕詞であり、漱石の『草枕』の表題がどこから取られたかは特定しづらい。しかし、『草枕』も古代の物語からヒントを得ていることを考えあわせれば、この有間皇子の歌が題の命名に強く関与していると思われる。

した。
(10) 蘇我入鹿や蘇我倉山田石川麻呂など。『三四郎』がこの二名をめぐる古代物語を抱き込んでいる点について、第六章で論述した。
(11) 古人大兄皇子など。
(12) 前掲『万葉集略解』、巻二、五裏。
(13) 『万葉集』一（新日本古典文学大系）、岩波書店、一九九九年、八七頁を参照して書き下した。
(14) 『古事記』が元明天皇の勅により太安万侶によって献上されたのが七一二（和銅五）年であり、『行人』はそのちょうど一二〇〇年後の『古事記』記念年の一九一二年に連載が開始された。

第九章 『リリカル・バラッズ』から漱石へ

一 聴き手の存在

その構成自体が謎めいている漱石テクストは少なくない。たとえば『彼岸過迄』である。連載に先立ち、漱石は新聞紙上で「彼岸過迄に就て」という予告をしている。そこでは「かねてから自分は個々の短篇を重ねた末に、其の個々の短篇が相合《あいがつ》して一長篇を構成するやうに仕組んだら、新聞小説として存外面白く読まれはしないだらうかといふ意見を持《じ》してゐた」と述べられている。(1)

ところが、『彼岸過迄』の短編ははっきりと分かるほどに「相合」しているわけではない。(2) とくに他から切り離されて見えるのは、最初の「風呂の後」という章である。田川敬太郎というのがこの章の主人公で、全編をとおしての聴き役である。その後の章では敬太郎に思い起こされるに過ぎない森本という人物と敬太郎とのやりとりが「風呂の後」章の中心になっている。森本は下宿代も支払わないまま満洲の大連に渡り、その後敬太郎と再会していない。『彼岸過迄』の各章間をつなぎ合わせるのは、むしろ読者の仕事として委ねられている印象さえ受ける。その印象を起こさせるのは、『彼岸過迄』において聴き手が重要な役割を果たしているためであろう。耳を澄ます聴き手役の登場人物と、小説内の進行に口を差し挟まない読者との間には、大きな差違もあるが、小さな共通点も見逃せない。小説内の世界を聴き続けることによって、その時空をつなげてゆく役割を担うのだ。

『彼岸過迄』「風呂の後」の章では、敬太郎は同じ下宿に住む森本から様々な冒険談や浮世話を聞いている。「浪漫趣味《ロマンチック》」(「風呂の後」四)[3]な青年の敬太郎にとって森本の経歴談は貴重で楽しみであった。森本が高じれば「妖怪談」に近い妙な話も披露される。たとえばつぎのような一話である。


彼が耶馬渓《やばけい》を通つた序に、羅漢寺へ上つて、日暮《ひくれ》に一本道を急いで、杉並木の間を下りて来ると、突然一人の女と擦《す》れ違つた。其女は臙脂《べに》を塗つて、白粉《おしろい》をつけて、婚礼に行く時の髪を結つて、裾模様の振袖に厚い帯を締めて、草履穿《ばき》の儘たつた一人すた〳〵羅漢寺の方へ上つて行つた。寺に用のある筈はなし、又寺の門は締まつてゐるのに、女は盛装した儘暗い所をたつた一人で上つて行つたんださうである。(「風呂の後」三)

森本の話は敬太郎にとって驚きの連続だった。敬太郎は用がなくても毎日半日は出歩き、「能《よ》く須永の家《うち》を訪問《おとず》れ」(「停留所」一)て話をしている。よって、友人の須永市蔵に森本の話も日々伝えていよう。須永市蔵もまた、森本の話を伝える敬太郎の話の聴き手役である。須永市蔵は「母」と二人暮らしだが、じつは、須永は死んだ父と小間使いとのあいだの子である。彼はその真実を大学卒業前に、須永の「母」の弟にあたる松本恒三から聞いた。子に恵まれなかった須永の母は、小間使いから生まれた子を引き取り、事実を隠したまま養育してきて、今でもその子、市蔵が事実を知らないと思っている。市蔵の生母である小間使いは須永家から暇を出され、お産後間もなく死んだと、松本が須永市蔵に話してしまっていた。死因は産後の肥立ちが悪かったせいだとも別の病だとも聞いたと松本は言う。

『彼岸過迄』の時間構成は、凝った作りになっていて、最初の「短篇」の内容は最後の「短篇」の内容より時間的に後に位置する。したがって、最初の「風呂の後」の章においで須永はすでに自分の出生の秘密を知っている。そこへ頻繁にやってくる敬太郎が森本から聴いた話をもたらすというわけだ。ならば、婚礼の髪と衣装でもって山に一人で登ってゆく女の話を、須永はどのような思いで聞いたのであろうか。このように、読者の思考において、ゆるやかではあるが、短編同士がつながり始める。

二　ワーズワス詩の関与

しかし、『リリカル・バラッズ』（*Lyrical Ballads*）初版から載っているつぎの詩、「茨」（"The Thorn"）を、東京帝国大学（法律専攻）を卒業した須永が読んでいたとすれば、『彼岸過迄』の短編間の連結の度合いがにわかに増す。長編バラッドと呼ばれるワーズワス「茨」は伝承バラッドの「残酷な母」（"The Cruel Mother"）から発想を得ており、第四章では当該バラッドと『夢十夜』「第三夜」との関連性を指摘した。

『リリカル・バラッズ』とは、ウィリアム・ワーズワス（William Wordsworth）とコールリッジ（Samuel Coleridge）とが匿名で、一七九八年に出した共著である。その第二版序文で「韻律的作品、特に尾韻をともなう作品にあっては、散文の場合にくらべてより悲痛な情況や情操すなわち比重のより大きい苦痛をともなう情況や情操に堪えることができよう。古いバラッドの韻律は、技巧は非常に素朴ながら、この意見の例証になる章句を多数含んでいる」(4)と述べられる。このワーズワスのバラッド観は鋭い。漱石が古代バラッドおよびワーズワスの近代バラッドを『夢十夜』や『彼岸過迄』といった短編に関わらせた理由も、苦痛をともなう情況や情操に堪えさせるためではなかったか。

漱石『文学論』において、ワーズワスはシェイクスピアに次いで多くの言及がなされる。『リリカル・バラッズ』が英国文学界に与えた衝撃について何度も述べられ、たとえば、「Lyrical Ballads（一七九八年）は詩界の刷新者として、文壇を聳動《しょうどう》せるもの」(5)とされる。

漱石旧蔵の *Lyrical Ballads* は、一七九八年の初版をE・ダウデン（E. Dowden）が編集した一八九〇年版である。同書から詩の「茨」を引こう。

十

「でもこの不幸な女がどういうわけで
山の頂上へ登るのか？」(6)

この詩「茨」はバラッドの装いであり、口承で伝えられてきたような型をかたどっている。不可思議に思うことを尋ねる「詩人」がいて、それに答える村の翁がいる。聴き手がいて初めて、とっておきの話を繰り出す年長者がいる。この問答の関係が『彼岸過迄』森本と敬太郎とのやりとりに類似する。「茨」に登場する「詩人」は実際にこの詩を発表していることになっているのだから、物語詩の続きを待つ読者も、広い意味で話の聴き手に入る。このように現実に生きる者たちも虚構の構成員として巻き込んでゆくのが民間に流布する物語をベースとするバラッドの歌世界だ。

このバラッドのスタイルが参考にされ、『彼岸過迄』の複数の短編は、読者の想像から広がる連結をはじめから見込んだうえで創られたのではないか。

森本の話を敬太郎経由で聴く須永市蔵が、耶馬渓を一人で羅漢寺へ登る盛装した女についての話を聴きながら、ワーズワス「茨」を思い浮かべていたことを否定できない。否定したところで、文学が面白くならなければ、思いきって肯定してみよう。本章で行うのは、漱石『彼岸過迄』とワーズワス「茨」との間にあるテクストの枠を取り外す試みである。

三　人づてに知る

ワーズワス「茨」のつづく節では、村の翁が、その山にあなたが登る前に、自分の知る限りのことをみな話そうと言い出す。二〇年も前、マーサ・レイ（Martha Ray）という乙女が、スティーブン・ヒル（Stephen Hill）という交際相手に純真な気持ちを捧げ、幸せだったと語られ始める。

十二
二人は婚礼の日を決めた、
二人が結ばれるその朝を。
ところがスティーブンは別の娘とも
結婚の約束を誓ってしまった。
そしてこの別の娘と教会へ
無思慮なスティーブンは行ってしまった――
かわいそうなマーサ！　そのみじめな日に
非情でむごい火が
彼女の骨まで燃え移ったと人は言う。
彼女の体を灰と化して、
彼女の頭脳をほとんど火のつきやすいものに変えた。(7)

恋人は他の娘とも婚約をしていて、マーサと結婚するはずのその日、他方の娘と式を挙げてしまった。マーサの体と頭脳に、その日以来、火が燃え移ったという。『彼岸過迄』の須永は、周囲に偽られて生母を知らずに育ち、後年、出生の秘密を知った。このワーズワス「茨」は、彼のような者には非常に堪える詩である。須永の父は、マーサ・レイをだましたスティーブンと同様、無思慮にも二人の女を相手にした。

十三
この後、六ケ月いっぱい、
夏の葉が青かったころ、
彼女は山頂へ登り、
そこでしばしば見かけられたと人は言う。
今や誰の眼にもはっきりしていたとおり、
彼女のおなかには子どもがいた。
子どもがいたから、頭も狂った、
けれども過度の苦痛に彼女はしばしば冷静に悲しんだ。(8)

彼女は男にこのような打撃を与えられ、山へ登り出し、山頂で見かけられるようになる。彼女はスティーブンの子どもを宿していたがゆえに、よけいに頭も狂ったという。

須永に対して終始、母と称してきたのは、実の生母ではない。小間使いだった生母は、市蔵を宿しながら、須永家を追われ、ほどなく死んだ。叔父の松本が、須永に問い詰められ、おぼろげな記憶を辿って思い出したのはそれだけだった。

松本は、市蔵の生母についてそれ以上のことを知りたいならば、松本の「姉」、すなわち、須永の「母」に聴かなければならないと言う。ワーズワス「茨」でも、詩人は山へ登る発狂した妊婦について人から聴き出さなければならなかった。同じように、知りたい者が情報をかきあつめて紡ぐしかない。

四　聴き耳を立てる

『彼岸過迄』の松本の叔父と同じように、ワーズワス「茨」の翁は、知らないからこれ以上は語れないと詩人に述べている。ただ、「茨」よりも『彼岸過迄』のほうが、生母について切に知りたいと思っている者が聴き手となっているために、衝撃度が大きい。「茨」のその部分を掲げる。

十五
それ以上は知らない、知っていれば、
みなあなたにお話ししたろう。
この哀れな子どもがどうなったか
知っている者は誰もいない。
その子が産まれたかどうかも、

語れるものは一人もいない。
子どもが生きて産まれたか死んで産まれたか、
誰も知らない。言ったように。
けれどもこのころのマーサ・レイについてよく覚えている人がいる、
彼女が頻繁に山に登ってゆくのを。(9)

村の翁は、マーサが頻繁に山に登ってゆくのをよく覚えている人がいると語る。だが、それ以上のことは知られていないと言う。村人はとくにマーサの子どもについて気にかけている。誰も、その子が産まれたかどうか、生きて産まれたのか、死んで産まれたのかすらも知らないと。

子にとって、生母の存在が闇から闇へ葬られたということは、自身の生も闇に葬られていることに等しい。ワーズワス「茨」に描かれた、マーサ・レイの生死不明な子の話は須永にとって他人事ではない。「茨」では、みなに知られているのはただ、山頂の茨のもとで、彼女が深紅の着物を着て座っていることだけだと、つぎに引く節にある。

十七
けれども彼女がこの古い茨のもとへ行って、
私が話してみせたあの茨へ行って、
そこで深紅の着物を着て座っている、
これは誓って本当なのだ。(10)

このように紹介および分析を施してきてようやく、問うことができる。須永は敬太郎の話す森本の話を聴き耳を立てて聴いただろうか。明らかにそう設定されていると判断できる。須永は生前の生母の様子を知りたく、焦がれる思いででいる。ワーズワス「茨」では、未婚の気の狂った妊婦が頂上を目指していた。森本からの話の一つに、婚礼姿で耶馬渓の羅漢寺まで登ってゆこうとする女の話があった。正気を失っておかしくなかった状況だった生母の姿を、森本の話でまざまざと見るような思いに須永が陥ったならば、その前提として、須永はワーズワス「茨」を知っている必要があろう。

つまり、このワーズワスのバラッドによって初めて、『彼岸過迄』の「風呂の後」章と、その後の、須永が主人公になる章とが、強い鎖でつながれる。

この小説において描き出されたのは、須永という登場人物の頭に生じている現象ではないか。ワーズワス詩を補助線にする論証を経てようやく、『彼岸過迄』には、「風呂の後」の章でなされた話を反芻する主人公須永市蔵を浮かび上がらせる趣意のあったことが判明する。

五　文学としての不整合性

ワーズワス詩によって『彼岸過迄』の個々の短編がより「相合して一長篇を構成する」例をさらに指摘してゆこう。『彼岸過迄』を読む誰にも目に付くのは、敬太郎が森本からもらった「洋杖《ステッキ》」である。森本が下宿から不意に姿を消した後、敬太郎宛に差出人の名前のない一封の手紙が届いた。森本からの手紙だった。書中、下宿の上り口の土間の傘入れに差さっている「洋杖」を「紀念のため是非貴方に進上したい」（「風呂の後」十二）とあった。その竹製の洋杖は、握りが蛇の頭になっていて、頭の部分が口を開けて、蛙だか鶏卵だかを呑みかけているという彫りが施されている。森本が自分で竹を伐って蛇を彫ったのだという。

敬太郎はその後、浅草で「文銭占なひ」（「停留所」十六）をしてもらう。占い婆さんから「貴方は自分の様な又他人《ひと》の様な、長い様な又短かい様な、出る様な又這入《はい》る様なものを持つて居らつしやるから、今度事件が起つたら、第一にそれを忘れないやうになさい。（……）」（「停留所」十九）と言われる。卒業後の口が決まらない敬太郎は須永市蔵の叔父、田口要作を頼ってみることにして、その田口から探偵めいた仕事を言いつけられたとき、占い婆さんの注意を思い出し、占いの言葉と照らしあわせ、その蛇の頭の付いた洋杖を持って出かけることにする。

田口の命により敬太郎が後をつけた男はじつは松本だった。松本には二人の姉がいて、一人が須永の母であり、一人が田口の妻という縁続きなのだった。これらは『彼岸過迄』の「停留所」ならびに「報告」という章で記されている。

そのつぎの「雨の降る日」という章では、須永の家の二階に、須永と、田口の娘で須永の従妹である田口千代子と、敬太郎の三人がいる。敬太郎が雨の降る日に松本に面会を申し込んで断られたのは、例の洋杖を持ってゆかなかったためだろうとからかわれる。千代子がその洋杖を見せてというが、敬太郎は「今日は持つて来ません」（「雨の降る日」二）と答えている。敬太郎は、千代子から、松本がなぜ雨の降る日に面会を謝絶するようになったかという話を聴かせてもらう。

千代子は、数え年二つだった、松本の末娘の宵子《よいこ》が急死した出来事を話し出す。千代子が相手をしている最中に起きた急死、通夜、葬儀、納棺、骨上がなされ、遺骨が家に戻るまでである。

千代子のするその話には、じつは、千代子が感じ取れないはずの触感も紛れ込んでいる。敬太郎とともに千代子の話を聴いている須永の感覚も入り込んでいるのだ。感覚の重なるのはつぎの部分である。火葬場で、松本の妻、御多代（単行本では御仙）が事務所の男から「鍵は御持ちでせうね」と聞かれる。御多代は変な顔をして懐や帯の間を探り出し、こう言い出した。「飛んだ事をしたよ。鍵を茶の間の用箪笥の上へ置いたなり……」。千代子は「持つて来なかつたの。ぢや困るわね。まだ時間があるから急いで市《いつ》さんに取つて来て貰ふと好いわ」と応じる。その直後である。

二人の問答を後《うしろ》の方で冷淡に聞いてゐた須永は、鍵なら僕が持つて来てゐるよと云つて、冷たい重いものを袂《たもと》から出して叔母に渡した。御多代が夫《それ》を受付口《うけつけぐち》へ見せてゐる間《あいだ》に、千代子は須永を窘《たし》なめた。
「市さん、貴方本当に悪《にく》らしい方ね。持つてるなら早く出して上《あげ》れば可《い》いのに。叔母さんは宵子さんの事で、頭が盆槍《ぼんやり》してゐるから忘れるんぢやありませんか」（「雨の降る日」七）

須永が袂から出してきた鍵の触感「冷たい重い」は、千代子に感じ取れていないことのはずである。彼女は須永がそのように感じて取り出したとはつゆ知らないふうであり、須永を非難している。

その鍵とは遺体を焼く竈の鍵のことである。火葬時間がしばしば日をまたいで長時間に及んだ当時、竈の鍵を管理するのは遺族の責任であった。焼骨の取り出し時に取り違えを防ぐためである。

漱石の五女雛子は明治四四（一九一一）年一一月二九日に急死し、一二月二日に火葬に掛けられる。漱石らが翌三日に骨拾いに火葬場に来ると、妻が鍵を忘れたと言うので愚な事だと思ったという漱石の日記が残る。漱石が『彼岸過迄』の構想を立てていたころに起きた事件であり、このエピソードを入れたくなった漱石の個人的理由としてはそれで十分かもしれない。しかし、文学として整合性が取れているだろうかと考え出すと、たちまち創作家の手つきとしてあやしいのでないかという気がしてくる。

なぜ須永は鍵のことを憶えていて持ってきているのか。そもそもこの話が出されたきっかけの、松本が雨の降るたびに面会謝絶し、宵子の死を悼むようになった経緯と、鍵の話とは連関しているといえるだろうか。さらに、松本が雨の降る日に面会を断るようになったきっかけを千代子が明かし、宵子が死に至った日の話が促されるそのとき、敬太郎が洋杖を持参していないとわざわざ確認されるのも不分明な印象を残す。

六　子を亡くした父親

これらの関係性を『彼岸過迄』内で追究していっても、なかなか解き明かせない。しかし、テクスト間の境界を取り払ってみると、急に視界が開けてくる。

ワーズワスおよびコールリッジの『リリカル・バラッズ』は第二版（一八〇〇年）で二巻本になり、その第二巻に「子を亡くした父親」（"The Childless Father"）というバラッドが入っている。漱石旧蔵書の *Lyrical Ballads* は初版をリプリントした版だが、漱石はマシュー・アーノルド（Matthew Arnold）による選集 *Poems of Wordsworth*（Golden Treasury Series）を持っていてそこに盛んに書き込みが残る。その本ではワーズワス詩が六種のまとまりで示され、バラッドの形態を取る詩を集めた箇所（Poems of Ballad Form）に「子を亡くした父親」が入っている。

その詩には、半年前に最後の子どもであった娘を亡くした父が描かれている。日本風に言えば六回目の月命日のことである。詩は「立って、ティモシー、杖を持って立って出かけなさい！」（Up, Timothy, up with your staff and away!）から始まる。村びと総出で狩りに出かけるところらしい。半年前のことが振り返られる。

ティモシーの門口を通ってお棺が出て行った。
ひとりの子が運ばれたのだ、彼の最後の子が。(11)

詩はつぎの聯で半年後の現在に戻る。

ティモシー爺さんは彼の杖を取り上げ、
ゆったりとした動きで小屋のドアを閉めた。(12)

ティモシー爺さんは杖を必要とする老体になっていることが分かる。最後の聯にこうある。

そのとき彼はおそらく独り言を言った、
「鍵は私が持っていかなければ。エレンが死んだのだから」
だが、これについて私に一言も言わなかった。
そして彼は頬に涙を流しながら狩りに出かけた。(13)

竈の鍵と家の鍵との相違はあるが、須永がこの詩を読んでいると想定しない限り、本来最も近い親族が管理して火葬場に持参すべき竈の鍵を、須永が代わりに持ってきていた理由が分からない。先の、山に盛装してひとり登ってゆく女の話が語られる理由とその目的が不明瞭なのと同様である。叔母は幼い我が子の死に動顛して鍵を忘れるかもしれないから代わりに持っていってやろうという須永の思いつき自体、この詩を読んでいる者でないと湧かないのではないか。

須永の読書に帰さなくてもよい。ワーズワス詩「子を亡くした父親」では、バラッドにふさわしく、ティモシー爺さんの様子を注視する語り手がいる。その語り手の「私」が察するところによれば、ティモシー爺さんは、自分が鍵を持っていかなければならないことで、最後の子のエレンが死んでしまったという実感と哀しみとを新たにしているが、それを決して「私」に言わない。ティモシー爺さんは、その最後の子が亡くなってちょうど半年経ったその日に、ひとりで涙を流し、耐えているのだ。

彼の様子は、『彼岸過迄』の松本が、いまだに雨の降る日に客を断り、宵子の死をひとり悼むさまと重なってくる。松本にとって雨の降る日はすべて、喪に服すべき宵子の命日となる。子に先立たれた父親の、不可侵な領域が浮き彫りにされていよう。この状況を共有するのがワーズワス「子を亡くした父親」と『彼岸過迄』なのである。

漱石は留学中、『文学論』に結実するノートを作っていた。その「Pathos and Humour」と題されたノートには、ワーズワス「子を亡くした父親」のくだりの、この鍵をめぐる最後の聯がそのまま引用されている(14)。

さらに、宵子の死のことを『彼岸過迄』の若者の登場人物たちが話題にするときに、洋杖がそばにないことの意味も、ワーズワス詩を介してみれば、明瞭になってくる。ワーズワスの「子を亡くした父親」では、子を亡くして生きてゆく老体を支える杖として、洋杖が描かれていた。松本の噂話から始まる宵子の死についての若者たちの回想には、老軀を支える杖は不要である。子に先立たれてなお生きてゆく親の悲しみをまだ理解していない若者たちのおしゃべりであるに過ぎない。

七　死者に手向ける

ワーズワス「子を亡くした父親」と照合させて分かることは、そればかりではない。半年前の回顧がなされている「子を亡くした父親」第三聯は、ティモシー爺さんが現在手に持つ杖から思い起こして連想する情景が示唆されている。

まさに半年前、黄楊《つげ》の新しい枝が、
ティモシー家戸口の葬儀用の鉢を満たした。
ティモシー家の玄関口から一つの棺が出ていった。
一人の子が運ばれたのだ、その子はティモシーの最後の子だった。(15)

「葬儀用の鉢」についてワーズワスは自身で注を付けている。そこには「イングランド北部のいくつかの地域では、葬式が行われるとき、黄楊の枝で満たした鉢が家の戸口に置かれている。その戸口からお棺が持ってゆかれ、葬式の参列者はそれぞれ、通常、この黄楊の枝を一本取ってゆき、死者の墓に投げ入れる」(16)とある。「子を亡くした親」において、ティモシー爺さんにとって子に先立たれた身を支える杖は、子の葬式で参列者が我が子の墓に投げ入れた黄楊の枝を思い出させる。

「雨の降る日」に集う若者たちは、千代子に回顧話をねだる。宵子へあらためての弔意を捧げるためではない。「洋杖」は不要だからそこにない。

これらのことは、ワーズワス詩をあいだに置かなければ判明しない。「風呂の後」の章からわざわざ洋杖を引っぱってきてそのあるなしが問題にされるのは、やや意味不明瞭であった。しかし、ワーズワス詩を間に置いてみるならば、ようやく小説が伝えたい真の事柄が形をなし、靄が開けるように、その意味も見えてくるようになる。ここに、ワーズワス詩が『彼岸過迄』の短編と短編とを取り結ぶということが明らかになった。

このような論証を済ませたうえでならば、文学研究として科学性を欠く、漱石実体験と小説とを照合する考察の次元を一気に引き上げることが可能になる。

再検討すれば、漱石は『彼岸過迄』を書き出そうとしていたころ、末娘の五女雛子を亡くした。他にも子がいたとはいえ、ワーズワスの「子を亡くした父親」("The Childless Father") をにわかに思い出し、その子のもういなくなったことを実感したに違いない。作家は、現実に経験することばかりでなく、過去の読書で手に入れた虚構世界もつねに参照しながら生きている。現実の他者から理解を得ようとは思わず、心痛をワーズワス「子を亡くした親」のティモシーと分かち合おうとする。

『彼岸過迄』に散在する小道具は、短編間をつなぐ伏線の域を超えている。秘められた思いに深く関係するそれらを漱石が投入してしまったのは、ワーズワスのバラッドに共感した反響ゆえだろう。したがって、それらは回収しきることのできない部位として、この小説内で目立っていたのである。

八　興奮状態にある聴き手

漱石『文学論』には、詩的な言語と自然な言語とを区別しながら写実法について考察する部分がある。そこにおいて英詩では、一八世紀、不自然な言語を使用する弊によって、ついに発展の余地をなくしたとき、「Wordsworth」が「忽然として詩壇の刷新家として出現」したとされ、「有名なる Lyrical Ballads の二版の序に曰く」と引用される。それは、漱石の蔵書にある *Wordsworth's Literary Criticism* の *Lyrical Ballads* 第二版から採った序文である。(17) そこより、『文学論』で引用された箇所の末尾を引いてみよう。

（これらの詩で提案した主な目的は）何よりも、これ見よがしではなく真実に即して、私たちが興奮状態にあるさいに諸々の観念（アイデア）を結びつける仕方にとくに見られる本性の根本原則を、事件や状況のうちに辿ることで、それら事件や状況を興味深くさせることである。(18)

そのときどきの事情で興奮状態に陥った人間は、諸観念を結びつけてしまう。ワーズワスは詩において、その結びつけ方に人間の性質のならわしが出てくるのを掬いとるという。

諸「観念」の結びつき方は、漱石『文学論』においても、「文学的内容」の根本的な法則として、一貫して論じられた。漱石はワーズワスが一八世紀英国詩壇の刷新者のみならず、文学論を創造する者としても、自分の先駆をなすと判断し、自分の『文学論』に引いたのであろう。

ワーズワスならびに漱石が重視した、観念（アイデア）の連鎖のしくみから、本章が析出した結果をさらに解いてゆく。漱石が短編連作のつもりで発表した『彼岸過迄』が、『リリカル・バラッズ』に収められたワーズワス詩を介さなければ、深部に隠された主題が浮かび上がってこず、短編同士が連結されないことから、小説としての完成度に疑問を呈することができると示した。

しかしそのことよりも、文学と文学との連帯からなる実りのほうが大きいようなら、一小説の完成度などもはや問題ではなくなってくる。漱石にとって、ワーズワスのバラッドは、子を亡くして居ても立ってもいられない自身の状況に密着してくるものだった。その観念を引き寄せ、自らのアイデアと結びつけてしまう。『リリカル・バラッズ』「茨」の不幸な女も連鎖反応的に思い出されたのであろう。

創作アイデアがつぎつぎと浮かび、動き出す。聴き手として興奮状態にある須永という登場人物が、無関係な話同士を結びつけてしまうという発想が湧く。そこに、ワーズワスの痛切に響くバラッドが関与を強める。ワーズワスの提示した観念が、漱石の抱いていた観念と結びあい、短編連作小説を生み出した。このように、かつて読者であった作家が、世界の文学の生命線をつないでゆく。文学の新しさはこうして生まれるべくして生まれた。

（1）「彼岸過迄に就て」『東京朝日新聞』『大阪朝日新聞』一九一二（明治四五）年一月一日、『漱石全集』第一六巻、岩波書店、一九九五年、四八九頁。ルビは現代仮名遣いで振り直した。単行本『彼岸過迄』の初版は一九一二（大正元）年、春陽堂。

（2）本書第一五章では、敬太郎の話し相手である須永市蔵の頭のなかにおいて、敬太郎が森本から聞いた話も結びあわされると読み解き、有機的つながりを見出そうとしている。

（3）『彼岸過迄』初出『東京朝日新聞』『大阪朝日新聞』一九一二年一月二日―四月二九日。『漱石全集』第七巻、岩波書店、一九九七年より章題、章番号を付して引用する。ルビは現代仮名遣いで振り直した。

（4）『ウィリアム・ワーヅワス「『抒情民謡集』序文」』（英米文芸論双書 4）前川俊一訳、研究社、一九六七年、四六―四七頁。漱石旧蔵書と同書より当該箇所を引けばつぎのとおりである。“there can be little doubt but that more pathetic situations and sentiments, that is, those which have a greater proportion of pain connected with them, may be endured in metrical composition, especially in rhyme, than in prose. The metre of the old ballads is very artless; yet they contain many passages which would illustrate this opinion; ,” *Wordsworth's Literary Criticism*, edited with an introduction by Nowell C. Smith, London: Henry Frowde, 1905, p. 33.

（5）『文学論』初出は単行本、大倉書店、一九〇七（明治四〇）年。引用は『漱石全集』第一四巻、岩波書店、一九九五年、五〇三頁。

（6）拙訳。以下同様。ワーズワス、コールリッジ『抒情歌謡集』宮下忠二訳、大修館書店、一九八四年六三―七〇頁を参考に訳した。漱石旧蔵書と同書同版より原文を引く。“X. “But wherefore to the mountain-top (/) “Can this unhappy woman go,” Wordsworth, “The Thorn”, *Lyrical Ballads*, Reprinted from the first edition of 1798, edited by Edward Dowden, London: David Nutt, 1890, p. 123.

（7）原文は“XII. And they had fix'd the wedding-day, (/) The morning that must wed them both; (/) But Stephen to another maid (/) Had sworn another oath; (/) And with this other maid to church (/) Unthinking Stephen went— (/) Poor Martha! on that woful day (/) A cruel, cruel fire, they say, (/) Into her bones was sent: (/) It dried her body like a cinder, (/) And almost turn'd her brain to tinder.” *Ibid*., pp. 124–125.

（8）原文は"XIII. They say, full six months after this, (/) While yet the summer-leaves were green, (/) She to the mountain-top would go, (/) And there was often seen. (/) 'Tis said, a child was in her womb, (/) As now to any eye was plain; (/) She was with child, and she was mad, (/) Yet often she was sober sad (/) From her exceeding pain." *Ibid.*, p. 125.

（9）原文は"XV. No more I know, I wish I did, (/) And I would tell it all to you; (/) For what became of this poor child (/) There's none that ever knew: (/) And if a child was born or no, (/) There's no one that could ever tell; (/) And if 'twas born alive or dead, (/) There's no one knows, as I have said, (/) But some remember well, (/) That Martha Ray about this time (/) Would up the mountain often climb." *Ibid.*, pp. 126–127.

（10）原文は、"XVII. But that she goes to this old thorn, (/) The thorn which I've described to you, (/) And there sits in a scarlet cloak, (/) I will be sworn is true." *Ibid.*, p. 128.

（11）拙訳。以下、前掲『抒情歌謡集』（宮下忠二訳）一九五―一九六頁を参考にしながらも、漱石旧蔵書と同書のワーズワス詩に基づき、訳した。漱石旧蔵書は一八九六年版である。以下同様。Wordsworth, "The Childless Father," *Poems of Wordsworth* (Golden Treasury Series), chosen and edited by Matthew Arnold, London: Macmillan and Co., 1910, pp. 15–16. 当該箇所の原文は"A coffin through Timothy's threshold had past; (/) One Child did it bear, and that Child was his last." p. 15.

（12）原文は"Old Timothy took up his staff, and he shut (/) With a leisurely motion the door of his hut." *Ibid.*, p. 16.

（13）原文は"Perhaps to himself at the moment he said, (/) "The key I must take, for my Ellen is dead." (/) But of this in my ears not a word did he speak, (/) And he went to the chase with a tear on his cheek." *Ibid.*, p. 16.

（14）『漱石全集』第二二巻、岩波書店、一九九七年、五〇六頁。つづけて「○ ballad 中ノ pathos and humour」とある。

（15）拙訳。原文は、"Fresh sprigs of green box-wood, not six months before, (/) Filled the funeral basin at Timothy's door; (/) A coffin though Timothy's threshold had past; (/) One Child did it bear, and Child was his last." *Ibid.*, p. 15.

（16）拙訳。原文はつぎのとおり。"In several parts of the North of England when a funeral takes place, a basin full of Sprigs of Box-wood is placed at the door of the house from which the coffin is taken up, and each person who attends the funeral ordinarily takes a Sprig of this Box-wood, and throws it into the grave of the deceased." *Ibid.*, p. 15.

（17）なお、漱石旧蔵書にある *Prose Writings of Wordsworth* には第三版の序文が収録されている。第三版序文では、詩人とは何かという論考があらたに加えられた。

（18）拙訳。前掲『ウィリアム・ワーヅワス「『抒情民謡集』序文」』を参考にして訳した。原文は "and, further, and above all, to make these incidents and situations interesting by tracing in them, truly though not ostentatiously, the primary laws of our nature: chiefly, as far as regards the manner in which we associate ideas in a state of excitement." *Wordsworth's Literary Criticism*, p. 14.

第一〇章　小品の連続性と英詩の役割
――『永日小品』

一　時空を超える音声

「こんな夢を見た」から始まり、視覚の記憶を中心に展開する『夢十夜』に対し、「夢十夜の様なものとの註文」を受け、執筆された『永日小品』では、耳に記憶された音声の想起から、多くの小品が成り立つ(1)。

「泥棒」(上)では「下女の泣声」「異様な声」、「火鉢」においては「二つになる男の子」の「不安な所がある」らしき泣き声、「猫の墓」においては、死を控えた猫の「嚏《くしやみ》とも、しやくりとも付かない苦しさうな音」や「唸声《うなりごえ》」、「人間」においては、頭のおかしく、人間扱いされない男の「人間だい」という「大きな声」、「火事」においては「互に懸命な声」と、どの声も危機や苦境を訴え、鬼気迫る(2)。

英国に題材を採った小品では音の調子が変わる。「暖かい夢」においては「閑和《のどか》な楽《がく》の音《ね》」、「印象」においては「汽車の音《おと》に包《くる》まつて寝た」とあるが、同時に、無音の強調もあり、大勢の人が急いで動いていながら「みんな黙つてゐる」とある。また、「過去の臭ひ」においては、アグニスという、素性の怪しいひっそりとした女の子について、「嘗《かつ》て足音のした試しがない」と表される。「霧」においても、「鐘の音《ね》は丸で響かない」とある一方、ビッグベンの時報が「仰ぐと空《そら》の中でただ音丈《おとだけ》がする」とされる。

　このように多種の話題が聴覚に訴えてくる。これら小品間には有機的紐帯があるだろうか。漱石が「英国詩人の天地山川に対する観念」『文学論』『文学評論』で繰り返し論じ、『草枕』でも使われたウィリアム・ワーズワス（William Wordsworth）を介すれば、小品間の連鎖が見えてくる。(3) 漱石旧蔵書にある *Poems of Wordsworth* (4) に収められた詩により、小品間がつながれているのではないかと示したい。

二　クレイグ先生と蛭取る老人

『永日小品』に加えられた「クレイグ先生」（中）には、「ウオーヅウオース」の本自体が出てくる。(5) 英国留学中、漱石がシェイクスピア学者のウィリアム・クレイグに個人指導を受けたのは一九〇〇年一一月から一九〇一年一〇月までであり、九年近くも経ってから記されたクレイグ先生印象記である。「クレイグ先生」（中）では、クレイグ先生が蔵書の本などをしばしば置き間違えて、家事のために雇っている「婆さん」を「仰山な声をして呼び立てる」様子が記される。

　「お、おれの「ウオーヅウオース」は何処へ遣《や》つた」
　婆さんは依然として驚いた眼を皿の様にして一応書棚を見廻してゐるが、いくら驚いても甚だ慥《たし》かなもので、すぐに、「ウオーヅウオース」を見附《みつ》け出す。（……）先生はそれを引つたくる様に受け取つて、二本の指で汚ない表紙をぴしやぴしや敲《たた》きながら、君、ウオーヅウオースが……と遣《や》り出す。（……）先生は二分も三分も「ウオーヅウオース」を敲いてゐる。さうして折角《せつかく》捜して貰つた「ウオーヅウオース」を遂に開けずに仕舞《しま》ふ。(6)（「クレイグ先生」（中））

ワーズワス詩集を二本の指でぴしゃぴしゃ敲く音が響いてくる。それは、読む人の現在にまで届いて反響する。クレイグ先生はシェイクスピア字彙の作成につねに心を砕いていた。「自分」が「先生、シュミッドの沙翁字彙《さおうじい》がある上にまだそんなものを作るんですか」ときいたとき、クレイグ先生は、シェイクスピア作品の語彙・句・文構造を収めたアレクサンダー・シュミッドによるレキシコン（語彙辞典）二巻とも、一頁残らず完膚なきまでに真黒になっているのを見せ、得意な顔をする。

君、もしシュミッドと同程度のものを拵《こしら》へる位《くらい》なら僕は何もこんなに骨を折りはしないさと云つて、又二本の指を揃へて真黒なシュミッドをぴしや〳〵敲き始めた。

「全体何時頃《いつごろ》から、こんな事を御始《おはじ》めになつたんですか」（「クレイグ先生」（下））

このような「自分」の問いかけが記された理由は何だろうか。実際に漱石がかつてクレイグ先生へそう尋ねたことがあるのだろうというだけでは、文学研究として不十分である。本章ではワーズワスの詩がその参照対象になっていると仮定し、論証を試みたい。

漱石『文学論』において「文学的内容の基本成分」の解説のために、描かれた「運動」が視覚に訴える言葉の例としてワーズワス詩「蛭取る老人、あるいは決意と自立」（"The Leech-Gatherer; or, Resolution and Independence"）が引かれている[7]。また、漱石は蔵書の ***Poems of Wordsworth*** 中の同詩に書き込みを施している。ワーズワス『二巻の詩集』（*Poems in Two Volumes*, 1802）に所収されていた詩である。比較的長いその詩から、漱石が『文学論』に引いた部分とそれに続く聯より後を引こう。漱石の関心事が『文学論』で論じられた視覚に訴える要素ばかりでなく、年配者と若者との応答にあったことが分かる。

彼は削った木の長い灰色の杖で胴、手足、顔を支え、
私が足音をしのばせて近寄ってみると
荒野の沼の端で静止して
老人は雲のように身じろぎもせず立っていた。
風が声高に呼んでも耳に入らない雲のように。
もし動くなら、一気に動く雲のように。(8)

傍線を施した部分が『文学論』で引かれた詩句である。むしろ、動かずに力を溜め込んでいる部分と言えよう。躍動前の静けさを感じさせる場面である。

ついに、彼は身を揺るがせ、池の水を杖でかきまぜ、泥水をじっと見つめた、
あたかも本を精読しているかのように、念入りに調べるのだ。(9)

荒野の沼の端に、身じろぎもせずに立っていた老人がいた。「私」が見始めて長らく経って後、彼は池を杖でかきまぜ、熱心に泥水を調べている。それが本の調べもののように「私」には見える。

そして彼に向かって私はさらに話しかけた、

「ここで何に従事しているのですか？
ここはあなたのような方には寂しい所ですが」
彼は答えた、同時に、穏やかな驚きの閃光が
彼のまだ鮮やかな目の黒い眼球から放たれた。(10)

彼は言った、老いて貧しく、この沼に蛭を取るために来た。
危険で骨の折れる仕事！（「蛭取る老人、あるいは決意と自立」）(11)

老いて貧しく、本を精読するかのように泥水に目を凝らす老人に、「私」は何の仕事をしているのか尋ねる。これは、「クレイグ先生」（下）において、シェイクスピア字彙を大成するために、「ウエールスのさる大学の文学の椅子を抛《なげう》つて、毎日ブリチツシ、ミユージアムへ通ふ暇をこしらへた」というクレイグ先生に対し、「自分」が放つ質問、「全体何時頃から、こんな事を御始めになつたんですか」と酷似する。

「クレイグ先生」（中）は、「先生の得意なのは詩であつた」から書き出される。クレイグ先生は、自分にサー・ウィリアム・ワトソン（Sir William Watson）の詩を読んできかせ、その詩がパーシー・シェリー（Percy Bysshe Shelly）に似たところがあるという人と、全く違うという人とがいるが、君はどう思うときいたという。いい加減な答えをしたのに、「其の時例の膝を叩いて僕もさう思ふ」と言われた。あるときは「実際詩を味《あじわ》ふ事の出来る君だの僕だのは幸福と云はなければならない」と言われた。詩の鑑賞力について「同輩扱《あつかい》」にしてくれたという。(12)

ワーズワス詩では、老人の仕事は、本の精読のみならず、言葉を拾う詩人の仕事にも重ねられる。中世の詩を発見しながら、贋作詩とみなされて追い込まれ、一七歳にして自死したトーマス・チャタートン（Thomas Chatterton）や、

三七歳で死んだロバート・バーンズ（Robert Burns）へ想いが及ぶ(13)。そしてつぎのように続く。

私の想いが戻ってきた。死なせるような恐怖、
慰められるのを好まない希望、
寒さ、痛み、労苦、身をさいなむあらゆる病、
そして悲惨な死を遂げた力のある詩人たち。
――当惑し、慰めを求めるように、
私は熱心に問いを重ねる、
「どのようにして生活し、何をするのですか？」（「蛭取る老人、あるいは決意と自立」(14)）

クレイグ先生の場合、シェイクスピア字彙のために言葉を集め、綴った手帳を「宝物」にしている。

――長さ一尺五寸幅一尺程な青表紙を約十冊ばかり併《なら》べて、先生はまがな隙《すき》がな、紙片《かみぎれ》に書いた文句を此の青表紙の中へ書き込んでは、吝坊《けちんぼう》が穴の開いた銭を蓄《ため》る様に、ぽつり〳〵殖《ふ》やして行くのを一生の楽《たのし》みにして居る。
（「クレイグ先生」（下））

「クレイグ先生」（下）はつぎのように終わる。ワーズワス「蛭取る老人、あるいは決意と自立」をなぞるかのようだ。

日本へ帰つて二年程したら、新着の文芸雑誌にクレイグ氏が死んだと云ふ記事が出た。沙翁《さおう》の専門学者であると云ふことが、二三行書き加へてあつた丈である。自分は其《そ》の時雑誌を下へ置いて、あの字引はつひに完成されずに、反故《ほご》になつて仕舞つたのかと考へた。(「クレイグ先生」(下))

『永日小品』に収められた「クレイグ先生」(上)(中)(下)は、事実であるかのごとく書きなされているが、そのまま受け取ってよいだろうか。詩の理解者であり、シェリー、ウォルト・ホイットマン(Walt Whitman)、ワーズワスを愛読し、シェイクスピア字彙作りに余念がなかった、五六歳のクレイグ先生への追想が呼び出したのが、ワーズワス「蛭取る老人、あるいは決意と自立」だったのではないか。ワーズワス詩の「文学的内容」(15)に共振して「クレイグ先生」が生まれたといえる。

生い先長くないと自覚する年配者の続ける労働は、若者には無為にすら見える。蛭集めと言葉集めとはこうして重ねられた。ワーズワスから借りたこの「文学的内容」の形によって、「クレイグ先生」は、蛭を集めるように、シェイクスピアの言葉を集める老人として、特異性が際立ってくる。あるいはそれは、漱石がひそかに込めた、ワーズワス詩を愛したクレイグ先生への哀悼表現だったのかもしれない。

漱石は『文学論』において、自然から抽象的な霊体を捕らえようとしたワーズワス詩が、読者に引き起こす感興についてつぎのように述べていた。

Wordsworth が此自然界に一種の抽象的霊体を捕へんとするを見ては、如何に其言語の情的なるにもせよ其感興頗《すこぶ》る鈍なるを免れざるべし。一つは直接にして、その読者の情緒を喚起するは恰《あたか》も電光石火の如く、或いは響の声に応ずるに似たり。(16)

ワーズワス詩は「電光石火の如く」「響の声」に応じるがごとく、読者の情緒を刺激する。クレイグ先生と共有したこの情緒喚起の体験こそが小品に封じ込められていた。

三　「クレイグ先生」と「蛇」とを結ぶ

連関構造はさらに込み入っている。ワーズワス詩「蛭取る老人、あるいは決意と自立」に媒介されることで、「クレイグ先生」（上）（中）（下）は、『永日小品』中の他の小品と連動するようにできている。まず、小品「蛇」である。

途端に流れに逆らつて、網の柄《え》を握つてゐた叔父さんの右の手首が、蓑《みの》の下から肩の上まで弾《は》ね返る様に動いた。続いて長いものが叔父さんの手を離れた。それが暗い雨のふりしきる中に、重たい縄の様な曲線を描いて、向ふの土手の上に落ちた。と思ふと、草の中からむくりと鎌首を一尺許《ばか》り持《もち》上げた。さうして持上げた儘屹《ままきつ》と二人を見た。

「覚えてゐろ」

声は慥《たし》かに叔父さんの声であつた。同時に鎌首は草の中に消えた。叔父さんは蒼い顔をして、蛇を投げた所を見てゐる。

「叔父さん、今、覚えてゐろと云つたのは貴方《あなた》ですか」

叔父さんは漸《よう》く此方《こつち》を向いた。さうして低い声で、誰だか能《よ》く分らないと答へた。（「蛇」[17]）

黒い水をワーズワス詩の老人のように凝視する「叔父さん」がいる。「叔父さん」は「うまく懸《かか》れば大きなのが獲れる」と貴王の森の池の水を見つめていた。「水は固《もと》より濁つてゐる」。ワーズワス詩で蛭取る老人は身じろぎもせずに立っていて、ようやく杖で池の水をかきまぜたのだった。同様に、「蛇」において甥は「水際《みづぎわ》迄浸《つか》つた叔父さんの手首の動くのを待つてゐた。けれどもそれが中々《なかなか》に動かない」。網の柄を握っていた叔父さんの右の手首が突如動く。釣った鰻が跳ねたかと思われたそれは蛇だった。

甥が叔父に「叔父さん、今、覚えてゐろと云つたのは貴方ですか」と尋ねる。ワーズワス詩で、蛭取る老人につきまとい、何をしているのかを尋ねる「私」の反復とみなしうるだろう。叔父は蛇の気持ちを口にしてしまったようである。その声の主について「誰だか能く分らない」と低い声で答える。蛭取る老人が、辛抱すれば蛭が見つかると繰り返しつぶやいていているのと似通った逸話である。

四　「蛇」と「声」とを結ぶ

この「蛇」はまた、ワーズワスのバラッド「泉　対話」("The Fountain. A Conversation.")[18]によって、『永日小品』中の「声」という小品と結ばれる。『永日小品』「蛇」では、叔父の声と蛇の声とが重なっていた。『永日小品』「声」においても、母の声と思われたのがじつは他人の婆さんの声であったという事件が起こる。ゆえに、小品「蛇」と「声」とはゆるやかに共通のテーマを持つということもできる。一方で、偶然とも受け取れよう。

しかしながら、ワーズワス「泉　対話」を通してみると、それが必然であったことが分かる。[19] *Poems of Wordsworth* より引用する。

二人は気さくに、愛情ある真実の言葉で話した。
私は若くてマシュー七十二歳だったが、親友だった。(20)

このように始まる。私が「辺境の歌」か「輪唱歌」か、マシューが作った教会の時計や鐘の歌を歌おうかと持ちかけると、マシューは「この小川は谷へ下ってゆく　なんて楽し気に流れてゆくことだろう！」("Down to the vale this water steers, How merrily it goes!")と答え始め、つぎのように語り終える。

友よ、俺の人生は終わりそうだ、
俺の生き方は誉められてきた、
多くの人が私を愛してくれるが、
俺を十分に愛してくれた人は誰もいない。(21)

若者はこう言い出す。

「マシュー、あなたの死んだ子どもの代わりに
ぼくが息子になりましょう！」
このとき彼は私の手を握って、言った、
「ああ、それはできない」(「泉　対話」)(22)

このいかにもバラッドらしいワーズワス「泉　対話」と同じく、『永日小品』の「蛇」「声」がともに、若者と年配者との対話であることに注目せざるを得ない。ワーズワス詩「泉　対話」は、老人の子になりきれない若者と老人との対話の話であり、一方『永日小品』において、「蛇」では甥と叔父との対話の話であり、「声」では、死んだ母に呼びかけられたと勘違いしてしまう若者の話である。ワーズワスのバラッドをあいだに置けば、「蛇」「声」がともに『永日小品』に収められたこと自体がよく考えられた創造であったことが分かる。つづいて「声」から引用しよう。下宿に越してきたばかりの学生の豊三郎《とよさぶろう》が懐かしい故郷の記憶を蘇らせる場面である。

　茸《たけ》の時節である。豊三郎は机の上で今採つた許《ばかり》の茸の香を臭《か》いだ。さうして、豊《とよ》、豊といふ母の声を聞いた。其の声が非常に遠くにある。それで手に取る様《よう》に明《あき》らかに聞える。――母は五年前に死んで仕舞《しま》つた。

　豊三郎は不図驚いて、わが眼を動かした。(23)

さらに、下宿に越してきて三日目のことである。

　行李の底から、帆足万里《ほあしばんり》の書いた小さい軸を出して、壁へ掛けた。是《こ》れは先年帰省した時、装飾用の為《ため》にわざ〳〵持つて来たものである。それから豊三郎は座布団の上へ坐つて、しばらく軸《じく》と花を眺めてゐた。其《そ》の時窓の前の長屋の方で、豊々と云ふ声がした。其の声が調子と云ひ、音色《ねいろ》といひ、優しい故郷《ふるさと》の母に少しも違はない。豊三郎は忽《たちま》ち窓の障子《しょうじ》をがらりと開けた。すると昨日見た蒼《あお》ぶくれの婆《ばあ》さんが、落ちかゝる秋の日を額《ひたい》に受けて、十二三になる鼻垂《はなたれ》小僧を手招きして居た。がらりと云ふ音がすると同時に、婆さんは例のむくんだ眼を翻《ひるが》へして下から豊三郎を見上げた。(「声」)(24)

故郷の記憶に浸っていたとき、また、故郷の家にあった軸を飾り、眺めていたとき、別人の声を、母の声と錯覚してしまったという話である。小品「蛇」とこの小品「声」とは、錯覚される声という共通性を持つばかりでない。ワーズワス「泉　対話」を介せば、肉親の情について物語ろうとしていることが分かる。気遣いあう愛の現象に形が与えられた。霊魂に声が与えられ、耳を澄ます者に届けられている。(25)

五　「声」と「心」とを結ぶ

小品「声」は、「心」という小品とも連帯する。媒介者はまたしてもワーズワス詩である。「心」という小品は、題からすると、鳥の話であると想像しがたい。読後に至っても、「心」という題が適切か否か訝しく思う読者も少なくないだろう。もっとも、たしかに、鳥の色合が「著《いちじ》るしく自分の心を動かした」とあり、その鳥を手に飛び移らせて眺め、「此《こ》の鳥は……と思つた。然《しか》し此の鳥は……の後はどうしても思ひ出せなかつた。たゞ心の底の方に其《そ》の後《あと》が潜んでゐて、総体《そうたい》を薄く暈《ぼか》す様に見えた」と、自分の「心」の叙述がある。また、籠のなかに鳥を入れて、春の日影の傾くまで眺めながら、「此《こ》の鳥はどんな心持《こころもち》で自分を見てゐるだらうかと考へた」と、捕らわれた鳥の「心持」を想う。さらに、一人の女の後ろ姿に誘われて付いてゆくうちに、自分の「心」が鳥の「心持」と二重写しになり、「其の時自分の頭は突然先刻《さっき》の鳥の心持に変化した」とされる。(26)

したがって、小品「蛇」で、蛇と叔父さんの、心や声が混ざりあったのと同様に、鳥の心と自分の心とが一体化してゆく過程が描かれたと、了解はできる。しかし、文学としてより重要な何かを隠しており、その結果、「心」と題されたと思われてならない。

ワーズワス詩「郭公に」("To the Cuckoo")[27]をこの小品「心」のわきに置いてみれば、漱石の企てが一気に明確になる。『永日小品』内で、小品「心」と小品「声」とが連動してくる。詩「郭公に」は、漱石蔵書の *Poems of Wordsworth* にも *Poetical Works of William Wordsworth* にも収められている。前者から引こう。

おぉ、陽気な、春の新しい客よ！　私は聴いた、
いまもあなたを聴いて喜ぶ
おぉ、郭公！　鳥と呼ぶべきだろうか
あるいは、彷徨える声か？[28]

陽射しと花について、谷に向かって
しゃべるだけだけれども、
私には空想にふける時間をもたらしてくれる
最高の物語になる。[29]

あなたを尋ねて何度も、森を抜け、草原をさまよった。
が、いつも、ある期待、ある慕情だった。
依然として憧れるばかりで、姿が見えなかった。[30]

いまなおあなたの声を聴く。

草原に身を横にして
そして耳を澄ます、生気に満ちた声の想い出がふたたび心に湧いてくるまで。（「郭公に」）(31)

ワーズワス詩「郭公に」では、姿を見せない郭公の声を追いかけ、さまよい、いまなお、少年期に追い求めた郭公の声の甦りを待っている。『永日小品』「心」では、小鳥の色合いに心動かされ、どこかで見たようだが思い出せないという、心の底に潜む何かを追い求める。そのうえで「此《こ》の心の底一面に煮染《にじ》んだものを、ある不可思議の力で、一《ひと》所《ところ》に集めて判然《はつきり》と熟視したら、其の形は、——矢《や》つ張《ぱ》り此の時、此の場に、自分の手のうちにある鳥と同じ色の同じ物であつたらうと思ふ」(32)と述べられる。

ワーズワス「郭公に」の場合は、鳥を訪ね、憧れる心が肥大化して期待そのもの、慕情そのものと化すさまがうたわれ、「心」の場合は、心の形象が鳥とみなされている。詩「郭公に」を経なければ成り立たない表現ではないだろうか。「心」という題はワーズワスを引き継いで心の動きを凝縮したものであると理解できる。

『永日小品』小品「声」は、ワーズワス詩「郭公に」に仲立ちされ、小品「心」と結ばれる。「心の底」に潜んでいた「母の声」、あるいは、「此の鳥」が再生する。このような心の実態を摑みなおすのに、ワーズワスによるバラッドの力が借りられた。そしてバラッドのごとく淡い物語の詩的小品が生まれた。

六　心の飛翔

さらに、小品の枠を越えて、読書される今に生成する時空がある。たとえば、「心」に、「爺さん」が「春の鼓《つづみ》をかんと打つと、頭の上に真白《まつしろ》に咲いた梅の中から、一羽の小鳥が飛び出した」とある。これは、『永日小品』巻頭、謡の様子を記す「元日」において、「自分」が虚子の大きな掛け声と、猛烈な「かん」という鼓に驚き、「自分の声は威嚇《おどか》される度によろ〳〵する」とあるのと響きあう。(33)「元日」の鼓の音に驚かされる「自分」は「小鳥」なのである。「心」において、「自分の頭は突然先刻の鳥の心持に変化」する。そして「小鳥」となった自分は「女の黙つて思惟《しゆい》する儘《まま》に、此の細く薄暗く、しかもずつと続いてゐる露次の中を鳥の様《よう》にどこ迄も跟《つ》いて行つた」(34)と、女に「尾《つ》いて」さまよう。そこにおいてワーズワス詩「郭公に」と接する。

「元日」で虚子が猛烈に打つ鼓は、さらに、クレイグ先生が「ウオーヅウオース」の表紙や「シュミッド」の辞典を「ぴしや〳〵敲き」、「自分」が驚いているのと連動する。あるいは、クレイグ先生が、詩を味わえる同輩の回答に我が意を得て満足し、「例の膝を叩いて僕もさう思ふ」と言ったのに通じる。真に驚かされた音は時空を超えてゆく。ワーズワス詩から『永日小品』に伝導された大きな余白と余韻を持つ表現について論じてきた。記憶の底に潜って声を連れてくるのは、驚かされる音であり、鳥のように飛び移る心であった。それらは読者の現在まで羽ばたいて響く。

（1）朴裕河「漱石の〈感覚〉表現について――『永日小品』を中心に」（『文芸と批評』第七巻第四号、一九九一年一〇月）は、皮膚感覚、視覚、味覚、嗅覚、聴覚と感覚全般に着目する。

（2）『永日小品』は一九〇九（明治四二）年一月から同年三月まで『東京朝日新聞』および『大阪朝日新聞』に連載された。『大阪朝日新聞』には全品が掲載されたが、『東京朝日新聞』には「行列」「昔」「声」「金」「心」「変化」が掲載されていない。これら、はじめから『永日小品』を冠した小品に加え、小品「元日」（『東京朝日新聞』『大阪朝日新聞』）、「泥棒」（『東京朝日新聞』『大阪朝日新聞』）、「紀元節」（『大阪朝日新聞』）、「クレイグ先生」（『大阪朝日新聞』）も含められて、『永日小品』として、単行本『四篇』（春陽堂、一九一〇（明治四三）年）に収められた。本文の引用は、『漱石全集』第一二巻、岩波書店、一九九四年より行う。ルビは現代仮名遣いで振り直した。

（3）漱石は「英国詩人の天地山川に対する観念」でワーズワスをつぎのように高く評価する。「「ウォーヅウォース」の自然を愛するは山峙《そばだ》ち雲飛ぶが為にあらず、水鳴り石響くが為にあらずして、其内部に一種命名すべからざる高尚純潔の霊気が、磅《ほう》礴《はく》塡充して、人間自然両者の底に潜むが為めのみ」（『漱石全集』第一三巻、岩波書店、一九九五年、五六頁）。

（4）漱石旧蔵書は *Poems of Wordsworth* (Golden Treasury Series), chosen and edited by Matthew Arnold, London: Macmillan and Co., 1900 である。

（5）一九〇一（明治三四）年四月一六日の漱石の日記に、つぎのようにある。「Wordsworth ノ傑作ハ固ヨリT.ノ上ニアリ」（『漱石全集』第一九巻、岩波書店、一九九五年、七四頁）。T.とは「Tennyson」のことである。

（6）「クレイグ先生」（上）（中）（下）の初出は『大阪朝日新聞』一九〇九（明治四二）年三月一〇、一一、一二日。

（7）『漱石全集』第一四巻、岩波書店、一九九五年、四七頁。『文学論』の初出は一九〇七（明治四〇）年、大倉書店。

（8）拙訳。『対訳　ワーズワス詩集』（山内久明編、岩波書店、一九九八年）や『キーツ　シェリー　ワーズワス詩集』（世界詩人全集　4）（加納秀夫ほか訳、新潮社、一九六九年）にこの詩の翻訳がある。原本を異にするゆえ、字句が多少違う。参考にしたうえで、拙訳した。原文はつぎのとおり。"Himself he propped, his body, limbs, and face, (/) Upon a long grey Staff of shaven wood: (/) And, still as I drew near with gentle pace, (/) Upon the margin of that moorish flood (/) Motionless as a Cloud the Old-man stood; / That heareth not the loud winds when they call; / And moveth all together, if it move at all." "The Leech-Gatherer; or, Resolution and Independence." *Poems of Wordsworth* (Golden Treasury Series), chosen and edited by Matthew Arnold, London: Macmillan and Co., 1910, pp. 62–63. 以下の引用も同書より。漱石旧蔵の同書には、ド・クィンシーの『阿片常用者の告白』におけるこの下線部の引用について書き込まれている。

（9）拙訳。原文はつぎのとおり。"At length, himself unsettling, he the Pond / Stirred with his Staff, and fixedly did look (/) Upon the muddy water, which he conned, (/) As if he had been reading in a book:"

（10）拙訳。原文はつぎのとおり。"And him with further words I thus bespake, (/) 'What occupation do you there pursue? (/) This is a lonesome place for one like you.' (/) He answered, while a flash of mild surprise (/) Broke from the sable orbs of his yet vivid eyes"

（11）拙訳。原文はつぎのとおり。"He told, that to these waters he had come (/) To gather Leeches, being old and poor: (/) Employment hazardous and wearisome!" ("The Leech-Gatherer; or, Resolution and Independence")

（12）前掲『漱石全集』第一二巻、二一二頁。

（13）バーンズは「英国詩人の天地山川に対する観念」で漱石がとくに紙幅を割いて論じた四名の詩人のうちの一人である。チャタートンに関しては、漱石自筆資料ノートに「VI-4 Different Schools of Literature」「VI-9 Romanticism」の二回にわたり記されている（『漱石全集』第二一巻、岩波書店、一九九七年、五九五、六一九頁）。「英国詩人の天地山川に対する観念」では、ローマンチシズムの二つの新象のうちの、歴史的現象として、つぎのように述べる。「遠く中世紀に溯り、普《あまね》く遐方殊域《かほうしゅいき》の人間を捕へ来りて、世界共通の情緒を咏出せんと欲す。此歴史的研究は十八世紀の中頃、「マクファーソン」及び「チャタートン」抔が古文書を偽造して一世を瞞着せんと企てたるにても明かなるのみならず、（……）」（初出『哲学雑誌』第八巻第七三号―七六号、一八九三（明治二六）年三月―六月、『漱石全集』第一三巻、岩波書店、一九九五年、三一頁）。ワーズワス「蛭取る老人、あるいは決意と自立」のなかの叙述を記憶していて漱石はそのように述べたのだろう。

（14）拙訳。原文はつぎのとおり。"My former thoughts returned: the fear that kills; (/) And hope that is unwilling to be fed; (/) Cold, pain, and labour, and all fleshly ills; (/) And mighty Poets in their misery dead. (/) —Perplexed, and longing to be comforted, (/) My question eagerly did I renew, (/) 'How is it that you live, and what is it you do?'" ("The Leech-Gatherer; or, Resolution and Independence"), *op.cit.*, p. 63.

（15）『文学論』は文学の内容面の形式を取り出す試みである。

（16）前掲『漱石全集』第一四巻、一〇七頁。

（17）初出は「永日小品（一）」「蛇」『大阪朝日新聞』『東京朝日新聞』一九〇九（明治四二）年一月一四日。前掲『漱石全集』第一二巻、一三七頁。

（18）*Lyrical Ballads* 第二版（1800）所収。漱石旧蔵の *Lyrical Ballads* は E. Dowden が、一七九八年の初版を一八九〇年に編集し直した書籍である。したがって、漱石がこの詩を読んだのは、*Poems of Wordsworth* であろう。ただ、漱石『文学論』には *Lyrical Ballads* 第二版序文が引かれている。

（19）ワーズワスの人生と詩に関する本格的紹介は宮崎八百吉（湖処子）『ヲルヅヲルス』（十二文豪　第四巻）民友社、一八九三（明治二六）年一〇月に始まる。そこでは「革新の詩人」（六二頁）であること、自然に対して「新なる生命」（一四六頁）を与えたことが強調され、的確である。詩「泉」についても「超然として哲理以上、人生以上に遊ばしむ」（一六〇頁）と評されている。

（20）拙訳。ワーズワス、コールリッジ『抒情歌謡集』宮下忠二訳、大修館書店、一九八四年、一八三―一八五頁を参考にして訳す。原文はつぎのとおり。"WE talked with open heart, and tongue (/) Affectionate and true, (/) A pair of Friends, though I was young, (/) And Matthew seventy-two." "The Fountain. A Conversation." *op.cit.*, pp. 293–295. 以下の引用も同書より。

(21) 拙訳。原文はつぎのとおり。"My days, my Friend, are almost gone, (/) My life has been approved, (/) And many love me; but by none (/) Am I enough beloved."

(22) 拙訳。原文はつぎのとおり。"'And, Matthew, for thy Children dead (/) I'll be a son to thee!' (/) At this he grasped my hand, and said, (/) 'Alas! that cannot be.'" ("The Fountain. A Conversation") なお、この詩はつぎのように終わる。「彼は、教会の狂った古時計やうろたえた鐘についての　気の利いた歌を歌った。」("He sang those witty rhymes (/) About the crazy old church-clock, (/) And the bewildered chimes.") 漱石『彼岸過迄』(「停留所」十五)で語られる、敬太郎のふるさとにおいて狂った時計を遵守する父の逸話の発想源であろう。

(23) 初出は「永日小品(二十二)」「声」『大阪朝日新聞』一九〇九(明治四二)年二月二七日。前掲『漱石全集』第一二巻、一九八頁。

(24) 前掲『漱石全集』第一二巻、一九八―一九九頁。

(25) 「蛇」の蛇が貴王神社祭神と関わりのあることについて第一四章で論じている。

(26) 初出は「永日小品(二十四)」「心」『大阪朝日新聞』一九〇九(明治四二)年三月四日。前掲『漱石全集』第一二巻、二〇三―二〇五頁。

(27) この詩もまずワーズワス『二巻の詩集』に所収された。

(28) 拙訳。田部重治訳『ワーズワース詩集』、岩波書店、一九三八年、九〇―九一頁。加納秀夫訳『キーツ　シェリー　ワーズワス詩集』(世界詩人全集四)新潮社、一九六九年、二一七―二二〇頁などを参考に、訳した。原文はつぎのとおり。"O BLITHE New-comer! I have heard, (/) I hear thee and rejoice. (/) O Cuckoo! Shall I call thee Bird, (/) Or but a wandering Voice?" "To the Cuckoo." *Ibid.*, pp. 146–147. 以下も同じ。

(29) 拙訳。原文はつぎのとおり。"Though babbling only, to the Vale, (/) Of sunshine and of flowers, (/) Thou bringest unto me a tale (/) Of visionary hours."

(30) 拙訳。原文はつぎのとおり。"To seek thee did I often rove (/) Through woods and on the green; (/) And thou wert still a hope, a love; (/) Still longed for, never seen."

（31）拙訳。原文はつぎのとおり。"And I can listen to thee yet; (/) Can lie upon the plain (/) And listen, till I do beget (/) That golden time again." ("To the Cuckoo")

（32）前掲『漱石全集』第一二巻、二〇三―二〇四頁。

（33）「元日」の初出は『東京朝日新聞』『大阪朝日新聞』一九〇九（明治四二）年一月一日。「元日」において最初に謡われたのは「東北《とうぼく》」であり、それは東北院の、和泉式部手植えの軒端の梅をめぐっての謡曲である。ゆえに、白い梅の花でも関連づけられている。

（34）前掲『漱石全集』第一二巻、二〇五頁。

第Ⅲ部　伝承の生成

第一一章　『草枕』に息づく伝承

一　物語歌の伝承化

『草枕』の志保田那美は著しい自我を備えた強烈な近代女性として捉えられがちだが、それは古典になじみの薄い読者に持たれる印象に過ぎない。じつは、この那美は、彼女によく似る女たちが「那古井《なこい》」村および彼女の祖先の志保田家に登場したあげく、彼女の出番が来たように描かれており、その伝統を背負う。

その語られ方にも注意したい。馬子や婆さんなど村民がする語り口は、那美のことなのか、それとも、かつて村にいた女のことなのか、村に滞在に来た画工が思わず聞き返すように、分かりづらい。

孫の源兵衛が、村の「鏡が池」がそう呼ばれるようになったいわれを述べるにあたり、画工と交わす会話はつぎのような具合である。

「なんでも昔し、志保田の嬢様が、身を投げた時分からありますよ」
「志保田つて、あの温泉場のかい」
「はあい」

「御嬢さんが身を投げたつて、現に達者で居るぢやないか」

「いんにえ。あの嬢さまぢやない。ずつと昔の嬢様が」

「ずつと昔の嬢様。いつ頃かね、それは」

「なんでも、余程昔しの嬢様で……」

「その昔の嬢様が、どうして又身を投げたんだい」

「その嬢様は、矢張り今の嬢様の様に美しい嬢様であつたさうながな、旦那様」

「うん」

「すると、ある日、一人の梵論字《ぼろんじ》が来て……」

「梵論字と云ふと虚無《こも》僧の事かい」

「はあい。あの尺八を吹く梵論字の事で御座んす。其梵論字が志保田の庄屋へ逗留して居るうちに、その美くしい嬢様が、其梵論字を見染めて――因果と申しますか、どうしても一所になりたいと云ふて、泣きました」

「泣きました。ふうん」

「所が庄屋どのが、聞き入れません。梵論字は聟《むこ》にはならんと云ふて。とう〳〵追ひ出しました」

「其虚無僧をかい」

「はあい。そこで嬢様が、梵論字のあとを追ふてこゝ迄来て、――あの向ふに見える松の所から、身を投げて――とう〳〵、えらい騒ぎになりました。其時何でも一枚の鏡を持つてゐたとか申し伝へて居りますよ。夫《それ》で此池を今でも鏡が池と申しまする」（十）[1]

ここで注目したいのは、志保田家の「余程昔しの嬢様」が村民から語り継がれてしまう存在として話題に出されているということである。庄屋の志保田家に逗留していた梵論字を嬢様のほうから見染め、親から結婚を認められなかったために身投げをした。池の名称の由来まで彼女がそのとき持っていた一枚の鏡から来ている。池の名にもなっているから、後世にまで語り継がれている。

また、画工が那美にまだ直接会っていないころ、茶屋の婆さんは、画工に那美のことを説明するのに、村にかつていた長者の娘を引き合いに出す。


「嬢様と長良《ながら》の乙女とはよく似て居ります」

「顔がかい」

「いゝえ。身の成り行きがで御座んす」

「へえ、其長良の乙女と云ふのは何者かい」

「昔し此村に長良の乙女と云ふ、美くしい長者の娘が御座りましたさうな」

「へえ」

「所が其娘に二人の男が一度に懸想して、あなた」

「なる程」

「さゝだ男《をとこ》に靡かうか、さゝべ男に靡かうかと、娘はあけくれ思ひ煩つたが、どちらへも靡きかねて、とう〳〵
　あきづけばをばなが上に置く露の、けぬべくもわは、おもほゆるかも
と云ふ歌を詠んで、淵川へ身を投げて果てました」（二）

「長良の乙女」もまた、村民に語られる存在とされている。二人の男から恋慕され、淵川へ身投げするに至ったと

いう、村民の口に上るような出来事を起こしたため、彼女の辞世の歌、「あきづけばをばなが上に置く露の、けぬべくもわは、おもほゆるかも」（二）は、茶屋の婆さんがそらで言えるほどである。しかも那美が婆さんに何遍も長柄の話を聴かせてやったので覚えたというのだから、那美こそがその物語と歌が那古井村に伝承するバラッドとなるよう仕掛けたといえる。

この村の志保田家の「余程昔しの嬢様」および、「長良の乙女」がともに、話を聴く側が那美と混同してしまいかねない類似性を具えている。語る側もそれぞれ、「矢張り今の嬢様の様に美しい嬢様であつたさうながな」（十）、「嬢様と長良の乙女とはよく似ております」（二）と、那美と重ねあわせながら語ろうとしている。

この語りのありように、『草枕』の重要な軸がある。人々の口に語られてしまう女の系譜のなかに、那美が位置づけられている。小説内の人物間で語られてしまうというのは、小説内で今もって生産されている伝承の存在を示している。

投身する女の系列に連ねられ、語られることに意識的な女主人公は、因縁づけられたその語りから身を引き剝がそうとする抵抗と、積極的に受け入れる姿勢との両方を見せる。語られるという呪縛が利いている。あるいは、その呪縛をみずから身にまとっている。那美は、「私ならあんな歌は詠みませんね。第一、淵川へ身を投げるなんて、つまらないぢやありませんか」（四）と述べる一方、別の機会では「私が身を投げて浮いて居る所を――苦しんで浮いて居る所ぢやないんです――やす〳〵と往生して浮いて居る所を――奇麗な画にかいて下さい」（九）と述べる。

本章では、小説内伝承が発生させられていることを指摘し、意味づける。そのうえで、小説の外の現実において千数百年以上も語り継がれてきた伝承を小説がふまえるその方法と意義について解明する。

二　地名由来譚と物語の継承

先に挙げたように、馬子の源兵衛が、画工に「ずつと昔の志保田の嬢様」が身を投げた池のことを「夫で此池を今でも鏡が池と申しまする」（十）と述べている。この語り口は、古代伝承として著名な、松羅佐用姫伝説とつぎの二点において酷似する。女の悲嘆後に鏡が水中に落下する点、ならびに、その水場に「鏡」という名称が付けられている点である。松羅佐用姫伝説は『肥前風土記』（松浦郡）に拾われている。

鏡の渡。昔者檜隈廬入野《ムカシヒノクマイホリヌ》の宮に御宇めす、武少広国押楯《タケヲヒロクニオシタテ》の天皇の世《ミヨ》、大伴《オホトモ》の狭手彦《サデヒコ》の連《ムラジ》を遣《ツカハ》して任那《ミマナ》の国を鎮《しづ》め、兼《カネ》て、百済の国を救ふ。命を奉はりて到《マカ》り来て此の村に至る。即ち篠原《シヌハラ》村の弟日姫子《オトビヒメコ》を娉《ツマド》ひて婚《マクヒ》を成《ナ》せり。容貌《カホ》美麗《キラ〱》しく特《コト》に人間《ヒト》に絶《スグ》れたり。分別《ワカ》るゝ日、鏡を取て婦《ヲミナ》に与《オク》る。婦悲を含《フク》みて渧《ナ》きつゝ栗川を渡るに、与《オク》れる鏡の緒《ヲ》絶えて川に沈めけり。因て鏡の渡《ワタリ》と名く。（2）

武少広国押楯の天皇すなわち宣化天皇の時代、新羅から攻撃を受けていた任那と百済の国を救護すべく、大伴狭手彦に派遣の命が下る。狭手彦は立ち寄った篠原村（現在の佐賀県唐津市松浦）で美しい弟日姫子（のちに松羅佐用姫と呼ばれる）と結婚する。別れの日、狭手彦は鏡を弟日姫子に贈る。彼女が悲しみ泣きながら栗川（現在の松浦川）を渡ったとき、「鏡の緒」つまり鏡の裏面中央のぼたんに結んであった紐が切れて、鏡が川に沈んでしまった。それでそこが「鏡の渡」と名付けられたという。

地方の村の美しい女性が逗留に来た男との恋愛を全うできず、歎き悲しみ、鏡を水のなかに落としてしまう。弟日姫子はこの時点ではまだ生きているが、その後、狭手彦に化けた蛇によって沼に連れ込まれて死ぬ後日談が『肥前風土記』にさらに載る。(3)

すると、『草枕』でふまえられているのは「ミレーのかいた、オフエリヤ」(二)だけではなさそうだ。むしろ、鏡の水中落下という小道具の成り行きに加え、それに由来する土地の呼称のさまに至るまで、古い伝承がふまえられている。「鏡が池」伝承は全国にある。(4) なかでも『肥前風土記』に収められた松羅佐用姫伝説は最古に近い。重要なのは、どこが起源とも知れぬ伝承群のなかに「ずつと昔の志保田の嬢様」の話も連ねられ、あたかもそれらとともに湧いた伝承の一つのように記されていることである。那古井村にかつてあったことが伝承され、語られている。小説内部で伝承が生まれ、育っているようにされているのだ。

松羅佐用姫伝説は『万葉集』に六首も詠まれている。(5) 漱石が『万葉集』および『大和物語』や謡曲を意識していただろうと指摘する先行研究はある。(6) しかし、この『草枕』のなしたことは、そのような影響関係を論じるだけでは十分に評価できない。語り部のような語り口の村民をつぎからつぎへと登場させるこの『草枕』において意識されていたのは、より古い時代から語り継がれてきた伝承というあり方であり、伝承が産まれている現場を目撃させることである。それは作家名を冠する近代文学とは決定的に違う文学の方法であり、近代文学として画期的なことだった。

三　伝承の発生地点

古代伝承の松羅佐用姫伝説は中世でも取り上げられ、謡曲「松浦鏡」となる。『肥前風土記』では、栗川の底に沈んだのは鏡だけで、その後、佐用姫が蛇によって沼に引きずり込まれたらしいという物語であった。一方、謡曲「松浦鏡」では、「鏡をば胸に抱き。身をば波間《なみま》に捨舟《すてぶね》の。上よりかつぱと身を投げて。千尋《ちひろ》の底に沈むと見えしが」(7)とあるとおり、佐用姫が、狭手彦の置き土産の鏡を胸に抱いて身投げしたことになっている。那美の背後には、小説内の那古井村に生きていた設定の女たちに加えて、古代伝承の松羅佐用姫、ならびに、中世以降、生身の能役者によって繰り返し演じられてきた松羅佐用姫がいる。さらには、『草枕』の画工が泣かないとは保証できないと述べている謡曲「七騎落」でも、地謡で松羅佐用姫に言及されるのも見逃しがたい(8)。

画工が海を見下ろし、「往昔《そのかみ》入貢の高麗船《こまぶね》が遠くから渡つてくるときには、あんなに見えたであらう」(十二)と、高麗船を思い浮かべている場面がある。松羅佐用姫伝説の伝わる唐津は、古代、朝鮮半島へ渡る前線の地だった。こうして見てくると、『草枕』那美のいる舞台は、漱石の滞在した肥後玉名の小天に限定する必要はなかろう(9)。那美を取り囲むのは、たとえば、松羅佐用姫伝説を育んできた肥前唐津であってもよい。そのような伝説の湧き出す歴史的景観にこの小説は置かれている。伝説がさらに伝承され、ますます語られるその景観において、近代小説の言葉も爆発的に生成しようとする。そのような作用が見込まれている。

謡曲が引き継いだ日本の古い物語には、旅人が、行きついた土地の歴史に誘う亡霊に出遭い、旅人はその亡霊にまつわる話を語り直すといういきさつが多く見られる。『草枕』の旅人、画工が会ったのは亡霊ではなく、生身の女性だが、古い物語群と同様、彼女は旅人に、自分の身の上への注視を求め、語り出してもらいたいかのように振る舞う。旅客の注意を引き、外部の人間にも噂が広まり、語り継がれることを期待しているようである。彼女が意図的に行うその振る舞いは、物語られる主人公みずから作り出す伝承の発生地点といえる。たとえばつぎの箇所である。

襖をあけて、椽側《えんがわ》へ出ると、向ふ二階の障子に身を倚《も》たして、那美さんが立つて居る。顋《あご》を襟のなかへ埋《うず》めて、横顔丈しか見えぬ。余が挨拶を仕様と思ふ途端に、女は、左の手を落とした儘、右の手を風の如く動かした。閃くは稲妻か、二折れ三折れ胸のあたりを、するりと走るや否や、かちりと音がして、閃めきはすぐ消えた。女の

左り手には九寸五分の白鞘《しらさや》がある。姿は忽《たちま》ち障子の影に隠れた。余は朝つばらから歌舞伎座を覗いた気で宿を出る。（十二）

画工は那美と「身の成り行き」が似る、二人の男に恋慕された長良の乙女について茶店の婆さんから聞いていた。その男たちとは「さゝだ男」と「さゝべ男」（二）とされている。「さゝだ男」は『万葉集』に登場する。『万葉集』では、「うなひをとめ」が、「ささだをとこ」（ちぬをとこ）と「うはらをとこ」から求婚され、生田川に身投げする。彼女の自殺を夢に見た「ささだをとこ」（ちぬをとこ）がまず後追い自殺をし、遅れを取った「うなひをとこ」があの世で「ささだをとこ」を刺すつもりで「をだち」（小剣）を手にして自殺する。(10)

四　新しい歌物語

この話はジャンルを越え、後世の古典文学で引き伸ばされてゆく。歌物語の『大和物語』では、旅人の同情にすがろうとする、前述した典型的物語のパターンが取られる。旅人が「うなひをとめ」の墓とされた「処女塚」に来て宿としたところ、血まみれの「ささだをとこ」の亡霊が出てきて、「御太刀《みはかし》」を貸してほしい、妬き者に報いたいからと言われ、貸すと、しばらくあってその男が喜びながら来て、長年妬んでいた者を殺せたと言う。(11)また、謡曲「求塚」においても、二人の男が刺し違える。(12)

一方、『草枕』において寄宿する画工の前で刀を振り回すのは、女側の那美である。「不人情」という決め事により、那美に手出しをせずに鑑賞する立場を取る画工は、つぎのような場面に遭遇する。海の見える草原で高麗船を思い起こしながら画工が寝ていると、野武士のような一人の男が現れ、そこへ那美がやってくる。那美が懐に携えているのは今朝の短刀ではないかと画工は危ぶむ。懐剣の頭がのぞいているように見えたその帯の間へ那美の右手が落ちる。「するりと抜け出たのは、九寸五分かと思ひの外、財布の様な包み物である。差し出した白い手の下から、長い紐がふら〳〵と春風に揺れる」（十二）とある。

その後、画工は那美からその野武士が彼女の亭主だと聞き、「一太刀」（十二）浴びせかけられた気がする。ただし、離縁した亭主だと付け加えられる。その男はこれから「満洲」へ行くという。那美の言は「何しに行くんですか。御金《かね》を拾ひに行くんだか、死にゝ行くんだか、分りません」（十二）である。

先に見た『肥前風土記』では、朝鮮半島へ出征する大伴狭手彦が松羅佐用姫に鏡を贈ったが鏡の背に付いていた紐が切れ、鏡が栗川に落ちてしまった。さらに、佐用姫が狭手彦を呼び戻そうとひれを振った。これから満洲へ渡る、離縁した亭主に金をやるこのシーンは明らかに、『肥前風土記』に採られた著名な伝説の、鏡の紐と、振られたひれとをふまえている。

ただし、古代伝承と違い、離別にあたり贈り物をするのは女側であり、その那美は大陸に渡る男を呼び戻す気など全くない。

さらに那美は、『万葉集』や『大和物語』に見られる、うなひをとめをめぐって死後まで続いた刃物沙汰を女から引き起こしそうな気配を漂わせる。那美と男とのやりとりを盗み見ていた画工は、那美の懐から取り出されるものを「今朝の短刀」かと勘違いしたし、また、那美からあの男が亭主だったと知らされ「一太刀」浴びせられたと感じた。彼女は誤解を誘う言動を故意に取る。

ここで、「梵論字」（十）と一緒になることを許さない親に反発して身投げしたという、志保田家の「昔の嬢様」のエピソードを振り返ろう。梵論字とは、「梵論」「暮露」とも記され、『徒然草』第一一五段で「ぼろぼろ」（梵論字）同士の刺し違えが描かれたように、刀剣を帯び、「半僧半俗の無頼の徒」(13)である。「昔の嬢様」と「梵論字」、双方の特徴を一身に具しているのが那美といえようか[14]。

五　歴史的に語り継がれる物語の創出

那美が振り回し、懐に入れていた短刀は、じつは、那美の従弟にあたる久一への、那美の父からの餞別であった。久一は日露戦争に出征するところである。海を越えて侵略戦争の軍役に就く設定は、古代の大伴狭手彦と同じだ。しかし、那美は松羅佐用姫のように男を呼び戻す気などない。従弟へ短刀を投げ出してやるとき、久一の足元まで転がって鞘から刃が出る乱暴さである。そのうえ那美は久一に「短刀なんぞ貰ふと、一寸《ちよつと》戦争に出て見たくなりやしないか」（十三）と言う。久一が軽く首肯すると、「そんな平気な事で、軍《いく》さが出来るかい」（十三）と詰め寄る。

久一と那美の兄とが目を見合わせるなか那美は「わたしが軍人になれりやとうになつてゐます。今頃は死んでゐます」（十三）と述べる。兵士として参戦して死にたいと表明する女性は、出征する男を呼び戻そうとする古典の女性と対比的に造型されている。また、二人の男の求愛に耐え兼ねて入水するやわな女性は気に入らないが、軍人として勇ましく戦死するならばよしとするというのも同様で、語りの文化の継承と更新とが意気込まれている[15]。

そのうえ、那美は久一に向かって「御前も死ぬがいゝ」（十三）と言い放つ。離縁した亭主および従弟という二人の男が無事に帰還することを望まないあたり、古代の松羅佐用姫とは一線を画すことの強調である。彼女はどのみち語られるならば自己演出に従って語られるべくしくんでいるようだ。

那美は男たちを大陸へ送り出すスタート地点である汽車の見送りの際にも、久一に対して「死んで御出で」（十二）を繰り返す。しかしながら、汽車の窓のなかから、那美のかつての亭主が名残惜し気に首を出し、那美と顔を見合わせ、那美が茫然としたとき、画工は、「憐れ」が一面に浮んだ彼女の様子を「それだ！　それだ！　それが出れば画になりますよ」（十三）と小声で言う。那美もまた、男との別離に「憐れ」を感じる女の系譜のなかにこうして収められる。

述べてきたように、那美自体、この村にかつていた長者の娘になぞらえられて登場した。また、那美のとる言動が身投げした祖先の嬢様と重ねられ、「今の嬢様も、近頃は少し変だと云ふて、皆が囃《はや》します」（十）と村中で噂されていた。はじめから彼女は、しるし付きの存在として人の口に上る格好の対象になってきた。『草枕』という小説は伝承を発生させる舞台として機能させられている。

古に起源を持つ語られる存在と重ねられ、『草枕』内部でも語られる存在の那美が、画題にふさわしいとみなされる刹那において古典の女の「憐れ」に通ずる。そのことは彼女が古典文学の女性登場人物と同様、物語られることの呪縛から容易に抜け出せないことを意味する。「ミレーのかいた、オフエリヤ」（二）の絵画に保存された、恵まれなかったオフェリヤと同様、永遠に語られつづけられる存在となる。『草枕』の時空のなかで語り草になるうちに、『草枕』の外の語りを呼び込み、「古典」となることが企図されているのではないだろうか。

鏡が池への入水ならびに入水死体の絵画化への誘いかけ、二人の男からの懸想、那美による短刀の振り回し、大陸へ渡る男たちとの別れ、これらは『草枕』の見せどころとなってきた。口承、あるいは、筆写によって継承され、隣接ジャンルに題材を提供してきた文学の営みからすれば、これらの見せどころは、文学の伝統に付け加えられた一つのヴァリエーションに過ぎない。それこそが狙いすまされた設定なのである。那美は簡単には脱ぎ捨てられない、一二〇〇年以上の物語の因縁を身にまとった近代女性として活写されている。

近代的自我によって抵抗してみせたとしても、これらの物語群を装着して語られる覚悟は揺るがない。このように、いにしえの語りの文学との強い相関関係のなかで一女主人公が造型されたわけは、近代小説を超えた歴史的存在として那美を提示したい意味があったのであろう。

(1)『草枕』初出は『新小説』第一一年第九巻、一九〇六（明治三九）年九月一日。『漱石全集』第三巻、岩波書店、一九九四年より、節番号を付して引用する。ルビは現代仮名遣いで振り直した。

(2)『肥前風土記』（寛政一一（一七九九）年序、浪花書林、明治刷）八丁表裏。原文の漢文に施された返り点・送り仮名どおりに書き下した。ルビも原文どおり（部分的に省略）。原文は白抜き点であるところを適宜、句読点に換えた。割注は略している。

(3)前掲『肥前風土記』八丁裏、九丁表。

(4)大場磐雄によって古代から中世の「鏡ヶ池の信仰」が明らかにされている。修験道の信仰から鏡が池の水神に奉納された遺蹟は各地にある。「鏡ヶ池」という名の池も多い。また、松羅佐用姫伝説のような悲恋の伝説をともなう池もある（『祭祀遺蹟——神道考古学の基礎的研究』角川書店、一九七〇年、六二、一六五、一九五、二一六、二四八、三九一、三九四—三九六頁）。

(5)肥前国松浦地方に関係する歌は『万葉集』に三〇首もある。

(6)難波喜造「『草枕』と処女入水伝説」（『日本文学』第三〇号、一九八一年一月、八四—八八頁）、松村昌家「明治の作家とイギリス文学——逍遥から漱石へ」（『日本文学と外国文学——入門比較文学』中西進・村松昌家編英宝社、一九九〇年、八〇—八一頁）、佐竹昭広「漱石と万葉集」（『文学』第一〇巻第四号、一九九九年一〇月（『萬葉集再読』平凡社、二〇〇三年、一九一—二〇四頁））。

(7)世阿弥「松浦鏡」（大和田建樹『謡曲評釈』第五輯、博文館、一九〇七（明治四〇）年、一七八頁）。

(8)「七騎落」（大和田建樹『謡曲評釈』第八輯、博文館、一九〇八（明治四一）年、四三—四四頁）。

(9)漱石が熊本の第五高等学校同僚の山川信次郎とともに小天温泉へ出かけたのは一八九六（明治二九）年の暮れから翌年の正月にかけてで、冬だった。『草枕』の小説内の季節は春である。ただ、鏡が納入された池は全国にあるものの、肥後阿蘇郡北小国宮原の鏡ヶ池は、なかに一二面の鏡があり、鏡占に使われ、現在も習俗が残るという（大場磐雄前掲書、六二、一六五—一六六頁）。

(10)漱石の蔵書していた橘千蔭『万葉集略解』から引けば、つぎのとおりである。「ちぬをとこ　そのよいめにみ　とりつゞき　おひゆきければ　おくれたる　うなひをとこも　いあふきて　さけびおらび　あしずりし　きがみたけびて　もころをに　まけてはあらじと　かきはきの　をだちとりはき　ところづら　とめゆきければ」（橘千蔭『万葉集略解』（寛政三（一七九一）

年序）巻九、江戸書肆　蔦屋重三郎・前川六左衛門、尾張書肆　永楽屋東四郎、寛政八（一七九六）年八月刻成、文化九（一八一二）年三月発行、五十一の表）。漱石旧蔵書は同書（名古屋　東壁堂板、寛政一二（一八〇〇）年）である。

（11）「或旅人、この塚のもとに宿りたるに、人の諍論《いさかひ》する音のしければ、（……）血にまみれたる男、前に来て跪《ひざまづ》きて、我敵《かたき》に責められてわびにて侍り、御太刀《みはかし》暫し貸し給はらん、妬き者の報《むくい》し侍らんといふに恐しと思へど貸してけり。（……）暫時《しばし》ありて初の男来て、いみじう喜びて、御徳に年ごろねたき者うち殺し侍りぬ」（「大和物語」『日本文学全書』第六編、萩野由之ほか校訂、博文館、一八九〇（明治二三）年、七七—七八頁））。

（12）「求塚」（前掲『謡曲評釈』第八輯、二一六頁）。謡曲では「小竹田男《さゝだをとこ》」と「血沼《ちぬ》の大丈夫《ますらを》」とは別人であり、この二人の争いとなっている。

（13）小川剛生補注『新版　徒然草』角川書店、二〇一五年、二四九頁。梵論字は禅宗系統とされる（筑土鈴寛『中世・宗教藝文の研究』（『筑土鈴寛著作集』第三巻、せりか書房、一九七六年、二四二—二四三頁）。御伽草子『ぼろぼろの草子』においては、慳貪な女への教訓が組み込まれているという（恋田知子『仏と女の室町——物語草子論』笠間書院、二〇〇八年、二五四頁）。『草枕』でも、女の奇行を際立たせる伝統的手法が採られている。

（14）浄瑠璃・歌舞伎にも刀を振り回す女性が描かれる。そのような男勝りの女が享保期より好んで上演されたことについて本書第一二章で論じている。

（15）『草枕』より六年後に発表された森鷗外の戯曲「生田川」（『我一幕物』、一九一二（大正元）年八月、籾山書店）と対照的である。鷗外「生田川」では、菟会《うなひ》壮士と茅淳《ちぬ》壮士とがともに矢で射ぬいた鵠《くぐひ》の死を見た蘆屋《あしや》処女がみずから死を選ぶかのように家を出てゆく場面で終わる。

第一二章　古譚と『草枕』

文学の産まれる磁場には何が誘き寄せられているだろうか。そこには、書物ばかりでなく、文字に拠らない文化、時空を超えてきた伝承、変形を重ね、芸能として生命を得ている文化も引き寄せられていよう。近代においても、それら無文字文化の世界との交渉が重ねられることで、文字の世界が産まれているのではないか。無論、最終段階では文字に拠らない芸能も、上演に至るまでは文字世界との格闘がある。この関係性を内包するがゆえに、たとえば小説の下敷きとして取り込まれたとき、畳み込まれていた闊達自在に動く身体が弾け出すのではないだろうか。その検討の試みである。

一　『草枕』の謎

前章で取り上げたように、『草枕』の女主人公、志保田那美は、かつて志保田家の奉公人だった婆さんから「嬢様と長良《ながら》の乙女とはよく似て居ります」（二）と言われている。(1)「長良の乙女」とは、昔この村にいた「美くしい長者の娘」である。『草枕』で「長良の乙女」なる長者の娘が詠んだとされたその歌を、漱石も蔵書していた橘千蔭の『万葉集略解』巻第八から引こう。

日置長枝《ヒオキノナガエカ》娘子歌一首　秋付者　尾花我上爾　置露乃　応消毛吾者　所念香聞　あきづけば　をばながうへに　おくつゆの　けぬべくもわは　おもほゆるかも(2)

「長枝娘子《ながえがおとめ》」の歌である。『草枕』では、「長良の乙女」に二人の男が懸想したことになっている。「さゝだ男《おとこ》に靡かうか、さゝべ男に靡かうかと、娘はあけくれ思ひ煩つたが、どちらへも靡きかねて、とう〳〵あきづけばをばなが上に置く露の、けぬべくもわは、おもほゆるかも　と云ふ歌を詠んで、淵川へ身を投げて果てました」（二）とされる。この三角関係と悲劇的結末も、『万葉集』より採られている。「蘆屋処女《あしやのおとめ》」（＝菟原処女《うなひおとめ》）は「さゝだ男」（＝血沼壮士《ちぬおとこ》（知努男、智奴壮士））と「菟原壮士《うなひおとこ》」（宇奈比男）とに恋慕され、身投げした。(3)

しかし、「長枝娘子」の歌は、この逸話と『万葉集』原典では全く無縁なのである。「長枝娘子」と「蘆屋処女」とは『万葉集』では別人である。にもかかわらず、どのようなわけで結びつけが可能になったのか。そのように問われたことはなぜかない。

「さゝだ男」と「菟原壮士」とのライバル争いについては、『万葉集』巻第九に、二箇所にわたって載る。『万葉集略解』の表記に従えば、「過蘆屋処女墓時作歌一首幷短歌」（蘆屋処女の墓を過ぎし時に作れる歌一首あわせて短歌）と「見菟原処女墓歌一首幷短歌」（菟原処女の墓を見たる歌一首あわせて短歌）である。(4)二人からの懸想に堪えられず、沼に身投げして死んでしまった「菟原処女」を、まず「血沼壮士」（＝さゝだ男）が追って投身し、後から「菟原壮士」が太刀を持って入水したとある。(5)

なぜ、『万葉集』内で関係のない歌と話とが、『草枕』では一つに結ばれたのか。何が結ぶことを可能にしたのか。この問題を提起し、伝承文学および芸能が『草枕』にもたらした行為の次元を顕在化したい。

二　ミッシング・リンク

那美は『草枕』のなかで「長良の乙女」が詠んだとされている「あきづけば、をばなが上に、おく露の、けぬべくもわは、おもほゆるかも」(三)(「あきづけば、をばなが上に置く露の、けぬべくもわは、おもほゆるかも」(四))という歌を画工の寝ているわきで、あるいは、画工の前で、何度も詠み上げる。述べたように、もとは『万葉集』の「長枝娘子」の歌である。そもそもなぜ、『草枕』では、「長枝娘子」の歌を「ながえ」ではなく、「長良の乙女」の歌としたのか。本章は何らかの核となるつながりが失われていることを疑い、捜し出し、回復する試みである。

先に見通しを示そう。昔話として広く分布する「長柄橋」の人柱の伝説が響いていると考えられる。「長柄橋」自体は、『古今和歌集』の「仮名序」にも出てくる。[6] 漱石は沢田東江による書道陰刻『古今和歌集序』を所蔵していた。[7] そこには「紀貫之」の「仮名序」が載る。歌が果たしてきた種々の役割が述べられた最後に、「長柄の橋もつくるなりと聞く人は、歌にのみぞ心を慰めける」[8] とある。(摂津の)長柄の橋ですら尽きてしまっていると聞く人は、長柄橋の歌でのみ、心の慰めを得ているという。これほどまで古来、歌に詠まれてきた橋だ。

この橋はまた、人柱を使った橋として著名である。[9] 多くの昔話のヴァージョンがある。[10] 本章では、江戸初期、寛永ごろの写しと推定されている奈良絵本より御伽草子「長良の草子」を取り上げよう。[11]

ながら川は橋を架けても一夜で流れてしまう。白いマチの入った小紋の袴を着ている者がいれば、絡めとり、橋柱として立てて架ければよいと占いに出て、平清盛は「小紋の袴に白いマチを入れて着ている者を差し出した者には厚遇する」という立て札をした。すると、「ひやうへ」(兵衛)の女房が、小紋の袴に白いマチを入れて「ひやうへ」に着せ、通告する。「ひやうへ」の女房は三〇〇両と小袖一〇襲をもらう。「ひやうへ」は捕らえられたさい、自分の女房を二本の柱のうちの一本の橋柱にすることを進言し、受け入れられ、夫婦とも橋柱にされる。「ひやうへ」の一人娘「玉しゆ」（玉寿）は、母方の叔母に養われた。叔母は臨終にあたり、「玉しゆ」を近づけて「口をきくではないよ、あなたの母は、口をきいたその咎で、舌を抜かれて、長良の橋柱に立てられたぞよ。きかないその口で念仏をし、経を読み、父母を弔いなさい」と言い残して亡くなった。

「玉しゆ」は、摂津の国の国司三郎に見初められ、三年三月の間、妻とされていたが、その間ついにものを言わない。一門の意見により、国司三郎もやむなく、交野の奥まで妻を送り返すことにする。三郎はあまりに名残惜しい。交野の河原で、雉子が一羽、ほろろと鳴いて飛び立ったので、三郎は、小弓に小矢を取り揃え、雉子を射った。「玉しゆ」は輿《こし》のうちから見て思う。我が親も口をきいたその廉で、橋柱として立つことになったのだと。続けてつぎのような一首を詠む。

ものいはし、ち、はなからの、はしはしら、なかすはきしも、いられさらまし(12)

物を言うまい。父はながら川の橋の橋柱となってしまった。鳴かなければ雉子も射られないのにという歌である。「玉しゆ」はかさねてつぎのような歌も詠む。

けさ君の、つゆかたまかと、とわれしは、おくられ人のなみたなりけり(13)

けさあなたが、露か玉かと問われたのは、送られる人（私）の涙だったと述べる。そして口をきかなかった理由を夫の国司に明かす。国司は喜びの返歌をして、彼女を送り返すことを中止したという話である。

なぜ、『万葉集』の「長枝娘子」の歌が、『草枕』では「長良の乙女」の歌とされ、那美に引き受けられたのか。その謎が一部解けた。『草枕』の奥に、この「長良の草子」に代表される説話が隠されていたのだ。「長良の草子」の「玉しゆ」の歌と、『草枕』の「長良の乙女」の歌とは、「露」を詠み込み、はかない我が身を詠んだ歌である点が同じである。引き寄せられた二つの歌は、消えゆく前になされる女の拝辞として読みうる。『万葉集』「長枝娘子」の歌には元々そのような意味はないのに、『草枕』でその意味合いを持たせられ、「あきづけば、をばなが上に、おく露の、けぬべくもわは、おもほゆるかも」と使われた。この小説は伝承バラッドを別の伝承と組み合わせながら、新たな意味を与えているのである。

三　雉子が鳴く

「長良の草子」が『草枕』の重要な参照先である証拠はそればかりではない。『草枕』で、画工が那美に英語の洋書を日本語に訳しながら読み上げている場面を見よう。その「西洋の本」は George Meredith の *Beauchamp's Career* (1875)(『ビーチャムの生涯』)であることが明らかにされている。(14) 那美の要求で、画工が読み聞かせている最中に、地震があり、雉子が、キキーと羽ばたきながら、藪のなかより飛び出す。

轟《ごう》と音がして山の樹が悉《ことごと》く鳴る。思はず顔を見合はす途端に、机の上の一輪挿《ざし》に活けた、椿がふら〳〵と揺れる。「地震！」と小声に叫んだ女は、膝を崩して余の机に靠《よ》りかゝる。御互の身軀《からだ》がすれ〳〵に動く。キヽーと鋭どい羽搏《はばたき》をして一羽の雉子《きじ》が藪の中から飛び出す。

「雉子が」と余は窓の外を見て云ふ。

「どこに」と女は崩した、からだを擦寄《すりよ》せる。余の顔と女の顔が触れぬ許りに近付く。細い鼻の穴から出る女の呼吸《いき》が余の髭にさはつた。

「非人情ですよ」と女は忽《たちま》ち坐住居《ゐずまひ》を正しながら屹《きつ》と云ふ。

「無論」と言下に余は答へた。（九）

ここで鳴き声を上げながら飛び出す鳥は、『草枕』の他の場面で出てくる「雲雀」（一）や「鶯」（十二）ではなく、やはり、「雉子」でなければならなかった。息がかかるほど画工と那美とがいったん寄り合うが、那美は居住まいを正し、情けを宙づりにする。

『ビーチャムの生涯』で彼らの読んでいた部分は、ちょうど強いられた結婚をしていて婚家へ帰りたくない女を救い出そうと男が決心した箇所である。[15] 那美も、京都の男と城下の男とに懸想され、好きではないほうの「城下へ御輿入」（二）した経験の持ち主である。長柄橋伝承の一つの「長良の草子」で、「唖」と思われていた女が実家に送り返される道中、雉子の鳴き声がして、その声を聴き、おもわず歌を詠み、口をきいたのが転機となった。『草枕』においてきわどい場面で雉子が鳴き出すのは「長良の草子」を引き継いでいたのである。

那美は「長良の話」（四）を聞かせてやっていた当時の奉公人の婆さんから「長良の乙女」に似ていると言われていたほどである。那美は、「長良の乙女」による「あきづけば、をばなが上に、おく露の、けぬべくもわは、おもほゆるかも」と、「長良の草子」で「玉しゆ」が詠んだ「けさ君の、つゆかたまかと、とわれしは、おくられ人のなみたなりけり」とが似通っていることも、知っていたように設定されているのだろう。[16] 那美が「あきづけば（……）」の歌を詠み上げるのは、婚家から出戻った自分にふさわしい歌とみなしていたからなのだった。そのことも「長良の草子」を介してようやく明確になる。

そのうえ、親の入水から娘の破局に至る「長良の草子」の展開と、「長良の乙女」自ら入水したという破局の顚末とは、類似した流れになっていることに注意したい。伝承物語の世界ではそれらは類話のうちである。一連の語句の順序が違えられることは頻繁に起こる。同じくこのような昔話の論理により、「長良の草子」を背後に抱える『草枕』の「長良の乙女」は、男たちの争いを見かねて入水する『万葉集』の「蘆屋処女」と重ねられた。『万葉集』中で無縁な「長枝娘子」と「蘆屋処女」との間には、入水、破局という展開を持つ御伽草子をめぐる話が置かれていたのだ。那美という『草枕』の中心人物は、それら古い歌や物語を我が身に受けとめて振る舞うようにはじめから作り込まれていた。

四　祟り

『万葉集』「長枝娘子」の歌が『草枕』中でなぜ、「長良の乙女」の歌とされ、なおかつ、その「長良の乙女」がなぜ、『万葉集』中の入水した「蘆屋処女」（＝菟原処女）と結びつけられたのかということについて、背後に、御伽草子で知られる長柄橋伝承が隠されていたと解明してきた。前述のとおり、「長良の草子」の女主人公「玉しゆ」の父母は橋柱にされた。口をつぐんでいた理由を夫の国司に分かってもらい、父の菩提を弔ってもらって初めて、橋柱になった父母の「霊魂」らしきつがいの鳥がいなくなる。ようやく成仏されたらしいと町の噂が流れる。

那美もまた、入水者たちからの「祟り」を背負っていよう(17)。馬子の源兵衛は、鏡が池のことを「ずつと昔」の「志保田の嬢様」が、梵論字との結婚を認められず、身を投げた池であり、そのことを「全く祟りで御座んす」（十）と言っている。志保田那美に祟るのは「長良の乙女」や入水に至った先祖の「志保田の嬢様」であろう(18)。

那美は、「長良の乙女」が自死したことに否定的である。「第一、淵川へ身を投げるなんて、つまらないぢやありませんか」「さゝだ男もさゝべ男も、男妾《おとこめかけ》にする許《ばか》りですわ」（四）と画工に言う。一方で、彼女は、先祖の女が身を投げたその鏡が池に「私《わたくし》は近々投げるかも知れません」「私が身を投げて浮いて居る所を――苦しんで浮いてる所ぢやないんです――やすくと往生して浮いて居る所を――奇麗な画にかいて下さい」（九）と言う。

『草枕』の那美は、入水者を引き受けながらも、呪いを否定する立場を取ってみせる。ゆえに『万葉集』中の入水していない「長枝娘子」からではなく、長柄橋伝承の一つの「長良の草子」から名前を取った「長良の乙女」の歌に自身を重ねる。しかしながら、『ビーチャムの生涯』を画工と二人で読む最中、雉子の鳴き声を耳にしたとき、那美は、雉子も鳴かなければという歌を詠んだ「長良の草子」の「玉しゆ」のように男の愛情を獲得する方向には進まない。むしろ男を牽制して、「非人情」だと念を押す。そのような女主人公の背後にはまだ他に隠されている話がありそうだ。

五　浄瑠璃、歌舞伎の動きを取り込む

並木宗輔（立作者）・安田蛙文（脇作者）の共作になる「摂津国長柄人柱《つのくにながらのひとばしら》」という浄瑠璃がある。初演は大坂豊竹座、一七二七（享保一二）年八月一五日である。同年一一月万太夫座で、歌舞伎でも上演された。その後は浄瑠璃でのみ上演され、嘉永年間に二回、歌舞伎での上演があった。明治に入り、歌舞伎で、一八七五（明治八）年四月、大阪の堀江芝居にて「摂津国長柄人柱」の「岩次兵衛籠ぬけの段」[19]が、また、一八七七（明治一〇）年六月、京都の道場演劇という劇場にて「続八幕」[20]が上演された。浄瑠璃と歌舞伎とは大筋をほぼ同じくする。

「摂津国長柄人柱」では、『草枕』の那美が放つような、男勝りの近代女性的と見える要素がすでに実現されている。ここでは、一九〇〇（明治三三）年に刊行された『並木宗輔浄瑠璃集』（続帝国文庫）に拠ろう。おおよそつぎのよう

な話である。[21]蘇我入鹿が権力を握り、皇極天皇との婚姻を目論んでおり、藤原（中臣）鎌足がそれを阻止しようとしている。鎌足の娘、藤照姫は、入鹿の従兄弟である石川光成の許嫁だが、彼のもとへ「三行半《みくだりはん》」[22]を届けようとする。このあたりからして、那美側から亭主を「離縁」（十二）したという『草枕』の過激さと通ずる。実際の書簡の中身は、共謀して蘇我入鹿に誅伐を加えようではないかという「神文《しんもん》」であった。

その藤照姫は、皇極天皇をかくまう鎌足の屋敷に、入鹿が誘き入れられたとき、皇極天皇の身代わりになっていた。彼女は閨で入鹿を刺そうとする。だが、入鹿は帝（じつは藤照姫）の刃をもぎ取って、「恋の叶はぬ恨《うらみ》、思知れと突通《つきとほ》す」[23]。藤照姫は殺される。しかし、藤照姫が入鹿に向かって刃を振り回すあたり、「九寸五分」の「短刀」（十二）を振り回したり、投げつけたりする那美の、明らかな先達である。

『万葉集』後、『大和物語』で継承された「さゝだ男」（＝血沼壮士）と「菟原壮士」とのライバル争いでは、太刀を持たずに入水した「さゝだ男」がこの世に一時現れ、旅人に太刀を借り、「年ごろねたき者うち殺し侍りぬ」と報告までする後日談が付く。[24]謡曲「求塚」では、二人の男は刺し違えて死ぬ。[25]『草枕』で「短刀」を振り回すのは、他ならぬ女のほうであることに注意したい。極端な身体表現の背後には、芸能の身体が控えていた。

「摂津国長柄人柱」はつぎのようにつづく。入鹿は都を津の国長柄に遷すことにする。長柄の村は「一万貫」の用意を言いつけられた。村中金策に苦しみ、岩次の妻「おこと」は、岩次に秘密で、自分の連れ子の娘「およ」を傾城屋に売って金を作ることにした。岩次が「けん〳〵と、ほえる」[26]雉子をしとめて帰ってくる。そこへ「六十八の年」の者をという呼び出しが掛かった。

入鹿の仰せにより、長柄村の橋を、人柱をもって成就させるため、六八歳の男を人柱にさせるという。みな嫌がるのを、岩次の提案で、めいめいの袴を河へ投げ込み、沈んだ袴の持ち主を人柱と定めることにした。沈んだのは、岩次の袴だった。[27]妻の「おこと」がやってきて泣いて言うには、その袴のマチの継ぎに、傾城屋から得た金「七両一分」を岩次に隠して縫いこんであったのだから沈むはずだと。折から傾城屋が来て「金戻すか娘を渡すか」と迫る。「おこと」は、金を用意できない夫の水牢を避けるべく娘を売ったのに、そこまでして得た金がかえって夫の害となったと、自害する。傾城屋には役人が金をやる。壮絶な場面である。

娘も母も二目とも、見るに甲斐なき親子の別《わかれ》、母は血汐《ちしほ》を繰出《くりだ》し〱、娘、親父殿のあの姿《なり》は、此世の乞食冥途《めいど》の餓鬼道《がきだう》、我此姿《わがこのなり》は修羅の猛火、赤いか〱、赤いが直に火の車、引けや〱と引く息の、弱るにつれて憂別《うきわかれ》、喃母様《なうかゝさま》と執着《とりつ》いて、泣くも敢なき最期の体、見る父親《てゝおや》は気も消え〱、泣くな娘もう叶はぬぞ、父も今行く去らばぞよ、今日帰るさに雉子《きじ》打つて、薦《こも》に包みし其如く、此姿を見よ日干《ひぼし》の簀《す》もり、雉子の鳴音《なくね》で打《うた》れたも、我と我でにいひ出して、袴の襠《まち》のつぎ柱、思へば雉子がしらせたか、雉子も口故、我も口故、あの水底《みづそこ》が我楼処《わがすみか》、(28)

娘の「おこよ」は泣き崩れ、「物いはじ、父は長柄の人柱、雉子も鳴かずば打れまじものを」と歌を供え、自分も長柄の水の泡になろう、後れをとるまいと飛び入ろうとする。ところへ鎌足が抱き留め、「汝今死ぬる命、入鹿に近寄り一太刀《ひとたち》討《う》つて父に手向《たむ》けよ」と「一ツの鎌」を与える。(29)

入鹿は人柱をもって橋の建造を成就し、遷都した長柄の地で、民の金銀を取り集め、禁裏を建築した。石川光成が入鹿に、ある日「なには女《め》の歌舞《かぶ》、蘆苅《あしか》る業《わざ》のしほらしさ」を叡覧に入れようと提案する。「おこよ」の扮する難波女が鎌を持って舞い出す。

芦のはぐさの露の玉、心を磨く種ならば、人に見せばや津の国の、長柄わたりの春景色《はるげしき》、舟漕渡《ふねこぎわた》る蜑小舟《あまをぶね》、かたはの芦に棹さして、波に揺るゝ風情《ふぜい》とは、大宮人も詠じけん、きくにはしものおきな草、からよもぎとは誰が云ひし、秋の薄《すゝき》の穂にいでゝ、尾花と云ふも理《ことわ》りや、人はともいへ我為に、此水底《みなそこ》は父の里、往来の人のあしのはに、かゝり給ふは悲しやと。(30)

この「おこよ」が舞いながら歌う言葉には、『草枕』那美の要素が凝縮されているようだ。那美は「長良の乙女」の歌「あきづけば、をばなが上に、おく露の、けぬべくもわは、おもほゆるかも」(三)を繰り返し、画工の前で詠み上げる。『万葉集』では「長枝娘子」の歌なのに、『草枕』では「長良の乙女」の歌とされた理由についてすでに御伽草子「長良の草子」から解いた。

しかしそのうえに、「摂津国長柄人柱」が重なっていたのである。「露」によって心が表現されているばかりでない。秋の「をばな」まで共通する。より踏み込めば、「那美」という女主人公名ですら、入水自殺を止められ、計画殺人のために、身体を揺らせて舞う「おこよ」の歌の節にある「波」から採られたのかもしれない。(31)さらに言えば、画工が馬子から那美の先祖の身投げのことを聞き、「鏡を懐にした女は、あの岩の上からでも飛んだものだらう」(十)と考えたその岩の上に、那美が立っているというのも、「摂津国長柄人柱」に見られるように、長柄橋伝説で「人柱」となる者の名字とされがちな「岩次」(あるいは「岩氏」(32))と呼応する。

「おこよ」は舞いの蘆刈の所作に使っていた鎌を閃かして入鹿を殺そうと飛びかかる。それも、那美による短刀の閃かしと同一である。いや、いっそう凄まじい。両者を並べて引用しよう。さきに「摂津国長柄人柱」からである。

娘が身拵《みごしら》へ、鎌閃《ひらめ》かして立向ひ、ヤア〳〵入鹿、おことが吩附《いひつけ》人柱に入たる岩次が娘、鎌足公の情《なさけ》に依《よ》つて、お家の重宝《ちようほう》かたはの鎌、神々の力をかつて親の敵討を留《と》める、覚悟せよと飛《とび》かゝる、(33)

つぎに『草枕』の那美による刀の振り回しを掲げる。

女は、左の手を落とした儘、右の手を風の如く動かした。閃くは稲妻か、二折れ三折れ胸のあたりを、するりと走るや否や、かちりと音がして、閃めきはすぐ消えた。女の左り手には九寸五分の白鞘《しらさや》がある。姿は忽《たちま》ち障子の影に隠れた。余は朝つぱらから歌舞妓座を覗いた気で宿を出る（十二）。

縁側から見ている画工が「歌舞伎座」の演技を覗いた気になるほどの那美の刀さばきである。画工の脳裏から歌舞伎の「摂津国長柄人柱」が呼び出されたという含みもあるかもしれない。宿を出た後も画工は那美の「所作」について思いを巡らせる。「あの女を役者にしたら、立派な女形が出来る」「あの女の所作を芝居と見なければ、薄気味がわるくて一日も居たゝまれん」などと考えつづけ、「芝居気がある」（十二）行為の評価に移るのだ。

これまで費やしてきた論証によって明らかになったのは、『草枕』による試みは、古典をふまえながらそれを投げ打つというような、近代の逆転劇を狙っているのではないということである。[34]『草枕』にとって何より重要なのは、この叙述の厚みには、受け継がれてきた世界[35]を喚起する人形の身体、また、伝統的にその人形ぶりを真似て演ずる歌舞伎役者の身体[36]によって練り上げられてきた行為の次元が埋め込まれている。

集積されてきた言葉と身体とが他の芸術作品に送り込まれてゆく。織り上げられてきたドラマからその衝撃性が取り出され、深化が続く。『草枕』が与しているのはそのような、言葉と身体とが相互に産出を促しあう運動なのである。

「摂津国長柄人柱」の立作者である並木宗輔は、僧だったが、還俗後、豊竹座に入座し、一七四〇（元文五）年まで豊竹座立作者の地位にあった。豊竹座では陣容の関係で女性の活躍する曲づくりが求められたため、封建社会下で何らかの行為を起こそうとする女性の刻苦を多く描いた。(37)「摂津国長柄人柱」が初演された享保のころ、武術が奨励される時代の空気のなか、その果てに「「女形が荒事する」趣向」が喜ばれるようになったという歴史的事実がある。(38)『草枕』那美の型はこのように享保の時代物全盛期まで遡ることができる。ならば、漱石の描く女性であれば近代的と位置づけ、近世に創作された、それ以前の古典を象った女性を前近代的と区分けすることは、もはやできないであろう。漱石という創作者が何らかの舞台を見て、あるいは、台本から想像し、短刀を投げつけられたかのようなずきを感じた可能性を退けてはならない。(39)漱石の体内に仕込まれているのは同時代文学ばかりではない。むしろ、ジャンルをかるがると越え、語られ、演じられてきた芸術全般の世界を背負う活動こそが創作者の身体に叩き込まれている。その全体像を明らかにすることが求められていよう。

鮮やかな身体が近代文学の文字から飛び出してくる理由を、近代の文字のなかだけで探っていても、当の近代文学から後れをとるばかりであろう。文字だけに拠らない芸能、あるいは、口承で身振り手振りをまじえて伝えられてきた複数の話が、前近代の文学と同様、近代文学の産婆役を果たしている。身体性を取り込みつづけて動態をはらんだ言葉という視野を手に入れなければ、なぜ文学が、躍動する身体を扱うことが可能なのか、その理論的解答すら出ない。

(1)『草枕』初出は『新小説』第一一年第九巻、明治三九（一九〇六）年九月一日。引用は『漱石全集』第三巻、岩波書店、一九九四年より行う。章番号を付記する。ルビは現代仮名遣いで振り直した。傍点は引用者による。

(2) 橘千蔭『万葉集略解』（寛政三（一七九一）年序）巻第八、江戸書肆　蔦屋重三郎・前川六左衛門、尾張書肆　永楽屋東四郎、寛政八（一七九六）年八月刻成、文化九（一八一二）年三月発行、四十一丁裏―四十二丁表。ルビ、句読点は原文どおり。以下同じ。漱石旧蔵書は、名古屋　東壁堂、寛政一二（一八〇〇）年発行。なお、先行研究において漱石旧蔵『万葉集』関係書は同書のみとされてきたが、実際は、佐々木信綱による『類聚古集解説』も漱石文庫にある。『類聚古集』とは、平安時代末期、藤原敦隆が『万葉集』の歌を題目によって分類し、再編成した最古の分類万葉集である。江戸中期のころ写された唯一の古写本の、烏丸家に伝来した中山本を、上田万年の発議で、弓山煥文堂よりコロタイプ版印刷が行われ、全一九巻が出版された。その解説も和綴じ本で第一帙のなかに含まれ、独立して取り出せるようになっていた（煥文堂、大正三（一九一四）年）。以下の注で、『草枕』発表時より後の出版であっても漱石および明治・大正期の同時代の継続的関心を示す書物を挙げてゆく。

(3) 表記は『草枕』および前掲『万葉集略解』に従う。このエピソードが『万葉集』および『大和物語』等にあることについての系統だった説明はつぎの先行研究によってなされた。難波喜造「『草枕』と処女入水伝説」（『日本文学』第三〇号、一九八一年一月、八四―八八頁）、松村昌家「明治の作家とイギリス文学――逍遥から漱石へ」（『日本文学と外国文学――入門比較文学』英宝社、一九九〇年、八〇―八一頁）、佐竹昭広「漱石と万葉集」（初出『文学』第一〇巻第四号、一九九九年一〇月、『萬葉集再読』平凡社、二〇〇三年、一九一―二〇四頁）。

(4) 前掲『万葉集略解』巻第九、四十六丁表―四十七丁裏、五十丁表―五十一丁表。

(5) 前掲『万葉集略解』巻第九「見菟原処女墓歌一首并短歌」につぎのとおりある。万葉仮名は省略する。「ちぬをとこ　うなひをとこの　ふせやたき　すゝしきそひて　あひよばひ　しけるときに　やきだちの　たがみおしねり　しらまゆみ　ゆぎとりおひて　みづにいり　ひにもいらむと　たちむかひ　きそへるときに　わぎもこし　はゝにかたらく　しづたまき　いやしきわがゆゑ　ますらをの　あらそふみれば　いけりとも　あふべくあれや　しゝくしろ　よみにまたむと　こもりぬの　したばへおきて　うちなげき　いもがいぬれば　ちぬをとこ　そのよゆめにみ　とりつゞき　おひゆきければ　おくれたる　うなひをとこも　いあふぎて　さけびおらび　あしずりし　きがみたけびて　もころをに　まけてはあらじと　かきはきの　をだちとりはき　ところづら　とめゆきければ」（五十丁表―五十一丁表）。

(6) 「長枝娘子」が「長良乙女」になったわけについて、上田正行がすでに、『古今集』序にある「長柄」、あるいは、蕪村の「やぶ入や浪花を出て長柄川」（「春風馬堤曲」）が漱石の念頭にあったのであろうと推測している（「物語の古層＝〈入水する女〉――『草枕』と『春昼』」（初出『国語教育論叢』第六号、一九九七年三月、『鷗外・漱石・鏡花――実証の糸』翰林書房、二〇〇六年、五一二頁））。

(7) 沢田東江書『古今和歌集序』文淵堂伊八梓行、安永八（一七七九）年。

(8) 『古今和歌集』小沢正夫校注・訳、小学館、一九七一年、五六頁。中世より、「尽くる」か「造る」かで読みが分かれてきた箇所だが、前者で解釈する。

（9）『和漢三才図会』巻第七十四「摂津」には長柄にある「大願寺」の説明にこの話が載る（『和漢三才図会』明治二一（一八八八）年、中近堂、三四一頁）。『河内名所図会』では巻之六の「交野郡《かたのこほり》」の「長者故居《ちやうじやのこきよ》」に、人柱となった者の娘の話まで載る。記載された歌は「物いはじ父はながらの人柱きじも鳴《なか》ずばいられまし（じ）物を」である（『河内名所図会』巻之六、皇都書林　出雲寺文次郎ほか、浪華書林　高橋平助ほか。享和元（一八〇一）年、四十三丁表裏）。

（10）『草枕』で書が「まづい」（八）と言われる頼山陽の漢詩に詠まれ、漱石も『木屑録』で詠み込んだ（『漱石全集』第一八巻、岩波書店、一九九五年、八〇、八一頁）景勝地の、耶馬渓ふもとにある高瀬川にも人柱伝説が残る（赤松文二郎「人柱（豊前）」『日本及日本人臨時増刊　郷土光華号』大正四（一九一五）年一〇月、三六八頁）。肥後の昔話にもある。縦縞に横縞のフセをした人を人柱に立てるとよいと言った本人の着物がそうなっており、人柱にされたという話である。嫁入り先で無口を通すその娘の歌は「世の中にいうまいものがはぶて口、雉も鳴かずば撃たれまいものを」である（『肥後昔話集』（全国昔話資料集成　六）岩崎美術社、一九七四年、四〇頁）。狂言「きんや（禁野）」はよく知られる。ながらの橋の人柱に立った者の娘の歌として「ものいへば父はながらの人ばしら、鳴ずは雉子も射られまじきを」が出される（「きんや」笹野堅校訂『能狂言』（上）岩波文庫、一九四二年、二七四―二七九頁）。能にも「禁野」がある（『未刊謡曲集』田中允編一、古典文庫、一九六三年、一六一―一六五頁）。南北朝一四世紀の成立と考えられている安居院の『神道集』にも摂津の長柄橋の話が載る。そこに載るのは「物いへば長柄の橋の橋柱鳴かずば雉もとらへざらまし」（『神道集』（東洋文庫九四）貴志正造訳、平凡社、一九六七年、一一四頁）という歌である。

（11）『室町時代物語大成』第一〇、横山重・松本隆信編、角川書店、一九八二年、一七五―一八一頁。

（12）前掲『室町時代物語大成』第一〇、一八〇頁。

（13）前掲書、一八〇―一八一頁。傍点は引用者による。これに類似した歌「露か玉かなにかと人のとふものはきえ帰りぬるわかなみたかな」を載せた後日談は、『国花万葉記』第七巻に収められた、一無軒道冶《いちむけんどうや》『芦分船』の大願寺のくだりにある（一無軒道冶『難波名所／芦分船』巻六（延宝三（一六七五）年）十二丁裏―十四丁表、『芦分船他』（近世文学資料類従　古板地誌編十八）勉誠社、一九七六年、二三六―二三九頁、影印）。こちらの歌のほうがいっそう、「あきづけば、をばなが上に置く露の、けぬべくもわは、おもほゆるかも」に類似した語彙を用いているといえる。

（14）板垣直子『漱石文学の背景』鱒書房、一九五六年、一〇一―一〇五頁。『草枕』に見られるメレディスの受容については、飛ケ谷美穂子「『草枕』の底流――メレディスの詩句をめぐって」（『比較文学』第三五巻、一九九三年三月）、「『ビーチャムの生涯』と漱石――『草枕』の「西洋の本」」（『比較文学』第三七巻、一九九五年三月、『漱石の源泉――創造への階梯』慶應義塾大学出版会、二〇〇二年、八六―一一七頁）に詳しい。

（15） George Meredith, *Beauchamp's Career*, vol. 1 (The Works of George Meredith, Memorial Edition, vol. XI), London: Constable & Co., 1910, pp. 78–79. 漱石旧蔵書は *Beauchamp's Career* (The Works of George Meredith), London: Constable & Co., 1902.

（16） 那美の使っていた用箪笥には書物が詰めてあり、一番上には「白隠和尚の『遠良天釜』と、『伊勢物語』の一巻」が並んでいる（四）。

（17） 尹相仁も那美が「祟られた女」として描かれているという視点で論じる（「浪漫的魂の行方――『薤露行』から『草枕』へ」（『へるめす』第三四号、一九九一年一一月、『世紀末と漱石』岩波書店、一九九四年、二七〇―二七一頁））。

（18） 高田知波が「嬢様」という普通名詞だけで語られて成り立つ「伝説の風趣」について指摘している（「「女」と「那美さん」――呼称から『草枕』を読む」（『解釈と鑑賞』二〇〇五年六月、『姓と性――近代文学における名前とジェンダー』翰林書房、二〇一三年、一九〇頁））。

（19） 『近代歌舞伎年表　大阪篇』第一巻、国立劇場近代歌舞伎年表編纂室編、八木書店、一九八六年、二八〇―二八一頁。他に、「長良人柱由来」などの題で同趣向の歌舞伎が上演されている。

（20） 『近代歌舞伎年表　京都篇』第一巻、国立劇場近代歌舞伎年表編纂室編、八木書店、一九九五年、二二七頁。

（21） 近松門左衛門作『大職冠《だいしょかん》』に代表される、藤原鎌足と蘇我入鹿との抗争をめぐるストーリーに、摂津国長柄の人柱伝説を取り入れた作品である（池山晃「解題」『豊竹座浄瑠璃集』一、国書刊行会、一九九一年、四一三頁）。本書第六章でも『三四郎』を論じて明らかにしたように、漱石はこの古代の王権抗争に関心を抱いていたことが推察できる。

（22） 『並木宗輔浄瑠璃集』（続帝国文庫）博文館、一九〇〇（明治三三）年、六四四頁。以下、漢字は通行の字体にし、ルビを適宜省略して引用する。

（23） 前掲書、六六八頁。

（24） 「やまと物かたり」（『日本文学全書』第六編、萩野由之・小中村義象・落合直文校訂、博文館、一八九〇（明治二三）年、七三―七八頁）。

（25） 漱石旧蔵書にある『謡と能』（『日用百科全書　第四十五編』大和田建樹編、博文館、一九〇〇（明治三三）年）には、四七―四八頁に「求塚」の解説が載る。

（26）前掲『並木宗輔浄瑠璃集』六八〇頁。
（27）先述した耶馬渓の人柱伝説について、漱石も所蔵する徳富猪一郎『山水随縁記』に、「耶馬渓に於ける昔譚」という段があり、同じく人柱決定方法を発議した地頭の袴が沈み、彼が人柱に立つことになったが、身代わりを名乗る母子がいたという昔話が載る。八幡鶴市神社には彼女たちが祀られるとある（『山水随縁記』民友社、大正三（一九一四）年、一二三―一二五頁）。漱石は耶馬渓を明治三二（一八九九）年正月に訪れた（村上霽月宛明治三二年一月七日付賀状、狩野亨吉宛同年一月一四日付書簡（『漱石全集』第二二巻、岩波書店、一九九六年、一五五―一五六頁））。
（28）前掲『並木宗輔浄瑠璃集』六九〇―六九一頁。傍点は引用者による。頻繁に上演されるのはこの人柱伝説が組み込まれた四段目である（池山晃「解題」前掲『豊竹座浄瑠璃集』一、四一四頁）。
（29）前掲『並木宗輔浄瑠璃集』六九一―六九二頁。『草枕』では最後に那美が、日露戦争に出征する従弟の久一に「短刀」を投げ与える（十二）。
（30）前掲『並木宗輔浄瑠璃集』六九四頁。傍点は引用者による。
（31）東郷克美は「志保田那美」を「塩田波」を表す万葉仮名と見て、彼女を「水の女」とした（「『草枕』水・眠り・死」『夏目漱石必携Ⅱ』竹盛天雄編、学燈社、一九八五年一二月、一一七頁）。
（32）説話群のほかに、大阪の松島八千代座で、一九一八（大正七）年一〇月一五日を初日として昼夜二回ずつ上演された「長良の人柱」四場の配役でも「岩氏」とある（『近代歌舞伎年表　大阪篇』第六巻、国立劇場近代歌舞伎年表編纂室編、八木書店、一九九一年、三二四頁）。
（33）前掲『並木宗輔浄瑠璃集』六九六頁。
（34）従来、典拠とつなげる場合も、『草枕』が「現代の物語として誕生した」（上田正行「『草枕』――典拠を無化するテクスト」『国語と国文学』（特集　近代文学における「典拠」）二〇一〇年五月、六五頁）とする読み方が主流であった。
（35）浄瑠璃や歌舞伎で繰り返し上演されるにつれ、筋立てや人間関係が定まってくるさまを歌舞伎で「世界」という。その「世界」をもとにさらなる芝居が作られ、生産活動が続く。
（36）歌舞伎役者は通常、人形的な身体を演ずる（兵藤裕己『演じられた近代――〈国民〉の身体とパフォーマンス』岩波書店、二〇〇五年、四九頁）。
（37）内山美樹子「並木宗輔」『日本古典文学大辞典』第四巻、岩波書店、一九八四年、五五三頁。

(38) 近石泰秋『操浄瑠璃の研究』風間書房、一九六一年、四五二頁。なお、『草枕』では、観海寺の和尚が「享保の頃の学者の字」(八)を褒めている。

(39) 漱石は謡のみならず、義太夫を好み、たとえば一九一二(大正元)年一二月三、四日には二日連続、新富座へ義太夫節三代目越路太夫を聴きに行っている(日記一一E)(『漱石全集』第二〇巻、岩波書店、一九九六年、四一三頁)。前日の一二月二日付津田青楓宛書簡では、小説(『行人』)をまだ二回しか書いていないのに、「あしたも越路を聞きに行きます。親の目を忍んで女に会ふやうな心持がします」と記している(『漱石全集』第二四巻、岩波書店、一九九七年、一二二頁)。

第一三章　古い宗教の生々しい声と『行人』

一　モハメッドと神

『行人』は五か月近くの中断を挟んで発表された「塵労」という章を持つ。その大部分が、Hさんが長野二郎に宛てた長い書簡である。一郎が自分をどう思っているのかが気になる二郎が、家族の意向として、一郎の大学の同僚であり、友人のHさんに旅行に連れ出してもらい、一郎に関する報告を求めたのである。旅で一郎は、自身を超えられる告知を探し求めて呻きや叫び声を挙げていた。Hさんはそれをまとめて伝える必要性を感じるようになる。

たとえば一郎は、といってもHさんが書簡中に直接話法で引用した箇所だが、「僕は明《あきら》かに絶対の境地を認めてゐる。然《しか》し僕の世界観が明かになればなる程、絶対は僕と離れて仕舞《しま》ふ」（「塵労」四十五）[1]と「世界観」という言葉を用いる。しかしながら、Hさんは「私が兄さんから思ひ掛けない宗教観を聞かされたのは其宵《そのよい》の事です」（四十三）と、「宗教観」という言葉でまとめ、一郎に知らせた。Hさんはなぜそう記したのか。一郎は「死ぬか、気が違ふか、夫《それ》でなければ宗教に入《い》るか。僕の前途には此《この》三つのものしかない」（三十九）とHさんに述べた。Hさんは、一郎の頭が「血と涙で書かれた宗教の二字が、最後の手段として、躍り叫んでゐる」（三十八）状態であると認めるに至った。一郎を「死」からも「気が違ふ」ことからも救おうとするならば、「宗教」に導く以外にない。Hさんの書簡には、一郎を「死」や「気違《きちがい》」（三十九）に追いやらないために行った試みがしたためられることになった。

Hさんは二郎をはじめとする長野家へつぎのような警告を発している。「尋常《じんじよう》を外れて来」る一郎の言葉について書きながら「相手が若《も》し私《わたくし》のやうなものでなかつたならば、兄さんは最後迄行《までゆ》かないうちに、純粋な気違として早く葬られ去つたに違《ちがい》ありません」（四十四）。一郎を「気違」として葬りそうな第一として目されているのは書簡の宛先の二郎であろう。Hさんは、二郎に、一郎の抱く思想に対する注視を求めたといえる。

Hさんは死か狂気か宗教かの三つの選択肢からせめて「宗教」を選ばせるために、一郎に対し、宗教的呼びかけをする。Hさんは「兄さんは早晩宗教の門を潜《くゞ》つて始めて落付《おちつ》ける人間ではなからうか。もつと強い言葉で同じ意味を繰り返すと、兄さんは宗教家になる為《ため》に、今は苦痛を受けつゝあるのではなからうか」（三十二）と、「宗教家になる為」の道中に一郎がいると把握した。Hさんは初め、一郎に「モハメツド」（三十九）について話題にしたという。二郎への手紙には、自分が学校にいたころ、モハメッドについて伝えられた話を「何かの書物で読んだ事があります」（三十九）と書いている。その話はHさんの手紙のなかでつぎのように紹介される。

モハメッドは大きな山を自分の足元へ呼び寄せるといって群衆を集めておきながら、山に命令しても山が動き出さなかったために、「山が来て呉れない以上は、自分が行くより外《ほか》に仕方があるまい」（四十）と言って山の方へ歩いていった。この話の入手源については漱石自身が「不言之言」で述べるとおり、フランシス・ベーコンの論文集にある。(2)

Hさんはなぜここでモハメッドを持ち出したのか。英国の思想家、トーマス・カーライルが一八九七年に発表した『英雄崇拝論』の第二講は「預言者としての英雄」という題でモハメッドを扱っている。これは西洋におけるモハメッドのイメージを覆し、英雄として評価した画期的著作である。明治期、立て続けに一八九三（明治二六）年に石田羊一郎・大屋八十八郎訳(3)が、一八九八（明治三一）年に土井晩翠訳(4)が、一九〇〇（明治三三）年に住谷天来訳(5)が出され、評判を呼んでいた。

漱石自身は、原著で二冊、所持している。一冊目は *Sartor Resartus; Heroes and Hero-Worship; Past and Present* であり、二冊目は *The Hero as a Prophet*（Maynard's English Classic Series）である。(6) 後者は、前者の六講座のなかからモハメッドを扱った第二講のみを一冊にした書物である。

Hさんは一郎から「自分に誠実でないものは、決して他人に誠実であり得ない」（三十六）と聞いており、一郎から「自分の周囲が偽《いつはり》で成立してゐる」と「興奮」（三十七）して憤るのも聞いていた。カーライルの考える偉人の第一の特性は「誠実」であることだ。「記憶の好い」（十五）「学者」（二十二）であるHさんが、カーライルがモハメッドについて述べたつぎのような言葉を覚えていて、モハメッドを話題にしたのだろう。

誠実さ、深く大きく混じり気のない誠実さは、多少なりとも英雄的なところのあるすべての人の第一の特徴と言わなくてはならない。(7)

私はむしろこう言いたい、彼の誠実さは自らに依拠したものではない。彼は誠実でおらずにはいられないのだ！(8)

静かで偉大な魂、彼は本気でなくてはいられない類いの一人だった。自然自体がその彼を名指して誠実であれと命じてきたのだ。(9)

私たちがそう名付けたこのような誠実さは、じつに神々しいところがある。このような人の言葉は自然自体の心臓部からまっすぐに発せられた声である。(10)

Hさんは一郎に「何故山の方へ歩いて行《ゆ》かない」（四十）と言ってみたという。一郎は自分には行く必要がないと答え、Hさんは「幸福」のために行くことを提案する。Hさんは一郎のことを「今日迄《こんにちまで》に養ひ上げた高い標準を、生活の中心としなければ生きてゐられない」（四十）人間だと見ている。Hさんは一郎に向かってこう言う。「自分を生活の心棒《しんぼう》と思はないで、綺麗に投げ出したら、もつと楽になれるよ」（四十）。カーライルによるつぎのくだりに見られるように、モハメッドから自己滅却について学ぶことができると示唆するのである。

「神が私を殺すとしても、私は神を信じよう」。イスラムとは、イスラムなりの自己否定、自己滅却を意味する。これはいまなお、天が地上に啓示した至高の叡智である。(11)

モハメッドは自分のすべてを神へと帰依させる思想を説いた。Hさんの言葉を使えば、神を「心棒」にして生きることの提案である。

二　預言者とは何か

Hさんが「自分を生活の心棒《しんぼう》と思はないで、綺麗に投げ出したら、もつと楽になれるよ」と言っているところを見ると、Hさん自身はそのように楽な気持ちで生きていることが表明されているようだ。Hさんは自分のことをどのようにみなして、二郎に一郎の言葉を伝えているかを確認しておこう。

Hさんは手紙で自分のことを「宗教といふものを夫程《それほど》必要とも思はないで、漫然と育つた自然《しぜん》の野人《やじん》なのです」（四十）と卑下する。だが、注意したいのは、カーライルが繰り返しモハメッドのことを“Son of the Wilderness”と呼んでいる。(12) すると、Hさんがモハメッドの話をして自分のことを「自然の野人」と名乗る以上、「野人」に重要な意味が込められていることが分かる。Hさんは一郎に「モハメッド」のような振る舞いを指南しながら、自分こそ「モハメッド」とみなしているということだ。

その理由はつぎに掲げるカーライルの *The Hero as a Prophet* にあるくだりから分かる。モハメッドは奇蹟を行えないことの告白をしている点で誠実だと示される。

　モハメッドは奇蹟を行うことができない。彼はしばしば苛立って答える。私は奇蹟を行うことができない。私は何かって？　私はすべての被造物に教理を説くよう指名された「公の説教者である」(13)。

モハメッドによる自己規定は、神から指名された、神の教理を説く者である。二郎宛に手紙を書くHさんの役割認識を思い出そう。手紙の冒頭に、初めはあなたから頼まれたことを実行する必要がないだろうと考えていたが、五日六日と日を重ねてくると、約束どおりあなたに手紙を上げることが必要だと思うようになったという。日数を重ねるにつれ、必要の度が強く感じられるようになったと書かれていた。

Hさんは自身のことを、一郎という、通常の人間に通じない精神を持った者の「挙動」「言語」「思想」「感情」（二十二）を伝える最後の預言者と位置づけているのではないか。

Hさんにとって一郎に関する報告の手紙を書くことは、神のような不可解な言動をする者の言葉を預かって伝えるモハメッドの役割をすることのように考えられたようだ。そのため、小田原での最後の日に、モハメッドの挿話を一郎に持ち出したのだった。

一郎がそのようなHさんの自己認識を感じ取れないはずがない。モハメッドを引き合いに出しながら一郎を説得しようとするHさんに対し、一郎は「神とは何だ」（四十）と問い始めた。一郎はHさんに言う。

「僕は車夫程《くるまやほど》信用出来る神を知らないのだ。君だつて左右《そう》だらう。君のいふ事は、全く僕の為に拵《こしら》へた説教で、君自身に実行する経典ぢやないのだらう」

私「左右ぢやない」

「ぢや君は全く我《が》を投げ出してゐるね」

私「まあ左右だ」

「死なうが生きやうが、神の方で好《い》いやうに取計《とりはか》つて呉れると思つて安心してゐるね」

私「まあ左右だ」（四十一）

突然、一郎は手を挙げて、Hさんの横面を打つ。「生れて始めて手を顔に加へられた私は其時《そのとき》われ知らずむつとしました」（四十一）とある。

「何をするんだ」

「それ見ろ」

私には此《この》「それ見ろ」が解らなかつたのです。

「乱暴ぢやないか」と私が云《い》いました。

「それ見ろ。少しも神に信頼してゐないぢやないか。矢張《やっぱ》り怒るぢやないか。一寸《ちょつと》した事で気分の平均を失ふぢやないか。落付《おちつき》が顚覆《てんぷく》するぢやないか」（四十一）

Hさんがモハメッド気取りならば、自分は「神」であると一郎は自身を位置づけ、神である自分がHさんを平手打ちしてみたということであろう。Hさんの反発を引き出すことによって、Hさんが「モハメッド」たりえていないことを一郎は証明した。

Hさんが二郎に報じるにあたり、「実を云ふと、私は耶蘇《やそ》にもモハメツドにも縁のない、平凡な唯《ただ》の人間に過ぎないのです」（四十）と書き添えるのは、一郎に打たれたこの経験があるからである。

イスラム教はセム的一神教（ユダヤ教、キリスト教）の系譜に属する啓示宗教であり、モハメッドは神の言葉を預かる最後の預言者とされる。Hさんの自負と反省とが入り混じったこの手紙は、一郎に対する「モハメツド」を目指しながらも惨敗したHさんの記録も兼ねていよう。Hさんは、手に余る一郎の言動を取りこぼさないようにすると同時に、自身が目指したところとそこに届かなかった軌跡とを、文字にして書きとどめた。

三　禅

Hさんからモハメッドの話を聞かせられながら、一郎が何を対立的に思い浮かべていたのかはすぐに分かるようになっている。禅の境地である。Hさんの宗教的呼びかけが効を奏す。他の呼びかけでは一郎を動かすことはできなかっただろう。一郎はその後、「紅《べに》が谷《やつ》」（四十六）の浜で、中国唐代の禅僧「香厳《こうがん》」（五十）の話を始める。この部分は一郎の主導で展開する。暴力を振るってみせる一郎の思考の動きを取り出しておこう。一郎が働いた暴力とはいったい何だったのか。(14)

『碧巌集』第一六則では、一郎が「なりたい」と言い、Hさんが一郎に似ていると二郎宛の手紙に書く「香厳」の言葉が重んじられている。『碧巌集』とは『碧巌録』ともいい、北宋初期の雪竇重顕《せっちょうじゅうけん》が古則百則に対して頌《じゅ》をつけた公案集に、北宋晩期の圜悟克勤《えんごこくごん》が「垂示」「著語《じゃくご》」「評唱」を加えた禅の教本である。漱石は、『再鐫《せん》碧巌集』（小川多左衛門、安政六年）、『圜悟碧巌集』（妙心寺正眼庵新刊、刊行年不明）を所蔵していた(15)。

『碧巌集』第一六則で論じられるのは、啐啄の機という契機である。卵のなかの雛鳥が殻をつつくと同時に、母鳥が殻をつつく。雛が生まれ出る。この同時性が肝腎で、師弟間にも求められる。圜悟は「評唱」で香厳の言ったことをつぎのように取り出す。漱石旧蔵書と同じ、安政六年の版木を用いた書から引こう。

香厳道。子啐母啄。子覚無殻。子母倶忘。応縁不錯。同道唱和。妙玄《ママ》独脚(16)。

〔書き下し文〕

香厳道く、「子啐《そつ》し、母啄《たく》す、子覚して殻無し。子と母と倶に忘ず、縁に応じて錯らず。同道に唱和し、妙玄《ママ》独脚なり」と(17)。

啐啄の機とは、一般にはこのように、機を得て両者の心が投合すること、好機と解されている。しかし『碧巌集』第一六則「評唱」に、一読忘れがたい、驚かされる内容がある。釈迦が生まれて片手は天を指し、片手は地を指して、四方を見回し、「天上天下唯我独尊」と宣言したそのときに出くわしたなら、「一棒に打殺《うちのめ》し、狗子《いぬ》に与えて喫却《くらわ》しめん。貴《ひとえ》に天下の太平を要《もと》めん(18)」と、雲門《うんもん》という僧が言ったという。それについて圜悟は「此《かく》の如くにして方《はじ》めて酬し得ること格好なり。所以《ゆえ》に啐啄の機は皆な是れ古仏の家風なり(19)」と評する。つまり、釈迦による「天上天下唯我独尊」という言葉と同時に、釈迦を打ちのめすことを評価するのである。

「死なうが生きやうが、神の方で好いやうに取計つて呉れると思つて安心してゐるね」と一郎はHさんに確認する。モハメッドならば、「神」に生死を託さなければならない。ところが、禅では全く逆で、釈迦を打ち殺すことすら、啐啄の機にあたるという。[20] 人間の生死に関するイスラム教の考え方に触発されて、一郎が禅を連想し、考え始めたことが分かる。[21]

Hさんはモハメッドを出した責任を取らされるように話させられているうちに、「君自身に実行する経典ぢやないのだらう」と指摘され、否定したタイミングで平手打ちされた。一郎が作ろうとしたのは啐啄の機だったのだ。[22]

四　生死の超越

一郎が神との関係を否定するならば、彼はHさんから提示された人間の生死の問題をどのように考えるのだろうか。Hさんとの問答で、一郎は「神は自己だ」「僕は絶対だ」「絶対即相対になるのだ」（四十四）と言い出す。そのうえで「根本義は死んでも生きても同じ事にならなければ、何《ど》うしても安心は得られない。すべからく現代を超越すべしといつた才人《さいじん》は兎《と》に角《かく》、僕は是非共《ぜひとも》生死を超越しなければ駄目だと思ふ」（四十四）と言明する。これはHさんの差し出した自己滅却を説くモハメッド一神教に対抗する思想である。人間の生死如何を問題としないという点では、イスラムの教えと似通う。だが、人間の生死の超越を自己神化によって成し遂げようというのだ。

一郎の言葉を追って、彼が拠って立つところを確認しよう。一郎は、修善寺の山で茂みに咲く百合の「白い花片《はなびら》」を指さし、「あれは僕の所有だ」と断り、山の天辺から足の下に見える「森だの谷だの」を「あれ等《ら》も悉《ことごと》く僕の所有だ」（三十六）と言ったという。

じつは、『碧巌集』第四十則で、肇《じょう》法師という人物が一郎と同様のことを言っている。

挙陸亘大夫。与南泉語話次。陸云。肇法師道。天地与我同根。万物与我一体。也甚奇怪（……）南泉指庭前花（……）召大夫云。時人見此一株花如夢相似（……）(23)

［書き下し文］

挙《こ》す。陸亘《りくこう》大夫、南泉《なんせん》と語話せし次《とき》、陸云く、「肇法師道《い》わく、「天地は我と同根、万物は我と一体」と。也《ま》た甚だ奇怪なり」。（……）南泉、庭前の花を指して、（……）大夫を召して云く、「時の人、此の一株の花を見ること、夢の如くに相似たり」（……）(24)

僧肇とは、晋の時代、鳩摩羅什門下の四哲と称された高僧である。その「肇論」が取り上げられている(25)。南泉は、陸亘大夫が万物を自分に帰するとした「肇論」の思想に魅了されているのを咎めたという(26)。

また、『碧巌集』第七十二則には、一郎が「生死を超越」するというのとほぼ同様の表現がある。

雲巌在百丈。二十年作侍者後同道吾至薬山。山問云。子在百丈会下。為箇什麼事。巌云。透脱生死(27)。

［書き下し文］

雲巌《うんがん》、百丈《ひゃくじょう》に在って、二十年侍者と作《な》り、後に道吾《どうご》と同《とも》に薬山《やくさん》に至る。山、問て云く、「子《なんじ》百丈の会下《えか》に在って、箇《こ》の什麼《いか》なる事をか為す」。巌云く、「生死を透脱す」(28)。

百丈《ひやくじよう》懐海《えかい》は、二郎と父との対話に出てくる「黄檗」（七）の師であり、また、一郎もHさんに話すとおり、「香厳」の「師」（五十）である。[29] 雲巌曇晟《うんがんどんじよう》も百丈の弟子にあたる。雲巌は薬山惟儼《やくさんいげん》から百丈の下でどのようなことを為したかと訊かれ、「生死を透脱す」と答えた。一郎が「根本義は死んでも生きても同じ事にならなければ、何うしても安心は得られない」「是非共生死を超越しなければ駄目だと思ふ」（四十四）と歯を喰いしばる勢いで言明するその脳裏には、この『碧巌集』第七十二則が浮かんでいたとみなせる。ところが雲巌もじつは生死を超越できていないと薬山は指摘する。[30] 生死からの超越は禅によっても容易なことではない。

一郎がHさんに語る香厳の話はこうである。香厳は、「潙山《いざん》」という師から「父も母も生れない先の姿になつて出て来い」と叱りつけられ、分からず、「一切を放下《はうげ》し尽《つく》して」閑寂なところで庵を立てているときに取って除けた石が「竹藪に中《あた》つて戛然《かつぜん》と鳴」り、「此朗《このほがら》かな響《ひびき》を聞いて、はつと悟つた」という。香厳は「一撃《げき》に所知《しよち》を亡《うしな》ふと云つて喜んだ」（五十）と、Hさんは一郎による説明の詳細を手紙に書き込む。[31] 禅の公案にある「香厳撃竹」の話である。Hさんは「兄さんは聡明な点に於てよくこの香厳といふ坊さんに似てゐます」（五十）と記す。聡明であればあるほど、自己の生死と無関係になれないジレンマに囚われる。ゆえに、知を脱し、生死を脱しようとされている。

五　変身

人間の生死を超えようと、一郎がなしたことがある。箱根に着いた翌日、一郎は雨に打たれて「谷崖《たにがけ》の容赦なく」山の中を歩くと言い出す。そこで彼は飛びまわり、「原始的な叫び」を上げる。[32]

兄さんはすぐ呼息《いき》の塞《つま》るやうな風に向つて突進しました。水の音だか、空の音だか、何とも蚊《か》とも喩《たと》へられない響《ひゞき》の中を、地面から跳ね上る護謨球《ゴムだま》のやうな勢ひで、ぽん〳〵飛ぶのです。さうして血管の破裂する程大きな声を出して、たゞわあつと叫びます。其勢ひは昨夜《ゆうべ》の隣室の客より何層倍《なんぞばい》猛烈だか分りません。声だつて彼よりも遥《はるか》に野獣らしいのです。しかも其《その》原始的な叫びは、口を出るや否や、すぐ風に攫《さら》つて行かれます。それを又雨が追ひ懸けて砕《くだ》き尽します。（四十三）

一郎は凄まじい雨に打たれながら風に向かって突進し、水の音か空の音の響くなかを突進し、跳ね、叫んだという。「野獣」のような彼の叫び声はすぐに風に攫われ、雨に砕き尽くされる。Hさんは一郎の精神状況を「苦しみに堪《た》へ切れないで水に溺れかゝつた人のやうに、只管《ひたすら》藻掻《もが》いてゐる」（三十八）と記した。そのような瀬戸際の精神を表すのに一郎もHさんも身体的表現を用いるしかない。一郎が香厳を「全く多知多解《たちたかい》が煩《わづらひ》をなしたのだ」（五十）とHさんに注意したことから分かるように、一郎にとっての「重荷」とは「自分の智慧」（五十）の所産である。「其重荷を預かつて貰ふ神を有《もつ》てゐない」（五十）以上、智慧が作り出した重荷を振るい落とすべく暴れるしかない。だが、そうすれば「生死を超越」できるのだろうか。

『碧巌集』第六十則は、喪失と獲得の劇である。[33]「本則」では、雲門が拄杖《しゆじよう》を衆僧に示し、この拄杖は龍と化して天地を呑み込むと言ったとある。雪竇の韻文である「頌」はつぎのような句で始まる。

拄杖子呑乾坤（……）徒説桃花浪奔（……）焼尾者不在拏雲攫霧（……）曝腮者何必喪胆亡魂[34]

［書き下し文］

拄杖子《しゆじようす》、乾坤を呑む、（……）徒《むな》しく説《い》う、桃花の浪奔ると。（……）尾を焼く者も雲を拏《とら》え霧を攫《つか》むに在らず。

（……）腮《えら》を曝《さら》す者も何ぞ必ずしも胆を喪い魂を亡わん(35)。

拄杖が天地を呑み込み、桃花の季節に雪解けの浪が迸ると説くのもむなしいという。尾を焼いて魚から龍となった者も、雲をとらえ、霧をつかめるというわけではない。天に昇れずに腮を曝す魚も、必ずしも胆を喪い、魂をうしなっているとは限らない。

圜悟が「評唱」を付している。

蓋禹門有三級浪毎至三月桃花浪漲。魚能逆水而躍過浪者即化為龍。雪竇道縱化為龍。亦是徒説。焼尾者不在拏雲攫霧。魚過禹門。自有天火焼其尾。拏雲攫霧而去雪竇意道縦化為龍。亦不在拏雲攫霧也。曝腮者何必喪胆亡魂。清涼疏序云。積行菩薩。尚乃曝腮於龍門(36)。

［書き下し文］

蓋し禹門《うもん》に三級《さんだん》の浪有り、三月に至る毎《ごと》に、桃花の浪漲《みなぎ》る。魚の能く水に逆らい躍りて浪を過る者は、即ち化して龍と為る。雪竇道く、「縦《たと》い化して龍と為るも、亦た是れ徒に説く。尾を焼く者雲を拏《と》え霧を攫むに在らず」と。魚禹門《うもん》を過ぐれば、自ら天火有りて其の尾を焼き、雲を拏え霧を攫んで去る。雪竇の意に道う、「縦い化して龍と為るも、亦た雲を拏み霧を攫むに在らず」と。「腮《えら》を曝す者も何ぞ必ずしも胆を喪い魂を亡わん」とは、清涼の疏《しょ》の序に云く、「積行《しゃくぎょう》の菩薩すら、尚《なお》乃腮を龍門に曝す」と(37)。

「禹門」とは、いわゆる登龍門のことである。その門に三段の浪があり、三月になれば、雪解けの浪が漲る。魚が水流に逆らい、浪を乗り越えることができれば、龍となる。雪竇の言うには「たとえ龍となったとしても、いたずらにそのように説くに過ぎない。尾を焼いて龍となった者も、雲や霧をつかむわけではない」。

圜悟はその言葉をつぎのように説明する。魚が禹門を過ぎると、天火で自然に尾が焼かれ、雲をとらえ、霧をつかんで去るはずなのだが、雪竇が「たとえ龍になっても雲や霧をつかむわけではない」と言っていると。「腮をさらしていても必ずしも肝を喪い、魂をうしなっているとは限らない」とは、清涼の疏の序にあるとおり、「修行を積んだ菩薩ですら、腮を龍門にさらす」こともあると。(38)

龍になることを目指して奮闘する魚がいる。龍ならえらは不要で、手足で雲や霧をつかみ、肝と魂とを備える。通常そう考えられよう。だが、龍となっていても、雲や霧をつかんでいないのもいる。逆に、魚のままでえらをさらしていても、必ずしも肝や魂を失っているわけではないという。

禹門の魚と、「野獣」のような声で叫びながら雨のなか谷崖を飛び回る一郎とは、変身を試みようとしている点で同じだ。だが、えらをさらした魚のままの場合も多く、たとえ変身できたとしても、空を自在に動ける境地へ到達できるとは限らないと、『碧巌集』は指摘する。ここに、一郎の抜け出せない苦しみの形がある。死か狂気か宗教かと一郎が言い出したときの顔をHさんは「絶望の谷に赴く人の様に見えました」(三十九)と記していた。箱根のこの「谷」は絶望の谷として描かれた。

六　啐啄の機の形成

Hさんの手紙を受け取った二郎が書いたことになっているのが「友達」「兄」「帰ってから」の章、そして、「塵労」章前半の一部分である。二郎は、嫂、直との和歌山の一夜について、一郎へ報告せずに言を左右にしていることを一郎から恫喝される。

「此馬鹿野郎《このばかやらう》」と兄は突然大きな声を出した。其《その》声は恐らく下迄《したまで》聞えたらうが、すぐ傍に坐《すわ》つてゐる自分には、殆《ほとん》ど予想外の驚きを心臓に打ち込んだ。

「お前はお父さんの子だけあつて、世渡りは己《おれ》より旨いかも知れないが、士人の交はりは出来ない男だ。なんで今になつて直の事をお前の口などから聞かうとするものか。軽薄児め」（「帰つてから」二十二）

「士人の交はり」ができないと罵られた二郎が、「兄の自分に対する思はく」（「塵労」二十一）を苦に病み、Hさんに一郎を旅行に誘い出してくれるよう頼み、「兄の挙動なり言語なり、思想なり感情なりに就《つ》いて、貴方の御《ご》観察になつた所」の「報知」（二十二）を依頼した。したがって、「士人」のたしなみとされてきた禅に直結する話が出てくれば、体裁からして禅の問答集を思わせるHさんの手紙を真剣に読み入るだろう。一郎がなりたいという「香厳」をよく知らなければ『碧巌集』をあわただしく開いてみただろう。

このような二郎の切迫感は直接、読者を刺激し、読み取りを促す。二郎がHさんの手紙から自分にとって謎の多い一郎を読み取ろうとする焦りが強ければ強いほど、Hさんの文面に読者は釘付けになる。この文学手法は第五章で分析したように、スコット『アイヴァンホー』から漱石が学び、先に『それから』で用いられた。報告をもぎ取ろうとする登場人物の情緒の度合いが高まるほどに、読者にも強い印象が刻み込まれる。漱石が『文学論』で世界的にも早い指摘をなした「間隔論」を駆使して読者に「幻惑」[39]を起こさせている。

Hさんの手紙には、Hさんが一郎から「横面《よこつら》をぴしやりと打《う》」（「塵労」四十一）たれたことが報告されていた。Hさんも一郎の暴力を浴びせられていたと二郎は知る。直が二郎にほのめかしていた一郎による「打擲《ちやうちやく》」（五）も事実だったことが、Hさんからの報告を待ちに待っていた二郎や両親、そして読者に分かるようになっている。

Hさんは、一郎から棒喝を加えられながらも、他人に通じそうにない一郎の言葉を預かり、解釈し、一郎の行為を解釈して伝える、あたかも戦の実況中継をする『アイヴァンホー』のレベッカのような役割、あるいは、自らも戦陣に加わり、後日、戦をめぐる物語をバラッドにして世に残す吟遊詩人のような役割を果たした(40)。はじめからその目論見の下、Hさんが造型されていたのであろう。一郎が寝ているときに書き終えたHさんの手紙の最後はこう締めくくられた。

兄さんが此眠《このねむり》から永久覚《えいきう》めなかつたら嘸《さぞ》幸福だらうといふ気が何処《どこ》かでします。同時にもし此眠から永久覚めなかつたら嘸悲しいだらうといふ気も何処かでします。《ママ》』（五十二）

二郎の手記は、一郎の心身を克明に記したHさんの手紙を、自分への「棒喝」として受けとめ、書かれ始めた。『行人』はそのような衝撃の連鎖で成り立っている。二郎の手記は、一郎に口頭で報告しかねた嫂との事柄の記録であると同時に、Hさんの目に入っていない一郎の様子の報告でもある(41)。Hさんと同様に、一郎の言行を広く伝えようとする二郎の言葉は、たとえばつぎのようにして、二郎のペンが走る現在に接している。

彼は聖者《しやうじや》の如く只《たゞ》すや〳〵と眠つてゐた。此眠方《このねむりかた》が自分には今でも不審の一つになつてゐる。（「帰つてから」二）

一郎、直、二郎、母で大阪から東京に戻る夜の寝台車、二郎は上の寝台に寝ていたが、直の求めに応じて飛び下り、直のベッドに雨が降り込まないようにしてやった。自分の妻の直と二郎との関係を疑う一郎は、耳を澄ませていてよい場面である。

二郎は一郎に対する自分の態度について、手記を記す「今になつて、取り返す事も償ふ事も出来ない」（「兄」四十二）と言っている。その「今」、一郎がどうなっているかの具体的な言及がないため、一郎の心身の生死は明らかでない。Hさんが手紙を書き終えるとき寝ていた一郎が、眠りから覚めたのかのすら、明らかにされていない。

実況中継および事後報告を試みた二人の者によって、異常な精神、奇矯な言動が、「頭は確《たしか》である、然《しか》し気はことによると少し変かも知れない」（四十二）と中途まで報告され、書き継がれていない。物語が完了してから語り出される形の文学とは異なった、現場に投げ込まれたままのバラッド的な文学といえよう。

すべて、登場人物が執筆者となっている『行人』の言葉は、一郎の悟道、Hさんによる啓示、二郎による報知すべてを未達成のまま、ここに在りつづける。つぎに伝承されるさいの変奏の余地を残して待機しているかのような状態で投げ出された。あえて生成途中の文学として届けられたのではないか。

（1）以下、断らなければ、『行人』「塵労」章からの引用である。他章は本書第三章、第八章、第一四章で分析した。

（2）「不言之言」『ほとゝぎす』第二巻第三号、一八九八（明治三一）年一二月一〇日、『漱石全集』第一六巻、岩波書店、一九九五年、二一―二二頁。漱石旧蔵書は Francis Bacon, *Bacon's Essays*, edited with introduction and notes by F. G. Selby, London: Macmillan & Co., 1892 である。第一二節「大胆さについて」で、大胆な人間の例として出てくる。第五八節では、時代が愚かで無知で野蛮であるとき、新しい宗派の創始者となるために、途方もない異常な精神の持ち主が現れるとされ、モハメッドが戒律を公布したとき、時代にはそのような特徴が揃っていたとされる。

（3）トオマス、カアライル『英雄崇拝論』石田羊一郎・大屋八十八郎訳、丸善株式会社書籍店、一八九三（明治二六）年。

（4）トーマス・カーライル『英雄論』土井林吉訳、岡崎屋書店、一八九八（明治三一）年。

（5）トマス・カーライル『英雄崇拝論』住谷天来訳、警醒社書店、一九〇〇（明治三三）年。

（6）Thomas Carlyle, *Sartor Resartus; Heroes and Hero-Worship; Past and Present*（タイトルページ取れ、刊行年等不明）。*The Hero as Prophet*, New York: Maynard, Merrill, 1892.

（7）拙訳。原文は "I should say *sincerity*, a deep, great, genuine sincerity, is the first characteristic of all men in any way heroic." Thomas Carlyle, *Sartor Resartus; Heroes and Hero-Worship; Past and Present*, New York: Peter Fenelon Collier, 1897, p. 276.　イタリック体は原文どおり。以下同じ。

（8）拙訳。原文は "I would say rather, his sincerity does not depend on himself; he cannot help being sincere!" Carlyle, *Ibid*., p. 276.

（9）拙訳。原文は "A silent great soul; he was one of those who cannot *but* be in earnest; whom Nature herself has appointed to be sincere." Carlyle, *Ibid*., p. 285.

（10）拙訳。原文は "Such *sincerity*, as we named it, has in very truth something of divine. The word of such a man is a Voice direct from Nature's own Heart." Carlyle, *Ibid*., p. 285.

（11）拙訳。原文は "'Though He slay me, yet will I trust in Him.' Islam means in its way Denial of Self, Annihilation of Self. This is yet the highest Wisdom that Heaven has revealed to our Earth." Carlyle, *Ibid*., p. 287.

（12）Carlyle, *Ibid*., p. 284, p. 302.

（13）拙訳。原文は "Mahomet can work no miracles; he often answers impatiently: I can work no miracles. I? 'I am a Public Preacher;' appointed to preach this doctrine to all creatures." Carlyle, *Ibid*., p. 298.

（14）小森陽一は、常習化していた一郎の暴力に関する二郎の記憶について論じている（初出「漱石深読――第十回『行人』」『すばる』二〇〇九年一〇月（『漱石深読』翰林書房、二〇二〇年、二三五―二三六頁））。

（15）漱石旧蔵書にはさらに、『仮名碧巌夾山鈔』（提六左衛門開板、慶安三年）、『天桂禅師提唱碧巌録講義』（光融館、明治三一年）がある。『行人』の「塵労」という章題は『碧巌集』「夾山《かっさん》無碍《むげ》禅師《ぜんじ》降魔表《ごうまのひょう》」から付けられている（古川久編「注釈　行人」『漱石全集』第五巻、岩波書店、一九六五年、八二六頁）。「夾山無碍禅師降魔表」とは、『碧巌集』巻第一の刊行にあたって慧《え》芳《ほう》が末尾に付した文のことである。

（16）『再鐫碧巌集　乾』巻二、安政六年初刻（「碧巌集跋」より）、刊年不明、貝葉書院（書誌は『再鐫碧巌集　坤』による）、十九丁の裏。訓点が付いているが略した。漢字は新字で引用している。以下同じ。玉峰刊本では「妙玄独脚」とされる。張本を祖本とする瑞龍寺版では「妙云独脚」である。

（17）『碧巌録』上、岩波書店、一九九二年、二二六―二二七頁。「妙云独脚」の句は従来難解とされている。

（18）前掲『碧巌録』上、二二五頁。
（19）前掲『碧巌録』上、二二五頁。
（20）禅では、棒で打ちのめす、一喝する、平手打ちを喰らわせるといったことが深い意味をかたちづくる。たとえば、一郎が香厳の師として名前を出した「百丈禅師」（五十）は、師の馬祖から「一喝」され、「三日間耳聾」したことを黄檗に話している（前掲『碧巌録』上、第十一則、一七〇頁）。漱石の漢詩にも棒喝の機に関する詩句がある。「漫行棒喝喜縦横」（〔無題〕一九一六年九月二三日）（『漱石全集』第一八巻、岩波書店、一九九五年、四一五頁）、「打殺神人亡影処」（〔無題〕一九一六年一〇月六日）（同四三四頁）。
（21）松本常彦は「正法眼蔵」に「山の運歩」について記した箇所のあることを指摘し、Hさんが披露したモハメッドの話と類話だと指摘する（「漱石と禅――「行人」の場合」（『語文研究』第一〇二号、九州大学国語国文学会、二〇〇六年一二月、二七頁））。このような逸話の類似も、モハメッドから禅へ考えを進めた一郎の思考の流れを作ったといえるだろう。
（22）Hさんはすかさず「何をするんだ」と「むつと」（四十一）する。これも啐啄の機にふさわしい応答である。一郎は妻の直を三度以上打ったことをHさんに話している。「僕は何故女が僕に打たれた時、起《た》つて抵抗して呉れなかつたと思ふ。抵抗しないでも好いから、何故一言でも云ひ争つて呉れなかつたと思ふ」（三十七）。啐啄の機とは応答関係の構築であるから、相手がそこから抜け出た見地に立つならば、一郎も自覚するとおり、「腕力に訴へる」行為は「人格の堕落」（三十七）の証明に他ならなくなる。
（23）前掲『再鐫碧巌集　乾』巻四、二十七丁の裏、二十八丁の表。小さな字で差し挟まれている圜悟による著語は（……）として省略した。
（24）『碧巌録』中、末木文美士ほか注、岩波書店、一九九四年、九九―一〇〇頁。
（25）圜悟は肇の大意について「性は皆な自己に帰することを論ず」とする。前掲『碧巌録』中、一〇一頁。
（26）漱石は南泉をモデルにした画をかいている。
（27）『再鐫碧巌集　坤』巻八（書誌は前掲のとおり）、二丁の表。
（28）前掲『碧巌録』下、岩波書店、一九九六年、一五―一六頁。
（29）百丈は、馬祖道の法嗣で、百丈清規でもって僧規を初めて確立した、禅における重要人物である。
（30）「山云く、「二十年百丈に在って、習気《じつけ》も也《ま》た未だ除かず」」とある（前掲『碧巌録』下、一六頁）。

(31)　加藤二郎は『五燈会元』巻第九の香厳の章に、潙山の問いかけがあるとしている(『漱石と禅』翰林書房、一九九九年、二二四頁)。

(32)　藤澤るりは、ここに「言葉の構築する世界の呪縛」からの解放を読んでいる(初出「「行人」論・言葉の変容」『国語と国文学』一九八二年一〇月〔『夏目漱石の文学的現場――意識と思考の焦点』青簡舎、二〇一七年、一九二頁〕)。

(33)　漱石は「不言之言」で『碧巌録』第六則に見られる「雲門」が脚を折って悟ったことを述べている(『漱石全集』第一六巻、岩波書店、一九九五年、一七頁)。

(34)　前掲『再鐫碧巌集　坤』巻六、二十五丁の表。圜悟による著語は(……)として省略した。

(35)　前掲『碧巌録』中、二五九―二六〇頁。

(36)　前掲『再鐫碧巌集　坤』巻六、二十五丁の裏、二十六丁の表。

(37)　前掲『碧巌録』中、二六一―二六二頁。

(38)　「清涼の疏の序」とは、澄観による『華厳経疏』の序のことである。

(39)　初出『文学論』大倉書店、一九〇七(明治四〇)年、『漱石全集』第一四巻、第四編第八章「間隔論」、岩波書店、一九九五年、四〇八頁。

(40)　重松泰雄は「Hが集録した「聖者」の語録といえる」と指摘している(「蛇の記録、〈聖者〉の語録――私説「行人」」『叙説』Ⅰ、一九九〇年一月、七頁)。

(41)　二郎が手記の前半部で一郎についてこう書いているのが注目される。「他人の前へ出ると、また全く人間が変つた様に、大抵な事があつても滅多に紳士の態度を崩さない、円満な好侶伴《こうりよはん》であつた。だから彼の朋友は悉く彼を穏かな好い人物だと信じてゐた。(……)兄と衝突してゐる時にこんな評判でも耳に入《い》らうものなら、自分は無暗に腹が立つた。一々其人の宅《うち》迄出掛けて行つて、彼等の誤解を訂正して遣りたいやうな気さへ起つた」(「兄」六)。手記では一郎の真実の姿を伝えようとしたということだろう。

第一四章　漱石文学に生きる古譚の蛇

蛇は、漱石文学において、『幻影の盾』ではその盾の装飾が「ゴーゴン、メヂューサに似た夜叉の耳のあたりを纏ふ蛇の頭」[1]であったり、『吾輩は猫である』において迷亭の失恋談で伝承の昔話に似せたような蛇飯の話が出てきたり[2]、『夢十夜』「第四夜」では爺さんが手拭が蛇になると「今になる、蛇になる、屹度なる、笛が鳴る」というバラッドのような作り唄を「唄ひながら」[3]子どもらを惹きつけたりと、出てくる作品に事欠かない。本章では、より踏み込み、日本古典や芸能を引き継いだと思しき漱石文学における蛇譚を取り出す。そのことを通じて、神話に採られた古代伝説や歌、寺社の説話や縁起、絵巻物、馬子唄や句、近世小説、能・浄瑠璃・歌舞伎といった芸能など、民間に流布する物語群と韻文が『草枕』『虞美人草』『それから』『門』『永日小品』の「蛇」、『行人』に引き入れられていることを示す。

創作者にとって、物語の舞台設定や登場人物の活動に力の源を供給する神話的存在は貴重である。古来、物語を産んできたモチーフならではのイメージ喚起力がある。蛇譚を加えながら文学を構成することで、物語らしく自律的に動き始めることが期待されているのではないか。

一　伝承される入水――『草枕』

述べてきたことだが、『草枕』の女主人公、志保田那美には、祖先に「ずつと昔の嬢様」がいる。馬子の源兵衛が、鏡が池を前に、画工に対してその嬢様の話をする。「梵論字」すなわち「虚無僧」が「志保田の庄屋」へ逗留しているうちに、美しい嬢様のほうから梵論字のことを見初めて、どうしても一緒になりたいと言い出した。父の庄屋が梵論字を追い出すと、嬢様は「梵論字のあとを追ふて」、鏡が池まで来て「身を投げた」（十）という。(4)

この話は、平安時代にそのような事件があったと伝えられる、安珍・清姫伝説と言い慣わされた伝承文学からも舞台設定を借りている。この伝説は室町時代後期に「道成寺縁起絵巻」に描かれる。(5) 能としては、猿楽能「鐘巻」という曲として一五世紀後半に成立し、室町時代末期には「道成寺」という能に改作された。(6) 能の「鐘巻」「道成寺」の主題は、安珍・清姫伝説の後日譚なのだが、伝説相当部分を小気味よく伝える。謡曲「道成寺」より引用する。

ワキ「むかし此所《このところ》に。まなごの庄司と云ふ者あり。彼者《かのもの》一人の息女を持つ。又其頃奥より熊野へ参詣する山伏の有りしが。庄司がもとを宿坊と定め。（……）彼女《かのをんな》夜更け人しづまりて後。客僧の閨にゆき。いつまでわらはをばかくて置き給ふぞ。急ぎむかへ給へと申しゝかば。客僧大きにさわぎ。さあらぬよしにもてなし。夜にまぎれ忍びいで此寺にきたり。(7)

奥州から熊野参詣をする山伏がまなごの庄司のもとに宿したところ、夜更けてから、まなごの庄司の娘がその客僧の寝室に行き、結婚を迫ったため、僧は逃げ出し、道成寺まで来たという。

『草枕』の那美の祖先の「嬢様」が僧との結婚を強く望んだという設定は、能に採られたこの安珍・清姫伝説をふまえていることが分かる。また、那美自身にも、つぎのような逸話がある。観海寺の「泰安《たいあん》さん」という「坊主」から文をもらった那美が観海寺本堂に飛び込んできて、いきなり「そんなに可愛いなら、仏様の前で、一所に寐ようつて、出し抜けに、泰安さんの頸つ玉へかぢりついた」（五）という。「泰安さん」は「飛んだ恥を掻かせられて」、その晩こっそり姿を隠した。死んだのだろうと噂される。

「泰安さん」と和尚とが御経を上げている本堂へ突然飛び込んでくるあたり、安珍を追いかけて道成寺まで飛び込んでくる清姫を模していよう。また、僧の死についても、安珍を思わせる。安珍の場合は、鐘のなかで焼け死んだ。

志保田の昔の嬢様が梵論字のあとを追って鏡が池に身を投げたという話を画工にしたのは馬子の源兵衛で、源兵衛は画工が初めてこの山里に来て峠の茶店で鶏の写生をしていたときに会った馬子である。画工は「自分の句ではない」つぎの句を帳面に書き付けていた。

馬子唄の鈴鹿越ゆるや春の雨（二）

画工が山で鈴を鳴らしている馬に五、六頭出会っているが、この山里は架空の那古井村であり、むろん、地名「鈴鹿」とは無縁だ。では、なぜこのような句が書き付けられたのか。

ここには漱石文学の底流にある浄瑠璃が響いている。『門』で、主人公の宗助は、京都での学生時代に親友だった安井から彼の内縁の妻を奪った。安井が宗助に聴かせた話の一つに、ある友達の故郷の話がある。「それは浄瑠璃に間《あひ》の土山雨が降るとある有名な宿《しゆく》の事であつた」（十四の三）(8)と始まる。「坂はてる〳〵鈴鹿はくもる、土山あひの、あひの土山雨がふる、ふる雨よりも親子のなみだ、中にしぐるゝ雨やどり」(9)という馬子唄は、近松門左衛門『丹波与作待夜の小室節』に拾われ、人形浄瑠璃『恋女房染分手綱《こいにょうぼうそめわけたづな》』（一七五一（寛延四）年初演）の「重の井子別《こわかれ》の段」（第十「道中双六出立の段」）で唄われる。丹波国城主の姫の乳母である「重の井」が馬子となっていた実子の三吉と出会う場面において、重の井が立場上、三吉を突き放し、姫のおとぎに唄わせる馬子唄が、『草枕』の画工が書き付ける俳句にまで届いてきている。さらに深い背景がある。

『恋女房染分手綱』（一七五一（宝暦元）年）は「道成寺物」の一つである。近世初めに「能操り」という、浄瑠璃中に能を劇中劇で取り入れる演目が流行したことがあり、その作例とされる。その第五「御能《おんのう》道成寺の段」では、丹波の由留木《ゆるぎ》家当主、左衛門に秘曲「道成寺」を伝授することになった能役者、竹村定之進《さだのしん》は、娘、重の井の不義の罪の命乞いのために、装束を替える場所であった鐘のなかで自害する。[10] その後に続くのが「重の井子別の段」であり、三吉が重の井に急かされてこう唄わされる。

坂はてる〳〵鈴鹿はくもる。土山間《つちやまあい》の間《あい》の土山雨が降る、降る雨よりも親子のなみだ、中にしぐる、雨やどり[11]

『恋女房染分手綱』が上演されつづけてきたから、馬子唄で夢見心地から覚め、『門』の登場人物がかの句を書き付けた。

『草枕』の土地に無関係なのにもかかわらず、この馬子唄が想起されたのは、『草枕』が能の「道成寺」をふまえるからである。それゆえに画工が山間の村に踏み入れて間もないうちに、鈴鹿峠越えの馬子唄が呼び出された。

『恋女房染分手綱』第五「御能道成寺の段」より定之進が切腹し、死に際で述べている口上を引用しておこう。

定之（進）「（……）先ほどそれしが〔それがし〕鐘の内よりむすめが能を物語りを、此世《このよ》のかたみと聞きしところに、まなごの庄司がむすめ寵愛のあまり、つまよ夫よと嫉妬の一念《いちねん》、大蛇《だいじゃ》となつて其身《そのみ》を果《はた》す。まづ其如く、親の許せし夫にさへ身をうしなふは恋路のならひ況《ま》して、厳しきお家のおきてを背《そむ》きし娘、お仕置《しおき》は御もつとも存ぜしゆえに此生害《しょうがい》、定之進とな思し召し下されな、[12]」

娘の重の井のことを、能「道成寺」のまなごの庄司の娘（嫁）、清姫に比し、自分の命と引き換えに、娘の命乞いをしている。画工が山間の村に足を踏み入れ、のどかな馬子唄の響きに耳を澄ませたときから、文学連鎖が始まっている。画工がかの一句を「書いて見て、是は自分の句でないと気が付いた」（三）と添えるのは、不可抗力でこれらの磁力に引きつけられていると自覚したということである。

那美が観海寺の本堂に飛び込んで坊主の頸にかじりついたという事件が村中で大笑いを誘ったという。その観海寺の裏道から程近くに鏡が池がある。志保田家の「余程昔しの嬢様」（十）が身投げした池である。また、那美が画工に「身を投げるに好《い》い所です」「私は近々身を投げるかも知れません」「私が身を投げて浮いて居る所を――苦しんで浮いてる所ぢやないんです――やす〳〵と往生して浮いて居る所を――奇麗な画にかいて下さい」（九）と言い募るその池である。

この身投げを誘発する池の魔力もまた、『草枕』と、いにしえの蛇譚との共鳴により取り込まれたと考えられる。『肥前風土記』には、本書第一一章で詳説した大伴狭手彦と弟日姫子《おとびひめこ》（松羅佐用姫）の伝説の後日譚が、「褶振峯《ひれふりのみね》」の地名由来として載る。

褶振峯

大伴狭手彦連、発船渡任那之時、弟日姫子登此用褶振招。因名褶振峯。然弟日姫子与狭手彦連相分、経五日之後、有人夜毎来、与婦共寝至暁早帰。容止形貌似狭手彦。婦抱其怪、不得忍黙、竊用績麻繋其人襴。随麻尋往、到此峯頭之沼辺。有寝蛇。身人而沈沼底。頭蛇而臥沼壅。忽化為人即謌云、

志努波羅能、意登比売能古袁、

佐比登由母、為祢弖牟志太夜、

伊幣尓久太佐牟也。

（……）

於茲見其沼底、有但人屍。(13)

［書き下し文］

褶振峯（……）

大伴狭手彦の連、船を発《ひら》きて任那に渡る時、弟日姫子此に登りて褶を用て振り招く。因て褶振峯《ひれふりのみね》と名《なづ》く。然るに弟日姫子、狭手彦の連と相分《あひわかれ》て五日を経る後、人有りて夜毎《よごと》に来たりて、婦《をみな》と共に寝て暁（に）至て早く帰れり。容止形貌《すかたかほ》狭手彦に似たり。婦、其を怪《あや》しと抱《おも》ひて、忍黙《もだえ》あへず、竊《ひそか》に績麻《うみを》を用《もち》て其人の襴《すそ》に繋《か》け、麻の随《まにく》尋《と》め往くに、此の峯《みね》頭の沼《いけ》の辺に到る。寝《いね》たる蛇《をろち》有り。身は人にして沼の底に沈（め）り。頭《かしら》は蛇にて沼の壅《つゝみ》に臥《ふ》せり。忽《たちま》ち人と化為《な》りて、即ち謌云《うたひつら》く、

志努波羅能《しぬ(の)はらの》（篠原《しのはら》の）、意登比売能古袁《おとひめのこを》（弟姫《おとひめ》の子を）、

佐比登由母《さひとゆも》（さ一夜《ひとゆ》も）、為祢弖牟志太夜《井ねてむしだや》（率寝《ゐね》てむ時《しだ》や）、

伊幣尓久太佐牟也《いへにくださむ》（家にくださむ）。

（……）ここに、其の沼の底を見るに、但《ただ》、人の屍《しかばね》有り。(14)

大伴狭手彦が任那に出立して五日後、弟日姫子のもとに、佐手彦と姿顔のそっくりな人が夜毎に来るようになった。彼女はその人の衣のすそに麻をとりつけ、その麻を辿ってゆくと、「峯頭《みね》の沼《いけ》」あたりに到った。そこには蛇が寝ていた。身体は人間で、頭が蛇である。たちまち人の姿になって歌って言う。

篠原の弟日姫の子をさ一夜も率寝てむ時や家にくださむ

弟日姫子を一夜でも「沼《いけ》」に引きずり込んで寝てから家に帰そうというのだ。民間伝承の要であるバラッドがここにある。翌日、「沼」の底からおそらくは彼女である人間の遺体が発見された。

『草枕』の成立基盤からして、「篠原の弟日姫子」を「沼」で溺死させた蛇譚に引きつけられている。『草枕』において鏡が池に身投げするのは、あるいは、そうすると言っているのは、「昔」と今の「志保田」の「嬢様」である。「弟日姫子」とは未婚の嬢様のことをいう。「篠原」と「志保田」もまた、音的に通じるようだ。

『草枕』に、『肥前風土記』に載る松浦佐用姫伝説の後日譚の「沼」の事件現場が呼び込まれ、それが「鏡が池」に受け継がれ、昔の「志保田の嬢様」（十）がそのような文学的磁場に引きずり込まれるように投身を図り、志保田那美もその誘惑を無視できない。ここまで一連なりで成り立っていることが判明した。

二　芝居と誘惑――『虞美人草』

前節で、古代の松浦佐用姫伝説、ならびに、近世まで諸ジャンルで演出されてきた安珍・清姫伝説を背景に、志保田家の「ずつと昔の嬢様」や志保田那美をめぐる物語が紡がれている点を指摘した。本節では『虞美人草』において、安珍・清姫伝説がより直接的にテクストの表面に出てくることを確認する。

女主人公の甲野藤尾は、家庭教師をしている小野に対し、思わせぶりに安珍・清姫伝説のことを持ち出す。

「清姫が蛇になつたのは何歳《いくつ》でせう」
「左様、矢っ張り十代にしないと芝居になりませんね。大方十八九でせう」
「安珍は」
「安珍は二十五位がよくはないでせうか」（二）[15]

ここで、清姫の年齢が「芝居」との関連で考えられているのは注目に値する。平安時代の『本朝法華験記』や『今昔物語集』では、清姫に相当する女は紀伊国牟婁郡のある路辺の寡婦に過ぎない[16]が、室町後期写の「道成寺縁起絵巻」ではその女が「清次庄司」の嫁とされ、より罪深くされる[17]。能になると、「まなごの庄司の娘」となり、歌舞伎の『京鹿子娘道成寺』でも「娘」であって、舞台に映えるように設定されている。『虞美人草』において小野が「矢っ張り十代にしないと芝居になりませんね」と言うのは、安珍・清姫伝説の展開にさいし、各ジャンルに適した効果的書き換えがなされてきた歴史に対して意識的なのである。

小野と藤尾の会話は続く。

「可愛らしいんですよ。丁度安珍の様なの」
「安珍は苛《ひと》い」

許せと云はぬばかりに、今度は受け留めた。

「御不服なの」と女は眼元丈で笑ふ。

「だつて……」

「だつて、何が御厭《いや》なの」

「私《わたし》は安珍の様に逃げやしません」

是を逃げ損《そこ》ねの受太刀《うけだち》と云ふ。坊つちやんは機を見て奇麗に引き上げる事を知らぬ。

「ホヽ、私《わたくし》は清姫の様に追《お》つ懸けますよ」

男は黙つてゐる。

「蛇になるには、少し年が老《ふ》け過ぎてゐますかしら」（一二）

甲野家は客死した外交官の父が残した財産により、裕福な暮らしをしている。藤尾の母は寡婦で、相続権を持つ甲野金吾とは血のつながりのない、父の後妻である。

小野からすれば、僧の安珍のように、甲野藤尾から逃げるどころではない。藤尾が、安珍に恋して狂った清姫のように追いかけるという戯れは、恋愛してもよいという事実上の許可に聞こえる。多彩に語られ、演じられてきた、清姫型の女からの誘惑の新しい反復が起きている。

三　嫂の同情——『それから』

安珍・清姫伝説が、伝承文学らしく中世説話や芸能による無数回のアレンジを経て、近代の漱石文学における変奏を待つ。文学者として腕の見せ所であろう。

安珍・清姫伝説では、熊野参詣に来た安珍が道成寺まで逃げる。同じく紀伊半島を舞台にした江戸中期の小説に、上田秋成『雨月物語』の「蛇性の婬」がある。『雨月物語』は漱石旧蔵書にある数少ない国文学の書の一つである。(18)紀ノ国三輪が崎の大宅《おおや》の竹助の三男で漢籍などを読み耽る豊雄を主人公とする。あるとき雨宿りしていて出会った美女に傘を貸す。彼女は熊野の那智に詣でようとしていたが、雨に遭ったという。翌朝、新宮近くとされた彼女の屋敷を訪ねれば、彼女はこの国の受領の下役人の「県《あがた》の何某《なにがし》」という者の妻「真女児《まなご》」で、夫は病死してしまったと言う。そして、女から、千年の契りを結びたいと誘惑される。豊雄は親兄に仕える分際ゆえにといったん帰ることにするが、そのさい、金銀をちりばめた古代のものらしき太刀をもらう。

豊雄が帰宅して寝ているところを長男の太郎が見て、太刀が置いてあるのを不審に思う。買ったのだとみなし、怒鳴りつける。「あれむつかしの唐言書《からことかき》たる物を買たむるさへ。世の費《ついえ》なりと思へど」。難しい漢文の書かれている書物を買うことさえ無駄な出費と思っていたがと。大声を父母が聞きつけてやってくる。父は「何の誉《ほまれ》ありてさる宝をば人のくれたるぞ。更におぼつかなき事。只今《たゞいま》いはれかたり出《いで》よ」と罵る。豊雄は今は恥ずかしくて申せません。人伝てに申し上げましょうと言い、ますます父が怒るのを、「太郎の嫁の刀自」つまり豊雄からすると嫂が、「此事愚《このことおろか》なりとも聞侍《きゝはべ》らん。入《い》らせ給へ」となだめる。愚か者ではありますが、このことは私が聴くことにいたしましょうと述べる。この主人公と嫂との関係性が『それから』において踏襲されたのではないか。まず『雨月物語』「蛇性の婬」より引用しよう。

親兄にいはぬ事を誰にかいふぞと声あらゝかなるを。太郎の嫁の刀自《とじ》傍《かたえ》にありて。此事愚なりとも聞侍らん。入《い》らせ給へと宥むるに。つひ立ていりぬ。豊雄刀自にむかひて兄の見咎め給はずとも。密《みそか》に姉君をかたらひてんと思ひ設《もうけ》つるに。速く責《さい》なまるゝ事よ。かう〳〵の人の女《め》のはかなくてあるが。後身《うしろみ》してよとて賜へるなり。己《おの》が世しらぬ身の。御赦《みゆるし》さへなき事は重き勘当なるべければ。今さら悔《くゆ》るばかりなるを。姉君よく憐み給へといふ。刀自打笑《うちゑみ》て。男子《をのこ》のひとり寝し給ふが。兼ていとをかしかりつるに。いとよき事ぞ。愚かなりともよくいひとり侍らんとて。(19)

豊雄が嫂に向かって、ひそかに姉に相談しようと思っていたこととして、こういう女性から夫として庇護してほしいと言われた、独立していない身にお許しないことをして、勘当されて当然で悔いている、同情してくださいと述べた。嫂はほほえんで、一人前の男がまだ独身でいらっしゃるのをかねてから気の毒に思っていたのですよ、良いことではありませんか、ふつつかな私ですが義父によく説明いたしましょうと言ってくれるのである。

『それから』の長井代助も、「蛇性の婬」の豊雄と同じく「書物癖のある」(三の四)と家族から思われている未婚者である。嫂の長井梅子はかねてから代助の縁談の世話を焼こうとしがちであった。代助の父に因縁のある女性が代助の細君の新しい候補に挙がる。代助が、旧友の平岡の妻、三千代のために金を工面してもらうべく梅子と話をしたとき、梅子はまた結婚問題を持ち出し、こう言う。

「妙なのね、そんなに厭《いや》がるのは。――厭なんぢやないつて、口では仰《おつ》しやるけれども、貰《もら》はなければ、厭なのと同《おん》なしぢやありませんか。それぢや誰か好きなのがあるんでせう。其方《そのかた》の名を仰《おつし》やい」

代助は今迄嫁の候補者としては、たゞの一人も好《す》いた女を頭の中に指名してゐた覚がなかつた。が、今斯《か》う云はれた時、どう云ふ訳か、不意に三千代といふ名が心に浮かんだ。(七の六)(20)

主人公が、嫂との応答のなかで、結婚したい好きな相手を自覚する。『雨月物語』の流れと類似していよう。

その後、代助と三千代との関係が発展する。代助が、父の見つけてきた候補者との縁談を断りに実家に行ったとき、父は来客中で、代わりに、やはり梅子と会話を交わす。嫂の梅子に、兄が留守がちで淋しくないかと代助が聞くものだから、梅子から今日はどうかしていると言われ、代助はつぎのように「自分を挟んだ」（十四の三）。


「いや、僕の知つた女に、左様《さう》云ふのが一人《ひとり》あつて、実は甚だ気の毒だから、つい他《ほか》の女の心持《こころもち》も聞いて見たくなつて、伺つたんで、決して冷《ひや》かした積《つもり》ぢやないんです」

「本当に？　夫《そり》や一寸何《ちよいとなん》てえ方《かた》なの」

「名前は云ひ悪《にく》いんです」

「ぢや、貴方《あなた》が其旦那に忠告をして、奥さんをもつと可愛《かわい》がるやうにして御上《あげ》になれば可《い》いのに」

代助は微笑した。

「姉《ねえ》さんも、さう思ひますか」

「当り前ですわ」

「もし其夫《おつと》が僕の忠告を聞かなかつたら、何《ど》うします」

「そりや、何うも仕様がないわ」

「放つて置くんですか」

「放つて置かなけりや、何うなさるの」

「ぢや、其細君は夫に対して細君の道を守る義務があるでせうか」

「大変理責《りぜ》めなのね。夫《そり》や旦那の不親切の度合《どあい》にも因《よ》るでせう」

「もし、其細君に好きな人があつたら何うです」
「知らないわ。馬鹿らしい。好きな人がある位なら、始めつから其方《そつち》へ行つたら好《い》いぢやありませんか」
代助は黙つて考へた。しばらくしてから、姉さんと云つた。梅子は其深い調子に驚ろかされて、改《あら》ためて代助の顔を見た。代助は同じ調子で猶《なお》云つた。
「僕は今度の縁談を断《ことわ》らうと思ふ」（十四の三）

平岡に、妻として三千代を斡旋したのは代助であったため、嫂が投げかけた「好きな人がある位なら、始めつから其方へ行つたら好いぢやありませんか」という疑問は、三千代にはじめから代助のもとへ嫁げなくさせた代助自身に突き刺さる問いだった。嫂からの問いかけが主人公の傷を開き、実行に踏み切らせる。

代助は今度の縁談を断ると明言する。嫂は代助の父の立場などを様々に言い募ったあげく、「だつて、貴方に好《す》いたのがあればですけれども、そんなのは日本中探して歩いたつて無いんぢやありませんか」と指摘するが、それが代助にこう言い切らせることになる。「姉さん、私は好いた女があるんです」（十四の四）。

この句は嫂をはっと思わせる。「飽く迄人の世話を焼く実意のある」彼女は、代助を引き留めて、女の名を聞く。代助はもとより答えない。「何故《なぜ》其女を貰はないのか」と聞き出す。代助が「単純に貰へないから、貰はないのだ」と答えると、ひとの尽力を出し抜いたと恨んだり、責めたり、「かと思ふと、気の毒だと云つて同情して呉れた」（十四の五）。

代助の帰る間際になって、同情心に厚い嫂がつぎのように聞いてくれるにあたり、『雨月物語』「蛇性の婬」の親切な嫂の振る舞いに重なる。

「ぢや、貴方から直《ちか》に御父さんに御話《おはなし》なさるんですね。それ迄は私《わたくし》は黙つてゐた方が好《い》いでせう」と聞いた。代助は黙つてゐて貰《もら》ふ方が好いか、話して貰ふ方が好いか、自分にも分らなかつた。

「左様《そう》ですね」と躊躇《ちゆうちよ》したが、「どうせ、断りに来るんだから」と云つて嫂の顔を見た。

「ぢや、若《も》し話す方が都合が好《よ》ささうだつたら話しませう。もし又悪《わ》るい様だつたら、何にも云はずに置くから、貴方が始《はじめ》から御話《おはなし》なさい。夫《それ》が宜《い》いでせう」と梅子は親切に云つて呉れた。

代助は、

「何分宜《なにぶんよろ》しく」と頼んで外へ出た。（十四の五）

その後、平岡の妻である三千代に告白した代助は父のあつらえた縁談を父に断る。経済的援助の打ち切りを宣言される。後から梅子より代助のもとへ封書が届き、つぎのように記されてあった。

「此間から奥さんの事で貴方も嘸《さぞ》御迷惑なすつたらう。此方《こつち》でも御父様《おとう》始め兄さんや、私《わたくし》は随分心配をしました。けれども其甲斐もなく先達て御出《いで》の時、とう〳〵御父さんに断然御断《ことわ》りなすつた御様子、甚だ残念ながら、今では仕方がないと諦《あき》らめてゐます。けれども其節御父様は、もう御前の事は構はないから、其積でゐろと御怒りなされた由、後で承りました。（……）貴方の事だから、さう急に自分で御金《かね》を取る気遣いはなからうと思ふと、差し当たり御困りになるのが眼の前に見える様で、御気の毒で堪《たま》りません。で、私の取計で例月分を送つて上げるから、御受取の上は是で来月迄持ち応《こた》へて入らつしやい。其内《うち》には御父さんの御機嫌も直るでせう。又兄さんからも、さう云つて頂く積です。私も好《い》い折があれば、御詫《わび》をして上げます。（……）」（十六の六）

代助は「無言の感謝」を嫂にする。嫂からのこのような心遣いは、『雨月物語』「蛇性の婬」における主人公の豊雄の嫂、また、豊雄の実の姉に酷似する。豊雄は熊野権現（新宮速玉神社）の神宝の太刀を盗んだと思われて拿捕される。釈放後、大和にいる実の姉のもとに身を寄せた。『それから』は、親身の女性の優しさを上田秋成『雨月物語』から細やかに引き継いでいたのだった。

四　死産の運命と神話──『門』

『門』には、子ができない理由を、繰り返し過去に遡って思考する野中宗助・御米夫婦が登場する。因果の糸が伸ばされる先に、古代・近世の蛇にまつわる物語が関係してくる。学生時代に宗助が内縁の妻を奪った相手の安井は、経験豊富な物知りで、宗助に京都のことなど諸知識を与える。前述した馬子唄を出しながら、要所の鈴鹿峠の宿の雨浸しのさまを教えたこともあった。

『門』の安井が宗助に鈴鹿宿を認識させるのに使うほど、浄瑠璃の、馬子唄を唄わされる三吉と、実は生母だった重の井との話は有名である。(21) 劇中劇として能の「道成寺」を持つ『恋女房染分手綱』がヒットして、この話は広まった。(22)

『門』は、想起されたその過去の場面で、いっそう蛇譚を巻き込む。想起というのは、体験や記憶が共有されていない場合、個人的な営みである。夫婦であっても、話せていない過去の事柄がある。宗助と御米という仲の良い夫婦が、ともに現在を生きつつも、回想している内容が異なる。あるとき、ようやく話せていなかった事柄を口に出し、過去を互いにつなぎあわせる。回想部分が多くを占める『門』は、単独な人間の想起および記憶の一部共有をえぐり出した。

学生時代に安井から教わったことを振り返る宗助の記憶も個人的ではある。しかし、過去のある事実を夫に話せないという切実な理由により、ひとりで過去の体験を抱えていた御米の孤独感はいっそう深い。そこには、『古事記』『日本書紀』『風土記』に取られた古代伝説が絡まってくる。三輪山伝説である。論証していこう。

御米は安井のもとを去り、宗助の妻となり、三回懐妊した。しかし、一度目は早産、二度目は死産だった。三度目は無事に月を重ねていったが、御米は「又意外の失敗《しくぢり》」（十三の五）をやってしまう。

其頃はまだ水道も引いてなかつたから、朝晩《あさばん》下女が井戸端《ばた》へ出て水を汲んだり、洗濯をしなければならなかつた。御米はある日裏《うら》にゐる下女に云ひ付ける用が出来たので、井戸流《ながし》の傍に置いた盥《たらい》の傍《そば》迄行つて話をした序《ついで》に、流を向《むこう》へ渡らうとして、青い苔の生へてゐる濡れた板の上へ尻持《しりもち》を突いた。御米はまた遣《や》り損《そく》なつたとは思つたが、自分の粗忽《そこつ》を面目ながつて、宗助にはわざと何事も語らずに其場《ば》を通した。けれども此震動が、何時《いつ》迄経つても胎児の発育に是《これ》といふ影響も及ぼさず、従つて自分の身体にも少しの異状を引き起さなかつた事が慥《たしか》に分つた時、御米は漸く安心して、過去の失《しつ》を改めて宗助の前に告げた。宗助は固より妻を咎《とが》める意もなかつた。（十三の五）[23]

しかし三回目の産も失敗だった。その原因は「臍帯纏絡《さいたいてんらく》」であった。「肝心の小児《こども》は、たゞ子宮を逃《のが》れて広い所へ出たといふ迄で、浮世《うきよ》の空気を一口《ひとくち》も呼吸しなかつた」（十三の六）。

なぜ死産となったのかを宗助は調べ、恐れ驚く。

胎児は出る間際《まぎわ》迄健康であつたのである。けれども臍帯纏絡と云つて、俗に云ふ胞《えな》を頸《くび》へ捲《ま》き付けてゐた。斯《か》う云ふ異常の場合には、固《もと》より産婆の腕で切り抜けるより外《ほか》に仕様のないもので、経験のある婆さんなら、取り上げる時に、旨《うま》く頸に掛ゝつた胞を外して引き出す筈であつた。宗助の頼んだ産婆も可成《かなり》年を取つてゐる丈に、此位のことは心得てゐた。然し胎児の頸を絡んでゐた臍帯は、時たまある如く一重《ひとえ》ではなかつた。二重《ふたえ》に細い咽喉を巻いてゐる胞を、あの細い所を通す時に外《はず》し損なつたので、小児《こども》はぐつと気管を絞められて窒息して仕舞つたのである。

罪は産婆にもあつた。けれども半《なかば》以上は御米の落度《おちど》に違なかつた。臍帯纏絡の変状は、御米が井戸端で滑《すべ》つて痛く尻餅を搗《つ》いた五ヶ月前既に自《みずか》ら醸《かも》したものと知れた。（十三の六）

御米が井戸端で滑って尻餅をついたときに、臍帯が胎児に二重に絡まったために、出産のさい、胎児の頸を二重に絞めてしまったがゆえの死産だったのである。

この『門』の参照先と考えられるのが、『日本書紀』『古事記』のなかでも強烈な印象を残す三輪山の大物主神と結婚する女の物語である。『日本書紀』（崇神紀）に収められた「倭迹迹日百襲姫《やまとととびももそひめ》」の話、『古事記』（神武記）に収められた「勢夜陀多良比売《せやだたらひめ》」の話、同じく『古事記』（崇神記）に収められた「活玉依比売《いくたまよりびめ》」の話の順に見ていこう。

まずは箸墓古墳の由来を告げる箸墓説話として知られる、『日本書紀』（崇神紀）中の話である。「倭迹迹日百襲姫」は、大物主神《おほものぬしのかみ》の妻《みめ》となったが、神が夜のみに来るので、「尊顔《みかお》」を見られない、どうぞ「暫留《しばしとどま》りたまへ」と願う。大神は、明朝あなたの「櫛笥《くしげ》」に入っていよう、願わくは私の姿に驚きなさるなとおっしゃった。そのつぎの場面を掲げる。

待明以見櫛笥遂有美麗小蛇（……）
則驚之叫啼　時大神有恥忽化人形　謂其妻曰汝不忍令羞吾　吾還令羞汝　仍践大虚登于御諸山　爰倭迹迹姫命仰

見而悔之急居（……）則箸撞陰而薨(24)

[書き下し文]

明るを待ちて櫛笥を見れば、遂《まこと》に美麗《うるは》しき小蛇《こをろち》有り。（……）則之を驚きて叫啼《さけ》ぶ。時に大神恥ぢて、忽に人の形と化《な》りたも（ま）ふ。其の妻に謂《かたり》て曰はく、「汝、忍《しのび》ずして吾に羞《はぢみ》せつ。吾還《かへり》て汝に羞せむ」。仍《よ》て大虚《おほそら》を践《ほみ》て、御諸山《みもろやま》に登ります。爰《ここ》に倭迹迹姫命《やまとととびめのみこと》仰《あふぎ》見て、之を悔ゆ（いて）急居《つきう》。（……）則ち箸にて陰《ほと》を撞《つき》て薨《かむさり》ぬ。(25)

大神からの注意にもかかわらず、姫は、櫛の箱に入っていた「美麗しき小蛇」に驚いて叫んでしまう。大神は、私に恥を掻かせた、私はあなたに恥を掻かせようと、三輪山に帰っていった。姫は後悔して尻餅を搗く。そして箸で女陰をついて自死したのである。

『門』の御米が「井戸流《ながし》」を向こうへ渡ろうとして、濡れた板の上へ尻餅を搗き、胎児の頸に二重に臍帯を絡ませる要因となった出来事は、遠く、この古代の物語につながることが明らかであろう。

この話だけでなく、つぎに見る『古事記』（神武記）中の、大物主神と「勢夜陀多良比売」との結婚を重ねあわせてみれば、より明瞭に、この継承が浮かび上がる。

三嶋湟咋之女。名勢夜陀多良比売其容姿麗美故。美和之大物主神。見感而其美人。為大便之時。化丹塗矢。自其為大便之溝流下。突其美人之富登。（……）爾其美人驚而。立走伊須須岐伎(26)。

[書き下し文]

三嶋湟咋《みしまのみぞくい》の女、名は勢夜陀多良比売《せやだたらひめ》、其容姿麗美《そのかたちうるわ》しくありき故。美和《みわ》の大物主神《おほものぬしの》、見感《みめ》でて其美人《そのびじん》、大便《くそ》まれる時、丹塗矢に化《な》りて、其大便まれる溝より流れ下りて、其美人の富登《ほと》を突きき。（……）爾《ここ》に其美人驚きて、立ち走りいすすきき。(27)

大物主神が変身するのは、ここでは「丹塗矢」である。美人の「勢夜陀多良比売」が大便をしているとき、大便をするための溝から、丹塗矢となって流れ下りて、彼女の女陰を突いた。そしてこの神話では神が産まれる。一方、『門』の御米は死産する。

とはいえ、御米が「井戸流の傍に置いた盥の傍迄行つて話をした序に、流を向へ渡らうとして」苔の生えた濡れた板の上へ尻餅をつかねばならなかった理由が判明した。御米には、大物主神に愛された女の運命が被さっていたのである。「勢夜陀多良比売」は神の母（神武天皇の祖母）となったが、「倭迹迹日百襲姫」は神の禁止を破ったために自死に追い込まれた。御米の場合、母になれず、後悔に駆られる。

それだけではない。『古事記』（崇神記）中の物語もまた、『門』の御米の死産に影を落とす。その『古事記』中の物語は、大物主神の指名した「意富多多泥古《おおたたねこ》」が大物主神の子であることを明かすエピソードである。舞台はやはり「美和山」近くで、神の相手は「活玉依比売《いくたまよりひめ》」と呼ばれる女性である。その美人のもとに夜半に男が来るようになり、幾日も経たないうちに彼女が妊娠する。彼女の父母が怪しみ、問うと、名前も知らない麗しい男が宵ごとに来るうちに自然と懐妊したと答える。続きはつぎのとおりである。

是以其父母。欲知其人。誨其女曰。以赤土散床前。以閉蘇（……）。紡麻貫針。刺其衣襴。故如教而。旦時見者。所著針麻者。自戸之鈎穴控通而出。唯遺麻者。三勾耳。爾即知自鈎穴出之状而。従糸尋行者。至美和山而。留神

社。(28)

［書き下し文］

是を以《もち》て其父母、其人を知らんと欲《おも》ひて、其女に誨《をし》へて曰ひけらく、「赤土《はに》を床の前に散らし、閉蘇紡麻《へそのを》を針に貫《ぬ》きて、其衣《きぬ》の襴《すそ》に刺せ。」故、教への如くして旦時《あした》に見れば、針著けたる麻《を》は、戸の鈎穴《かぎあな》より控《ひ》き通り出でて、唯だ遺《のこ》れる麻は、三勾のみなりき。爾《ここ》に即ち鈎穴より出でし状《さま》を知りて、糸の従《まにま》に尋ね行けば、美和山に至りて神の社に留《とど》まりき。(29)

彼女の父母が、娘に、「閉蘇紡麻」、つまり、糸巻に巻いた麻糸を男の狩衣のすそに刺しなさいと教える。翌朝見ると、その麻糸は戸の鍵穴から出ていって、残存する麻は「三勾」、三巻きのみだった。鍵穴から出ていった糸は美和山の神殿まで続いていた。蛇の大物主神が相手の男だったのである。

引用した明治刷の版本で、糸巻の麻糸を「閉蘇紡麻《へそのを》」と読ませていることが注目される。また、著名な、残された三巻きの麻糸にも注意を払いたい。

『門』の御米の三度目の産の様子を振り返れば、胎児は「臍帯」が「二重に」咽喉に絡みついていたため、出産間際に窒息死した。『門』のこの場面では、『古事記』の「美麗《うるは》しき壮士《をとこ》」の種をはらんだ妊娠で、その男の正体は美和山の神だと突きとめた、右の苧環《おだまき》型伝説が、反復を遂げていたのである。ゆえに、悲惨な死産は、これら古代神話群によって導かれたとさえいえる。

御米は宗助から、家主の坂井の家には子どもが多いから陽気だとさとされた日の夜、こう言い出す。「疾《とう》から貴方に打ち明けて謝罪《あや》まらう〳〵と思つてゐたんですが、つい言ひ悪《にく》かつたもんだから、夫《それ》なりにして置いたのです」

「私《わたくし》にはとても子供の出来る見込はないのよ」（十三の四）。御米が宗助にまで秘密にしていたという「説明」とは、三児目の死に直面し、御米が感じてしまった「動かしがたい運命の厳《おごそ》かな支配」と「不思議にも同じ不幸を繰り返すべく作られた母」という、耳のはたで鳴る「呪詛《のろい》の声」（十三の七）に関わる。

御米は産褥の三週間が過ぎたとき、易者の門をくぐった。そこで、「貴方には子供は出来ません」と宣告された。「貴方は人に対して済まない事をした覚がある。其罪が祟《たた》つてゐるから、子供は決して育たない」と言い切られ、心臓を射抜かれる思いがした。御米が宗助に打ち明けて共有していなかったというのは、この「易者の判断」（十三の八）である。

「易者の判断」がいかにも必然的に下され、「動かしがたい運命の厳かな支配」があることを『門』の読者に感じさせるには、御米に降りかかるこの悲劇が、一近代小説の一人の登場人物に起こる一つの事件を超えていなければならない。そこで呼び出されたのが、古代、三輪山の大物主神との三名の姫の結婚神話であった。御米という、安井を裏切ることになった一女性の背後には、繰り返される「運命」が据えられていた。

御米の鼓膜に絶えず鳴った「呪詛の声」を聴いたのは彼女が最初ではない。驚くなと言われていたのに、小蛇の姿を現した夫の姿に驚き、それが大物主神だったことを知って神を辱めた自分を罰し、女陰を突き、自殺した「倭迹迹日百襲姫」の耳に響き、それが伝承されてきたからには、これまでおびただしく響いてきた。抗いようのない「運命」の支配は、古代からの差し金だった。近代小説の登場人物に、文学の歴史を注ぎ込む、スコットランド文学から学ばれたその方法は、残酷なまでに活かされた。

五　神の脅し——『永日小品』「蛇」

本節では、『それから』連載開始の五か月あまり前、『門』連載開始からいえば一年一か月半前に発表された『永日小品』の「蛇」を取り上げる。大物主神の神話群の説明を先にする必要があったため、この順で論じている。

雨の日に、「叔父さん」と子どもが河へと魚を獲りに出かける。その河は、「貴王の森」の杉の木々に雨があたり、「貴王様の裏の池」に水がたまり、そこから流れてくる。「貴王様」とは明治期、大久保村と呼ばれた地に現在もある稲荷鬼王神社のことだと考えられている。鬼王神社境内は古来、霊泉の湧く地であり、伝承を持つ水盥台石の井戸はその霊泉から汲み上げられているという[30]。

「叔父さん」は、水底が濁って、泥が吹き上げ、渦が重なりあって通る河の様子を見て、今日は魚が獲れると見込む。「叔父さん」は、川の真ん中に腰を据えて、「貴王の森を正面に、川上に向ひて」網をおろした。「魚が此《こ》の渦の下を、貴王の池から流されて通るに違ひない[31]」と。雨脚はしだいに「黒く」なり、河の色がだんだん重くなる。渦の紋がはげしく貴王様の池のある「水上」から回ってくる。そのときのことである[32]。

此《こ》の時《とき》どす黒い波が鋭く眼の前を通り過《すご》さうとする中《なか》に、ちらりと色の変つた模様が見えた。瞬《またたき》を容《ゆる》さぬ咄嗟《とつさ》の光を受けた其の模様には長さの感じがあつた。是は大きな鰻だなと思つた。

途端に流れに逆らつて、網の柄《え》を握つてゐた叔父さんの右の手首が、蓑《みの》の下から肩の上まで弾《は》ね返る様に動いた。続いて長いものが叔父さんの手を離れた。それが暗い雨のふりしきる中に、重たい縄の様な曲線を描いて、向ふの土手の上に落ちた。と思ふと、草の中からむくりと鎌首を一尺許《ばか》り持上げた。さうして持上げた儘屹《ままきつ》と二人を見た。

「覚えてゐろ」

声は慥《たし》かに叔父さんの声であつた。同時に鎌首は草の中に消えた。叔父さんは蒼い顔をして、蛇を投げた所を見てゐる。

「大きな鰻」と思われたそれは、「蛇」だった。「叔父さん」の手桶から跳ね返って曲線を描き、向こうの土手の上に落ちた。草のなかから鎌首を持ち上げ、二人を睨み、「覚えてゐろ」と告げたという。声は「叔父さん」の声だったが、「叔父さん」は誰の声か分からないと答える。

一見、四方を田に囲まれた地での魚釣りにありそうな、蛇を釣り上げて投げ出したに過ぎない光景だが、その河が「貴王様の裏の池の水」から流れてくると特記されていることを鑑みなければならない。蛇の正体が示されている。

西大久保村の聖地とされたこの地に、一六五三（承応二）年、宇賀能御魂命《うがのみたまのみこと》を祭神とする稲荷神社が、土地の氏神として創建された[33]。一七五二（宝暦二）年、田中清右衛門という百姓が、旅先の紀州熊野での病気平癒に感謝し、自宅に紀州熊野より鬼王権現を勧請した[34]。一八三一（天保二）年、稲荷神社を合祀し、稲荷鬼王神社となったとされる。勧請した鬼王権現とは、月夜見命《つくよみのみこと》、大物主命、天手力男命《あめのたぢからおのみこと》の三神である。注目したいのは大物主神である。『門』を論じて詳しく述べたとおり、大物主神の真の姿は蛇である。『日本書紀』で、「倭迹迹日百襲姫《やまとととびももそひめ》」が櫛笥に入っていた小蛇に驚いたのと同様に、小品「蛇」の登場人物二人は「蛇」に驚く。

『日本書紀』に収められたその神話では、大物主神である蛇が「倭迹迹日百襲姫」に「あなたは我慢できずに私に恥を掻かせた。私は帰ってあなたに恥を掻かせよう」と三輪山に消えてしまう。小品「蛇」での蛇による「覚えてゐろ」という脅しは同じく復讐を誓う言葉であり、大物主神神話の再現ではないか。

『永日小品』「蛇」で、「叔父さん」が獲り、跳ね返った蛇は、「貴王様」より来た鬼王権現の一柱である大物主神という設定なのだろう。『永日小品』の「蛇」は伝承に応答する文学として捧げられていた。

六　無理心中の誘い――『行人』（一）

『行人』は、一連の道成寺説話と同様に、前半の重要な場面が和歌山で展開する。『それから』の考察では、主人公と嫂との関係が、道成寺説話を換骨奪胎した上田秋成『雨月物語』「蛇性の婬」を踏襲すると指摘した。『行人』では、長野二郎と嫂直との関係において、『それから』と同様、道成寺説話の取り込みが見える。このことを証明しよう。『草枕』を論じて、道成寺説話のヴァリエーションに言及したとおり、僧を追いかける女は古く寡婦であったが、能「道成寺」では「まなごの庄司」の「息女」とされる。

対して、一五世紀前半に成立した「道成寺縁起絵巻」では、つぎのようにある。

紀伊国室の郡真砂と云所に宿あり。此亭主清次庄司と申人の娵にて相随ふ者数在けり。彼僧に志を尽し痛《ママ》けり。[35]

紀伊国室の郡の「真砂」というところにある宿の亭主、「清次庄司」という者の「娵」（嫁）が、僧にいたく心尽くしをした。そして夜半になってその僧のもとへ行き、我が家は昔から旅人など泊まらない、今宵このようにお出でになったのは「先世の契」ゆえだろう等言い、情交を迫ったため、僧は熊野権現参詣後に仰せに随うと言って逃げ出す。参詣後、彼女との約束を破り、家に寄らなかったために、彼女から追跡される。

『行人』の前半部では、二郎が、兄の一郎から、妻直の恋する相手ではないかという疑いを掛けられる。二郎は、一郎の提案に従い、直と二人きりで、一家で旅行に来ている和歌の浦から、和歌山へ日帰りの遠出を試みる。そこへ嵐が来て、二郎と直とは、和歌の浦へ帰れなくなる。直は一郎から、明るいうちに帰るように言われていた。帰る時間を逸したさまはつぎのとおりである。

　彼女は帯の間から時計を出して見た。
「まだ早いのよ、二郎さん。お湯へ這入つても大丈夫だわ」（「兄」二十九）(36)

直の腹の内を探ってくる約束を一郎にさせられていた二郎は、「少しも嫂に肝心の用談を打ち明けないのが又《また》自分の心に済まな」（「兄」三十）く思い、帰路に就くのを引き延ばす。直に「兄さんに丈《だけ》はもう少し気を付けて親切にして上げて下さい」（「兄」三十一）と頼めば頼むほど、直が二郎に思い起こさせるのは「彼女が自分に親切であったといふ事実」（「兄」三十二）である。

直に泣かれて「彼女の顔に手を出したくて堪《たま》らな」（「兄」三十二）い気持ちを抑えるなどしているうちに、暴風雨が激しくなり、和歌の浦へは電話が通じなくなり、和歌山で宿を取って泊まることになる。寝る段になり、寝られないという会話を交わすなか、直が死ぬなら「猛烈で一息《ひといき》な死方《しにかた》がしたいんですもの」（「兄」三十七）と言い出し、こう続ける。

「本に出るか芝居で遣《やる》か知らないが、妾《あたし》や真剣にさう考へてるのよ。嘘だと思ふなら是《これ》から二人で和歌の浦へ行つて浪でも海嘯《つなみ》でも構はない、一所《しょ》に飛び込んで御目に懸けませうか」
「あなた今夜は昂奮《こうふん》してゐる」と自分は慰撫《なだ》める如く云つた。

「妾の方が貴方《あなた》より何《ど》の位落ち付いてゐるか知れやしない。大抵の男は意気地なしね、いざとなると」と彼女は床《とこ》の中で答へた。（「兄」三十七）

二郎は「此時始《このときはじめ》て女といふものをまだ研究してゐない事に気が付いた」（「兄」三十八）。直が浪のなかへ飛び込んでみせると繰り返すのに対し、二郎は「姉さんは今夜余程《よつぽど》何《ど》うかしてゐる。何か昂奮してゐる事でもあるんですか」（「兄」三十八）と、彼女の寝る蚊帳のなかを覗いてみる。すると彼女が枕を動かして二郎のほうを見て、「あなた昂奮々々つて、よく仰《おつ》しやるけれども妾《わたし》や貴方よりいくら落付いてるか解《わか》りやしないわ。何時《いつ》でも覚悟が出来てるんですもの」（「兄」三十八）と言う。心中の誘いとも受け取れる言葉が繰り出された。

二郎は返すべき言葉を持たない。嫂と一夜をともにして、より昂奮しているのは二郎のほうというのは的中であろう。既成事実化されている恋に昂奮せざるを得ないのだ。

さらに、彼女が「本や芝居」を引き合いに出したことに注目しよう。道ならぬ恋の結末として、投身による心中は、江戸期から、本や芝居で人気を博していた。安珍が身を潜ませる道成寺の鐘を蛇になった清姫はとぐろで三巻半巻いて結果的に安珍を焼き殺す。清姫は直後に自殺するのだから、無理心中と言ってよい。直はそれらを容易に連想させる言葉遣いを道成寺がある和歌山で発している。

「道成寺縁起絵巻」において寡婦だった清姫が娵（嫁）へと変えられたのは、清姫を仏教的により罪深い存在として、参拝者に、反面教師的な教えを授けるためであった。『行人』は、僧と宿泊先の娵（嫁）という関係性より一段と重苦しい、弟と嫂との恋愛関係という設定に進んだ。

『行人』の直は、「道成寺縁起絵巻」の清姫にまして知的な性質ながら、自分の夫の弟に対する押さえきれない内面を情熱的に見せる。宿で二人きりで寝ている部屋において、暗い灯で彼女の姿を覗き込む二郎と目を合わせて言った

「何時でも覚悟が出来てるんですもの」は、心中を控えた、性愛への覚悟と聞き取ることができる。直は、「道成寺縁起絵巻」の清姫をいっそう罪深くした存在として、道成寺説話を引き継いでいよう。

七　蛇帯で締め上げる——『行人』（二）

『行人』の前半が、大阪、和歌山を舞台にしており、明治・大正期の芸能の舞台と直結するように作られていることは、あまり気づかれていない。だが、大阪のほうが東京より発達している例として浄瑠璃が出されたり（「友達」九）、明治・大正期を通じて浄瑠璃の中心地だった文楽座について言及がなされたり（「友達」十一）していることは見逃せない。

堤邦彦によれば、元禄前後の歌舞伎には、蛇体になる女人の登場する演目が増えるという[37]。元禄五（一六九二）年に上演記録が残る『和歌浦片男波』に注目したい。二郎と直が和歌山に来ている間に、兄一郎と母とが居残った和歌の浦では、波が防波堤を越えて土手下へ落ちてくることが懸念されている。直は二郎に「若《も》し貴方が帰ると仰しやれば、何《ど》んな危険があつたつて、妾《あたし》一所に行くわ」（「兄」三十三）と言っていた。その和歌の浦は、山部赤人の「若の浦に潮満ち来れば潟《かた》を無《な》み葦辺《あしへ》をさして鶴《たづ》鳴き渡る」の「潟を無み」に由来する片男波で知られ、和歌の浦に来た当初、一郎、直、二郎とで散歩中、波が石垣に当たり、内側へ落ち込んだりする壮観があった。二郎は母に「是《これ》が片男《かたお》波《なみ》だらう」（「兄」十三）と話している。

したがって、元禄時代の歌舞伎の演目の『和歌浦片男波』は重要な参照先になる。その女主人公「お玉」は、「まなごの庄司」の屋敷の飯炊き女として奉公することになったが、夫「うた川左京」と主人の娘との密通を疑い始める。第四幕では道成寺境内で左京が妖怪に取りつかれる。さらに、その日の朝に憤死したお玉が、手水鉢から現れる。

現存する唯一の伝本とされる東京藝術大学附属図書館蔵の『和歌浦片男波』では、舞台の様子がよく伝えられる[38]。その挿絵では、左京の両腕に帯が巻きつき、帯の左端は鬼女の頭となっている。お玉の復讐心が、いつも彼女が締めていた帯に依り憑いたらしい。男をさいなむ修羅場の典型的な舞台表現だという[39]。この、蛇になる帯は、他の元禄歌舞伎にも見られ、元禄の怨霊劇において「欠かすことのできない小道具であった[40]」とされる。

　このような「蛇帯の怪異」は江戸後期の戯作文学に引き継がれる。堤邦彦は、柳亭種彦の読本『霜夜星』（文化三（一八〇六）年）の葛飾北斎による挿絵に、蛇帯の常套的怪異表現を見出している[41]。元禄歌舞伎から柳亭種彦の読本まで一世紀、そこからさらに『行人』まで一世紀あまりあるが、蛇帯の系譜は続いていた[42]。以下、論証していこう。

　和歌山で二郎と直とが宿泊する最中に起きた停電の場面である。二郎が「姉さん」と呼ぶと、嫂はうるさそうに答える。

> 「居《い》るわ貴方。人間ですもの。嘘だと思ふなら此処へ来て手で障《さは》つて御覧なさい」
> 自分は手捜《てさぐ》りに捜《さぐ》り寄つて見たい気がした。けれども夫程《それほど》の度胸がなかつた。其《その》うち彼女の坐《すわ》つてゐる見当《けんとう》で女帯の擦れる音がした。
> 「嫂《ねえ》さん何かしてゐるんですか」と聞いた。
> 「えゝ」
> 「何をしてゐるんですか」と再び聞いた。
> 「先刻《さつき》下女が浴衣を持つて来たから、着換《きか》へやうと思つて、今帯を解いてゐる所です」と嫂が答へた。
> 自分が暗闇で帯の音を聞いてゐるうちに、下女は古風な蠟燭《ろうそく》を点《つ》けて縁側伝ひに持つて来た。（「兄」三十五）

二郎と二人きりでいる部屋の暗闇で、嫂は二郎に「此処へ来て手で障つて御覧なさい」と言った直後、停電の間を利用して、嫂は帯を解き、浴衣に着替えようとしている。停電になる前に嫂が座っていた姿を「想像で」描き出した二郎は、帯の音に想像が刺激される。帯を外した嫂の、自分に対して無防備な、あるいは、誘惑の姿態を、二郎は暗闇で「想像」する。

下女が持ってきた蠟燭が机の上に立てられる。「灯《ひ》の勢《いきおい》の及ぶ限りは、穏《おだや》かならぬ薄暗《うすくら》い光にどよめいて、自分の心を淋《さび》しく焦立《いらだ》たせた」（「兄」三十五）。蠟燭の焔が揺れて灯の及ぶ先によっては、嫂の脱ぎ着する姿を見ようと思えば見られる。二郎の心が苛立ち、手を出せないゆえに「淋し」い。

彼女のこの「帯」は、たしかに二郎を拘束している。「手捜りに捜り寄つて見たい気」が増してゆく。暗闇で帯の音を聞くばかりで、金縛りにあったように居なければならない。蠟燭が点灯されれば、嫂の姿態を見たい気持ちを抑えきれない。部屋から出てゆくしかない。嫂の誘惑から逃げるように二郎は風呂へまた行った。

この帯が、中世・近世の文芸を引き継いだモチーフだったことは、つぎに掲げる、長野一家が大阪・和歌山旅行を終え、東京へ戻る帰路の汽車における、二郎の心象表現から如実に分かる。

二郎と直とは、嵐の明けた翌朝、和歌山から和歌の浦に戻る。そして母と一郎を含む一家で和歌の浦から大阪に戻ったのち、帰京する。その帰りの寝台列車では、一郎と二郎とが上のベッドで、母と直とが下のベッドで寝る。二郎の下には直が横になっている。

自分は暗い中を走る汽車の響《ひびき》のうちに自分の下にゐる嫂を何《ど》うしても忘れる事が出来《でき》なかつた。彼女の事を考へると愉快であつた。同時に不愉快であつた。何だか柔《やわら》かい青大将に身体を絡まれるやうな心持もした。

> 兄は谷一つ隔て〻向ふに寐てゐた。是《これ》は身体が寐てゐるよりも本当に精神が寐てゐるやうに思はれた。さうして其《その》寐てゐる精神を、ぐにや〳〵した例の青大将が筋違《すぢかひ》に頭から足の先迄巻き詰めてゐる如く感じた。自分の想像には其青大将が時々熱くなつたり冷たくなつたりした。夫《それ》からその巻きやうが緩《ゆる》くなつたり、緊《かた》くなつたりした。兄の顔色は青大将の熱度《ねつど》の変《へん》ずる度《たび》に、それから其《その》絡みつく強さの変ずる度に、変つた。
>
> 自分は自分の寝台《ねだい》の上で、半ば想像の如く半ば夢の如くに此《この》青大将と嫂とを連想して已《やま》なかつた。自分は此《この》詩に似たやうな眠《ねむり》が、駅夫《えきふ》の呼ぶ名古屋々々と云《い》ふ声で、急に破られたのを今でも記憶してゐる。（「帰つてから」一）

二郎は寝ながら、自分の真下で寝ている嫂のことを忘れられず、彼女を自分の身体に絡みつく「青大将」のように「想像」してしまう。あるいは、「夢」みてしまう。また、そのぐにゃぐにゃした青大将は、寝入っている「精神」そのものの一郎にも絡みつき、頭から足の先まで巻き詰める。青大将が熱くなったり、冷たくなったり、巻きようが緩くなったり、かたくなったりする。それに応じて兄の顔色が変わる。

二郎の「半ば想像」「半ば夢」において、青大将の嫂が、二郎にも一郎にも絡みつき、巻き上げ、締め上げたり、緩めたりする。明らかに、和歌山の道成寺の説話や鬼女能「道成寺」が彼の想念に影響を及ぼしている。そこに、和歌の浦の宿で、まさぐって寄ることのできなかった、「帯」を解いている最中の直や、暗中、「帯」を解いてしまった直の肢体を想像した残像が重なる。こうして、暗中を走る汽車に揺られながら、その「想像」や「夢」が動くのである。元禄以降の芸能や戯作に見られる、蛇になる帯のイメージはこの『行人』で結実した。「詩」に似た眠りとは、民間伝承文学を核とするからこその表現である。その「詩」とは、近代詩ではない。伝承の詩的世界である。

八　伝説の脅威

『草枕』『虞美人草』『それから』『門』『永日小品』「蛇」、『行人』と見てきた。『草枕』の発表が一九〇六（明治三九）年九月で、『行人』の連載終了が一九一三（大正二）年一一月なのだから、この間わずか七年あまりである。にもかかわらず、従来、研究では、まるで異なった作風と捉えられてきた。本章では、古代から近世の物語と関わらせて解析することで、民譚あるいは神話の蛇が、これらの小説内に共通して潜み、躍り出ていることを解明した。

蛇が忍ばされた理由を一言で述べるなら、古来、幾度も韻文や芸能でなぞられ、芝居も試みられるほど民間に流布した伝説の喚起により、登場人物の情緒が際どいところまで追いつめられることを示せるからであろう。『草枕』の鏡が池は、投身を誘う池である。那古井村内での噂どおり、美女の犠牲を要求する伝説の池の一つだった。[43]『虞美人草』の藤尾は、蛇に変身する清姫の末裔である。『それから』において、理屈で考えれば不利そのものである人妻との恋愛に突入する代助に同情的な唯一人の親族は、『雨月物語』「蛇性の婬」主人公の嫂や姉によく似る嫂である。

呪われた『門』のお米は、三度目の産の失敗の後、ふらふらと非文明的に、易者の門をくぐり、宣告を受ける。胎児の頸を絞めた臍帯纏絡の原因は、彼女が井戸端で流しを向こうへ渡ろうとして尻餅をついた五か月前に醸したというよりも、古代、「倭迹迹日百襲姫」が小蛇の姿を現した大物主神に驚いて尻餅をつき、女陰を突いて自死したときから、また、「勢夜陀多良比売」が溝をまたいでいたときに丹塗矢となった大物主神に女陰を突かれたときから、醸し出されていたに違いない。『永日小品』「蛇」において、渦巻く濁った河水から釣り上げられ、捨て台詞とともに草のなかへ消えていった「蛇」は、大物主神の化身で、読者も含めた人間たちに呪いをかけたのであろう。

『行人』の二郎が体感する嫂の直の情熱は、『雨月物語』「蛇性の婬」によって、あるいは、江戸後期戯作文学の蛇の帯の表現によって増幅されている。近代の一青年、二郎が金縛り状態にあるのは、禁断の恋ゆえばかりではない。嫂に近代の人智を超える魅力が付されていて、そこに底知れぬ脅威を感じるように設計されていた。伝承文学から伝播した力を身にまとう女性に対し、近代知識人、一郎の「精神」もなすすべがない。

　このように、近代を超える切迫のなかに登場人物を搦め取りたいとき、漱石は蛇譚を小説に呼び込んだ。

（1）「幻影の盾」初出『ホトトギス』第八巻第七号、一九〇五（明治三八）年四月、『漱石全集』第二巻、岩波書店、一九九四年、五一頁。

（2）初出「吾輩は猫である」（六）『ホトトギス』第九巻第一号、一九〇五（明治三八）年一〇月。

（3）『夢十夜』初出『大阪朝日新聞』『東京朝日新聞』一九〇八（明治四一）年七月―八月、『漱石全集』第一二巻、岩波書店、一九九四年、一一二頁。

（4）『草枕』初出『新小説』第一一年第九巻、一九〇六（明治三九）年九月、『漱石全集』第三巻、岩波書店、一九九四年より、章の番号を付けて引用する。ルビは現代仮名遣いで振り直した。

（5）この絵巻は平安時代中期に成立した仏教説話集『本朝法華験記』の一二九話「紀伊国牟婁郡悪女」、また、平安後期『今昔物語集』巻一四「紀伊国道成寺僧、写法花救蛇話」などの仏教説話の絵画化である。

（6）これらの経緯については山路興造「三つの道成寺伝説」（『道成寺の縁起　伝承と実像』和歌山大学紀州経済史文化史研究所発行、二〇一六年、三―四頁）参照。

（7）観阿弥作「道成寺」（大和田建樹『謡曲評釈』第四輯、博文館、一九〇七（明治四〇）年、三〇頁）。

（8）『門』初出『東京朝日新聞』『大阪朝日新聞』一九一〇（明治四三）年三月―六月、『漱石全集』第六巻、岩波書店、一九九四年より章の番号を付けて引用する。ルビは現代仮名遣いで振り直した。

（9）「丹波与作」『校訂　近松世話浄瑠璃集』（帝国文庫）饗庭幸村校訂、博文館、一八九七（明治三〇）年、三五四頁。

（10）『恋女房染分手綱』（浄瑠璃丸本全書）発行者中川清次郎、一九一〇（明治四三）年一〇月、六四―六五頁。第六「沓掛《くつかけ》村孝行の段」は『吾輩は猫である』で、第十「道中双六の段」は『門』で引かれている。後者は後述する。

(11) 前掲書、一一五頁。
(12) 前掲書、六四頁。〔　〕内は引用者による。
(13) 『肥前風土記』寛政一一年序、浪速書林、明治刷り。(……)は割注部分であり、略した。
(14) 「肥前国風土記」松浦郡、『風土記』(秋本吉郎校注、岩波書店、一九九三年、三九七頁)を参考に書き下したが、基本的に右記原文の返り点ならびにルビに従っている。原文は白抜き点が施されているが、句読点に変えた。読点を加えた箇所もある。補った語には〔　〕を施す。
(15) 『虞美人草』の初出は『東京朝日新聞』『大阪朝日新聞』一九〇七(明治四〇)年六月―一〇月。引用は『漱石全集』第四巻、岩波書店、一九九四年より、章の番号を付けて行う。ルビは現代仮名遣いで振り直した。
(16) 『本朝法華験記』のほうは夫を亡くした女という設定であり、『今昔物語集』のほうは、若年であることから、未婚の女という設定と思われる。
(17) 恋田知子『仏と女の室町――物語草子論』笠間書院、二〇〇八年、一四七―一四九頁。
(18) 漱石旧蔵書は上田秋成『雨月物語』富士貸本出版部、一八九三(明治二六)年である。なお、秋成が養父母に育てられた点、漱石と同様である。
(19) 上田秋成『雨月物語』巻之四「蛇性の婬」『珍本全集』下、博文館、一八九五(明治二八)年、六〇四―六〇五頁。ルビは現代仮名遣いで振り直した。
(20) 『それから』初出『東京朝日新聞』『大阪朝日新聞』一九〇九(明治四二)年六月―一〇月、前掲『漱石全集』第六巻より章の番号を付して引用する。ルビは現代仮名遣いで振り直した。
(21) 前掲『恋女房染分手綱』第十「道中双六出立の段」一〇五―一一五頁。
(22) 西瀬英紀「人形浄瑠璃の「道成寺物」の人形浄瑠璃の諸相」前掲『道成寺の縁起　伝承と実像』。和辻哲郎は『日本芸術史研究(歌舞伎と操り浄瑠璃)』の序で、一八九五(明治二八)年五月に東京で見た歌舞伎芝居の出し物のなかに「恋女房染分手綱」が含まれていたことをはっきり記憶しているとつぎのように回想する。「最後に、三吉が泣きながら歌った歌の、「坂はてるてる、鈴鹿はくもる、あいの土山雨が降る」という文句は、その時以来心に浸み込んだのである」(『日本芸術史研究』岩波書店、一九五五年、五頁)。
(23) 『門』の初出は『東京朝日新聞』『大阪朝日新聞』一九一〇(明治四三)年三月一日―六月一二日、引用は前掲『漱石全集』

第六巻より章番号を付して行う。ルビは新仮名遣いで付け直した。
(24)『校正　日本書紀』巻第五、浪華書房、文海堂、一八七〇（明治三）年補刻（寛政五年序、小寺清先撰）七丁裏、八丁表。
(25)『日本書紀』㈠、坂本太郎ほか校注（岩波書店、一九九四年、二九二頁）を参考にして句読点を付け、書き下すが、原則として、右記原文の返り点ならびにルビに従っている。返り点の送り仮名を正した場合は（　）で示す。
(26)『古事記』中、文昌堂、一八七〇（明治三）年、九丁表裏、返り点、割注は省略する。
(27)『古事記』倉野憲司校注（岩波書店、一九六三年、八七頁）を参考にして句読点を付け直し引用符を付け、書き下したが、原則として、右記原文の返り点に従っている。ルビは現代仮名遣いで付けた。
(28) 前掲『古事記』中、二四丁表裏。
(29) 前掲『古事記』岩波書店、一〇一頁。
(30) この盥石は鬼が一匹で持ち上げる形をなす。伝承によれば、盥石はもと、加賀美謀の屋敷の庭の池の汀にあったという。一八二〇（文政三）年、その場所を変えたところ、連夜、庭で水浴びの音が聞こえるようになった。加賀美謀は怪しみ、刀でこの盥石を切りつける。その後、家人に病気・患いが頻りに起こるようになったため、一八三三（天保四）年、その刀と盥石をともに、鬼王神社に寄進したという。盥の下の鬼の肩に刀痕が残るとされる（「稲荷鬼王神社由緒」）。
(31)「蛇」初出は『大阪朝日新聞』『東京朝日新聞』ともに一九〇九（明治四二）年一月一四日。引用は『漱石全集』第一二巻、岩波書店、一九九四年より行う。一三六頁。ルビは現代仮名遣いで振り直す。
(32) この黒い河や泥は、『永日小品』「昔」におけるピトロクリの「黒い河」「泥炭」と呼応するように作られている。
(33) 地域一帯の総鎮守が諏訪村（現・高田馬場）の新宿諏訪神社であったため、その末社の福瑳稲荷を勧請したという。
(34) 現在では、紀州熊野に鬼王権現は存在しない。なお、熊野参詣の帰途、稲荷社に寄るのが恒例であったという（小峯和明『中世法会文芸論』笠間書院、二〇〇九年、三六三頁）。
(35)「道成寺縁起絵巻」『古寺巡礼　道成寺の仏たちと「縁起絵巻」』伊東史朗編、発行道成寺、二〇一四年、五八頁。
(36)『行人』初出『東京朝日新聞』『大阪朝日新聞』、「友達」「兄」「帰つてから」章は一九一二（大正元）年―一九一三（大正二）年四月。「塵労」章は一九一三年九月―一一月。引用は『漱石全集』第八巻、岩波書店、一九九四年より、章の題と節番号を付けて行う。ルビは現代仮名遣いで振り直した。傍点は引用者による。
(37) 堤邦彦『女人蛇体――偏愛の江戸怪談史』角川書店、二〇〇六年、一三九頁。

（38）『和哥浦片男浪』八文字屋八左衛門、一六九二（元禄五）年。
（39）堤邦彦前掲書、一四二頁。
（40）前掲書、一四四頁。
（41）前掲書、一四六―一四七頁。漱石旧蔵書には『北斎画譜』中編、東壁堂、刊行年不明、『北斎漫画』第五編、東壁堂、一八一六（文化一三）年、同第一二編、東壁堂、一八三四（天保五）年、『北斎漫画』（草筆之部）、金幸堂、一八四三（天保一四）年）が残っている。
（42）森鷗外「蛇」（『中央公論』第二六年第一号、一九一一（明治四四）年一月）においても、息子の嫁に疎まれた姑が死に、仏壇に大きな蛇として現れたと描かれる。『行人』同様、江戸文学を引き継ぐ表現である。
（43）本書第一一章参照。

※成稿にあたり、道成寺院主小野俊成氏、および、稲荷鬼王神社宮司大久保直倫氏からご教示を享けた。

第一五章　『彼岸過迄』の彼岸と此岸

一　情緒の活動

総論で引いた『リリカル・バラッズ』第二版のワーズワス序を確認するところから始めよう。

韻律的作品、特に尾韻をともなう作品では、散文の場合にくらべてより悲痛な情況や情緒、つまり、程度のより大きい苦痛に結びついている情況や情緒に堪えられる。古いバラッドの韻律は、非常に無技巧だが、この意見を例証する節・句を多数含んでいる。(1)

「苦痛に結びついているような情況や情緒に堪えられる」とある限り、それを感じる人間が文学テクストの内外にいることが大前提となっている。

漱石『文学論』の冒頭において、「文学的内容」の「形式」は「焦点的印象又は観念」が「情緒」と結びついたものであるとされている。「焦点的印象又は観念」とは「認識的要素」のことであり、それに「附着する」「情緒」は「情緒的要素」である。この二要素の結合が「文学的内容」と定義された。(2)「認識的要素」にしても「情緒的要素」にしてもどちらも、人間の存在がその前提となっている。

文学において人間とは何か。漱石は『文学評論』第六編「ダニエル、デフォーと小説の組立」でつぎのような議論を展開している。小説は「興味」が一貫している必要があり、分類するなら「(1)小説中の性格（character）より起る興味、(2)小説中の事件（incident）より起る興味、(3)小説中の景物（scene）より起る興味」である。[3] さらに、「小説となれば必ず人物が出て来る。此人物は単純でも複雑でもある性格を具へてゐる。それから此人物は地球上のどこかに居る。即ち場所を離れる事が出来ない」[4]と述べ、「性格（character）」と「場所（scene）」が説明される。ただし、「事件（incident）」は両者から区別しがたいとする。

今私が諸君に向つて、性格と事件は同じですかと聞いたら、諸君は必ず否と答へられるに違《ちがい》ない。それなら、事件と場所とは同じですかと聞いたら猶々《なおなお》否と答へられるだらう。しかし所謂事件なるものは、何から出来てゐるかと考へて見ると、此二つから出来てゐるのだから仕方がない。（……）だから其極端を云ふと場所（の活動）即ち事件、性格（の活動）即ち事件で、別に事件といふ部門を設ける必要がなくなつて仕舞ふのである。で通例の事件は、此両極の間を様々の姿に変じて往復してゐるのである。[5]

このように漱石は、興味のまとまりとしての事件は、登場人物の性格とその人物のいる場所とからできていると論じる。では、漱石は、実作において、登場人物の性格とその人物のいる場所とをどのように作り、あわせて事件にしたのだろうか。『リリカル・バラッズ』ワーズワス序でも強調され、漱石も自身の文学理論の中枢に据えた「情緒」の活動に着目し、性格や場所と結びつけられて事件がどのように形成されたかを明らかにしたい。

二　遺された者

本章では、すべて「情緒」に関する理論的認識を持って書かれた漱石の小説のなかより、『彼岸過迄』を分析し、「情緒」が文学に果たす動力を明らかにする。(6) そのうえで、登場人物の性格や情緒と密接な関わりを持たされている、漱石文学における場所の意味の解明につなげたい。

『彼岸過迄』の中心的登場人物である須永市蔵は、大学卒業前に、叔父の松本に対し、自分自身のことを問い尋ねる。なぜ自分が「僻《ひが》んでゐる」のか、「何《ど》うして斯《こ》うなつたのか其訳が知りたい」（「松本の話」四）(7) と迫る。その部分から引こう。

「僕は僻んでゐるでせうか。慥《たしか》に僻んでゐるでせう。貴方が仰《おつ》しやらないでも、能く知つてゐる積《つもり》です。僕は僻んでゐます。僕は貴方からそんな注意を受けないでも、能く知つてゐます。僕はたゞ何うして斯うなつたか其訳が知りたいのです。いゝえ母でも、田口の叔母でも、貴方でも、みんな能《よ》く其訳を知つてゐるのです。唯《ただ》僕丈が知らないのです。唯僕丈に知らせないのです。僕は世の中の人間の中《うち》で貴方を一番信用してゐるから聞いたのです。貴方はそれを残酷に拒絶した。僕は是から生涯の敵として貴方を呪ひます」（「松本の話」四）

「呪ひます」という言葉は尋常でない。呪う行為は通常、一名ではやり遂げられない。不慮の死、若死になど、非業の死を遂げた者は、言い遺したことがあると一般に考えられている。異常死をした者たちの霊は、現世に遺る者に少なからぬ影響を及ぼすと考えられてきた。(8) 死者の霊は生前の恨みを晴らすため、災厄をもたらしかねない。そのような死者の怨念による祟りを恐れるのが怨霊信仰である。[9]呪いはその怨霊から力を借りる行為である。

『彼岸過迄』には、非業の死を遂げた者が三名出てくる。須永の生母「御弓《おゆみ》」、須永の叔父の松本の末娘「宵子《よいこ》」、そして、敬太郎と同宿だった森本の子である。須永は松本に、自分の出生の真実について聞き出す前から、亡父の生前の言葉や、ともに暮らす母の言動より、実の母が別にいると感づいていた。「呪ひます」というのは、その生母の霊威を借りて言っている観がある。

松本は、須永に、彼の生母が父と密通した「小間使」（「松本の話」五）であることを暴露し、彼女が須永を「生むと間もなく死んで仕舞つた」（「松本の話」六）ことを明かす。須永は生母について把握しようがないにもかかわらず、断念できない。このような状態の須永が真実を知った後に一人旅をし、松本宛に寄こした手紙を見てゆこう。行く先々の場所と絡められる「事件」がある。

三　生母を求めて

須永は旅程として「京都附近から須磨明石を経て、ことに因ると、広島辺迄行きたい」（「松本の話」八）と松本にその希望を述べていた。旅行に出かける訳を尋ねられ、須永は「母」に対するわだかまりを挙げている。小説があぶり出そうとするのは、実の母の「菩提所」（「松本の話」六）すら知らず、育ての母に実の母のことを問い糺せられない者の情緒である。死後の霊は「永久にこの国土のうちに留まって、そう遠方へは行ってしまわない」[10]とかつては信じられていた。前述のとおり、漱石『文学論』の情緒論によれば、情緒は印象および観念に附着している。情緒が牽引し、潜在していた印象と観念とが引き出される。須永の旅には、母の霊を探し、「わが心」（「松本の話」八）で抱きとめたい（印象）、そして自分が僻んでしまうわけを確認したい（観念）という目的が潜まされていよう。

松本への須永の「音信《たより》」が京都、大阪の箕面、明石から来る。その手紙に「宇治の水」(「松本の話」十)について述べられていたと松本が話している。「宇治の水」という景物(scene)には包含されて離しがたい民話がある。嫉妬に駆られて鬼神になることを願い、宇治川に浸った橋姫伝説である。橋姫伝説は筋を多少変えて「鉄輪《かなわ》」という能になっている。漱石旧蔵書の『謡と能』から「鉄輪」の説明を引いてみよう。

太平記に曰く嵯峨天皇の御宇《ぎよう》に。ある公卿の息女あまりに嫉妬深くして。貴船の社に詣でつゝ七日籠りて申すやう。帰命頂礼貴船大明神。願はくは七日籠りたるしるしには。我を生きながら鬼神になしてたび給へ。ねたましと思ひつる女とり殺さんとぞ祈りける。明神あはれと思しけん。誠に申すところ不便なり。まこと鬼に為りたくば。姿を改めて宇治の川瀬に行きて三七日ひたれと示現あり。女房よろこびて都に帰り。人なきところに籠りて長なる髪を二つに分け角《つの》にぞ作りける。(……)(11)

宇治の橋姫は、嫉妬の一念から鬼と化すことを欲し、まさに鬼の姿で夜に宇治の川瀬から走り出る。この伝説は、右に示された『太平記』のほかに、『平家物語　剣巻』(12)など数々の物語に組み込まれていった。須永は生母が、育ての母・父との三角関係の最中に自分を産み、死んだことを知り、間もなく旅に出た。宇治に行き着き、この伝説を想起しないほうが不自然で、あるいは、この伝説が念頭にあったからこそ宇治に足が向いたと考えられる。

さらに須永の向かうのは「箕面」「明石」である。なぜそこでなければならなかったのか。須永の、松本への手紙から引用しよう。

今日朝日新聞にゐる友人を尋ねたら、其友人が箕面といふ紅葉《もみぢ》の名所へ案内して呉れました。時節が時節ですから、紅葉は無論見られませんでしたが、渓川《たにがわ》があつて、山があつて、山の行き当《あた》りに滝があつて、大変好《い》い所でした。（「松本の話」十）

須永がここで述べている滝は、滝行の秘所として早くから多くの修験者が修行を積んだ場所である。[13] 修験道の開祖といわれる役行者（役小角）が箕面山で三十余年修行をしたことから、そのゆかりの地として、箕面は修験道とともに発展してきた。[14]

修験道思想研究の多くは、柳田國男による山の神に関する考察を礎としている。柳田は山岳を死者の霊の住む他界であると考察した。[15] 山岳の、とくに霊魂のこもる洞窟などで修行した山伏は、霊魂を自由に操作できると里人からみなされたという。宮家準によれば、修験者にとって山中とは他界であり、その他界遍歴の修行が成就してようやく彼らはこの世に帰ってこられる。[16]

修験道の宗教的世界観では、災厄の因縁を明らかにする儀礼として、卜占と巫術とが用いられた。卜占とは、邪霊を発見する方法であり、巫術とは霊をよりましにつけ、障碍の理由をきく方法である。災厄が起きている場合、修験道では、霊の憑依、あるいは、霊の祟りといった悪い因果の説明を行う。[17] 死霊は子孫に祀ってもらえないことで煩悩に苦しみ、祟る。[18]

須永は、生母の菩提所のありかも知らない、祀られているかすら定かでない生母の霊をもとめて箕面の地を訪れたと読めるだろう。松本に「ぢや責《せ》めて寺丈教へて呉れませんか。母が何処へ埋《うま》つてゐるんだか、夫《それ》丈でも知つて置きたいと思ひますから」（「松本の話」六）と押し迫るも松本が知らないことに失望し、それから二、三か月で旅に出たのだ。母が誰にも祀られず、煩悩に苦しんでいると考えるのは、明治期、ごく自然に行き着く結論だった。一八七二（明治五）年九月、太政官布告第二七三号によって修験道廃止令が出され、修験は天台宗か真言宗に所属させられたが、明治政府の圧力に屈せずに再生の道が模索されていた[19]。

須永の手紙に、「社の倶楽部とかいふ二階建《だて》の建物」の「幅の広い長い土間」に、「御婆《ばあ》さん」が二人いて、「両方ともくり〳〵坊主」で、一人がもう一人の頭を剃っているところに出くわしたとある。一人がこう言う。「おや御免《めん》やす。今《いま》八十六の御婆さんの頭を剃《そ》つとる所だすよつて。――御婆さん凝《ぢつ》として居なはれや、もう少しだけれ。――よう剃つたけれ毛は一本も有りやせんよつて、何も恐ろしい事ありやへん」（「松本の話」十）。須永は「百年も昔の人に生れたやうな暢気《のんびり》した心持《こころもち》がしました」（同）と記す。

この広い「土間」は山伏の集合所の特徴とされる大講堂を思わせる[20]。明治維新までほとんどの修験道の山は女人禁制だった[21]。山麓に女性の居場所が設けられていた。また、「山麓に葬られた死者の霊魂が昇華されて、山霊や山神となる」[22]と考えられていたことも考えあわせるなら、箕面の山麓のこの二人の「御婆さん」は、山の神となっていてほしい、須永の生母に近い存在といえよう。

このように見てくれば、須永がなぜ、行きたい最終候補地を広島としたのかが見えてくる。「広島へ行く」とは、中国・四国から九州にかけて「死ぬ」の隠語として使われた言葉である[23]。須永はもともと、卒業後は育ての母を「京大阪と宮島を見物させて遣りたい」と思っていたところが、「関係が丸で逆になつた」（「松本の話」八）と松本に述べている。逆になったとは、育ての母の顔を朝夕見るのが苦痛になり、彼女のそばを離れたくなったことを指す。一方、広島へ行ってしまった、すなわち、死んでしまった生母の居場所を突きとめたいと願って旅立ったということだろう。近代においてこのような情緒に突き動かされることは無意味であろうかと問われている。言葉の数々に古くから縫い込まれた、死者と生者との交流がある。『彼岸過迄』が見せるのは、文学中の言葉が端々まで、ある情緒で塗り換えられてゆく「事件（incident）」である。

漱石『文学論』は、情緒を喚起しなければ文学ではないと旗幟鮮明に告げた。つぎのようなくだりに端的に示されている。

吾人が文学に対する時、一種の感動を受くるは無論のことにして、此際若《も》し感動なければ屡《しばしば》述べし如く文学の主要成分たる情緒を欠くが故に此文学は文学たる資格を失ふものと云はざるべからず。(24)

『文学論』の示すところでは「情緒」はこのように、読者の感動の源となる、文学の主要成分である。(25)漱石の小説で情緒が発動されるその方法を見るとき、小説による言語行為の及ぶ範囲が押し拡げられようとしたのではないかと考えざるをえない。

そのまま小説の文字となっている、松本宛の須永の便りを例にとって考えてみよう。松本は須永に生母がいることを告げておきながら継母との「美くしい」関係を「力の有らん限り彩《いろど》」(「松本の話」五)り、「おれと同じ様に思ふべき筈ぢやないか」(「松本の話」六)と強制した。そのような相手宛の手紙の文面に、生母のことを書き入れるはずがない。にもかかわらず、小説は、須永が目指した宇治、箕面、明石、広島という場所から、彼が亡き生母について考えていることを表現できている。古来、物語や歌が脈々とすくいとってきた情念、ならびに、山の神に関わる情趣の存在に支えられている。情緒の活動をこのように連動させ、この小説は何度でも読み替えられるように作られている。情緒の活動が文学にとって「事件」(incident)になるように作られた。

四　歌のもたらす事件

つぎは須永が明石から寄こす手紙を検討し、生み出されている「文学的内容」を指摘する。古来、情緒と結びつけられた「場所（scene）」といえば歌枕である。明石を代表する歌に、『古今和歌集』巻第九、羇旅歌に採られた、柿本人麻呂作と伝わる歌がある。

ほの〴〵とあかしのうらのあさ霧に島がくれゆく舟をしぞおもふ(26)

人麻呂の歌と伝承されてきたという点が重要で、人口に膾炙するバラッドらしい伝承である。前掲した『リリカル・バラッズ』第二版ワーズワス序で述べられたところの大きな情緒を運ぶ「古いバラッドの韻律」といえよう。須永による手紙の最後の部分にこうある。

「（……）が、僕は今より十《じつ》層倍も安つぽく母が僕を生んで呉れた事を切望して已《や》まないのです。白帆《しらほ》が雲の如く簇《むらが》つて淡路島の前を通ります。反対の側の松山の上に人丸の社《やしろ》があるさうです。人丸といふ人はよく知りませんが、閑があつたら序《ついで》だから行つて見やうと思ひます」（「松本の話」十二）

「人丸の社」は、いまの柿本神社で、神仏分離以前には月照寺に隣接した柿本大夫祠堂であった。月照寺は長く「人丸社　月照寺」と呼ばれてきた。月照寺が寺号を楊柳寺から改めたのがそもそも、八八七（仁和三）年、住僧覚証和尚が人麻呂の念持仏だった船乗十一観世音菩薩を大和国柿本寺より勧請し、同時に、柿本人麻呂の祠堂を建て、鎮守としてからである(27)。月照寺は現在もこの伝人麻呂歌の正親町天皇による宸翰を所蔵している(28)。

須永が明石を見て松本に寄こす便りは、この人麻呂作と伝えられる歌を起点に見えてきた景物（scene）の記録となっている。「静かな波の上を流れて行く涼《すず》み船《ぶね》を見送りながら、此位な程度の慰《なぐ》さみが人間として丁度手頃《てごろ》なんだらうと思ひました」（「松本の話」十一）とある。また、芸者と客の様子として、ご馳走を積んだ「和船《わせん》」と客が漕ぎ回す「端艇《ボート》」（「松本の話」十二）とが記される。さらに、掲出の「白帆が雲の如く簇つて淡路島の前を通ります」がある。伝承されてきた歌に須永の情緒が加わり、目前の歌枕の地が染め直される。便りの文面がつづられ、そのまま小説の文字となっている。

月照寺柿本大夫祠堂には、伝室町時代の歌僧の頓阿作の人麻呂の木像があった。元柿本神社の境内の石碑には、木像に驚嘆する林春斎（林鵞峰）の漢文（一七一二字）が刻されている。須永が「人丸の社」に行ったならば、読んだ石碑である。その一部を引用してみよう。

人麻呂一去千歳不得而見之矣得見明石浦者斯可矣況夫祠堂猶存遺像儼然乎今刻碑石以記其事蹟則祠堂雖旧如新修之人麻呂雖没猶生之日乎(29)

[書き下し文]

人麻呂一たび去りて千歳、これを見るを得ざるも明石の浦を見ることを得るは斯れ可なり。況んや夫の祠堂は猶ほ存し、遺像は儼然たるをや。今碑石を刻し、以て其の事蹟を記することは、則ち祠堂舊《ふ》りたりと雖も新にこれを修するが如し。人麻呂没せりと雖も猶ほ生ける日の如きか。

明石の浦を見ることができ、柿本大夫祠堂はなおあり、人麻呂の木像は厳然としてある。事蹟をこうして刻することは、祠堂が古びているといえども新たに修するようなものであるから、人麻呂が没したといってもやはり変わらずに生きている日のようではないかと述べられている。

故人があたかも生きているようだと刻された文を須永が見た含みをこの小説は保持している。この碑文は、没した者に思いを寄せる行為を讃す。須永が生母の死を知ったのは「一か月半許《ばかり》」（「松本の話」七）前に過ぎないが、死んだのは二〇年以上前である。生母の霊を求めるには遅きに失している。だが、彼を鼓舞する碑文が「人丸の社」で待っていたということである。須永がそこに至ればただちに月照寺観音堂に、人麻呂の念持仏だった船乗十一面観音像が安置されていると知ることができる。

須永の手紙には「人丸の社」に「行つて見やう」とあり、実際に行ったかは記されていないが、『彼岸過迄』に観音が頻出することを考えあわせれば、須永がそこに行き着いたと読まれるべくしくまれていよう。

五　小説の連続運動

『彼岸過迄』の舞台には、須永の友人である敬太郎が浅草の「観音様」（「停留所」十六）近辺を歩き回ったり、宵子の火葬場までの道のりにある観音寺の「弘法大師千五十年供養塔」（「雨の降る日」七）を須永が従妹の千代子に指さしたり、また、何といっても、宵子の死に顔のことが「観音様の様」（「雨の降る日」五）と言われたりと、観音が多く配されている。[30] 山岳信仰は、平安中期まで、観音信仰と一体化していた。[31] その点も考慮に入れるならば、千代子が「観音」と化した宵子の死に際を何度も語りなおしたことを旅行中の須永は強く思い出したに違いない。小説が試みるのは、観音にまつわる情緒が、別の観音にまつわる情緒を導き出すことである。情緒によって怨霊を供養する観音が導かれることである。須永が観世音菩薩を思い描いて生母を観じることであろう。

須永の日常生活で彼が「月に一遍宛《づつ》蠣殻《かきがら》町の水天宮様と深川の不動様へ御参りをして」（「停留所」五）いることが、敬太郎の目を通して述べられている。須永がなぜ「不動様」に参るのか、ここで考察しておこう。宮家準は、修験道の中心的な崇拝対象として、「不動明王」を挙げる。近世期以来、不動明王は修験道の本尊とされてきた[32]。敬太郎の見る須永の日常は、彼が修験諸山の旅を済ました後であることを色濃く滲ませる。

水天宮についても検討しよう。水天宮は、源氏に追いつめられて壇ノ浦に身を投げた建礼門院徳子、安徳天皇、二位の尼を祀る[33]。生前、十分に思いを果たさないまま、異常な死に方をし、怨念を残していると思われる死者の霊は、通常の供養で足りるはずがないから祀られる。松本の叔父が覚えている限りの須永の「生母の最後の運命に関する話」(「松本の話」六)はつぎのとおりだった。

　彼の実の母は、彼を生むと間もなく死んで仕舞つたのである。それは産後の日立《ひだち》が悪かつた所為《せい》だとも云ひ、又は別の病だとも聞いてゐるが、是も詳しい話を為《し》て遣る程の材料に欠乏した僕の記憶では、到底餓えた彼の眼を静めるに足りなかつた。(「松本の話」六)

松本によれば、須永家の小間使いであった、須永の生母「御弓《おゆみ》」は、須永の父の種を宿したとき、須永の父の正妻である「母」が「相当の金を遣って彼女に暇を取らし」、「夫から宿へ下《さが》つた妊婦《にんぷ》が男の子を生んだといふ報知を待つて、又子供丈引き取つて表向自分の子として養育した」(「松本の話」五)のだという。

初めての子が生まれ次第、正妻にその子を取り上げられ、間もなく死去した女性ならば、この世に思い残すことがあろうと思われるのが普通だろう。現世において彼女は自分の希望を果たし尽くすことができず、うらみを抱きながら他界したと考えられよう。須永の生母「御弓」はそのような存在として、須永に捉えられていることが、彼の足の赴く先から判断できる。

怨霊信仰も供養儀礼もどちらも、死者の無念を聴いてやらないままにしてはならないという考えから来ている。死者の苦衷の思いを受けとめるのは言葉だけでは叶わない。情緒の力を借りねばならない。須永は、実の母がこの世に怨念を残しているのではないかという情緒、山の神になれるように引導しなければならないのではないかという情緒、かの霊魂は此岸から彼岸へと渡れたのかという情緒に襲われている。情緒という手段を用いてしか提示できないことをこの小説は書き入れようとした。

六　死者の情緒の創成

『彼岸過迄』は、読者の読書過程のなかで須永の情緒が往還し、そのことによって再構造化されるように仕込まれている。全七章中第六章の「松本の話」では、これまで見てきたとおり、須永が大学卒業前に関西に旅行したことが語られているが、第二章の「停留所」では、須永および敬太郎が、大学卒業後の生活を送っている[34]。

卒業した須永は就職もせず「若旦那」（「停留所」二）として須田町の一軒家に住んでいる。友人の敬太郎が就職活動で毎日出歩くなか「能く須永の家《うち》を訪問《おとず》れた」（「停留所」一）とある。須永からの便りの内容の時間よりも後の時間を、小説冒頭から進む時間が引き受けている。この構造を採ることで小説に付け加わる広がりがある。須永の情緒によって「文学的内容」が生み出されてゆくのである。小説の現在時が進むなか、須永は自分に母が別にいて、その自分を生んでくれた母「御弓」のほうはすでに死んでいること、しかも、非業といえる死を遂げたことを知っている（読者は知らなくても、須永は知っている）。

須永は敬太郎の「浪漫的《ロマンチツク》」（「停留所」二十一）な趣味をよく把握しているとあるが、それは敬太郎が聞きつけた話をつぎからつぎへと須永に話しているからである。第一章「風呂の後」は通常、敬太郎が森本から「冒険譚《だん》」（「風呂の後」三）を聴く話と考えられている。しかし、森本の話の内容を知るのは敬太郎一人ではないはずだ。敬太郎が「五日」（「停留所」一）と空けずに話し合っている須永も森本の話に耳を澄まさざるを得ない。

須永の耳には、敬太郎から聴く森本の話が、真実を知って間もない、死んだ生母「御弓」への気がかりと絡めて入ってくる。登場人物が情報を授受することで深まる「文学的内容」が想定されている。

『文学論』の情緒論が示したのは、文学内のあらゆる情報が情緒と絡められるということである。須永の出生の真実に絡んで膨らむ情緒は、小説前半部よりすでに始まっている。その効果を狙って小説の時間が構成された。

森本のつぎのような話が須永の耳を打つ。


信州戸隠山の奥の院といふのは普通の人の登れつこない難所《なんじよ》だのに、夫《それ》を盲目《めくら》が天辺《てつぺん》迄登つたから驚ろいたなどといふ。其所《そこ》へ御参《まいり》をするには、どんなに脚の達者なものでも途中で一晩明かさなければならないので、森本も仕方なしに五合目あたりで焚火をして夜の寒さを凌いでゐると、下から鈴《れい》の響《ひびき》が聞えて来たから、不思議に思つてゐるうちに、其鈴の音《ね》が段々近くなつて、仕舞に座頭が上《のぼ》つて来たんだと云ふ。しかも其座頭が森本に今晩はと挨拶をして又すた〳〵上つて行つたと云ふんだから、余り妙だと思つて猶能《よ》く聞いて見ると、実は案内者が一人付いてゐたのださうである。其案内者の腰に鈴を着けて、後から来る盲者《めくら》が鈴の音を頼りに上る事が出来るやうにしてあつたのだと説明されて、稍《やや》納得も出来たが、それにしても敬太郎には随分意外な話である（「風呂の後」三）。

「信州戸隠山」もまた、修験道で古くから知られる。[35] 箕面山を開いた役行者が白鳳年間に戸隠に分け入り、行場《ぎょうば》を作り、戸隠修験道の基を作ったという。その後、八五〇（嘉祥三）年に、学問行者という行者が、戸隠山の九頭の龍霊を鎮め、顕光寺を建立し、九頭龍権現に奉仕し、「聖観音」を本地仏とした。[36] これが本院で、今の戸隠神社奥社である。そこは戸隠表山の登山口にもなっており、森本の言い方だと「奥の院」とはその山までを指していよう。戸隠連山は全山荒々しい岩山で、表山だけでも三三の洞窟があり、行者はそれぞれ洞窟の一つに籠り、心身を苦しめ、法力を身に付けようとした。

九頭龍は洞窟に籠った別当の魂であるとされる。(37) 洞窟というのは、かつて黄泉の国へ通う穴だった。洞窟が死者を葬る場として使われていたためだとされる。(38) 折口信夫によれば、死骸を置いたところへ大石を置いたり、矢来を立てて置いたりすることを「もがりする」と言っていたという。人が死んだかどうか判断がつくまで、生きかえるか死にきるか、見定める必要があった。(39)

森本の話では、鈴の音の響とともに座頭が登山していた。(40) 座頭とは僧の姿をした盲人で、琵琶・三味線などを弾き、語り物を語る。敬太郎から森本のこの話を聴いた須永の情緒が大きく動くように、それが「事件（incident）」となるように、小説は緊密な構造を取っていた。須永は育ての母に対して、従来どおり気づかぬふりをしているのだから、生母「御弓」の葬られた先を、育ての母に尋ねることができない。須永の情緒は敬太郎の話を聴きながら揺さぶられてやまない。

座頭は戸隠山のどこの洞窟に向かうのか。どのように死んだかもはっきりしない霊がどこかの洞窟に潜んでいるのか。死んだ母は座頭に憑依して、死にきれないその無念を語りはしないだろうか。『彼岸過迄』が生成しようとしているのは、このような情緒の軌跡である。

敬太郎が森本から聴いた話に、「殆んど妖怪談に近い妙なもの」（「風呂の後」三）があることも見逃せない。

彼が耶馬渓《やばけい》を通つた序に、羅漢寺へ上つて、日暮《ひくれ》に一本道《いつぽんみち》を急いで、杉並木の間を下りて来ると、突然一人の女と擦《す》れ違つた。其女は臙脂《べに》を塗つて、白粉《おしろい》をつけて、婚礼に行く時の髪を結つて、裾模様の振袖に厚い帯を締めて、草履穿《ばき》の儘たつた一人すた〳〵羅漢寺の方へ上つて行つた。寺に用のある筈はなし、又寺の門はもう締《し》まつてゐるのに、女は盛装した儘暗い所をたつた一人で上つて行つたんださうである。（「風呂の後」三）

言うまでもなく、「耶馬渓」とは、彦山を有する、国内随一の修験道の信仰圏である。漱石の所蔵していた「豊前国羅漢寺之真景」には、岩窟の多い、切り立った、一帯の信仰の山々が描かれている。彦山修験道は、中世すでに「彦山流」を唱える一派があり、彦山修験について記したものとしては、一二一三（建暦三）年に編纂された『彦山流記』まで遡れるという(41)。

森本の語ったところでは、耶馬渓で擦れ違った女は、まるで婚礼に行くときのような化粧、島田髷、振袖に厚い帯をして、夕闇の迫るなか、羅漢寺へ登っていった。聴き手に与える情緒の衝撃に意識的なこの小説において、どのような効果を上げているかすでに明らかであろう。敬太郎がこの話を須永に伝えるとき、須永は、現世で遂げられなかった、父との結婚を夢見て、死出の山を思いつめて登る生母の姿に出会う。あるいは、生前の罪穢のために、永劫の山巡りを強いられている生母に出会う。未練を残し、彼岸と此岸との間の修験諸山で、生母「御弓」がまだこの世から見えるところにさまよっていると幻視する。

敬太郎は森本から、彼の女房と「二人の間に出来た子供の死んだ話」も聞いていた。森本は「餓鬼《がき》が死んで呉れたんで、まあ助かつたやうなもんでさあ。山神《さんじん》の祟《たたり》には実際恐れを作《な》してゐたんですからね」（「風呂の後」三）と言っていた。敬太郎が「山神」とは何かときいたら、森本は「山の神の漢語ぢやありませんか」と教えられたという落ちまで付いている。しかしながら、これは単なる笑い話としてばかり挿入されているわけではない。「山神の祟」とは、文字どおり、死んだ「山の神」の「祟」である。不条理にも若くして死んだ者は、死んだようで死んでいない。その霊は、そう遠方へ行っておらず、ゆえに祟る恐れがある(42)。

漱石『文学論』の情緒論の射程は、近代主義をはるかに突き抜けていた。知的な操作によっては理解しえない、情念、情感、情動といった、近親者の死の現実に直面して悲鳴を挙げてやまない本能を小説が捕らえうることを『文学論』で論じ、『彼岸過迄』で正面から実践した。人間を根底から動かす情緒がどのように小説の核心を形成するかについて、最後に、『彼岸過迄』において目立つ謎である、森本の「洋杖《ステツキ》」とともに考えてみよう。

七　鬼哭を鎮魂する

敬太郎は同じ下宿にいた森本から経歴談を聴くのを楽しみにしていた。森本の「洋杖」（「風呂の後」九）は、森本が下宿にいるときは「土間の瀬戸物製の傘入《かさいれ》」に入れてある。敬太郎にとって、洋杖がそこにあれば森本から何か話を聴くことができるという目印になっていた。ところが突然、「其洋杖がちやんと例の所に立てゝあるのに、森本の姿が不意に見えなく」（「風呂の後」九）なり、その後、森本から「大連」にいるとの書信が来る。手紙の末段に、洋杖を「貴方に進上したい」（「風呂の後」十二）と書いてあった。

洋杖は竹製で、柄のところに森本が彫った蛇の頭が付いている。敬太郎は「此洋杖を見るたびに、自分にも説明の出来ない妙な感じ」がして、「極めて軽微な程度ではあるけれども此変な洋杖におのづと祟られたと云ふ風になつて仕舞つた」（「停留所」六）とある。敬太郎は、大陸に渡った森本が「（恐らくはのたれ死《じに》といふ終りを告げるのだらう。）」（「停留所」六）と考え、「其憐れな最期」を今から予想してかかっている。森本の死後も洋杖が傘入のなかに立っているのを思い描き、つぎのような感じを起こす。「斯ういふ風に森本の運命と其運命を黙つて代表してゐる蛇の頭とを結び付けて考へた上に、其代表者たる蛇の頭を毎日握つて歩くべく、近い内《うち》にのたれ死をする人から頼まれたとすると、敬太郎は其時に始めて妙な感じが起るのである」（「停留所」六）。

のたれ死にと杖とは、深い関係にある。杖とは死出の山への旅道具であるため、多くの地方で棺のなかに杖が入れられた(43)。杖を死者に持たせるのは、死後救済の呪力を持っているからとされる(44)。敬太郎が森本から話を聴き出せたのは、この洋杖を森本が持っていた時か、傘入のなかに差さっていた在宅の時かである。また、敬太郎はこの洋杖を持ち歩くことで、田口に言いつけられて、探偵のように松本と千代子の跡を付け、話を盗み聞きした。さらに敬太郎は、この洋杖の「蛇の頭」(「須永の話」二)を須永に向かって突きつけ、須永の父の死に際、ならびに、「妙ちゃん」(「須永の話」四)という、じつは須永と腹違いの妹の死について聴き出すことができた。

井之口章次、および、五来重によれば、杖は最も原始的な依り代であり、死者の霊を憑依させるのだという(45)。ならば、『彼岸過迄』の仕掛けについてつぎのように言えるだろう。もはやみずから語ることのできない者の霊魂がその洋杖に宿り、誰かの口を借りて語るのだ、と。

須永の話について考えてみよう。須永の話は、敬太郎に、千代子を貰う気はないのかときかれ、促され、語り始められる。須永が縷々話す内容は、第一に父の死、第二に妹の死、第三に「母」との関係、第四に千代子との関係である。

それぞれ独立しているように取れるこれらの話がじつは、須永のなかでつながっていたと読者に分かるのは、松本が、敬太郎に、須永には現在の「母」以外に、死んだ実母のいたことを明かしてからである。松本はそのときの須永の反応について敬太郎に伝える。須永は松本にこう尋ねた。「「御母さんが是非千代ちやんを貰へといふのも、矢っ張《ぱり》血統上の考へから、身縁《みより》のものを僕の嫁にしたいといふ意味なんでせうね」「全く其所《そこ》だ。外《ほか》に何にもないんだ」」(「松本の話」六)。須永にとって、千代子を貰うか貰わないかについて判断をつけられない根本的な理由は、自分の出生の真実が作用して、育ての母の思惑が関与してくるせいだと分かる。

産んだ子とその子の父から引き離されて無残な死を遂げた母の霊を須永は探している。十分な供養もなされていない母の怨恨は、子が汲み取ってやらなければ、いまだ彼岸に達せずに此岸との境で漂い、鬼哭を続けると須永は感じる。聴いてやらなければ永遠に浮かばれない生母「御弓」の思いを、須永は掻き集める。そこで突き当たる大きな問題がある。無念の死に至った生母ならば、恋敵と血のつながりのある千代子と息子との結婚を望むだろうかという問題である[46]。

須永の「内へとぐろを捲き込」(「松本の話」一)んでいる鎮魂の思いが小説の問いを形成する。情緒によってしか作りえない小説が成立している。

八　文学理論を超える

『文学論』で、「情緒は文学の試金石にして、始にして終なりとす[47]」と明言された。文学の完成度は情緒によって決まる。その情緒とは、文字面からすぐに分かるそれではない[48]。『文学論』では、科学と文学とを対比してつぎのように言われた。

> 文学者に至りては其目指すところ物の秩序的配置にあらずして其本質にあり、されば物の本性が遺憾なく発揮せられて一種の情緒を含むに至る時は即ち文学者の成功せる時なりとす。従つて文学者があらはさんと力《つと》むる所は物の幻惑にして、躍如として生あるが如く之を写し出すを以て手腕とす[49]。

文学者は物の「本質」をつかむところへ突き進む。「物の本性」が発揮され、「情緒」を含んだとき、その文学は成功したといえる。文学者が試みるのは、読者を小説内事物で「幻惑」することである。文学者の手腕は事物を「躍如として生あるが如く」写し出せるかにかかっている。

小説にあらわに書かれない慟哭がある。死んだ生母を探すという重い情緒を抱え、死の気配に覆われた話に耳を澄まし、情緒を増幅させる。たとえば、ひとりの幼子が「観音」の死に顔をして死去する。生の領域をいつのまにか侵した死に接するとき、登場人物は対象を越えた情緒に向き合うことになる。潜まされ、張り巡らされ、そして突き上がる情緒によって、生成を止めない小説が作られた。

情緒につり出される「文学的内容」は、揺動してやまない。「文学の欠くべからざる必須要素」(50)である情緒の反響によって、作家の手を離れても小説の世界が伸張してゆく。文学理論が指し示したい、理論の彼岸である。漱石はそのような世界を先鋭的文学によって表現しようとした。

(1) 拙訳。原文はつぎのとおり。漱石旧蔵書と同書より引く。"more pathetic situations and sentiments, that is, those which have greater proportion of pain connected with them, may be endured in metrical composition, especially in rhyme, than in prose. The metre of the old ballads is very artless; yet they contain many passages which would illustrate this opinion;" *Wordsworth's Literary Criticism*, edited with an introduction by Nowell C. Smith, London: Henry Frowde, 1905, p. 33. 第二版の序を完全に収めた翻訳は、ウィリアム・ワーヅワス『抒情民謡集　序文』(前川俊一訳注、研究社、一九六七年)であり、同書四七頁の訳を参照した。

(2) 『漱石全集』第一四巻、岩波書店、一九九五年、二七頁。『文学論』は、一九〇七(明治四〇)年五月七日、大倉書店から単行本として発行された。拙著『夏目漱石の時間の創出』(東京大学出版会、二〇一二年)の序章では、『文学論』で用いられている概念についてそれぞれ漱石がどの書物から取り入れ、どのように総合したかについて詳説している。

(3) 『文学評論』は東京帝国大学文科大学での講義「十八世紀英文学」の原稿が改訂されたものである。初版は『文学評論』春陽堂、一九〇九(明治四二)年三月。引用は『漱石全集』第一五巻、岩波書店、一九九五年、四四九頁。ルビは現代仮名遣いで振り直した。

(4) 前掲『漱石全集』第一五巻、四四九頁。

（5）前掲書、四五〇頁。
（6）石山徹郎は、漱石の文芸理論と創作実践とが、広汎にかつ密接に結びついていると指摘する（「夏目漱石の文芸理論とその実践としての創作技法」『日本文学論攷』（垣内先生還暦記念会編）文学社、一九三八年（『漱石』日本評論社、一九四六年、三八四頁））。
（7）『彼岸過迄』は一九一二（明治四五）年一月から四月にかけて『東京朝日新聞』『大阪朝日新聞』に連載された。引用は『漱石全集』第七巻、岩波書店、一九九七年より行う。章題、章番号を付す。ルビは現代仮名遣いで振り直し、傍点は引用者による。
（8）桜井徳太郎「怨霊の機能」『信仰』（講座　日本の民俗7）有精堂、一九七九年、一〇七―一一〇頁。
（9）怨霊信仰は、菅原道真の怨霊説が濃厚になった延長（九二三―九三一）年間にはすでに成立していたとされる（山折哲雄『日本人の霊魂観――鎮魂と禁欲の精神史』河出書房新社、一九七六年、一六九―一七一頁）。
（10）柳田國男「先祖の話」『新編　柳田國男集』第五巻、筑摩書房、一九七八年、二五〇頁。
（11）『謡と能』、小和田建樹編、博文館、一九〇〇（明治三三）年、五一―五二頁。漱石旧蔵書と同書である。
（12）『屋代本平家物語』下巻、佐藤謙三・春田宣編、桜楓社、一九七三年、五四三―五四八頁。
（13）「箕面寺秘密縁起」解題『修験道史料集Ⅱ　西日本篇』（山岳宗教史研究叢書18）五来重編、名著出版、一九八四年、七八一頁。後白河法皇撰の歌謡集、『梁塵秘抄』にも「聖の住所はどこ〳〵ぞ、箕面よ勝尾よ」と挙げられる（『梁塵秘抄』佐佐木信綱校訂、岩波書店、一九三三年、五七頁）。
（14）前掲「箕面寺秘密縁起」解題、七八三―七八五頁。宮家準『修験道思想の研究』春秋社、一九八五年、八六九頁。
（15）柳田國男『山宮考』小山書店、一九四七年、四三―四五頁。
（16）宮家準前掲書、三六〇―三七〇頁。
（17）宮家準「修験道儀礼と宗教的世界観」『山岳宗教の成立と展開』（山岳宗教史研究叢書1）和歌森太郎編、名著出版、一九七五年、三二七―三二九頁。
（18）前掲『修験道思想の研究』八一五頁。
（19）役行者に立ち返って修験道の教学を樹立しようという動きが起きていた（宮家準前掲書、一六一頁）。箕面山の再生も図られた（宮家準『修験道――山伏の歴史と思想』（教育社歴史新書〈日本史〉174）教育社、一九七八年、七四頁）。

(20) 五来重「修験道文化について」二『修験道の美術・芸能・文学』Ⅱ（山岳宗教史研究叢書15）、同編、名著出版、一九八一年、七頁。

(21) 代わりに、女人救済を目的とした工夫があった（五来重『葬と供養』東方出版、一九九二年、六五三―六五四頁）。

(22) 前掲『葬と供養』、九〇二頁。

(23) 井之口章次『日本の葬式』筑摩書房、一九七七年、一八六頁。『日本国語大辞典　第二版』第一一巻では、宮島で死者が出るとすぐに対岸の広島へ送る風習があるところから出た諺とされる（小学館、一九七二頁）。

(24) 前掲『漱石全集』第一四巻、一六八頁。ルビは現代仮名遣いで振り直した。

(25) 同時代評として、登張竹風が『文学論』について「読者の地位より観る文学（感納的）と作家の地位より観る文学（製作的）とが、互に混同錯綜して居る」と指摘する（「我観録　漱石君の文学論を評す」『新小説』第一二巻第七号、一九〇七（明治四〇）年七月、『夏目漱石研究資料集成』第一巻平岡敏夫編、日本図書センター、一九九一年、八四頁）。飯田祐子は、漱石がどのように読者の立場について考えていたかを考察している（「読者としての漱石」*PAJLS Literature and Literary Theory*, vol. 9, 2008, pp. 51–63）。

(26) 『古今和歌集』上、蚊田蒼生校訂、（東京書肆）白楽圃、（原版主）岡田茂兵衛、（出版人）江島伊兵衛、九〇五（延喜五）年、一八八五（明治一八）年版刻、二九の表裏。漱石旧蔵書に東江書『古今和歌集序』文淵堂伊八梓行、一七七九（安永八）年がある。また、漱石旧蔵書に、加茂《ママ》真淵編述、長瀬真幸校正『人磨集』、書肆出雲寺文二郎ほか、一八三五（天保六）年があるが、この歌は載っていない。

(27) 石碑「月照寺由来略記」に拠る。

(28) 一五八一（天正九）年下賜という。

(29) 『播州明石浦柿本大夫祠堂碑銘ならびに人麻呂作歌集』芦田邦一編集、柿本人麻呂奉讃会、一九七二年、九頁。石碑の最後に、明石城主松平日向守源信之が立てた旨記されている。

(30) この小説が観音開きの思想と構造とを有していることについて、すでに拙著、前掲『夏目漱石の時間の創出』第七、八章において、浄土教との関係で解明した。

(31) 宮家準によれば、「観音は、不動明王と並ぶ重要な位置を占めていた」とされる（前掲『修験道思想の研究』四〇八頁）。行者が一人ずつ籠る岩窟には、観音が安置されている場合が多い。漱石旧蔵の「豊前国羅漢寺之真景」にもその様子が描かれる。

(32) 前掲『修験道思想の研究』四〇七頁。

(33) 平清盛の娘であり、高倉天皇の后である建礼門院徳子、その子である安徳天皇、建礼門院の母である二位の尼は、一一八五（寿永四）年、壇ノ浦の海に身を投げた。仕えていた按察使《あぜち》の局によってこの三人と天御中主大神《あめのみなかぬしのおおかみ》とが祀られた祠があり、水天宮と呼ばれるようになり、久留米藩主によって社殿が建てられた。それが江戸の久留米藩邸に分霊されたのが水天宮である。江戸市民に人気を誇った。ことに戊の年戊の日の繁昌は比類なかった（『東京水天宮神徳記』水天宮社務所、一九三一年、一—三頁）。「彼岸過迄」連載開始の一年一〇か月前の一九一〇（明治四三）年一一月五日がこの「大戊」にあたっており、群衆がつめかけたという。

(34) 『彼岸過迄』は、登場人物の語る話の連続で成り立つ。話に盛り込まれた内容が実際に起きた時点は、その話がなされる時点よりかなり前となっている。

(35) 戸隠山も『梁塵秘抄』に挙げられる。「四方の霊験所は、伊豆の走井《はしりい》、信濃の戸隠、駿河の富士の山、伯耆の大山、丹波の成相《なりあい》とか、土佐の室生と讃岐の志度《しど》の道場とこそ聞け」と記されている（前掲『梁塵秘抄』五九頁、ルビは振り直して引用した）。また、山伏であった行智《ぎょうち》が天保七年に醍醐三宝院門跡からの用命で修験山伏道の来歴を記した『踏雲録事《とううんろくじ》』にも詳しい（『木葉衣・踏雲録事 他——修験道史料1』（東洋文庫273）五来重編注、平凡社、一九七五年、三二九頁）。漱石旧蔵書の『謡と能』には、信州戸隠山の鬼女、紅葉が退治された伝説を能にした「紅葉狩」について二箇所にわたって説明がある。そのうちの一つは、能「人丸」と同頁の下段に載る（前掲『謡と能』二五三頁）。

(36) 「戸隠山顕光寺流記」解題『修験道史料集Ⅰ　東日本篇』（山岳宗教史研究叢書17）、五来重編、名著出版、二〇〇〇年、七〇四頁。

(37) 「戸隠山顕光寺流記」によれば、九頭の龍が、学問行者に対し、自分は戸隠山の過去七世の寺務、別当澄範であると名乗り、本窟に住み、大盤石をもって入口の戸を隠したので、戸隠というとある。前掲書、四五一頁。九頭龍も水神である（和歌森太郎「戸隠の修験道」『山岳宗教の成立と展開』（山岳宗教史研究叢書1）、同編、名著出版、一九七五年、二〇七頁）。

(38) 前掲『葬と供養』一五九頁。

(39) 折口信夫「国語学」、原著、慶應義塾大学通信教材、第三章、一九五二年二月、『折口信夫全集』第一九巻、折口博士記念古代研究所編纂、中央公論社、一九六七年、四〇四—四〇八頁。

(40)　漱石は単行本『彼岸過迄』の校正を担当した岡田（林原）耕三に、一九一二（明治四五）年七月二八日、ルビについて書簡を送っており、そのなかで、「鈴はレイに候　すゞは神社などにあるもの　鈴《レイ》は山伏抔のもつものに候。あの場合わざと「レイ」とかなを振り居候」と書いている（『漱石全集』第二四巻、岩波書店、一九九七年、五五、五六頁）。

(41)　中野幡能「英彦山と九州の修験道」『英彦山と九州の修験道』（山岳宗教史研究叢書13）、同編、名著出版、一九七七年、三〇頁。

(42)　仏教の考え方では、「阿弥陀経」に「西方、十万億の仏土を過ぎて」と明言されるとおり、「極楽」はこの世から西方に十万億の仏土を過ぎたところにあるとされる（『浄土三部経』（下）、中村元ほか訳注、岩波書店、一九六四年、一三六頁）が、まだその彼岸に行くことができていないということである。

(43)　前掲『日本の葬式』九三頁。

(44)　前掲『葬と供養』、二〇二頁。荒正人は「洋杖」による「道案内」がなされていると読み解いている（「『彼岸過迄』論――「妙な洋杖」」『国文学』第二三巻第六号、一九七八年五月、『漱石作品論集成第八巻　彼岸過迄』桜楓社、一九九一年、一五六頁）。

(45)　前掲『日本の葬式』、九六頁。前掲『葬と供養』、六〇五頁。

(46)　先行研究で、小間使いだった須永の生母を正面から扱う研究はほとんど行われてこなかった。

(47)　前掲『漱石全集』第一四巻、一〇五頁。

(48)　『文学論』では、T・A・リボーに基づき、男女的本能などの単純情緒、宗教感情などの複雑情緒を分類している。漱石がリボーを用いた理由は、リボー『情緒の心理学』序文では、ウィリアム・ジェイムズなどの生理学的学説に従いながら、意識の及ばない個人の深奥にある、欲求と本能に根差した感情や情緒について考察するとされているからである（Theodule Armand Ribot, *The Psychology of the Emotions*, London: Walter Scott, 1897, pp. 9–17）。

(49)　前掲『漱石全集』第一四巻、二四一―二四二頁。

(50)　前掲『漱石全集』第一四巻、一四七頁。

※成稿にあたり、月照寺住職、間瀬和人氏、ならびに、柿本神社宮司、岩林誠氏より教示を賜った。

初稿一覧

本書は当初から長編論文として、左記の論稿とは別に準備していた。よって、構想のみ引き継がれているという場合も少なくない。

総論　書き下ろし

第一章　なぜ『オシアン』を翻訳したのか（一）——古代スコットランドから　書き下ろし

第二章　なぜ『オシアン』を翻訳したのか（二）——バラッドの復興　書き下ろし

第三章　古謡と語り——漱石の翻訳詩から小説へ　［発表題「Making a Promise: The Impact of Old English Ballads and Romances on Sōseki　約束する者たち——漱石に対する古謡の力」（「1st Symposium on "Literary 'DNA': World Literature and Modern Japanese Literature"」於 University of Oxford. Pembroke College（英国・オックスフォード）、二〇一六年一二月）、原題「古謡と語り——漱石の翻訳詩から小説へ」（野網摩利子編『世界文学と日本近代文学』東京大学出版会、二〇一九年）］

第四章　バラッドの『夢十夜』　［原題「バラッドの『夢十夜』」（『東京女子大学紀要　論集』第七五巻（一号）、二〇二四年九月）］

第五章　ウォルター・スコットの明治　［発表題「Translation of Poems: Sir Walter Scott and Natsume Sōseki　詩の翻訳——ウォルター・スコットと夏目漱石」（於　The University of Edinburgh. Japanese Studies at the University of Edinburgh（英国・エディンバラ）、二〇一七年三月）、原題「ウォルター・スコットの明治と漱石」（鳥井正晴ほか編『『倫敦塔』論集　漱石のみた風景』和泉書院、二〇二一年）］

第六章　『三四郎』に重なる王権簒奪劇　［原題「『三四郎』に重なる王権簒奪劇」（『文学・語学』第二四二号、二〇二四年一二月）］

第七章　スティーヴンソン小説からの伝授　［講演題「Histories, Ballads and Novels from the Perspective of Sōseki's Association with R. L. Stevenson　歴史・民謡・小説——漱石とR. L. スティーヴンソンとの関係から」（於 The University of Sofia. Sofia Literary Theory Seminar（ブルガリア・ソフィア）、二〇一六年一一月）］

第八章　古代日本バラッドの作用　［原題「古代からの道行き——『行人』」（荒木浩編『古典の未来学——Projecting Classicism』文学通信、二〇二〇年）］

第九章　『リリカル・バラッズ』から漱石へ　［発表題「リリカル・バラッドと漱石小説の世界　Lyrical Ballads and The World of Sōseki's Novels」（第二回シンポジウム「文学の‘DNA’——世界文学と日本近代文学 The ‘DNA’ of Literature and Modern Japanese Literature」於　国文学研究資料館、二〇一七年六月）、原題「文学の生命線——『リリカル・バラッズ』から漱石へ」（前掲『世界文学と日本近代文学』）］

第一〇章　小品の連続性と英詩の役割——『永日小品』　［原題「小説の連続性と英詩の役割——『永日小品』をつなぐワーズワス詩」（『書物學』第一八巻、二〇二〇年七月）］

第一一章　『草枕』に息づく伝承　［発表題「漱石文学に生きる伝承」（第三回「東アジアにおける知の往還」於　高麗大学校グローバル日本研究院（韓国・ソウル）二〇一八年一〇月）］

第一二章　古譚と『草枕』　［原題「古譚と『草枕』」（『日本近代文学』第九八集、二〇一八年五月）］

第一三章　古い宗教の生々しい声と『行人』　［原題「行人の遂、未遂」（『文学』一一・一二月号、第一四巻第六号、岩波書店、二〇一三年一一月）］

第一四章　漱石文学に生きる古譚の蛇　書き下ろし

第一五章　『彼岸過迄』の彼岸と此岸　［原題「『情緒』による文学生成——『彼岸過迄』の彼岸と此岸」（『文学』五・六月号　第一三巻第三号、岩波書店、二〇一二年五月）］

あとがき

明治二八・九（一八九五・一八九六）年ごろと推測される漱石のつぎの俳句に「詩神」が登場する。

寄虚子

詩神とは朧夜に出る化《ばけ》ものか

朧夜に、詩神という化けものにこの句を詠む当人が襲われる。漱石は詩神という言葉を携えて英国に留学した。朧夜は春の季語だが、月の光もおぼろげな夜というのは、英国において頻繁に感じられる。とくにスコッチ・ミストと呼ばれる霧状の雨が年中降っているスコットランドで、「詩神」はどう振る舞うか。夕方から夜にかけて辻で奏でられる伝承バラッドの響きが耳に残り、薄暗がりのなかで詩の神の化けものの声となる。

留学前の漱石による論考「英国詩人の天地山川に対する観念」において早くも伝承文学『オシアン』の英訳者であるジェイムズ・マクファーソン、ならびに、トーマス・パーシーによる『英国古謡拾遺』への言及がある。漱石は留学中、中世文学の泰斗であるウィリアム・P・ケア教授の講義や著作により、中世で再発見された古代スコットランド文学の重要性に開眼した。漱石はバラッドが載る書物を読み耽る。そして留学後すぐに『オシアン』日本語訳を手掛けることになる。オシアンとは古代スコットランドのフィンガル王の王子で、生き残って盲目となり、古代物語詩を竪琴にあわせて語る歌人である。

漱石は東京帝国大学の講義「十八世紀英文学」で『オシアン』に関してナポレオンも愛読したと述べている。本書カバーの装画はジャン＝オーギュスト＝ドミニク・アングルによる「オシアンの夢」である。この絵画はナポレオン一世からアングルに注文されたものであり、漱石も知っていただろう。

漱石はなぜスコットランドに、とくにピトロクリに滞在することに決めたのか。本書ではこの証明も行った。近辺に、ウォルター・スコット、ロバート・ルイス・スティーヴンソン、ウィリアム・ワーズワスの文学に取り上げられたシンボル的な戦場遺跡が点在し、それら古戦場は伝承バラッドの発祥地であった。さらに、オシアンの潜むとされる森も近く、これらの文学的磁場に身を置きたかったのであろう。

古代・中世の文学の取り入れに目覚めた漱石が、日本の古代歌謡、中世劇、近世劇を作中の登場人物に出会わせ、取り憑かせる手つきも論証した。

本書の構想は二〇一六年まで遡る。私の生と知を繋ぐために力を尽くしてくれた方は多く、心のなかで御礼を陳べるほかない。漱石の見ていた世界で、まだ世に知られていない世界を形にする試みがようやく実現する。

本書は国際共同研究加速基金（課題番号15KK0067）の研究成果であり、二〇一六年八月から二〇一七年六月まで英国のオックスフォード大学東洋学研究科（University of Oxford, Oriental Institute）の訪問学者（Visiting Academic）としてなした研究は、本書の礎を築いた。同大学のリンダ・フローレス（Linda Flores）先生に感謝したい。オックスフォードを拠点に、ブルガリアのソフィア大学、スコットランドのエディンバラ大学などに講義に赴いた。また、オックスフォード大学では「文学の'DNA'――世界文学と日本近代文学」（"Literary 'DNA': World Literature and Modern Japanese Literature"）という国際シンポジウムを開催した。現在もこのプロジェクトは継続する。ともに推進してくれている研究仲間は、ダリン・テネフ（Darin Tenev）ソフィア大学准教授、スティーブン・ドッド（Stephen Dodd）ロンドン大学

SOAS名誉教授、マイケル・ボーダッシュ（Michael K. Bourdaghs）シカゴ大学教授、リンダ・フローレスオックスフォード大学准教授、谷川恵一国文学研究資料館名誉教授、ルカ・ミラーズィ（Luca Milasi）ローマ大学准教授、アンナ＝マリー・ファリア（Anna=Marie Farrier）、そして、小森陽一東京大学名誉教授である。長年にわたる彼らの支えには感謝の言葉が見当たらない。

英国での研修は、ロンドン大学アジア・アフリカ校（SOAS, University of London）、ケンブリッジ大学アジア中東学部（University of Cambridge, Faculty of Asian and Middle Eastern Studies）、オックスフォード大学で実施し、長短四回にわたる。ピトロクリにも三回長期滞在した。ロンドンのカーライル博物館では、前著を置いてくれたのも有り難かった。

この場ではロンドンのハムステッドにあるキーツ・ハウス（Keats House）に触れておく。初めての訪問時、民間のグループによる対話劇の催しがあり、アーサー王伝説やシェイクスピア劇における、バラッドの箇所の演技と歌声に接することができた。数少ない聴衆のなかで唯一のアジア人ということで目を付けられ、公演の延長線上の茶話会ですぐに何者かというお尋ねがあり、夏目漱石という日本の近代作家を研究していて、彼へのバラッドの影響を探っていると述べた。おおげさに喜んでもらい、翌日も足を運ぶことになった。物語歌が伝説や戯曲に根づき、受け継がれ、現代においても生の声となって響き、染みとおるのにじかに接した日々であった。

勤務先が大学共同利用機関法人から大学へと変わったが、同僚に恵まれてきた。本書は東京女子大学が刊行費用の一部を負担した「東京女子大学学会研究叢書」である。査読者に感謝する。

最後に、このたびも、この世に存在していなかったものを存在させるミューズのような役割を果たしてくれた東京大学出版会山本徹氏に深甚の謝意を捧げたい。

二〇二五年一月

著　者

索　引

か　行

さ　行

た　行

ま　行

や　行

ら　行

わ　行

著者紹介

1971 年生まれ.
東京大学大学院総合文化研究科博士後期課程修了．博士（学術）.
東京大学大学院総合文化研究科助教，国文学研究資料館研究部（総合研究大学院大学文化科学研究科）助教，准教授を経て，現在，東京女子大学現代教養学部（東京女子大学大学院人間科学研究科）人文学科日本文学専攻教授.
2016-2017 年　オックスフォード大学東洋学研究科訪問学者.

主要著書・論文

『夏目漱石の時間の創出』（東京大学出版会，2012 年，全国大学国語国文学会賞）
『漱石の読みかた　『明暗』と漢籍』（平凡社，2016 年）
『漱石辞典』（共編，翰林書房，2017 年）
「漱石文学の生成――『木屑録』から『行人』へ」（『漢文脈の漱石』山口直孝編，翰林書房，2018 年）
『世界文学と日本近代文学』（編，東京大学出版会，2019 年）など.

詩神の呼び声　バラッドを読む漱石

2025 年 3 月 5 日　初　版

［検印廃止］

著　者　野網摩利子《のあみまりこ》

発行所　一般財団法人　東京大学出版会

代表者　中島隆博

153-0041 東京都目黒区駒場 4-5-29
https://www.utp.or.jp/
電話 03-6407-1069　Fax 03-6407-1991
振替 00160-6-59964

組　版　株式会社キャップス
印刷所　株式会社ヒライ
製本所　牧製本印刷株式会社

ISBN 978-4-13-086069-7　Printed in Japan